我本该一直理智,一直清醒,一直冷淡,一直不相信偏爱和情有独钟会发生在我身上。

我看不见爱的形状,勾勒不出它的样子,又要怎么去学习它、获得它。

长久以来,我都是爱情悲观主义。但是不太妙,你似乎成为我悲观主义中唯一的特例。

所以我现在告诉你,我想见你。

"想见你的意思,就是想和你在一起的意思。"

"沈域,我喜欢你,我想和你在一起。"

-白昕鸦-

目录
Contents

第一章 「雨夜」　　001

第二章 「哄她」　　031

第三章 「神谕」　　062

第四章 「走向他」　　092

第五章 「许愿」　　120

第六章 「风筝断了线」　　147

第七章 「不是我的」　　187

第八章 「朝她走来」　　215

第九章　「造个梦」　　　　　243

第十章　「像是岛」　　　　　273

番外一　「沈域生日」　　　　302

番外二　「陈眠生日」　　　　308

番外三　「梦：into you」　　313

番外四　「记忆碎片」　　　　333

　　　　「情侣一百问」　　　342

「沈……沈城。」

「嗯。」

「你……像是鸟。」

「无论鸟往哪里飞,它的岛始终就在那里。」

第一章
「雨夜」

又是一场突如其来的雨。

春季来临后，绥北的雨是一场接着一场地下，根本没有要停的迹象。

一栋老旧居民楼二楼，靠东边的那间屋虚掩的房门内，正传出争吵声。

"陈宋，你赚了几个钱，够交你女儿的学杂费吗？酒都堵不上你那张臭嘴？"

"你再说一遍！"

"我再说三遍都是这一句话。"

激烈的争执声到这里停了一会儿，紧接着传来高跟鞋踩地的踢踏声，没响几声就被酒瓶砸在地上的声响给盖住了，女人的尖叫声喊亮了昏暗走廊里的声控灯。

坐在楼梯上抱着书包发呆的女生就这么从黑暗中暴露了出来。

隔壁邻居被吵得打开门往外看，想劝几句却被男人凶神恶煞的神情吓到，急忙关门时对上了女生那双澄澈的黑眸。

她穿着春季校服，裙摆下露出的小腿笔直细长，上面有几处没消散的瘀青。长发遮住了半张脸，即使被人看着她也没挪开视线，根本不像十七八岁的小姑娘，眼神里满是与年龄不符的老成。

邻居有些于心不忍，把房门敞开一点儿，跟唤猫似的喊她："眠眠，先进来吧。"

陈眠拎起书包就进了邻居家，房门关上时她听见女人发出撕心裂肺的哭声。

"你爸在家还总是打你吗？"

邻居张婶一个人住，热心肠，爱管闲事，刚搬来的时候听见隔壁的争吵声还报过警，结果警察把人带走教育后，他一回来，家里还是鸡飞狗跳。

男人估计猜到是她报的警，叼着烟，斜着眼睛看着她轻蔑地笑了一声，仿佛是在说——这闲事您管得着吗？

打人的嚣张，被打的那女人也没给她好脸色看，别说道谢了，连个正眼都没有，平时遇到从不同她打招呼。

一家三口，只有这个小姑娘算一个正常人，成绩好，又乖巧，每回家里闹事她就坐在楼梯间，等着里头消停了才轻手轻脚地往里走。

一栋楼里住着的邻居没几个不心疼这个小姑娘的，平日里都会喊她去自己家吃点儿。

陈眠和一只散养的猫没什么区别。

陈眠摇头，手里握着张婶递给她的水杯，语气平淡得仿佛在叙述别人的事："他现在只打阿姨。"

张婶一时间不知该说些什么，想说"那就好"，又怕显得对挨打的人绝情，劝什么都不对，于是笑了两声拍了拍她的肩膀，从抽屉里拿出自己下班时主人家送的巧克力。

巧克力是外国牌子，包装十分精致。

张婶有个儿子，在读大学，早就过了爱吃巧克力的年纪。

这玩意儿本来是打算送给亲戚家的孩子吃，现在陈眠在这里，张婶看着她可怜，就把自己都舍不得吃一块的巧克力往她手里塞。

窗外的雨还没停，雨点噼里啪啦地打着窗户。

陈眠坐在沙发上，手里攥着那块巧克力，洗得发白的书包就在脚旁边放着。

从门缝传进来的声音终于停了，又等了一会儿，时间到了晚上九点，隔壁铁门"啪"的一声被人关上，沉重的脚步声渐渐从强变弱。

陈眠这才拿起书包，跟正在看电视的张婶道别，回自己家去了。

屋里一片狼藉。

她爸陈宋已经不见了，她后妈宋艾就在沙发上躺着，头发凌乱，衣领被撕开，露出了半边肩膀，裸露着的两条腿上满是青红色的伤痕。

陈眠只看了她一眼，就面无表情地往自己房间走去。

"大畜生养的小畜生。"

宋艾语气平淡地陈述事实，已经没了撕心裂肺地争吵和号哭的劲儿，声音沙哑。

陈眠对此不置可否，只是在关门前对宋艾说了句："如果你不和他吵，今天你不会挨这顿打。"

宋艾是在陈眠高一的时候被陈宋娶进门的，陈宋不喝酒的时候那张脸格外有迷惑性。那天，他端着一副温文儒雅的模样领着宋艾跟她说："眠眠，叫阿姨。"

那会儿陈宋和宋艾处在热恋期，陈宋说两人就连名字都有缘分，他从娘胎里一出来就知道自己名字里的"宋"是宋艾的"宋"。陈宋那酒桶一般的脑子能憋出点儿浪漫不容易。

陈眠旁观着这场带着欺诈意味的爱情，享受着父亲附带的温柔表演。

直到两人结婚后，陈宋才逐渐暴露本性。现如今，宋艾已经绝望了，也忘了婚前对陈眠说要当一个好后妈，现在指着她就骂小畜生。

关上门后，陈眠松开攥着巧克力的手，径直将巧克力丢进了垃圾桶。

书包被随便搁在地上，顿时往边上倒，拉链没拉紧，包里装的东西稀里哗啦地往外掉。

一盒和张姊给的一模一样的巧克力掉在地上，陈眠看了一眼，就冷淡地收回了视线。

第二天，早上陈眠去上学的时候，陈宋还没回家。

宋艾已经不在家里了，屋里还是一片狼藉，昨晚什么样，今天还是什么样。

等陈眠收拾完再出门已经来不及买早餐了，赶到班里的时候早读铃声正好响起。

同桌赵莉莉竖起大拇指，道："牛啊，陈眠，踩点大师。"

陈眠笑了一声，从书包里抽出昨天的作业递给前桌小组长林琳，结果人家没动，趴在桌上仿佛睡着了似的。

赵莉莉凑过来，小声跟陈眠说："她这是'失恋'了。"

陈眠收回手，起身去将作业交给了课代表。

陈眠回来的时候，那位"失恋"的小组长已经转过身趴在赵莉莉的桌上，手里抱着语文课本，眼眶还是红的。

她旁边坐着的刘俊杰嘲讽道："你这说是失恋多少有点碰瓷的嫌疑，顶多算是暗恋未遂。"

林琳"啪"的一声将一本书砸在了他的脑袋上。

赵莉莉笑得肩膀直抖，见陈眠回来，就跟她说了来龙去脉。

"咱琳姐有勇气，昨天直接去理科实验班门口蹲人，结果连个招呼都没打上，就看着那位跟一个音乐班的美女从安全通道出来，琳姐直接梦碎了。"

要说林琳多伤心也不至于，只是被人这么一说多少有些没面子，皱着眉小声地为自己辩解："我这不是已经清醒了吗？说得我像个花痴一样，绥中喜欢沈域的人就只有我一个吗？我敢打赌，我们班里都有好几个喜欢沈域的。"

赵莉莉立马举手撇清关系："不包括我。"

刘俊杰也举起一只手："也不包括我。"

林琳看向陈眠，陈眠还没说话，赵莉莉就替她证明："我敢打包票，陈眠连沈域长什么样都没留意过。"

林琳转身趴在自己桌上，有气无力地哼了一声。

讲台上帮老师管自习纪律的班长早就在注意这边的动静，此刻敲了下桌子，意有所指地说："没心思背书的同学别影响别人。"

林琳一听这话就知道班长是在说她，低声骂了一句。

刘俊杰嘴里默念着"故木受绳则直，金就砺则利"，间隙里分神说了句："你还真是干什么都没有眼力见儿，你在这里耽误咱班长的'心上人'背书，人家能不急吗？"说完，他扫了低头认真看书的陈眠一眼。

类似的这种玩笑班级里多得很，即将迈向成年门槛又被圈在象牙塔的高中学生都在揣着稚气装成熟。

绥中校内管理严格，无论是走读生还是住校生，迈入校门的时候都必须上交手机并登记，再用金属扫描仪检查一番，谁也别想当漏网之鱼。

没了手机，他们只能靠那点儿无关痛痒的"流言蜚语"打发无聊的课余时间。

陈眠已经被打趣惯了，提不起什么兴趣，好像被说的人不是她一样，连头都没抬。

赵莉莉头一个不乐意，道："别打趣你姑奶奶啊。刘俊杰，你行不行，就这一句背了有十分钟吧？你是不是没长脑子？干脆别背了，我劝你直接放弃。"

然后两人又是一通吵闹。

上午第二节课下课，课间操的预备音乐从教室音箱里传出来。

赵莉莉挽着陈眠往操场方向走，她们所在的文科（三）班在学雅楼五楼，楼梯口堵得像小春运似的。

"每天去做课间操的路上都好像参加了一场运动会。"赵莉莉有气无力地说道。刚抱怨完，前面的人就下了几级阶梯，她像是一下满血复活，拉着陈眠就要往下走，却被陈眠拉住了胳膊。

两人这么一停，后面跟着的人差点儿撞上来，正准备说"干什么呢"，结果看见是陈眠，立马止了声。

陈眠拽着赵莉莉从人堆里出来，拉着她从艺术楼的楼梯下去。

赵莉莉还有些奇怪，问："这边居然没人？艺术班那群人平时不都是在这里吗？"

"艺考去了，上午刚通知的。"陈眠踩着台阶往下走，说话声音很轻。

赵莉莉一听就明白了，问她："你不会还在给陈茵帮忙吧？"

这话说得确实隐晦，陈眠纠正道："收钱的事就不算帮忙。"

陈茵是音乐班的学生，没分班之前她和陈眠是同学。她就是一个难伺候的大小姐，家里有钱，无论什么事都懒得自己动手，从高一起就找陈眠帮忙写作业，按科目不同计价。陈眠的生活费和零花钱全从这里来。

按理说这是个"好买卖",但赵莉莉不满:"她哪里是不想写作业,时间都用在玩上面了吧,你知道吗?林琳昨天去找沈域那会儿,沈域就是跟陈茵一起从安全通道出来,鬼知道两人干吗去了。"

"但陈茵是真厉害,沈域都被她迷住上了,我以为……"

话说到一半,陈眠拽了一下赵莉莉的胳膊。

她正有些困惑,想问"怎么了",往下看,才发现一帮人站在她的视线盲区里,或蹲着或站着,都是理科班的人。

有个坐在台阶上的男生一边俯身拍裤腿,一边笑道:"怎么在哪儿都能听见我们沈哥的八卦啊?"

另一人接腔道:"你知道什么叫作话题人物吗?"

"敢情我们几个是绿叶衬红花呗?"

男孩子们的调笑声立马充斥了整个楼梯间,声音在几乎密闭的空间形成回音。

赵莉莉已经惊讶得说不出话了,根本没想到说人闲话会被人抓包,窘迫地攥紧了陈眠的胳膊,脸红透了,下意识地问陈眠:"怎……怎么办?"

陈眠没说话,视线越过喧闹的男生们,看向站在窗边的那个人。

其他人站没站相,吊儿郎当地勾肩搭背,只有他站得笔直,手里拿了一根巧克力棒,听见调侃只笑着说了句"滚",没一点儿生气的意思。

一眼看过去,人群里最醒目的就是他。

沈域听着几个人的闲聊声,视线上移,看向几级台阶之上的陈眠。

空气里仿佛炸开了几束火花,窗外烟雨蒙蒙,窗户旁身形挺拔的少年穿着白衣黑裤。

他穿着跟别人没什么不同的校服,甚至规矩地将纽扣扣到了最上面一颗。圆圆的纽扣顶着他的喉结,喉结一动,湛蓝色领口就跟着动了一下。

他的视线自下往上对着陈眠扫了一遍,动作并不缓慢,至少周围站着的人丝毫没有察觉到他们之间的异样,仍然在笑着喊"阿域""沈哥",比鹦鹉还闹。

陈眠对沈域的注视无动于衷,睫毛都没颤动一下,拉着紧张到同手同脚的赵莉莉就往下走。

赵莉莉已经做不出任何表情了,她想着自己是不是该道个歉,毕竟背地里议论别人还被对方听见了,而且理科班这帮人跟陈茵她们玩得好,他们要是去告个状,她倒是没什么,但夹在中间的陈眠估计不好受。

她这么想着,就打算停下来,于是低声喊了声"陈眠"。

虽然刚刚背地里说闲话的是赵莉莉，但校园里有个不成文的规则——耀眼出众的那个人总是更引人注意，以至于他们身边的人都成了点缀，就跟犯事找人只找大哥差不多的道理。他们不约而同地看向了陈眠。

绥中出名的人挺多，艺术班那群美女是，沈域是，文科班的陈眠也是。

理科班这帮人也觉得陈眠这姑娘有意思，长得漂亮，有气节，性子冷得跟焐不化的冰块似的。刚入校那会儿追她的人不少，结果她一个都没搭理，连个拒绝的理由都懒得找，只冷淡地反问了句，我为什么要答应你。直接把问题抛了回去的操作，让表白的人品出了无数种意味，感觉被羞辱了，却又好像没有。

在给陈茵"打杂"之后，陈眠身上那股高不可攀的劲儿才弱了些。

一旦跟钱沾上关系，就算是神，也会染上铜臭味儿。

"怎么就这么走了呀，不是好奇咱沈哥干吗去了？不问问啊？"

"是呀，多好的机会，你们文科班的那个林什么来着，昨天不还在找我们沈哥吗，问问嘛，也帮同学找个答案。"

这帮人没什么顾忌，仗着人多，拿女孩子打趣。他们并不觉得自己过分，声音带着笑意，就像是开玩笑一样。

赵莉莉平时爱跟同班同学插科打诨是一回事，但到底脸皮薄，被一堆人这么围着开玩笑，一时间面子上挂不住，搀着陈眠的胳膊都在打战。

陈眠握住她的手，在玩笑声中冷淡地"哦"了一声，然后问人群中间的那个人："沈域，你和陈茵在一起了吗？"

她真问了。

赵莉莉险些喘不上气，却听见被问的那个人回了一句："你猜。"

语气是带笑的，但双眼紧紧地盯着陈眠。

这话意味深长，只有他们两个人才能听懂其中的意思。

一直到课间操结束，赵莉莉都没缓过来。校园生活本就无趣，之所以会有风云人物存在，就是因为他们的生活足够丰富多彩，单拎一件事出来都够课间闲谈了，更何况这次她们还跟风云人物产生了交集。

赵莉莉沉默了会儿，问陈眠："真没事吗？"

陈眠摇头，扯着校服外套的袖口遮住了整个手掌，躲在赵莉莉身后，借着遮挡看了眼手机消息，然后对赵莉莉说："我去一趟学校门口。"

"一会儿就上课了，你去干吗？"

"陈茵她们回来了，让我帮她搬点东西。"

赵莉莉顿时就不说话了。她看着陈眠走远的身影，有些烦躁地轻"啧"了一声，下一秒有人挽了上来。

林琳已经彻底缓过劲儿了，笑着八卦道："陈眠去哪里呀？"

"去找你暗恋对象的现任绯闻对象了。"

绥中艺考生出去考试的时间不定，通常是下通知后，一帮人拿着行李就跟着老师走了。

陈眠到学校门口的时候，只看见陈茵一个人往里走，她所说的"拿不动的一堆东西"也只是一个书包而已。

陈茵见陈眠过来，一边用手向陈眠比着五，一边把书包递给她。

陈眠接过书包，口袋里就被陈茵塞了五百块钱。

陈茵还有些有气无力地说："真服了，要不是我上个月刚被记了处分，打死我也不去。有什么好考的，反正我毕业就出国了，在这儿只是混混日子，管我干什么？"

陈眠收了钱格外好说话，回了句："可能因为你刚记了处分吧。"

这话就绕回来了。

陈茵也不在乎，要笑不笑地看了她一眼："那我要是个好学生，你也赚不到我这份钱吧？"

说完，她就摆出一副懒得再交谈的样子，明目张胆地晃着手机往体育馆的方向走。她身上被改短了的校服百褶裙晃出漂亮的弧度，一双笔直的长腿细白，漂亮得让人挪不开眼。

陈眠收回视线，抱着陈茵的书包往音乐班教室所在的方向走去。

门关着，她从陈茵的书包里拿出钥匙，开门的时候才发现门没锁。

等她感觉到情况不对时，已经晚了。

屋里站着两个人。

陈眠丝毫没有偷听别人说话被发现应有的反应，只是晃了下手里的书包，跟什么都没听见似的，径直往里走，把书包放在陈茵的座位上，就离开了。

屋里那个女生多少有些心虚，被撞见后，没吭一声。

沈域抬眸往外看了一眼，抛下那名女生，跟着陈眠出去了。

课间操那会儿刚停的雨，现在又下了起来，细细密密地往教学楼里斜着打。

贴着围栏走的陈眠袖口被打湿了也没挪到走廊中间去，上课铃声慢吞吞地响了起来，她没管，而是去洗手间洗了个手。

陈眠爱干净，陈宋说她矫情——洗干净手不还是得做家务，费这个劲儿做什么。她懒得反驳，这一点儿她比宋艾乖，从不会跟陈宋对着干，他要钱她就给，他要吃饭她就做，沉默着满足他所有的需求，甚至在他和宋艾吵架的时候还能顺手关上门。

所以宋艾说她是一条不咬人的狗。

细细的水流冲刷着她的手指，她用湿漉漉的手关了水龙头，才往楼下教室走去。

沈域在楼梯口站着，不知道在那里看了她多久。

陈眠只当作没看到他，从他身边路过的时候，却被他攥住了手腕。下一秒，她就被拉去了没上锁的美术教室。

陈眠被他挡住去路，她靠在门上，抬眸看他。

他身上有一股薄荷味的香气。

沈域就是这么个人，私下跟谁都能玩，但明面上永远是阳光向上的好学生。

只是这个好学生现在拽着陈眠的手腕。

沈域笑着问她："真好奇我和陈茵？"

陈眠没什么反应，语气也十分冷淡："还行。"

"还行是什么意思？"

"沈域。"陈眠喊了声他的名字，然后用那双清亮的眸看向他，警告似的对他说，"还行就是，就算你真的和陈茵在一起了，我也只会夸一句般配的意思。"

她说完这话，就听见沈域笑了声，还点了下头，用玩味的语气说："确实，换成别人还不一定知道我爱听什么样的祝福。"

回到教室里的时候，已经上课三分钟了。

好在这节课的语文老师向来喜欢陈眠，没和她多计较就让她赶紧进来。

陈眠从抽屉里拿出语文课本。

赵莉莉小声地问她："放学后，你有事吗？"

陈眠点头道："有。"

赵莉莉顿时趴在桌上唉声叹气，道："你好忙啊眠眠，你要去做家教吗？"

陈眠笑着在书上记笔记，声音很轻："不是，是去养狗。"

讲台上，语文老师在讲文言文的考试重点，旁边的高考倒计时写着 100 天。

陈眠是走读生，不用在学校上晚自习。最后一节课下课后，她就出了校门，进小卖部用陈茵给她的钱买了一袋巧克力豆，才去公交车站等车。

到别墅门口的时候，里头还没人，她从包里拿出手机蹲在墙角打开了微信朋友圈。内容丰富多彩。

陈茵连续发了好几条朋友圈。前几条内容还是她在火锅店，后几条内容就变成了在谁家的私人 KTV。

照片里无一例外都出现了沈域的身影，要么是不经意间被框进去的手，要么是他的白色校服衣摆。

这些，陈眠都能认出来，甚至能从这些照片里，看出沈域兴致不高。

他根本懒得奉陪，却没走。

陈眠垂着头，拨弄着自己的鞋带。从墙角缝隙里长出的小花颤巍巍地开着，她百无聊赖地伸手碰了一下，就听见自行车停下的声音。

张婶背着包，拿钥匙开了门，并没有看见躲在角落的陈眠。

陈眠垂眸不知在想什么，过了好一会儿，才给沈域发了条消息。

Deep Sleep:"不回来我就走了。"

沈域:"抬头。"

陈眠抬起头，看见沈域拿着手机站在不远处，正看着她。就跟变魔术似的，上一秒朋友圈里处于纸醉金迷之中的人，这一秒竟然出现在这里。

张婶在这里工作好几个月了，工作清闲，工资高。

唯一奇怪的就是，住在别墅里的只有一个男孩子，不太爱说话，平日里看见她只是点头示意。

今天他难得叫她来提前收拾，她刚拿着抹布进了厨房，就听见了开门声。

"啪"的一声。

"您回来啦？"

"嗯。"沈域一边回答着张婶的话，一边饶有兴致地盯着陈眠。

他知道她在乎私密性。就跟不愿意在学校里和他产生关联一样，她始终保持着让自己可以随时抽身的状态。

可沈域偏不如她所愿，他一点点越界，站在那里看着陈眠神色冷淡地睨着他。

而后，他笑了声，揽着她的肩膀，顺势用衣服遮住她的脑袋，带着她往二楼走去。

张婶从厨房出来，就看见了沈域的背影和他身边的女孩子。

"现在的孩子啊……"

她轻声感叹了句，没认出来那个女孩子是被她可怜的陈眠。

房间门"砰"地关上后，沈域察觉到陈眠紧绷的背部松懈了下来。

这让沈域觉得有趣，他坐在椅子上，下巴朝桌上一抬，陈眠顺势就坐了上去。

两年前，她第一次进沈域的房间，也是第一次真正了解沈域。

她从家里逃出来，跑到路边看见恰巧出现在那里的沈域。

他上下扫视了她一眼，没像别人一样给予无用的关心，只是将视线黏在她身上，然后问她："需要帮忙吗？"

陈眠攥着书包的手松了下来，然后她点了下头。

他看着她膝盖上的淤青，随后抬眸，看向她问："想不再挨打吗？"

陈眠无法说"不"。

后来，陈宋遇见了宋艾。

沈域笑着靠在窗边，从陈眠的外套口袋里摸出来一袋没拆开的巧克力豆，随手拆开，放了一颗巧克力豆进嘴里。

陈眠放下书包，脱下自己的校服外套，露出细白的胳膊。她拉开椅子坐在书桌前，在拿起试卷放在桌上时，听见沈域轻笑了声。

这笑声让陈眠想起上午在楼梯间发生的事情。他们在学校向来"井水不犯河水"，要是沈域不愿意，谁能开得了他的玩笑。

陈眠这时才回过神来，抬头看向站在窗边的沈域。

"沈域，你是故意的。"

沈域不置可否，狭长的眼眸里满是笑意，道："我以为你早知道。"

陈眠想说些什么，想想还是算了，沈域这个人属于越跟他较劲他就越来劲的类型。她一会儿还要回家，没空和沈域在这件事情上耽搁太久。

陈眠重新将注意力放在试卷上。

沈域房间的书桌很大，桌上放置的东西并不多，黑色桌面上此刻只有她的白色笔袋和试卷、书籍。他的房间定期有阿姨打扫，桌面始终保持整洁，地面一尘不染，和她的房间天壤之别。

当初沈域朝她伸出手，给她提供帮助的条件是她的陪伴。

虽然她不了解沈域，但他在学校众星捧月，身边总是不缺朋友，周围看起来总是热热闹闹的，他所需要的陪伴显得他过于孤单。那时的陈眠并不理解他的孤单，认为他有些无病呻吟。

直到和他接触后，陈眠才发现沈域是真的孤单。

这么大的别墅，却总是他一个人在住。

"选C。"

沈域的声音擦过她的耳边。他用一只手撑在桌上，另一只手从陈眠的笔袋里拿了一支铅笔出来，接着在她犹豫许久的选择题边写了个歪歪扭扭的C。

"陈眠，一道这么简单的函数题你犹豫这么久——"他语调拖长，撑在桌上的那只手抬起，将一侧的椅子拉了过来，滚轮在地面发出声响后，他坐在椅子上，手肘顺势撑在陈眠座位的扶手上，调侃着下了结论，"你这是心不在焉啊。"

陈眠翻出橡皮擦掉了他写的C："没有心不在焉，是你影响到我了。"

这个指控让沈域觉得好笑。

"说说看。"他屈指在桌面上轻敲，语速缓慢地问她，生怕她听不清似的，"怎么影响到你了？"

"我只是透过这道题在想关于函数的知识点。"哪怕是信口胡诌，陈眠也面不改色，她长了一张不像会撒谎的脸，认真看向谁时都显得诚恳，"你在我试卷上写答案，影响到我的思路了，你写你自己的作业不行吗？"

沈域觉得好笑又荒谬。

陈眠大概以为他很傻，随便就能糊弄过去。

"行。"铅笔在他手里灵活地转了一圈，然后"啪"的一声放在了桌上。他弯腰拿起放在地上的黑色书包，从里面拿出来作业放在桌上，而后拖着椅子和陈眠拉开距离坐下，依陈眠所说开始写自己的作业。

屋里一时安静了下来。

陈眠写完一面试卷后看见窗外夜色已深，才发现时间已过晚上九点。

这个时间，估计陈宋已经出去喝酒了，再晚一些，他就回来了。

如果那时候回去撞见陈宋……陈眠神色一沉。她想回家了，但不知道沈域是不是故意的，始终没停笔，既没说让陈眠回家也没有要和她说话的意思。他这副专注于做题的样子让陈眠有些气恼。

她慢吞吞地伸手，用指尖触碰沈域放在一侧的手背。

一旦有求于人，就是陈眠最乖的时候。她弯着一双杏眼，轻声说道："沈域，我要回家了。"

沈域没说好也没说不好，没抬头，手里的笔也没停，看似在专注做题。

然而陈眠凑过去时，就看见应用题早就被他做完了。他手里握着的笔落在纸面上的，只是一个又一个的黑色小点，像是一串又一串亟待翻译的省略号。

"……"

几秒的安静后，陈眠直截了当地问他："你哪里不开心？"

于是，她就看见了沈域似笑非笑的神情。

"学校里，别人找你表白，你都是怎么说的来着？"

沈域忽然发问，让陈眠愣了一下，然后她摇头说："不记得。"

"你记得什么?"他的声音是绝对的冷静,和她说着无关紧要的事情。

"都不记得。"陈眠回答。

"是吗?"

沈域神色倦怠,甚至目光都没落在陈眠身上,而是在看她的白色笔袋里究竟放了几支笔。

"那挺巧,我也不记得我为什么不开心。"沈域有些困扰地抬头看她,眼睛里满是戏谑的笑。

"可能是你在学校提的建议不让我满意,也可能是作业太多,我懒得写……谁知道呢?"

"你的作业,我帮你写。我要回家了,时间……很晚了。"陈眠咬了下唇,声音很小。

"理科班的作业,你也会写?"

"遇到不会写的我会空着。沈域,我要回家。"

像在驯犬。陈眠一早就知道驯一条并不听话的恶犬,要耐心、冷静。

只是这条恶犬实在难以安抚,无论她说什么,都只是懒散地靠在那里,似笑非笑地看着她。

陈眠没了办法,只好放软声音,几乎是哄道:"我下次多陪你一会儿,可以吗?陪你吃完晚饭,怎么样?我现在要回家了,沈域,再不回去我就要碰见我爸了。我不想和他碰上,你知道的。"

陈眠从沈域家出来的时候,张婶已经走了。

司机在门口等着,陈眠拉开后座车门坐进去,看见座椅上放着一个很厚的信封。

"您这次补课的工资。"陈眠拿起信封,打开点了一下。

补课是名头,陪他消遣时间是事实,"工资"又带了些羞辱的意味。

这就是沈域,披着"好学生"面具的浑蛋。

车在陈眠家附近停下。

陈眠拎着书包下车,居民楼里的灯光都是暗的。

陈眠走进楼道,声控灯没亮。兜里的手机却有消息进来,她掏出来,屏幕亮了一瞬,照亮了墙壁上用粉笔写下的"王八蛋"三个字。

发消息的人是赵莉莉。

莉莉哩里莉:"眠眠,刚才在学校我忘了问你,什么狗还要人专门照顾呀?"

陈眠踩着台阶往上走,摁着键盘,回:"疯狗。"

那钱陈眠没能留下,她洗个澡的时间,放在书柜里的钱就不见了。

坐在客厅看电视的宋艾看了她一眼,勾唇笑了下,什么也没说,拿着遥控器漫无目的地调着台。

主卧门是开着的,不用猜,又是陈宋进她的屋把钱拿走了。

陈眠一如既往地沉默,对此不置一词。

她回到房间给门上了锁,刚躺在床上就收到了陈茵发来的消息。

陈茵:"明天午休的时候来理科班一趟,帮我们放部电影。"

陈眠坐在床上,垂着眸回道:"多少钱?"

那边的人过了两分钟才报价:"一千元。"

一千元放一部电影,听起来很值。

但无论是陈茵还是陈眠,都知道这一千元并不是放电影的报酬,而是陈茵让陈眠做衬托的酬劳,好叫人知道,拒人于千里之外的陈眠即使再漂亮、再惹人注目,也只是她陈茵呼之即来,挥之即去的跟班。

陈眠对此并无所谓,只是当她在理科班看见最后一排靠在椅子上看她的沈域时,握着鼠标的手还是微不可察地颤了一下。

隔了一会儿,陈眠看向屏幕,在U盘里找出他们要看的恐怖片。

窗帘拉紧的教室关着灯,阴森的音乐声响起,刻意营造的恐怖氛围愈发瘆人。陈眠搬了一张椅子坐在讲台上,从包里翻出来耳机戴上,借着幽暗的光开始看手里的单词本。

讲台下。

从音乐班跑过来的陈茵拉开沈域旁边的空椅子想坐下,沈域却头也没抬地说了句"有人"。

陈茵一愣,很快就笑了:"哪有人啊,你可别骗我,你同桌都跟我说他近视,坐前面去了。"

陈茵跟沈域的朋友游淮是青梅竹马,平时总在一起玩,因而她和沈域也熟悉了起来。绥中喜欢沈域的人不少,喜欢的原因里外貌占了六成,另外四成则因为平时他跟谁都能谈笑三分,给人一种很好接近的错觉,但一旦多加了解,就会发现这不过是礼貌使然。

游刃有余的社交礼节背后是眼高于顶的傲慢。

而沈域的傲慢则是吸引陈茵的理由。

"还真有。"沈域还没说话,游淮不知从哪里冒了出来,忽然抢过陈茵手里的椅子,动作很快地坐了下来,笑眯眯地勾着沈域的肩膀,抬头朝没反应过来的陈茵说,

"不好意思了，这位子就是阿域给他的好兄弟我留的。"

"游淮，你……"

陈茵怒气冲冲地正要骂游淮，教室里唯一的光源——显示屏忽然黑了，婴儿啼哭的声音也戛然而止。

刚陷入恐怖氛围的人忍不住骂出声。

"什么情况啊，总不能是真遇上鬼了吧？"

"也说不定，电影里最容易遇鬼的地方不就是学校吗？可得小心点儿，窗户、后门什么的，可都是遇鬼事件的多发地。"

"胡扯什么，真要撞鬼，讲台那里才是最危险的吧。"

"服了，电脑坏了没一个人去看看，都在这里乱扯。"

那人说着就要起身，却听见椅子被拉开的声音。

是一直坐那里看杂志的沈域站了起来。他拉开椅子，径直走向了讲台。

陈眠也不知道这是怎么回事。她弯腰想去检查插线板，然而还没来得及动，就听见逐渐靠近的脚步声。

还没看见人，鼻子先捕捉到他身上冷冽的薄荷香。他凑过来，伸手直接握住了她放在鼠标上的手。

陈眠被握住的手紧绷到僵直，凉意窜到指尖。

"你……"她一句话没说完，就被沈域打断了。

"不是电脑出问题了吗？不需要我帮你看看？"沈域压低声音，就在她的耳边，用与情人说话一般呢喃的语气道。

她从未在学校和沈域如此亲近过。

昏暗的空间、讲桌下的人群，这一切让陈眠紧张到身体紧绷。

"不用。"陈眠冷声拒绝他后，便想抽出自己被压着的手。

这时，坐在第一排的同学有些困惑地问道："阿域，你跟陈同学说什么悄悄话呢？我怎么一个字都没听清，你俩加密通话呀？"

另一人笑着搭腔道："不想让你听见你还问，有没有点儿情商啊？看我，我就不问。"

两个人的调侃，让周围等着看电影的人都笑了起来。教室里都是一些熟悉的同学，玩笑话也是张口就来，没什么人当真。毕竟话题中心的两个人是平时里八竿子打不着的关系，比起相信陈眠跟沈域有点儿什么，在座的人更相信沈域只是善心大发，上去助人为乐了。

唯独被压住手的陈眠心跳如擂鼓，连呼吸都急促了。

她僵住的身体引来沈域一声轻笑。

薄荷味的冷香钻进鼻腔，她抿紧唇。

底下的同学还在调侃，这么一小会儿，话题已经围绕陈眠跟沈域展开了。

"哎，要我说人还是得长得好看，换别人的话，你看看阿域会帮忙不？"

"瞧你这话说的，我们域哥有这么肤浅吗？"

"那也得看看肤浅的对象，不是吗？"

这些人也不顾当事人的感受，一句接着一句。

后排的陈茵有些不满地推了一下桌子，"吱"的一声，就听游淮笑着说了句"不带虐待桌椅的啊，大小姐"。短暂的安静后，又是一阵笑声。

"沈哥，赶紧过来哄哄我们的茵姐。"

"没看到阿域正忙着修——电——脑——呢！"

陈眠不喜欢这样的调侃。她在学校向来低调，即使长相漂亮也总是一副透明人的姿态，此刻成为话题中心任人调侃，让她有些无所适从。

她慢慢抬头，敏锐地捕捉到他的眼睛，看着他，她在无声地乞求着。

"砰"的一声。

这间小小的教室里响起一声巨响，一下都安静了下来。

沈域一个字都没说，却让所有人都闭上了嘴。

绥北中学沈域，理科实验班尖子生，是象牙塔里的顶尖人物。平日里他即使被开玩笑也不会轻易生气，倒是很多人忘了，其实他从来都不是一个脾气很好的人。

陈眠攥着鼠标的手出了汗，滑得几乎握不住它。

死一般的寂静里，沈域站直身体，抬手在桌面上敲了一下。

"这电脑，破成这样还能放恐怖片还真是不容易。"他垂眸，对僵坐在那里的陈眠说，"再试试，现在能放吗？"

"啪嗒"一声，陈眠摁下了鼠标左键。

黑着的多媒体荧屏忽然有了画面。

幽暗的光映在陈眠眼中，影片里主角团一路狂奔躲避着恶鬼的追踪，尖叫声瞬间充斥整间教室。

一片嘈杂里，陈眠低声对仍站在身侧没打算走的沈域道谢："好了，谢谢。"

沈域擦手的动作一顿，看见忽明忽暗的光线中陈眠那双黑白分明的眼睛，她用仿佛看陌生人的目光看着他，用行动充分表达了她想和他划清界限，生怕被人看出他们私底下关系匪浅的想法。

挺没良心的，他好歹也算是帮了她。就算这回不算，之前那些次加起来，他怎么也算是她陈眠人生中的贵人吧？

对贵人就是这态度？沈域心想着，有些不满地轻喷了一声。

"你看这部电影，"他指着电脑屏幕里被恶鬼堵在死胡同里、避无可避的主角团，对陈眠说，"知道这帮人为什么会撞上鬼吗？"

这部电影陈眠完全没看，哪能知道是什么原因，听沈域说话的语气就知道不会是什么正经话。她没打算搭理他，可有人好奇。

前排坐着的同学举手提问："为啥？"

沈域眼睛始终看着陈眠，笑道："因为态度敷衍，道谢不诚心，恩将仇报，不分敌我，让鬼怪都看不下去了。"

陈眠一听就知道沈域是在含沙射影地说她，皱了下眉，就想说些什么。

却听到"轰隆"一声。

"不是吧……阿域你真的假的？邪门了，你这话还有引雷效果呀。这教室里真有你说的那种人？"听得津津有味的同学简直惊呆了。

他同桌看不下去，拍了下他脑袋："傻啊你，打雷下雨了！"

唰——

有人拉开了窗帘。

窗外，一场暴雨突如其来。

这部电影最终大家也没看到结局，播放到一半的时候级长"从天而降"，拉开门往里看了一眼，目光精准地捕捉到不属于理科班的人，用手在门板上敲了一下以示警告："其他班的学生哪里来的回哪里去，把电脑给我关了。距离高考没多久了，你们居然这么散漫！"

"老师，是我们班主任让我们看的。"

"就是啊，我们这回考试考得不错，班主任让我们放松一下。"

听到这话，级长更生气了——一个教室里理科班的、美术班的、音乐班的学生都有，像什么样子！他一肚子火没处撒，就看到了讲台上正收拾东西的陈眠。

"你是哪个班的，也跟他们一样考得好，来放松一下？"

见她不吭声，级长在记忆里搜寻了一番，确定对这个人没什么印象。他估摸着这人是成绩处于中下游的学生，便一皱眉，骂道："还在那儿站着，不回自己班级吗？等着记处分？"

游淮坐在下面看热闹，伸手戳了一下沈域的胳膊，问："你猜，陈妹妹会不会被记处分？"

沈域拿了一支笔在草稿纸上写着公式，闻言，也没抬头，但语气十分坚定："不会。"

陈眠只是在别的班级看个电影，不算犯错，最多就是口头上被批评几句。

游淮也是这么想的，他只是为了看沈域的反应，结果见对方神色如常，便颇为失望地叹了口气。

"月考，年级排名第三，算是考得好吗？"站在讲台上始终没什么表情的女生语气淡淡地回道。

她抱着自己的单词本，在级长发怒之前，轻声补充了一句："对不起，老师，我不该在午休时间来别的班。"

直到陈眠走出了教室，教室里的人还有些没缓过神。

游淮活跃起来，撞了一下沈域的胳膊，道："看不出来陈妹妹挺硬气啊。"

语气平淡的一句反问若是别人说出来，根本不会让人大惊小怪，但向来乖顺、任人拿捏的小白兔陡然来这么一句，才让人忽然发觉，原来兔子也是长了牙齿会反击的。

作为为数不多的知道沈域和陈眠关系的人，游淮好心警告："你小心玩栽了。"

沈域停下笔，有些好笑地反问："我玩不起？"

他什么都有，所以对什么都不在乎。保持体面的成绩是为了让父母无话可说，不与人交恶、跟谁都能聊上几句，只是为了避免不必要的纷争。

游淮从小就跟沈域在一起玩，比谁都清楚沈域骨子里的顽劣。

他意味深长地说道："过满则亏，阿域。"

玩手机的陈茵抬头，听见这一句，有些好奇道："什么过满则亏？"

"没什么。不过那位给你打杂的朋友最近可能快谈恋爱了，你是不是得再找个人帮你打杂？"

谈恋爱？陈茵有些好笑："陈眠？她哪有工夫谈恋爱。"

游淮"啧"了声："你怎么还看不起人呢？我可瞧见了，刚出门她就被一个男生拦在走廊里。那男生我见过，就是他们班班长，那个虽然读文科却参加理科竞赛的牛人。"

陈茵顿时来了兴趣，拿起手机就要往外走："那我要去看看。"

人走了，游淮又问沈域："你不去看看？"

看什么看。沈域扫了他一眼，用眼神示意他闭嘴。

教室外，班长陈柯拿着作文竞赛的报名表来找陈眠："语文老师让我给你一份，这个竞赛含金量不错，除了有奖金，取得名次的话，对自主招生也有帮助。你看看。"

陈眠接过报名表，对陈柯道了声谢。

陈柯笑着说"不用"，身后的教室里不时传来打闹声。

陈柯刚刚看到了陈眠是从这间教室里面走出来的，犹豫了一下，还是没忍住劝说道："他们和我们不是同一个世界的人。他们都是富家子弟，平时即使带着手机来学校也没人管。"

他们，是指陈茵和沈域他们。对陈柯的话，陈眠没什么异议。

只是这个"我们"用得有些微妙。她停下脚步，看着陈柯那双有些闪躲的眼睛，从口袋里拿出了手机。这部手机是苹果最新款，是陈茵用过的，为了能在学校里方便联系陈眠帮她跑腿才给的。

陈眠握着手机，在陈柯愣怔的目光中，对他说："班长，我和你也不是同一个世界的人。"

大众眼中的好学生应该像陈柯这样——和喜欢的女孩子说句话都脸红，不会做出格的事情，心动难挨时也只是借着学习的名头给予几分关心。

他做不到像沈域那样，擅自闯进她的国。

在除了学习就是玩闹的年纪，陈眠一心想的是通过高考闯出一条属于自己的生路。

最后一节课下课，陈眠收拾好东西准备回家。

急匆匆的赵莉莉一边往教室里跑，一边气喘吁吁地说："我们班男生跟理科班的男生打起来了！"

刚写完习题的林琳有些惊讶，问："他们之间发生了什么冲突啊？"

"抢篮球场。也是奇怪，我头一次见班长态度那么强硬，就是不让，沈域把篮球一砸，两拨人就打起来了。"

"不是吧？班长跟沈域？走走走，去看看！"

林琳拽着赵莉莉的手往外走，又回头问陈眠："你不去吗？"

陈眠摇头。她从抽屉里拿了一把伞出来，说："你们去吧，我要回家了。"

校道两侧种着白杨树，风刮过树叶哗哗作响，雨雾细密地落了下来。手机里的天气预报说未来一周都会持续降雨，陈眠撑着伞裹紧外套，踩着被雨淋湿的落叶走出校门，往家的方向走。

张婶正好从菜市场回来，手里拎着两大袋的菜，见到陈眠便对她说，她爸和阿姨都不在家，热情地邀请她来自己家里吃饭。

"谢谢张婶。我在学校吃过了晚饭才回来的。"

听陈眠这么说，张婶只好作罢。她看着手里的菜，有些为难："我买完菜才接到电话说今天不用去做饭。这么多菜我一个人也吃不完，只好放冰箱了。"

她又有点儿感慨地说道："现在的孩子总喜欢在外面吃饭，外面的东西能有家里做的干净吗？"

陈眠听完，随口问了句："您给做饭的那户人家，他们经常不在家吃饭吗？"

"那倒不是。那孩子挺可怜的，总是一个人在家，不爱说话，但人挺好的，估计是怕孤单，每回都让我一起吃。哎，也不知道他爸妈干吗去了，怎么能把孩子一个人丢在家里呢？"

张婶还在絮絮叨叨地说着，陈眠却没有再听着了。她手里拎着的雨伞滴滴答答地往下滴着水，落在地面上，像一个又一个黑色的沼泽，又像是沈域没开灯的家。

此时，她兜里的手机正嗡嗡作响。

班级群里议论纷纷。

——班长牛啊，真勇士就是直面困难，不畏强权。
——嗯，挺牛，进医务室的人是谁，我不说。

陈柯收了手机，从校医那儿拿来消毒药水的赵莉莉看他这动作，随口调侃道："回味自己的打架史啊，班长？"

陈柯敛眸，接过赵莉莉递给他擦拭伤口的药水。

赵莉莉之所以跟过来纯粹就是八卦心理作祟，知道班里有人打架，但不知道为什么打架让她还难受。她也没管陈柯对她的态度有多冷淡，自顾自地坐在对面的空椅子上就开始问："你们到底是怎么打起来的，不可能只是为抢个场地吧？"

"差不多。"

陈柯态度敷衍。他完全不想让赵莉莉多问半句和打架相关的事情，把药水塞进口袋里，便一瘸一拐地往门口走。然而刚推开门，他就看见陈茵穿着百褶裙站在那里，正和身侧比她高一个头的游淮闲聊，两人离门近，在听见开门声后同时看了过来。

陈茵"哟"了一声，撞了一下游淮："'大英雄'出来了。"

游淮正在联系沈域，发过去一堆消息才得到一句回复，这会儿看见陈柯，没忍住笑，冲他抬了下下巴，笑道："学霸可以啊，打架跟学习都挺牛。"

这话纯属是无稽之谈。在篮球场那会儿，陈柯只有被揍的份儿。他被人拦着，看见沈域就坐在不远处，拧开一瓶矿泉水往手上浇。

传闻并不准确——并不是陈柯和沈域打起来了。沈域从不打架，是陈柯跟沈域身边的学生打起来了。

沈域坐那里冷眼旁观，等听到人喊"老师来了"，才懒洋洋地说了声"算了"。

然而这声"算了"也不该是沈域来说。

要不是打球的时候，沈域从他身边经过时淡淡地丢了句"喜欢陈眠？拿钱砸比较快"，陈柯也不会动手。

游淮上下扫了陈柯一眼，看到人没事，才拽了下陈茵的发尾。

"走了，阿域请客。"

赵莉莉在校医室里接了一通电话，出来就看见游淮和陈茵离开的身影，有点儿懊恼自己错过了大戏，却看到陈柯一脸憋屈的表情，到底是同班的同学，她还是劝了句："算了，班长，跟他们较什么劲儿。"

陈柯紧咬着下唇，屈辱几乎将他淹没。隔了好一会儿，他才哑声问赵莉莉："陈眠打算一直给陈茵做事吗？"

赵莉莉一愣，有些为难道："我怎么知道。"

"他们不是什么好人。"

"整个绥中，谁不知道他们不是好人啊。"

赵莉莉有些好笑，她觉得陈柯这人挺有意思——揣着明白装糊涂，明明所有人都知道陈眠和这帮人扯上关系是因为她没钱，但陈柯偏不说这一点儿，仿佛比陈眠本人更不愿提及她生活窘困的事实。

"但能怎么办，他们有钱啊。"

陈柯听到这话，咬着牙往前走了一步又停下来。他脚上的帆布鞋鞋底掉了，冷风吹得脚底生寒。

声控灯没亮，楼道是昏暗的，只有陈眠手里的手机亮着光。

她收好伞，就看见了坐在台阶上的沈域。

他大咧咧地坐在那儿，也没管台阶上有多脏，手肘撑在膝盖上，手里拿着手机。手机是亮的，微信语音消息一条接着一条地跳出来。

他随意点开一条消息，哄闹的背景音乐里有人对着话筒朝他喊："阿域，你人呢，来玩呀？"

陈眠听见陈茵的声音也从手机里传出来，亲昵地对他说："阿域，你怎么只出钱不出人啊？"

电话那边很热闹，和这栋居民楼似乎是两个截然不同的世界。

陈眠看着他，两人之间隔着不远不近的距离。

三四节台阶，接触不良的灯泡忽明忽暗，远处有野猫的叫声。

湿润的青草香味被风吹着卷上来，在陈眠对生活为数不多的美好想象中，此刻是非常美好的一幕，哪怕沈域身后是长期以来被她称为囚笼的家，哪怕这栋昏暗破旧的大楼困住了她青春期该有的活力和张扬。

她看着沈域那双清亮的黑眸，仿佛从中看到了一座无间地狱，又仿佛是一条她渴望的通往天堂的阶梯。

林琳说，绥中就没几个人不喜欢沈域，他是少女关于青春的美梦中最具象的存在。

但陈眠从不做梦。她收回目光，从他身边路过时，却被人捉住手腕。

然后她听见沈域说："陈眠，从你让我帮你起，你就只能看向我。"

"看向"这两个字几乎贯穿了陈眠自童年以来的所有记忆。

她妈还没走时，总喜欢对她说，眠眠你要有礼貌，和别人说话的时候要看向对方的眼睛。后来要求她有礼貌的妈妈实在受不了陈宋的没礼貌，什么东西都没要，只拿了一张离婚证就逃也似的离开了那个家。

那之后，陈宋也喜欢对她说"看向"，他说血缘这东西割舍不掉，子女生来就是要孝敬父母的，别跟你妈一样想着离开我，你跑不掉的。

再后来，她给陈茵跑腿，大小姐坐在台阶上，晃着双腿冲她笑，阳光刺痛了她的眼。陈茵说，陈眠你往哪里看呢？

仿佛命中注定，无数人都要求她看向他们。

只是沈域更蛮横，他说，你只能看向我。

谁都想当唯一，别人的或许沾了些风花雪月，但陈眠知道，沈域更多的是占有欲作祟，他在冲她示警。他围绕着他们两人画了个圈，但凡其他人想要闯进这个圈内，都会受到规则的惩戒。

如果沈域能够耐心一些，或许他会说"陈眠，你不要看向别人，我会不开心"。

但沈域没有。

这条楼道陈眠从小走到大，看着陈宋每天骂骂咧咧地下楼，又醉醺醺地回来，骂没人打扫的肮脏楼道，骂无人维修总是忽明忽暗的感应灯，骂所有试图插手他们家事的邻居。

这栋楼仿佛密封的下水道，让人几近窒息，但沈域出现在这里。他的衬衫永远是干净的，每一寸皮肤都透着矜贵。

陈眠猜，沈域永远不会知道这条楼道需要跺多少次脚才能喊亮那盏灯。

陈眠想，沈域永远不会费心去找借口缺席学校组织的春游活动。

这时她才恍然察觉两人之间距离最近的时刻便是现在。

在学校外的沈域仍然是沈域，而陈眠不再是学校里那个用冷淡伪装自己的陈眠。

"你怎么在这里？"许久的沉默过后，陈眠的声音忽然叫醒了"打盹"的感应灯。

暖光笼在沈域黑色的发顶，给发丝镀上了一层薄金。

沈域没直接回答她的问题，而是问她："你的手机呢？"

已经上了几层楼的张婶听见楼下的声响，以为陈眠是在跟她说话，声音遥遥传来："眠眠，你在说什么？"

"没什么，张婶，我在打电话。"

楼上传来一声"噢"，随即便是铁门被打开又关上的声音。陈眠这才松了一口气，垂头就看见坐在台阶上的沈域正若有所思地盯着自己。

陈眠的手机就在手里拿着。她打开手机看了一眼，没有来自沈域的未接来电，也没有他的微信消息。

"你怎么……"

"陈眠，你这撒谎不眨眼的本事见长。"

沈域打断她的话，顺便抽走了她手里的手机，看见赵莉莉给她发的微信消息，都是有关他和陈柯打架的内容。

沈域也说不好自己为什么忽然跑到这里来，明明开始是跟朋友们在一起玩，但喧闹的场子里忽然有人说了一句"陈柯成那样，还怕他喜欢的人知道了"，他顿时就没了兴致。

陈眠没有给他发一条消息，也没打一通电话，既不好奇他为什么会跟陈柯产生矛盾，也不关心他有没有受伤。

她就像一块焐不热的石头，无论哪里都是冷的，还信口雌黄，骗人不眨眼。

"你不是想知道我为什么在这里吗？"

沈域手里拿着她的手机，从台阶上站起身。逼仄的楼道因他靠近的动作而显得更加狭窄，陈眠站在原地没动，看着沈域将手机塞进她的校服外套里。

"我无聊了。"

他身上的薄荷味几乎将陈眠包裹进去。

昏暗的楼道里，眼前站着的人用一双漂亮的桃花眼认真地看着她，放轻了声音，笑着对她说："陈眠，陪我去玩。"

沈域说的玩，就是带她到了朋友家的私人KTV。

陈眠之前没有来过这种场所，玩乐对她来说过于奢侈，她的生活单调枯燥，除了学习就是兼职，赵莉莉也邀请过她一起出去玩，但她从没有答应过。

沈域没有立刻带着陈眠下车，而是让司机将车停在了路边。

窗外，站着好几个绥中的人，他们换下校服后穿的日常衣服一件比一件潮。

陈眠一眼就看到了跟游淮走在一起的陈茵。

这让她原本准备下车的动作停了下来，她困惑地扭过头看向沈域："你说的陪你玩，就是让你看热闹？"

她跟沈域的关系在学校是秘密，陈茵喜欢沈域这件事尽人皆知。她跟陈茵关系虽然算不上好，但也能说上几句话，要是让那个大小姐知道她跟沈域是放学后能一起出来玩的关系……陈眠能预见那位大小姐会发什么样的疯。

她在学校向来低调，并不想惹上是非。

司机年过四十岁，常年接送沈域，对高中生的事情不感兴趣，安静地戴上耳机准备刷短视频。

沈域的手机响了几声，楼上那些人见他太久没回消息，就开始进行电话轰炸了。

对陈眠的话，他没否认，而是不置可否地回了句："这不比在篮球场打架有意思吗？"

他掐断电话，将手机调成静音，没说楼上有一堆人在等，就这么坐在车上跟陈眠耗时间。

陈眠顿感无语。

这会儿她终于明白沈域今晚会出现，还带着她来到这里，都只是因为他不开心，他不开心她对他的毫不关心，所说的带她来玩只是这位少爷的恶趣味使然。

他不屑于亲口对她说自己的不满，而是先让她感受到他的反常。

陈眠沉默了两秒，才顺着他的话问他："那你为什么要跟陈柯打架？"

"大概是因为看他不顺眼。"

这话一听就是在敷衍，沈域虽然是学校风云人物，但从不滋事闹事，在学校被老师称为道德模范，尊师重教、对同学团结友爱说的就是他，看人不顺眼就要打一架完全不是他的行事风格。

但陈眠没有细究的心思，听沈域这么回答，只是随口"嗯"了一声，就没再说什么。

"就不问我受没受伤？"

"……"陈眠这会儿更加无语了。

他连衣服都是干干净净的，看着哪里有半点儿受伤的样子。

沈域见她沉默不言，伸手就要去开车门，袖子却被陈眠拽住了。女生一脸无语至极又不得不妥协的表情，问道："那你受伤了吗？"

"伤得不轻。"

沈域就这么靠在椅背上信口胡诌，语气平缓地对陈眠说："毕竟我也是第一次看到人打架，受到的震撼不小。"

站在门口打电话的游淮一眼就看见了沈域家的车，手里拿着的饮料瓶都差点儿掉下去。

旁边便利店的门被拉开，陈茵不满地抱怨道："怎么这里连个想喝的酸奶都没有呀？"她没听到游淮的回应，有些生气地踢了一下游淮的鞋，"你在看什么呢？"

游淮觉得陈茵这人多半是个傻子，只用手指了下沈域家的车。这时，驾驶座上的司机推开车门走了下来，随后把车门关上，后排的人却没出来。

"看你的沈哥哥玩'大禹治水'。"

陈茵没听懂，问："什么'大禹治水'呀？"

"三过家门而不入啊，朋友，你语文是怎么学的？"游淮用饮料瓶打了一下陈茵的胳膊，在她恼羞成怒要上来揍他时，及时躲开，嘴里还在挑衅，"陈茵，我给你一个建议，你还是别倒追了，不如老老实实等别人来追你。"

车里，自己去篮球场拦人的滋事者摆出一副受害者的样子，等着被人安抚。

坐在他身侧的陈眠看了他许久后，才对他说："那你别说话了。"

沈域没听懂她话里的含义，抬头困惑地看向她。

陈眠头也没抬，阴阳怪气道："免得你说久了，嗓子疼。"

沈域直接被气笑了。

"陈眠，我在生气。"他确实是在生气。

在学校里陈眠都快把"跟你不熟"几个字写在脸上了，生怕被人看到他们有接触，然而她扭头就能和自己班班长并肩走在一起。

他用微凉的指尖轻点她的手背，冷淡道："就不能好好说话吗？"

陈茵和游淮见沈域迟迟不下车，有些好奇地朝这边走来。

车里的沈域既没说下车，也没说走，就这么同陈眠僵持着。

陈眠明白沈域这是在索要关心，无非就是希望她真心实意地问一问他受没受伤、为什么要打架，但陈眠不想问。

已经有很多人关心沈域了，微信群里、那个私人KTV里全是关心他的人。

他有那么多朋友，觉得孤单的时候打一个电话就能组一场局；觉得无聊的时候，就朝她索求陪伴。但陈眠什么都没有。

陈眠忽然有些厌烦，抽出被沈域压着的手。

"不能。"她看向窗外，目光落在被游淮拽住卫衣帽兜、急得直跺脚的陈茵身上，对沈域说，"说话好听的外面就有，我学不会。"

陈眠被送回家的时候，是晚上九点，居民楼大部分的灯是关着的。

她拉开房门，刚进去就听见厨房里传来炒菜的声音。

"陈眠，怎么这个时间才回来？"陈宋坐在沙发上，将腿搁在矮桌上，笑眯眯地看向她。

陈眠却从头发丝冷到了脚后跟。她后退一步，沉着声音对陈宋说："我没钱了。"

陈宋才不信陈眠会没钱，陈眠一直在外面做兼职，房间里总是有钱，他喝醉了忍不住想打人的时候，陈眠就会从书包里拿钱给他。

他昨天在陈眠书桌里找到钱，在牌桌上玩了个通宵就输光了。

今天他晃着酒瓶再去麻将馆，进门刚玩了几局就被人给赶了出来。他骂骂咧咧地想动手，却被虎背熊腰的老板震慑住了。

他回到家，坐在沙发上晃着腿，玩着手机等他的摇钱树回家。

没钱？陈宋不信。

他抽出皮带，朝陈眠走去，这时，厨房抽油烟机运作的声音忽然停了下来。

宋艾从厨房里面端着菜出来，对准备动手的陈宋说："我给你钱。"

陈眠拉开自己房间的门走进去，闭着眼慢慢从门上滑坐到地上。

门外，宋艾的尖叫声划破黑夜。

男人的怒吼声震耳欲聋："你哪里来的钱？出去偷了？"

碗筷仿佛都砸在了陈眠的身上。她脸色苍白，将脸埋在膝盖上，身体不自觉地颤抖着。兜里的手机就在这时振动了一下。

沈域发来了消息："现在，学得会吗？"

一股凉意蹿上大脑，陈眠心都凉了。

隔音并不好的居民楼里，甚至能听见楼道里邻居的议论声。

——又在动手打人？

——都多少次了，谁能管啊？

有人能。此刻，能帮她的人正发着微信消息，平淡的几个字似乎在嘲讽陈眠在他面前廉价的坚持。

老旧的居民楼下，一辆宾利停在路边，少年靠在车门上，看着打火机的火苗蹿起来又熄灭。

他神色慵懒，听见楼上传来砸椅子的声音也没抬头，直到手里握着的手机亮起了屏幕。

在车里笑着对他说自己学不会的人，回复他——

沈域，你怎么不去死？

自看到那条微信消息之后，沈域很多天都没有再联系陈眠。

陈宋照例浑浑噩噩地活着，宋艾依旧每天不给陈眠好脸色。

那个散发着陈腐味道的住所，随着高考倒计时，如蛇蜕皮一般一点点和陈眠剥离。

她写着试卷，数着时间，在日历纸上画着一个个叉，然后在高考结束的那个日子旁边画了一个很小的太阳。

陈茵来陈眠的教室里找她的时候，她刚结束一场课堂小测。

陈茵站在后门口，也没急着叫人，而是靠在那里以旁观者的角度重新审视了一遍陈眠。

陈眠坐在靠窗的位置，桌面的书本摞得很高。她永远穿着校服外套，百褶裙下的小腿笔直纤长，黑色长发扎成了马尾，皮肤白净，唇是浅色的，双眼皮褶皱并不深，可是睫毛浓密又卷翘。

很清纯的长相，像是窗台上被春雨打湿却使劲舒展着花瓣的栀子花，看着脆弱又纯洁，实则清高又孤冷。

"陈眠。"陈茵指了一下门外，在教室里众人投来的一束束目光中，难得没有露出调笑的表情，而是有些疲惫地对陈眠说，"我找你有点事。"

陈眠起身，身边的赵莉莉拉了一下她的手，轻声对她说："最近沈域和美术班班花走得很近，陈茵心情不好，你小心一点儿。"

"嗯。"

天台的门没有上锁，学校给学生留了放松的空间，同时设了防护栅栏，上方连接着铁丝网，以防发生事故。

天空被铁丝切割成一块块，天台上就只有陈眠和陈茵两个人。

六点多，下午最后一节课刚结束，匆匆赶往食堂吃饭的学生络绎不绝，从天台往下看，全穿着中规中矩的校服。

陈茵腰间围着校服外套，靠在生满铁锈的栅栏上，问道："你是什么时候跟沈域认识的？"

陈眠一愣，倒是并不意外陈茵会这么问。

理科班放电影那次，但凡有脑子的人，都能看出陈眠和沈域之间关系匪浅，长相好看的男女稍微走近一些都会闹出绯闻，更何况他给她帮忙，站在她身边那么长时间。

"两年前。"

陈眠的声音一如既往的轻，跟她这个人一样，行事低调，虽然顶着一张漂亮的脸蛋，但在别人的印象中和透明人没有任何区别。

所以两年里，没有人察觉到她和沈域的关系。

陈茵闻言"嗤"了一声，倒是没有多意外，用手在栅栏上敲了一下，冲着美术楼抬了下下巴，示意陈眠看过去。

这会儿美术楼下已经没什么人了，所以站在楼前乒乓球桌那里的少年格外显眼。

他身上的校服外套永远穿得规规矩矩，不会像身边的朋友那样为了耍帅在冷天里拉开校服拉链露出代表自己风格的短袖，白色校服衬衫的蓝色领子永远是他外套里的底色。

在枯燥乏味的校园生活中，沈域是黑白之外的第三种颜色。

陈茵被他吸引理所当然，越是危险的越是迷人，越是得不到的越是想要，尤其是对于陈茵这种要什么东西就有人给她送的大小姐。她对沈域的纠缠除了因为喜欢他，更多的原因是沈域足够耀眼。

星星本身毫无特别之处，之所以意义特殊，是因为无人能拥有它。

他身边站着一个女孩子，长发披肩，远远看着就充满文艺气息。

陈茵对陈眠说："美术班乔之晚，漂亮吗？"

陈眠看着乔之晚抱着画板走在沈域身边，连背影都透着快乐，长发被风吹得轻轻飘起。

她没回答陈茵的问题，而是毫不犹豫地对陈茵说："我不喜欢沈域。"

陈茵立马就笑了："所以我才觉得你很有意思，沈域的异性朋友看似很多，其实大部分连话也没说过几句，说是朋友都牵强。也正是因为这样，你才显得很特殊，不是吗？"她从口袋里摸出纸巾，擦了擦手。

纸巾散发出的淡淡薄荷味让陈眠忽然想起了沈域。

"说实话，刚发现你跟沈域认识时，我还挺意外的，毕竟无论怎么看，你跟我们都不像是同一个世界的人。

"所以我找你，只是好心劝你一句。

"生活不是童话故事，没人给灰姑娘送水晶鞋，王子的晚会只会邀请公主，没有南瓜马车将你带进我们的世界。"

陈眠离开后，坐在暗处玩手机的游淮才走出来。

陈茵没转头看他，只看着楼下说："游淮，我们赌一把。"

游淮拉上校服拉链，贴着创可贴的下巴抵在竖起的校服领口。他刚刚吹了半天的风，因此声音有些干涩，道："说说看。"

"就赌……"

刚才拿着恶毒女配角剧本威胁人的陈茵笑了起来，走过去借着游淮的身体挡风，声音透着一丝狡黠。

"沈域，我志在必得。"

陈眠刚从天台上下来，就碰见了抱着作业本往老师办公室走的陈柯。

之前说了那种几乎等同于拒绝的话，陈眠也没想主动和他打招呼，但两人擦肩而过的时候，陈柯叫了她一声。

陈眠看向他。陈柯抿了一下唇，想说什么似乎又不好说出口，踌躇再三后，问她："你报名参加作文竞赛了吗？"

"报了。"

"行，那作文竞赛现场见。"

"好。"

告别陈柯后，陈眠回到教室收拾东西准备回家。

她刚迈出教室门，就看见了倚靠在栏杆上的沈域。

他低着头在玩手机，似乎在等人，陈眠却不觉得沈域是在等她。主动找人并不是沈域的作风，他只会想方设法地逼着人去求他。

果然，陈眠从他身边路过的时候，沈域连头都没抬。

她顺着楼梯往下走，声控灯随着脚步声亮起。

身后的不远处，女生用绵软的嗓音喊着沈域的名字。

一道闪电划破天际，绥北下起了雨。

陈眠推开家门的时候，只有宋艾在家。她穿着黑色吊带睡裙，裸露在外的皮肤上布满了青紫的痕迹。

"陈眠。"一直不拿正眼瞧她的女人难得一本正经地喊了她的名字。

在这个家里，同为弱者的两人一直处于互不干涉的状态。

陈眠不知道宋艾为什么甘愿待在陈宋的身边。

而现在，陈宋不在家，宋艾坐在沙发上，跷着二郎腿，从茶几下翻出打火机低头给自己点上烟，然后一边喷云吐雾，一边对陈眠说："高三了，是吧。"

陈眠没说话，一双黑黢黢的眼睛看着宋艾，像一只不说话的凶兽，浑身上下充满了警惕。

宋艾一下就笑了："你紧张什么？我只是想说，在这个家里，我好歹也帮过你，你那个杳无踪迹的亲妈都没有我对你这么好吧？我第一次被你爸打伤的时候，情况严重到医生说我以后没法生育。

"虽然有没有孩子也不是那么重要，这破烂的生活即使多生一个人都是害人遭罪。

我知道你打着什么主意,日历上的记号不就是意味着等高考完赶紧离开这里吗?我跟你做一笔买卖,以后你赚了钱给我花一点儿,怎么样?"

这买卖没说筹码,光听着就不值。

但陈眠隐约觉得,宋艾没说出口的话,背后有着沉重的代价。

她坐在沙发上,拿烟的手颤抖着,烟灰往她的裙子上掉,她也没在意,只是随手拂掉。她脸上满是对生活的麻木,左脸还有青紫的痕迹,抽一口烟,脸颊凹陷进去,凸起的颧骨就愈发明显,就像是骨头上蒙了一层人皮。

"好。"陈眠答应了她。

陈眠的生活有两种颜色,黑色是踏进家门之后的生活,白色则是迈进校门后的生活。走进房间,锁好房门,她就短暂地迈进了黑白之间的灰色地带。

狭小的房间里只有她一个人,缺了个角的书桌桌面上满是刻痕。

陈眠拉开椅子坐下,一口从天台上憋到现在的浊气,随着她趴下的动作慢慢吐了出来。

手机响起"叮"的一声,赵莉莉给她发了一条微信消息。

是一张照片。

照片里的背景让陈眠觉得十分眼熟——这是沈域的家。

这会儿他家里挤满了人,有陈眠认识的,也有不认识的。

而主人公坐在沙发上,旁边坐着一个女生,正拿着笔在笔记本上勾画着什么。

莉莉哩里莉:"我猜你不看群消息。林琳不知道通过什么关系,混进了沈域组的局。"

莉莉哩里莉:"你看照片里,陈茵脸都气白了。"

莉莉哩里莉:"虽然这样的沈域很不地道,但是我真的很解气,让她对你指手画脚!装什么女王,在沈域这里还不是什么都不是!"

过了一会儿,没等到陈眠回复,她有些好奇地问陈眠:"你是不是又去帮人喂狗了?"

陈眠这时候才回复:"没,我在家。"

莉莉哩里莉:"咦,今天不用喂狗吗?"

Deep Sleep:"短时间内,应该都不用了。"

她收起手机,推开窗,发现出校门时就在下的雨,到这会儿还没停。

楼下张婶把车停在车棚,撑着伞,佝偻着背往楼上跑。楼门口的垃圾桶好几天都没人来清理,野猫跳上去咬住一块鱼骨头,又跳进了草丛里。

门外,宋艾一边调台,一边笑着喃喃自语。

"这生活啊，什么也不是。"

确实如此。

陈眠从抽屉里拿出那盒包装精致的巧克力，然后丢进了书桌旁边的垃圾桶里。包装盒上有一团团马克笔画出的黑线，缭乱得很——

拉开窗帘的宽敞房间里，有人坐在她旁边，撑着头看向她。

头顶的空调呼呼地吹着冷风，他故意捣乱用笔去碰她写字的手，让她画出一团又一团黑线。他笑着，像个恶作剧得逞的小孩，问："好学生，你不觉得这随便几笔还挺有艺术感的吗？"

陈眠本该不开心的，但很奇妙，或许是男生带着笑意的声音过于好听，她竟然真的用笔在桌上放着的巧克力盒上画了起来。

沈域问她："画的什么？"

她漫不经心地回答："你。"

乱七八糟，无法参透，难以逃离，是走不出去的迷宫。

是陈眠一直以来，认知中的沈域。

陈眠很少做梦，今晚是例外。

或许是因为宋艾提到了她母亲。她梦见六年前的那个夜晚，阮艳梅抱着她在她耳边说，妈妈也没有办法。

阮艳梅选择奔赴新生活，把陈眠留在难见天日的淤泥之中。

陈眠呼吸都困难，似乎喉咙里被堵上了棉花，窒息的感觉让她感到仿佛下一秒就要死掉时，黑夜被人凿开了一个口子，天光洒了进来。

大雨滂沱，路灯散发着微弱的光亮，少年站在公交车站旁，看着满身淤泥的她，朝她伸出手。

陈眠看着那只手，看见他大拇指骨节上浅色的小痣。

就在她想握住它的时候，她突然被房门外的巨响给惊醒了。

枕头边上放着的手机显示时间是凌晨三点。

房门外，醉醺醺的陈宋骂着："把椅子放在这里是干吗？啊？！"

没人理他，空气中弥漫着他身上的酒气，隔着薄薄一道墙，陈眠似乎听见了宋艾急促的呼吸声。

…………

第二章
「哄她」

Insomnia

陈眠坐在床边，睁眼到了天明。

七点半，陈宋还在主卧里呼呼大睡。

宋艾躺在沙发上，见她出房门就朝着她笑。

宋艾身上还穿着那件黑色吊带睡裙，对她说："陈眠，我也在倒计时。"

陈眠从书包夹层里拿出上次陈茵给她的钱，放在宋艾面前，道："去医院吧。"

宋艾咬着烟嘴，看着她笑："连一句心疼人的话都不会说，是吧？"

陈眠敛着眸，没说话，也没看她，视线停留在地上的啤酒瓶碎片上，而后拉开房门走了出去。

门外是一个艳阳天。

昨晚发生的一切在她踏出房门的那刻，似乎成了只有她知晓的秘密。

阳光温暖地洒下来，早自习尚未开始，教室里笑闹成一片，女生聊着最近的八卦新闻，男生讨论着喜欢的球星。陈眠站在后门处，忽然伸手，看着阳光落在她的手心，她觉得像是忽然被焰火烫了一下手心。

从地狱回到人间。

赵莉莉打完水回来，就看见陈眠站在后门口看着自己的手心发呆，她有些好奇地凑过去看了一眼："你在给自己算命吗，眠眠？"

"没。"她收回手，跟着赵莉莉回到自己的座位上。

"对了，昨天那事情还有后续呢，林琳跟我说感觉这回真的不一样。"

赵莉莉就是一个八卦女王，只是自己说起八卦都来劲儿。

"之前沈域的绯闻都挺假的，连话都没说几句就绯闻女友了。这回还真不是，昨晚林琳在微信里还跟我哭诉，说沈域送美术班那个女生回家了。

"你听说过沈域送谁回家吗？这次他不会是认真的吧，未来女朋友啊？"

赵莉莉叽叽喳喳地说个不停。

前排正在补觉的刘俊杰头也没回地说了一句："莉姐，声音小一点儿，影响我睡觉了。"

"你还睡！一会儿就该早读了！"

"我同桌都没来，迟到的都不怕，我睡觉怕什么！"

一直没说话的陈眠手上的课本停留在第三十二页。

冷风从窗户缝隙里吹进来，哗啦啦地翻着书页。

陈柯走过来，对陈眠说："陈眠，语文老师说让参加作文竞赛的同学去一趟办公室。"

陈眠起身，跟着陈柯往外走。

高三老师办公室在对面楼，中间有一条连廊连接着两栋楼。

陈眠和陈柯一前一后地走着。陈柯问她："这回作文竞赛的题目，你想好写哪个了吗？"

"嗯，'人生加减法'。"

"真巧，我也打算选这个。"

两人到办公室的时候，被赵莉莉念叨了一个早上的那个美术班女生也在，正低着头听老师说话，白皙修长的脖子像天鹅。她的校服外套上沾染了一些颜料。

陈眠跟老师报了自己要写的题目之后，拿了资料，还没走出办公室，就被忽然进来的级长给叫住了。

在理科班教室门口和陈眠说过话的级长一眼就看见了她。他手里还拿着金属扫描仪。

语文老师笑着说："这是准备参加作文竞赛的同学。"

级长点了下头，接过名单看了一眼，然后念出了陈眠的名字。

陈眠停住脚步，走在前方的乔之晚也忽然停下，看了过来。

乔之晚身边的朋友拉了一下她的胳膊，道："走呀，回去上早自习了。"

"好。"乔之晚收回视线，跟着朋友走出了教室。

"陈眠。"级长冲她伸出手，在语文老师有些莫名其妙的眼神中，对她说，"把手机交出来。"

"完了，完了，完了，'黑猫'又来查手机了。"

"怎么回事，不是前几天刚查过一轮吗？"

"说是在文科班女生那边搜出一部手机，现在在全年级搜查呢，阵仗挺大的。"

"文科班，厉害啊，带手机怎么还能被抓到了？"

"谁知道。手机藏在哪里好呀，兄弟？"

消息传到理科班的时候，游淮正好到他们教室找沈域。

他直接坐在沈域旁边的椅子上，说："听说没，文科班陈眠的手机被没收了，说要记处分，现在她还在办公室里站着呢。"

沈域没说话，只是冷冷地看着他。

游淮立马举双手投降："我真不是故意来试探你，就是觉得挺有意思的，你知道是谁跟'黑猫'告的状吗？"

沈域靠在椅背上，睨了他一眼。

前排有个为了藏手机急得团团转的男生听着八卦，还插嘴问："谁啊？淮哥，谁闲着没事干告别人带手机，谁干的这混账事？"

游淮顿时就笑了："这人呢，你们还真认识，前阵子刚在篮球场和他打过架。"

"陈柯？"

"嗯，就是他。"

自然界运行法则中，有一条"物竞天择，适者生存"。

陈柯握着笔在作文竞赛的资料上写下自己的名字，耳东陈，木可柯。他低下头，看见自己洗得褪色的帆布鞋。

教室里有人大声感慨："不能吧？陈眠带手机，她不是贫困生吗？"

"陈茵给她的吧，我看见过好几次陈茵拿手机来找她。"

"真要给她记处分吗？不至于吧，沈域那帮人不是个个都带手机吗？"

"你也说是'沈域那帮人'，陈眠跟他们能一样吗？"

"谁告的状呀，这人也太坏了吧？！"

陈柯垂眸，在作文竞赛的报名人员名单上画掉了陈眠的名字。

陈眠说，他们不是一个世界的人。

那就离开优等生的世界吧，陈眠。

办公室里，老师已经被叫去突击检查学生带手机的情况了。

陈眠一个人站着，看见窗外有鸟在低空盘旋。

她走到窗边，视线往下移，看见沈域站在树边。他拿着一个打火机拨弄着打发时间，此时似有所觉地抬头，视线和她相撞。

时间就这么停了下来。

陈眠沉默地看着他，看见他手里打火机的火焰一下下蹿上来吞噬了阳光。

不远处，有女生喊着沈域的名字。

沈域冷淡地收回视线，准备离开。

"沈域。"

这时，他却听见了陈眠的声音。

陈眠分明长了一张楚楚可怜的脸蛋，但脾气和骨头一样硬，连这会儿喊他名字的声音都是冷冷的。

不远处的乔之晚抱着画板，看到沈域站在那里没动。她抬头，突然看见了站在窗边的陈眠。她想起自己曾在哪里看到过陈眠的名字——是在沈域手机里，被置顶的那个名字。

陈眠却没看向她，只是看着沈域，然后说："你还想听吗？"

那晚，沈域问她，能不能说点儿好听的。

陈眠一身傲骨，并未向他妥协，结果回到家就被现实击败了。

犹如牢笼的家让她明白，在现实面前，傲气一文不值。

当时陈眠满眼倔强，而现在她垂眸，眼下是熬夜留下的青色。

隔着摇晃的树影和琅琅读书声，她站在能带她逃离的希冀里，给了他回答。

"好听的话，你还想听吗？"

昨晚。

一帮人来到沈域家中，推开门后，游淮就径直进了厨房，打开冰箱拿了一瓶汽水。

乔之晚走在人群的最后面，身边的好友挽着她的胳膊，轻轻戳着她的腰，凑在她耳边说："晚晚，我感觉沈域真的对你不一样。我刚才听游淮说，沈域一般不带人来家里玩的。"

乔之晚有些脸红，小声反驳："这不是大家都在吗？"

"你懂什么？——为了你，给所有人送了邀请函。"

朋友的话让乔之晚很是心动，忍不住想，或许，她说的话有些道理。

她从高一开始就知道沈域，只不过两人始终毫无交集，即使好友圈有部分重叠，但沈域对她来说，也只是见面打个招呼的点头之交。

年级里关于沈域的传闻一直没少过，从理科班到文科班再到音乐班、传媒班，数得过来的漂亮女孩都曾在他身边出现过，只不过与人们的猜想不同，乔之晚知道，那些与沈域传过绯闻的女孩充其量也只能算是他的朋友。

他身边总是人来人往，她以为沈域是一个害怕寂寞的人。

直到上周在朋友组的局里，她和沈域坐在了一起。

桌上放着的全是冰啤酒，她握着杯子有些为难，不知该如何拒绝，哪怕身边的人是朋友都没看出她的心思。但在啤酒即将倒进她杯子里的时候，旁边一直玩手机的沈域忽然开口，以开玩笑的口吻说了一句"好孩子喝什么酒"。

场子顿时热闹了起来，大家七嘴八舌地说着"不是吧，不喝酒喝什么"。

她脸有些红，跟着大家的目光看见沈域靠在椅背上，手机在手中转了个圈，然后手肘抵在桌上，含着笑对冲他抱怨的那人说，就喝娃哈哈。

那天分开的时候，乔之晚找沈域要了微信号，小声地对他说"谢谢"，两人这才算是真正认识。

乔之晚和朋友聊起这件事，朋友双手托着腮，说："怎么像偶像剧的情节，一桌子人只有他看得出你不舒服，他不是对你有意思，还能是什么？"

当时乔之晚也是这么认为的。

所以她在进入沈域家后，不由自主地一直跟在沈域身边，坐在他附近，目光永远追随着他。

热闹的派对氛围里，她心中独自上演着偶像剧的情节，背景被加上了光晕，粉红色气泡在沈域偶尔看来的视线中飘动。心悸的情绪到了顶，就会让人忍不住做出与羞怯性格相违背的事情。

她从书包里拿出素描本，试探性地问沈域："可以当我的模特吗？"

被朋友塞了啤酒在手里的沈域闻言看向她，身边的人起哄道："当什么模特啊，当男朋友呗。"

乔之晚满心欢喜，甚至忽略了沈域一直都没回答她的问题。

他只是坐在那里，两个人之间不过几步的距离。

那时候的乔之晚以为她那羞于出口的喜欢终于有了回应。

可是现在，在她们两个人同时呼唤他时，沈域只看向站在教师办公室窗口的陈眠时，乔之晚才发现原来所有被她认为是回应的举动，只不过是沈域的教养使然。

陈眠看见乔之晚抱着画板，一步一步走向白杨树林的尽头。

而沈域没动，依旧无动于衷地站在那里，微抬着头看她，分明是自下而上的仰望，气势却因为他冷淡的眼神而颠倒。

两人隔着三层楼的距离，陈眠看见沈域笑了一声，胸腔仿佛都在震动。

"好听的话。"他重复了一遍陈眠的话。

此刻，平日里在学校避嫌的两个人一个站在窗边，一个站在树下，就这么隔着一段距离交流，也没想过他们的话或许会被别人听进耳朵里。

他看着她，笑容近乎凉薄，道："你是不是说得有点晚了？"

他将手里的打火机丢进口袋，随即转身，走进了教学楼。

陈眠从办公室出来，回到自己班上，立马被人围住了。

大家好奇地打探着消息："你没事吧，没被处分吧？"

错过半个早自习，一来就听说了这件事的林琳也挺生气的，道："最好别让我知道是谁告的状，高三生都成年了，还玩小学生那一套，幼不幼稚啊！"

陈眠没说话，她的视线越过人群看向坐在最前排，始终没回头的陈柯。

少年的身体僵直，手里攥着笔，似乎正在解一道难解的数学题。

她淡淡收回视线，对身边的人说："没有被处分，班主任让我写一份检讨，交上去就行。"语气平淡得好像她在说别人的事情。

如果不是知道陈眠在办公室被老师臭骂了一顿，那么大家都会以为这是一件不值一提的事。

不久前，班里好奇心重的男生跑到办公室门口偷听到级长对陈眠一通臭骂，大致意思就是你这种家庭出身的学生不好好学习，还学别人上学带手机，玩能改变你的命运吗？

后面的话不太好听，被晚来一步的班主任给打断了，最后班主任打了个圆场说处分有些太重了，就写一份检讨吧。

陈眠高一到高三的成绩被当作她是好学生的铁证，最后班主任提到，陈眠能在高考时为校争光，考上名校，提高升学率，级长这才点头同意。

同龄人被说句重话都能红眼，而陈眠的反应冷淡得像个刀枪不入的长者。

成熟、理智、寡淡，以及近乎可怕的冷静。

赵莉莉挨着她的胳膊，竖起课本，在老师的讲课声中，轻声对她说："陈柯为什么要向老师告状啊？他不是对你有意思吗？"

"可能正是因为如此吧。"

陈眠比谁都清楚一些男人的劣根性在于想得到，却又得不到，那就毁掉。

贫困生列表里她和陈柯的名字挨着，作文竞赛报名表里她和陈柯的名字还是挨着，班里人都说陈柯喜欢她，陈柯也从未反驳过，被调侃得急了才结结巴巴地让大家别开玩笑。

他仿佛已经默认陈眠的名字和他的名字就该一前一后地出现。

赵莉莉想不明白，说："陈柯为了你都敢跟沈域他们打架，怎么会找老师告状？他不是失了智吧？！"

"为我打架？"陈眠不解，"那件事和我有什么关系？"

"我听说是那群人里有人说你是陈茵的跟班,陈柯听不过去,才动手的。"

"那和他有什么关系,我都没生气,他替我出什么头?"

这话倒也有道理。她问陈眠:"那你要找他算账吗?"

"校规确实规定学生进校不能带手机,没什么好算账的。"

"哦——"赵莉莉却有些心气不平,皱着眉兀自生了一会儿气,压低声音说,"我对男生的印象都变差了,怎么都这样呀。喜欢你的时候,别人说你一句不好拼了命都要维护,装得多深情,其实现在看来只是为了自己的面子吧。

"类似于——我喜欢的女孩子就是我的附属品,她优秀证明我的眼光好,发现不可能得到,就要毁掉对方,这种人只怕以后会在法治新闻里出现!

"眠眠,我敢打包票,陈柯他……"

她的话被从讲台上砸过来的粉笔打断。

老师笑着看向她,冲她抬手,说:"赵莉莉,看起来你比老师会讲课。来,你跟同学们讲讲这题怎么解答。"

打抱不平的"侠女"顿时失了声。

班里响起一阵哄笑声。

陈眠也笑弯了眼,在赵莉莉轻轻喊着"好丢人"的声音中,用手指戳了一下她的胳膊,另一只手将写了答案的纸递了过去。

沈域从学校出来时,司机已在门口等着。

打开后座车门,游淮想蹭车,却被沈域给阻止了。

"今天不行。"

游淮就奇怪了,蹭个车还分今天和明天吗?

他们两个人的家距离近,都在同一片别墅区。游淮的妈妈怕自己儿子养成娇纵的性格,让他上下学坐公交车,也没承想游淮成天蹭别人的车坐。

游淮问:"你不是要等哪个姑娘吧?"

沈域嫌他烦,直接从包里拿出钱给他:"你自己打车吧。"

游淮拿钱准备走人的时候,看见陈眠从校门口走了出来。

周遭都是挽着手,边走边闲聊的女孩子,只有她形单影只,走路时从不左顾右盼,背挺得笔直,走得不快,但步伐十分轻盈。

"她怎么看起来像学过跳舞一样?"

沈域这会儿也没走,站在车边。

手机上不时有人发来消息,他扫了一眼,听见游淮的话往那边看了一眼,视线落在陈眠笔直的腿上。

他心情有点儿烦躁。

"你话很多？"

游淮顿时就笑了："谁得罪你了，一整个下午都气不顺？不跟你扯了，我回家了，今天我妈从国外回来，让我挑学校，走了啊。"

游淮走之后，司机问沈域："还是在老地方等陈同学吗？"

沈域坐上车后座，道："直接回去。"

陈眠坐公交车到达沈域家附近的公交站台，再走到他家门口，花了近半小时。

大门敞着，她走进玄关，看见昨晚赵莉莉给她发的照片里的那些花里胡哨的装饰品已经被撤走了，花天酒地的味道一夜之间消失，这栋大房子恢复了毫无烟火气的冷清。

二楼，沈域房间。陈眠走到门口，没看见人。

书桌上放着一张从本子上撕下来的白纸，上面画的沈域正拿着啤酒罐，微仰头，喉结凸起，脸部线条流畅又精致，就连眼下那颗小痣都被细致地加上了。

满腹少女心事全都诉诸纸上，只可惜，一腔真情喂了狗。

陈眠想，这张画的宿命大概是被丢进垃圾桶。

身后，脚步声渐近。

陈眠转身，看见沈域穿着一身白衣黑裤，站在房间门口。他头发还湿着，头上搭着一条干净的白色毛巾，水滴顺着发尾，争先恐后地往下坠落。

他用的沐浴露是薄荷味的。

多奇怪，性情凉薄的人喜欢的味道却很专一，只喜欢薄荷的味道。哪怕自己被她诅咒却还是为她驻足，轻而易举就给人一种深情的错觉。

陈眠放下书包，朝他走过去。

沈域看着她。

"沈域。"这两个字被她说得十分缓慢，咬在唇间溢出情意，似乎在柔和的声调中镀上了一层光。

他垂眸，看着陈眠抬头望向他的那双眼。她澄澈的黑色眸子中映着他的样子。

陈眠笑着对他说："我来哄哄你。"

靠近，是一个让人惊心动魄的词。

过往无数次的靠近，都是陈眠站在那里，然后沈域朝她走去。

而现在他一动未动，两人的身高差让她不得不仰着头看他，她的视线与他的下颌齐平，看见他薄唇轻抿，似乎在思索着什么。

这种沉默，让原本有些燥热的空气降了温。

陈眠退后一步，道："你今天也不开心吗？"

"你学过跳舞？"沈域问她。

陈眠一愣。

她确实学过跳舞，小学时陈宋的生意还没失败，他还没染上赌瘾和酒瘾，阮艳梅看别的小姑娘都在上兴趣班，就带着陈眠去少年宫报了芭蕾兴趣班。

从小学一年级到五年级，陈眠每天雷打不动地去少年宫上课。

阮艳梅会站在家长队伍里，冲她笑，给她竖大拇指说"我女儿真棒"。

不过，这一切止步于陈宋的生意失败，他把钱赔了个精光，然后开始每天酗酒、赌博。

"跳舞"这两个字遥远得仿佛是上辈子的事情，乍一听见，阮艳梅那双带着笑意的眼睛就出现在她的脑海里。

"你不要问这些。"陈眠不让他继续这个话题。

沈域有些奇怪地看她一眼，却难得没执着于此，往书桌上看了一眼，换了个话题："陈茵找过你。"

"嗯，她问我们认识多久了。"

"你怎么说的？"

"我说两年。"

倒挺诚实，沈域继续和她闲扯，问："除了这些，还有吗？"

陈眠语气淡淡的："其他的无关紧要。"

"什么都无关紧要？发的微信消息无关紧要，在学校里的求饶也无关紧要？"

陈眠这人有意思的一点是，无论说的话有多硬，语气永远是软的。

沈域不厌其烦，也说不清楚陈眠吸引他的点究竟是什么，只是觉得很多事情都非常没有意思，而陈眠是众多没意思中稍微有意思的那一个。

与其说他乐于和她待在一起，不如说是她让他想消磨的时光不再平淡。

它被染上诸多色彩，陈眠靠近他时是浓艳的红色，陈眠笑着看向他时是柔软的粉色，陈眠喊出他名字的时候就是让内心隐蔽的欣喜变成与无边夜色一样的黑色。

而现在陈眠用那双漂亮的眼睛看向他，说："沈域，如果我们之间什么话都说得那么清楚，就没意思了。"

说清楚就成了透明的。

透明到可以看见陈眠看似乖顺的表情下，内心的敷衍和冷静。

此刻，她冷静地抬手抚摸着画纸上沈域的喉结，手指顺着它的弧度不断移动着，就像是在越过一座山丘，却在刹那间停住了，仿佛扼住了游蛇的七寸一般。

她眼眸清澈，就这么看着沈域，然后突然踮起脚，抬手遮住了他的眼睛。

沈域在黑暗之中听见陈眠的声音响起。

"沈域，你很好。"

她在履行承诺对他说好听的，却不知道陷入黑暗的沈域一个字都没听进去。贴着他眼睛的那只手温热，视觉失灵导致其他感官变得异常灵敏，他闻到陈眠身上淡淡的香皂味，甚至能感受到她呼吸的频率，逐渐变得和他的心跳一样急促。

因为靠近他，陈眠在紧张。

沈域的心像是化掉的棉花糖，绵软又甜蜜。

他看不见陈眠的表情，于是不动声色地弯下腰，让她更方便捂着他的眼睛。

他以为陈眠还会再说些什么，结果她说完"你很好"，就这么安静了下来。

沈域不太满意地轻哼一声，不罢休地追问她："没了？"

他睫毛微动，扫过她的手心带来一阵痒意。

陈眠这才注意到两人距离过近，她收回手，下意识地后退一步，拉开两人之间的距离。

"这还不够吗？"陈眠是真的不会哄人，没人哄过她，她也没听过什么好听的话。"你很好"算是她绞尽脑汁才想出的最好、最动听的话。

"你是真的不会。"沈域下了结论后，像没骨头似的靠在桌边，手撑着桌子，就这么吊儿郎当地看着她。

"要不这样，"他拖长声音像开玩笑一般对她提议，"好听的话就不用说了，就当你欠我一个东西，怎么样？"

对于他的提议，陈眠相当警惕："什么东西？"

"紧张什么，我又不会把你卖了。"

沈域笑着，说："到兑现的时候，你就知道了。反正，阳奉阴违这一套你不是一直做得很好吗，实在不行，到时候你拒绝我不就可以了？"

窗开着，冷风灌了进来。

陈眠毫无心理压力地点了下头。

沈域扯下头上的毛巾，随手将它丢在桌面上。湿润的毛巾盖到了画纸上，却没人留意。

他拉开书桌前的椅子坐下。

楼下传来开门声，张婶哼着歌，"啪嗒"一声关上了门。

陈眠走过去，蹲在他的面前，拉起他的手。

"沈域，我不能参加作文竞赛了。"不是不想，而是不能。

在学校里对所有人都表现得满不在乎的人，现在对着自己的"凶犬"原形毕露，分明是平淡的语气却莫名带了委屈的意味。

沈域垂眸看向她，眼里满是笑意。

不知道为什么，身边的人总说陈眠是一个好学生，不跟任何人起冲突，性格软绵绵的，像没脾气一样，但在沈域看来，陈眠同他是一类人。

跟好人挂不上钩，也不会搞以德报怨那一套。

沈域向来有仇必报，而陈眠显然也是。

她看着他，语气平淡得像那个雨夜她说"陈宋打我"时一样，说："因为陈柯。"

沈域浑身透着一股慵懒劲儿，垂眸看着陈眠握着他的手。

此刻，他眼间的冷静、克制消失不见，声音里满是笑意，说："陈眠，我发现你不只是不会说好听的话，你连撒娇都不会，求人就是这个态度吗？把我当你的狗，需要的时候喊一声，不需要时就一脚踹开？"

他说完，就听见陈眠懵懂地问他："撒娇要怎样做？"

陈眠站起身，扎起的马尾不知在什么时候松散开来，发丝披散，眼神都是柔软的。陈眠看向他，认真得像一个虚心求教的学生。

"是要说，沈域帮帮我吗？"

温柔的嗓音，清纯的脸蛋，澄澈的眼睛。

这人哪里是不会撒娇。明明再懂得不过，就这么简单一句，就让沈域忘了站在他面前的这人前不久还在微信上发消息让他去死。

沈域靠在椅背上，眼中满是妥协的笑意，态度难得温柔，像在哄一个丢了糖的小孩。

"不就是一个作文竞赛吗，你想参加，就去。"

高一刚入校时，因为长相漂亮，陈眠被不少男生追求过，有的人直白，直接拦住她大胆表白；有的人羞涩，偷偷往她课桌里放粉色情书和巧克力。

赵莉莉曾表示羡慕她，觉得她的校园生活是明媚的，她就像是校园小说里的女主角，走到哪里都有人凝视，被喜欢、被爱着，青春都跟着明媚了起来。

那时，最像偶像剧的情节是赵莉莉拉着陈眠在课间休息时去小卖部，两人从楼道里出来。二楼走廊栏杆后站着一群男生，有人喊了声陈眠，赵莉莉回头就看见男生们互相推搡着，夸张的起哄声中藏着少年青涩的喜欢。

时间慢慢溜走，来到高三，陈眠依旧是话题中心人物，依旧会有刚入校的新生来搭讪陈眠。

但陈眠始终冷淡的态度让赵莉莉改了口。

少年的爱意不歇，可陈眠的笔端不停。

她从未注意过任何人，是老师眼中认真读书的好学生代表。

赵莉莉说，眠眠，你好清醒。

清醒地知道自己想要什么，所以坚定地奔着目标而去，不会为任何人、任何事停留。

隔日，陈眠刚在课桌前坐下，班主任就把她叫了出去。

还没到上早自习的时间，走廊里去上厕所的人路过，整个人昏昏沉沉的，眼睛都睁不开。

陈眠跟着班主任来到办公室，然后班主任递给她一张新的作文竞赛报名表。

陈眠拿着报名表出门时，看见乔之晚站在走廊上，抓着栏杆，抬头看着天空。听见身后的脚步声，她笑着转身，对陈眠说："你好，我叫乔之晚。"

乔之晚是跟陈茵不同类型的女生，骨子里都透露着温柔，和她相处起来让人如沐春风。

她们班在陈眠班楼上的楼上，陈眠的教室在四楼，乔之晚的教室在六楼，画室却在另一栋教学楼。

陈眠以为乔之晚找她，是为了沈域的事，结果不是。

乔之晚似乎只是单纯为了和她做朋友，笑着和她闲聊了几句有关作文竞赛的事，就上了楼。

从厕所出来的林琳正好看见乔之晚和陈眠搭话，警惕地走到陈眠身边，问："她找你干吗呀？"

陈眠想了一下，说："我们都参加了作文竞赛。"

"陈柯不是说你不参加了吗？"

陈眠笑了声，没回答。

林琳就叹了口气，对陈眠说："你不了解乔之晚，她看着挺温柔的，其实很会伪装。她都没什么朋友，陈茵她们都不乐意带她玩。"

陈眠看了她一眼，想起赵莉莉说的林琳上次也去了沈域家，问她："你在跟陈茵她们玩吗？"

陈眠平时很少关心这些。和她关系好的只有赵莉莉，林琳还是换了座位之后才算熟络起来。陈眠对八卦不感兴趣，两人也聊不到一起去，最多只是在上体育课的时候帮忙记个数据的关系。

现在陈眠说的这句话，让林琳有些不满。

她觉得陈眠像是在提醒她，她跟陈茵不是一路人。

陈茵和游淮他们玩得好，一帮人清一色都是帅哥美女，是校园里有名的小团体。

论家境，林琳只能算小康；论相貌，林琳也只是清丽。

因为有着这些显而易见的不同，所以她格外敏感，浑身的刺都竖了起来，下意识地反驳道："我跟陈茵早就认识，高一时我们就是同学，那时候关系不错，只是后来分班没分到同一个班级，在学校里没怎么一起玩。但我和陈茵一直很熟。"

陈眠懒得再说什么，点了一下头，语气有些敷衍地说："这样啊。"

谈话到这里就结束了。

进了教室，赵莉莉看到林琳的表情不太对，小声问陈眠："你们在外面丢火药了？"

可她又觉得陈眠根本不是会跟林琳计较的性格，于是指着前面距离有些远的两张桌子，给陈眠分享八卦。

"我们的前桌最近不太平，不知道发生了什么，两个人一句话也不说。我估计是刘俊杰惹林琳生气了，啧啧啧，低智商真的很可怕。但凡他跟沈域他们熟悉一点儿，林琳都不会不给他好脸色看。"

也是邪门。平时沈域这名字出现的频率虽然不低，但也没有这么高。

掌心似乎被什么挠了一下，她垂眸，记起昨天她在他的房间，就是用这只手捂住了他的眼睛。

"眠眠？"赵莉莉撞了她一下，"你在听吗？"

"什么？"陈眠有些抱歉，抿着唇的模样十分无辜，就像一只窝成一个球的小小猫咪，不自知的可爱才最迷人。

赵莉莉忍不住捏她的脸，抱着她的胳膊，道："你好像撒娇的猫咪呀，眠眠。"

"……"昨晚才被说不会撒娇的陈眠难得地茫然了。

赵莉莉就是一个闲扯天大王，话题偏到十里远也能拉回去。

"最近她跟着陈茵玩，她是不是说不让你跟乔之晚一起玩？我那天听她说沈域送乔之晚回去，我还信以为真了，要不是回去的时候我遇到分班前的同学，都不知道她在瞎扯。"

赵莉莉觉得自己身边的人仿佛都精神失常了——

先是班长陈柯，爱而不得竟然跑去举报陈眠上学带手机；再是前桌林琳，喜欢沈域，却到处散播他的流言。

她挠了挠头，有点感慨地疑惑道："这些人能不能正常一点儿，都图什么呢？"

沈域名声在外不是一天两天了，光是他的绯闻就能编成一本狗血小说。

陈眠翻开课本，小声回答着赵莉莉的问题："等高考倒计时变成三十天的时候，他们就正常了。"

那时候，没有人有空去纠结这些情情爱爱，分道扬镳带来的悲伤都会被困在高考的重压之下。校园风云人物都不会比月考试卷上的通红分数更让人在意。流言止于智者，更会止于对自己有影响的事件前。

陈眠能够得到参加作文竞赛机会这件事倒是比她被记处分掀起的风浪更大，陈柯从老师那得知消息后，就站在教室门口死死地盯着陈眠，眼神里除了惊讶外，还有着一些别的意思。

同班男生从厕所回来，看到班长站在门口，还有些奇怪，调侃道："班长改当门神了啊。"

在无聊到每天只有课本和试卷的高三，一句玩笑话都能引起一堆人的哄笑。这个男生就站在门口搂着陈柯的肩膀说着话，打发课间。

赵莉莉从手臂上抬起头，被门口的哄闹声吵得睡不下去，烦躁地说道："吵死人了，他们干……"

话音未落，她就被突如其来的转折震惊到瞪大了眼睛。

窗外忽然出现了一群高个子男生，路过他们教室门口的时候停了下来。其中一个男生大声向同伴确认："看这是谁，这不是向老师告状的文科班班长吗？"

"还真是，怎么不在老师那当耳报神，搁这里当哮天犬啊？"这人觉得自己的话说得相当有水平，撞了一下身边同学的肩膀，问，"怎么样，我的语文是不是进步了？"

后头跟着的四五个大高个男生笑起来，说："班长脸色真难看，又要跟我们打架了。"

按理说，发生这种事，都是帮本班的人，外人说班长的闲话，就跟巴掌甩在自己的脸上差不多。因此篮球场事件发生时，一群人都去帮忙了，但这回有些不一样，这些人话里包含的信息量太大，让他们一愣。

紧接着有人反应过来，有些不可置信地叫道："啊，是班长你告的状？"

赵莉莉远远看着教室门口，感受到那剑拔弩张的气氛。

周围趴在桌上睡觉的、闲聊的都被门口的动静吸引了，每个人脸上的神情都仿佛在说："不会吧！"

他们此刻的心情大概和赵莉莉刚知道时一样。

虽然陈柯打小报告是冲着陈眠去的，可这后果波及了许多人。

一道闪电点亮了天空，闷雷滚滚而至。

陈柯紧攥着拳，面对质问没回应。他想进教室，却被人推了一下肩膀。

身边的人用开玩笑的口吻说："碰你一下，你会告诉老师吗？"

雨就在门口堵着的人群身后，哗啦啦地落了下来。

陈眠翻过一页书本，握着笔不由自主地在草稿本上写下一个"沈"字，又画掉了。

赵莉莉心情舒爽得不行，朝陈眠说："老天开眼，我就知道他能干出这事，迟早有人收拾他，开心呀！"

陈眠笑了一声。

她心里想着，不是老天开眼，"迟早有人收拾他"的人的范围要缩小到理科班，缩小到沈域。

下午，体育课。

课前，林琳就躲着老师的视线，竖起书本偷偷照镜子打扮自己。

看到她的动作，赵莉莉才想起来，这是一节难得的文科班和音乐班、理科班同时上的体育课。

林琳一下课就跑出了教室。

陈眠陪着赵莉莉去便利店买好水，才往体育馆的方向走去。

赵莉莉有些好奇，问陈眠："陈茵给你的手机被没收了，她没找你吗？"

"没有。"在那次天台聊天后，陈茵再也没有找过她。

"可能没空找你吧，听说最近她都在跟美术班那个女生斗呢。"

两人闲扯着，就走到了体育馆。自从进入高三，原本一周两节的体育课被减成了一周一节，时间越靠近高考，唯一的一节体育课越容易被替换。

这节课还是班主任善心大发保留的，名义上说的是大家每天闷在教室，课间操也就是下楼晃晃手脚，再不动动估计人都要肌肉萎缩了。然而实际的原因是他们三班是整个年级文科班中月考考得最好的。

平常他们上这节课，只会和理科班的学生遇上，音乐班的学生经常出去艺考，在学校的时间并不多。今天倒是难得，仿佛刻意安排似的，音乐班的学生也在学校，不仅如此，乔之晚所在的美术班也会上这节体育课。

赵莉莉有些呆滞地问道："这是要巅峰对决吗？世界末日在绥中体育馆降临吗？"

陈眠手里握着一瓶冒着冷气的矿泉水，正准备打开的时候听见了不远处的哄闹声。

一帮男生刚打完篮球，坐在观众席里休息。

坐在第一排的男生穿着一身红黑相间的球服，身边的人正在和他说着什么。他低着头，湿漉漉的头发难得凌乱，被随手抓着往后梳，露出的额头上布满大汗珠。

他整个人热烈得像是一团火,和平时穿着校服给人的冷淡感截然相反,让人移不开目光。

　　"别的不说,沈域这张脸还是很帅气的。"赵莉莉同样被吸引着看了过去,想起关于沈域的形容,顿时就笑了,"你知道吗?高一大家刚入校时,还不知道沈域的名字,有人在表白墙上形容他'是看起来很贵气的帅哥'。"

　　"说什么,沈域的手指很适合拍……"

　　话说到一半,她忽然被人拍了一下肩膀,她一句"谁啊"还没说出口,回头就看见林琳不满的脸。

　　林琳没好气地说:"在公众场合说别人的闲话,不太好吧?"

　　前不久还被"表白未遂"打击得扭头求安慰的林琳这会儿倒是趾高气扬的,她仗的全是陈茵的势。

　　赵莉莉不满想顶嘴,就被拿着记录本喊集合的体育老师打断了。

　　绥北中学作为名校,是市里占地面积最大的高中。室内体育馆更是被绥中学子戏称为可以开演唱会的豪华场地。

　　但是今天,这个豪华场地莫名显得狭小了起来。

　　美术班、音乐班、理科班、文科班,四个班的学生分居四角。

　　陈眠听见班里有人轻轻说了句:"这是什么修罗场啊?"

　　游淮嘴里嚼着糖,吊儿郎当地站在自己班的队伍里。

　　陈茵就站在他的身后,借着他遮挡老师的视线,整理着发型和衣服。

　　游淮有些不耐烦,说:"你准备在这里走秀呢?"

　　"你懂什么。"陈茵立马驳斥了回去,轻声说,"乔之晚也在呢!"

　　游淮顺着这话往后看了一眼。

　　正后方的队伍里,换上运动款校服的女生扎着马尾,露着两条细白的胳膊,在一堆人里面格外出挑,做预备动作时侧着身子往理科班的队伍里瞟。

　　游淮一看就明白了,顿时乐了:"省省吧,上次在阿域家你不就试探过了,她算不上你的情敌。"

　　旁边晃着胳膊的男生困得要命,听了八卦忍不住问:"哟,那谁才是我们茵姐的情敌呀?"

　　游淮没说话,只是看着陈茵笑。

　　陈茵二话没说,直接一脚就踹了过去,低声骂了句:"你没完了,是吧?"

　　话没说清楚,像是只有两人才知的秘密。

旁人听得稀里糊涂，奇怪地在体育馆看了一圈，说："这里还有别的漂亮妹妹？不就只有我们茵姐和美术班的乔之晚吗？"

游淮躲闪着陈茵的脚，笑着说："是吗？那你眼神不太行，再看看呢？"

再看看——

文科班队列中，站在第二排的女生穿着校服外套，在一群穿着运动裤的女生里，她身上齐膝的百褶裙格外显眼，双腿细长，脚上是一双帆布鞋。她皮肤很白，眉眼柔和，头发被随手扎成了丸子头，显得那张脸十分干净。

——陈眠。

"不会吧，陈眠跟沈哥有交集？"

游淮干脆直接拦住陈茵打过来的手腕，压低声音似笑非笑地说："两个世界的人，哪有什么交集。你说是吧，陈茵。"

陈茵瞪着他。

在自由活动后，陈眠的丸子头散开了，赵莉莉伸手要帮她重新扎。

"我的手艺还不错吧？我给自己扎头发都没给你扎得好，不过，眠眠你的头型好圆哦，这种头型最适合丸子……"

今天奇怪极了，第三回了，她话说到一半又被打断了。

横空砸过来的一个篮球跳跃着落在她们正前方。那个篮球随着惯性砰砰砰地往前跳了几下，停在了陈眠的面前。

"不好意思，同学，手抖。"

穿着红黑相间篮球服的少年站在篮球架下，在所有人看过来的目光中，望向了站在那里的陈眠。

"我走不动了，你能把篮球送过来吗？"他嗓音带笑，丝毫不遮掩不怀好意的心思，就这么直白地逗着小姑娘。

陈眠低头看着脚前的篮球，又抬头看向沈域。

两个人之间的气氛很奇怪。

第一次在楼梯口遇到，赵莉莉就感觉到了陈眠和沈域之间有一种难以言喻的气氛，黏稠得像是麦芽糖浆，稍微拌一拌便会密不可分。

今天更是，沈域本来就是焦点人物，跟谁说句话都能引发众多猜测，他把篮球往这边一砸，像是故意的。

刚才跟游淮闲聊的音乐班男生瞧见这一幕，挠了挠头，对游淮说："这怎么看着像是有点儿可能的样子？"

在众人揣测的眼神里，陈眠沉默着和沈域对视，过了许久，她才"噢"了一声，笑了一下，连借口都没找，直白地拒绝道："不好意思，我也走不动。"

说完，她拉着赵莉莉的胳膊就走了。

赵莉莉心里的惊讶不断往外蹦。她心想：厉害了！我的同桌，刚才那氛围她连喘个气都要小心翼翼，没承想陈眠丝毫不胆怯，直接当着所有人的面拂了沈域的面子。

原来陈眠这么强硬吗？

她竖了一个大拇指，对陈眠说："从今以后，我看谁还敢说你没脾气！你越是看起来好欺负，越是有人来欺负你，你就得强硬一点儿！"

陈眠没说话。

回到教室后，陈眠拿上抽屉里的报名表就去了老师办公室，被老师拉着就高考选志愿的事情谈了一会儿话，出来已经是十分钟之后了。

陈眠抬头看了一眼天色，阴沉沉的，估计要下雨了。

走廊里同学的笑闹声惊动了树梢上停留的鸟雀，纷纷挥动翅膀扑棱棱地飞往天际。

微风吹过，陈眠闻到风里有一股很淡的薄荷味。她往教室所在的方向看了一眼，然后还是拐了一个弯，走向走廊尽头的厕所。

洗手池的水龙头没关紧，滴滴答答地往下滴着水珠。

陈眠刚拧紧水龙头，就看见镜子里出现了熟悉的身影。

站在她身后的少年还没换下身上的篮球服，一身热气，胳膊擦过她的手臂，打开她刚关上的水龙头，认真地冲洗着。

百褶裙贴着运动裤，分属不同人的两条腿离得很近，比男女脸上的冷淡表情要诚实。

赵莉莉没说完的话是，沈域的手指很适合拍偶像剧里的手部特写。

他手指很长，骨节分明，皮肤又白，指节弯曲时青筋若隐若现。

"陈眠——"

沈域的声音是燃烧冬日的最后一把火。

他说话间喷洒出的气息落在她的耳垂，笑着问："你就这么报答我？"

陈茵打开水龙头慢慢洗着手，旁边的林琳还在絮絮叨叨着："其实平时陈眠根本不是会在大庭广众之下说出那种话的人，除了故意的，我想不出第二个理由。"

陈茵笑了："故意吸引沈域的注意？"

林琳点头，小女生的心思可不就是这样弯弯绕绕。平时班里男生丢纸团不小心砸到陈眠，她都会没脾气地捡起来，递回去，体育馆里的那一出怎么看都不怀好意。

她不太喜欢陈眠，曾经这种不喜欢只是被压过风头的不悦，但经过老师办公室里发生的那件事，对陈眠的感觉就成了厌恶。大家私底下说她在给陈茵当跟班，暗地里的谣言她管不着，但这话从陈眠嘴里说出来她就十分介意。因为在林琳看来，陈眠那种贫困生连自己的脚后跟都比不上，又凭什么摆姿态？

"那不然呢？茵茵，你不要太天真，她之前给你做事都是为了钱，我总是听到她跟别人在私底下讨论沈域。"

她们说话的声音没有压低，有一种不怕被人听见的肆无忌惮。

话语传进了狭窄的厕所旁边的工具间，落进不久前一起躲在工具间的沈域和陈眠的耳朵里。

他低声笑着问："私底下，你讨论我什么？"

陈眠面无表情地道："说你人会玩。"

沈域顿时就笑了，胸腔都震动起来。他难得笑得张扬，与他平日冷淡气场相悖的少年气就这么落在了陈眠眼中。

"多会玩呀？"

对方漂亮的桃花眼盯着她，眼眸里流转的光华让她一愣。

明明两人之间还隔着一段距离，并没有任何亲密接触，但气氛已然十分暧昧。

外面陈茵和林琳仍在议论着他们究竟是什么关系，说着陈眠的倒贴行为。而工具间里，沈域忽然伸出手，摸了摸陈眠的头发，笑着问她："这样算会玩吗？"

这里只有他们，但外面有人在活动，因此感觉不只有他们。

绥中的女厕所打扫得十分干净，学生打扫卫生的范围仅限于自己教室，其他区域则是由学校毫不吝啬地花钱聘请了清洁人员，尤其是厕所这一片区域，每隔几节课清洁阿姨都会来打扫一遍。

地板锃光瓦亮，空气中满是柠檬味空气清新剂的味道。

陈眠抬头，眼前是身着红黑相间篮球服的沈域，白色的瓷砖、灰色的墙壁，门外陈茵正笑着说："陈眠，她配得上吗？"

林琳根本意识不到自己有多谄媚，下意识地配合道："她是不配，沈域怎么可能看得上她？"

像回应她们似的，他的手指还缠绕着陈眠的头发，看着她泛红的脸，问道："是吗？"

小臂肌肉线条流畅，手背上青筋明显。

陈眠不适时地想起了陈宋，他动手打人的时候，手背上也是这样青筋暴突的。

鲜少与男生离得这么近的陈眠蹙着眉，挥开沈域的手。

沈域也没生气，直接将手放进篮球裤口袋里，像个纨绔子弟一样靠在门板上，视线下移到她的膝盖上，问："你是不是学过跳舞？"

　　他对这个问题的坚持有些莫名其妙。两人站得很近，但言语的交流上永远与对方的想法背道而驰，就像陈眠总说不出让沈域觉得好听的话，沈域也永远学不会对她不想提及的话题闭口不言。

　　他执拗得跟一个要糖的小孩一样。

　　陈眠冷声道："不知道。"

　　就是不想说，都懒得敷衍。

　　沈域笑了一声。视线中的这个人穿校服永远穿得十分规矩，不会像学校里其他爱美的女生一样将上衣改紧、裙摆改短。她的校服裙正好遮住膝盖，露出的小腿纤细白皙。

　　沈域对她的占有欲体现为双重标准，不喜欢她看向别人，却喜欢别人为她着迷，像是圈养了一只漂亮鸟雀，压抑其中的是仅他自己可见的想炫耀的心理。

　　陈眠是冷漠的神明，而他是狂傲的信徒。

　　"你什么都不想说，那你让我帮忙吗？"

　　沈域就是有这个本事，永远能用最平淡的语气说出暧昧的话。

　　"沈域。"她深吸了一口气，压低了声音，怕被外面的人听见，"在学校，你可以别跟我说话吗？"

　　虽是命令的话语，但撒娇的语气、垂下来的发丝、楚楚可怜的表情、微红的眼眶、湿润的眼睫、红润的唇，每一点都仿佛在对沈域示弱。

　　他伸手将她的头发别至耳后，漫不经心地应道："要是我不答应呢？"

　　从厕所里出来前，陈眠还跟撂狠话似的对沈域说："这是厕所，要是被人看见你从这里出来，你就……"

　　她的话没说完，后半句大概是"完蛋了""死定了""倒霉了"之类的。

　　她自己说着都觉得威慑力不足，立马止住。

　　沈域倒是无所谓，笑了一声："就说陈同学看我打球辛苦，带我来厕所洗手。"

　　他语气慵懒，人站得也松散，靠在墙上，打完球随手冲了把的头发已经半干。

　　有句话是"脾气硬的人头发也硬"，沈域就是这一类人，他经常需要剪短头发，拉过陈眠去过一次他常去的理发店，那时陈眠嫌无聊，抱着沈域丢给她的平板电脑看电视剧，看完一集，沈域就从里头出来找她了。

　　他理了个青皮寸头，干净利落，又穿了一身设计简单的白色连帽衫和黑色长裤，身上那股学生气就淡了。

一米八八的高个子往那里一站，见陈眠迟迟没抬头，他不太高兴地收了平板电脑，拽着她的胳膊拉着人站起来，说："你挺行呀。我花钱让你陪我剪头发，你开小差开得挺溜的。"

那会儿正值夏日，烈日当空，周围没什么人，沈域没让司机在外面等，就和陈眠在路边等出租车。

那时候的他也跟现在一样，看着她的眼睛里压抑着火气，脸上却笑着，下巴一抬，问她："能不能行啊，陈同学？"

陈眠伸手，摸了一下他的头发。

头发已经长长了，当初扎手，现在刘海已经长到了眉毛的位置。不同的发型在沈域头上就跟切换不同人格的开关似的，青皮寸头时期的他看着不像一个好学生，给人一种顽劣感，要是自带背景音乐都是放荡不羁的风格。

这会儿，他看着倒是一个十足的好学生，拿着话筒直接就能去讲台上演讲的那种。

他还压着火。陈眠手心汗津津的，故意去摸他头发，带了一些报复的小心思。沈域心里一清二楚，也没计较，只是看着她，道："你摸狗呢？"

这时的气氛倒是十分和谐，是即使不用金钱做调和剂也很融洽的氛围。

陈眠没吭声，拧开水龙头慢吞吞地洗着手。

沈域就靠在洗手台边，从口袋里拿出手机，一边看消息，一边问她："手机被没收了，你想要吗？"

陈眠思索了一瞬，把问题丢了回去，问："陈茵想要吗？"

谁都知道那不是她的手机，只是用来联系陈茵用的，即使被没收了陈眠也无所谓，既然陈茵都不急，她急什么。

"我哪里知道她的想法，我是问你。"

"那我的意思是你干脆去问她要不要。"

陈眠关了水龙头，拿出纸巾擦手，然后将其丢进了垃圾桶。

微信里，游淮还在不停地找沈域，要他去给别人过生日。聊天群里，一帮人发疯似的找他。他给游淮回了个"1"，把手机重新丢回外套口袋里。

在食堂吃完饭的学生们从不远处的楼道里走了上来，不断传来细碎的说话声。

陈眠抬脚就要走，沈域伸手拦住了陈眠的去路。拦着她的那只手，刚才在水龙头下随意冲了一把，还沾着水珠，湿漉漉的。

沈域也没说话，就是不让她走。

陈眠从他的动作中明白了他的意图。

他在体育馆丢的那个篮球将他的心思暴露在陈眠面前——他懒得装了。

陈眠沉默地看着他，用眼神要一个理由。

二十二厘米，一根铅笔的长度，两人的身高差让陈眠眼神中的冷漠因为抬头这个动作而大打折扣。

沈域用一只手在口袋里按掉不断振动的电话，弯腰，用另一只手的食指不怎么温柔地揩掉陈眠眼下的水珠，语气淡淡的，说："你一直在学校里跟我假装不熟，利用和陈茵在一块为这个做掩盖，现在不也就是这个结果。"

这结果——

被陈柯告状，没收手机，公认的陈茵的跑腿，扭头却被陈茵说"不配"。

"快毕业了，换个玩法。"沈域话没说透，点到为止，只是看着陈眠。

"我要是拒绝呢？"陈眠问。

"那我只好想办法重新认识你了。"沈域笑着，挺无所谓的语气。

陈眠听出沈域的弦外之音，顿时笑了，也学着他的语气，回道："那我建议你直接拿钱砸我比较快。"

这是在篮球场沈域对陈柯说的话，换了个情景，通过她的嘴还了回去。

陈眠说完，顶着对面不认识的同学震惊的目光，直接绕开沈域，走回了自己的教室。

她耽搁了近半小时。她不是住宿生，平时这个时间早就离开学校了。

刚从宿舍洗完澡回来的赵莉莉看见她还挺惊讶的，问："你来上晚自习吗，眠眠？"

陈眠摇头，弯腰收拾了好放进书包，说："我回家。"

拿着书包准备走的时候，陈眠看见第一排的位子空着，视线停顿了一瞬。

赵莉莉瞧见她的停顿，轻声对她说："体育课下课后，陈柯跟理科班的人一起走了。"

跟理科班的人一起走了。陈眠想起沈域嗡鸣不断的手机，收了视线，向赵莉莉道了别。

回到家时，屋里是空着的。

对面的张婶推开门，冲陈眠招手："眠眠来我家吃饭吧，你爸和你阿姨都不在家呢，好像是去参加什么朋友的婚礼了。"

朋友的婚礼……陈宋除了那帮酒桌和牌桌上认识的人，哪里还有朋友？

宋艾还跟他一起参加，稀奇。

陈眠轻声拒绝："不用了，张婶，我在学校吃过了。"

张婶看起来挺遗憾，说："怎么你也吃过了。我帮忙做饭的那家，那孩子也说自己吃过了，让我不用过去。"

陈眠推开房门，走到房间，刚坐下，手机就收到一条微信消息。这个手机一直放在家里，重要的联系人都在这个手机里。

是沈域发来的。

照片里的背景是西餐厅的包间里，桌上摆着一个生日蛋糕，上面插着蜡烛。周围坐着的人都是理科班的，有人拿着生日帽往沈域对面坐在中间的人头上戴。

光线昏暗，只有生日蛋糕上的蜡烛摇曳着火光，对面那人的脸拍得不太清楚。

但很快，沈域给了她答案。

——你班长生日，你来给他庆生吗？

陈眠没回复。

她刚从包里拿出复习资料，准备学习，就听见门外传来响动。

钥匙转开门锁的声音伴随着陈宋嘴里的脏话一同传来，宋艾低声劝了几句。

陈眠立刻走到卧室门口，反锁好了门。

"啪嗒"一声，落进了陈宋的耳朵里。他本就心情糟糕——牌友邀请了他去参加婚礼，他本来不打算去，结果请柬被宋艾看见了，她竟然主动拿出份子钱说让他去长长面子，不然一帮人只有他不去会被人看低。

这时，陈宋还觉得宋艾挺识趣的。结果到了婚礼现场，就没那么愉快了，牌友们平常没见过宋艾，只听说陈宋二婚了，只认为这穷酸酒鬼的新老婆也上不了什么台面。

没承想，宋艾长相十分漂亮，他们就忍不住去瞧，根本不顾及陈宋在场。说陈宋多在乎宋艾也不至于，他只是觉得自尊心受到了侮辱，气得拍桌就拉着宋艾走了，一路上都在骂人。

这会儿他回到家，听到陈眠锁门的声音，就更生气了——陈眠也和别人一样看不起他，所以听见他回来立马锁门，连声爸爸都不肯喊。

他怒火中烧，径直走到陈眠房门口，拍门声响得像是打雷："陈眠！你爸回来了，你不知道喊一句吗？整天闷在房间里，真以为读书能改变命运呢？你就跟你那个无耻的妈一样，唯一能改变命运的方式就是靠男人，明白吗？！"

这话说得难听，宋艾都皱了一下眉，扯住他的胳膊，说："你管她干什么？不是打包了吃食回来吗？我去热一下。"

陈宋"呸"了一声："就这么一点儿花生是给人吃的？连口肉都没有。陈眠——"他拍着门，喊道，"你把门给老子打开，钱呢？上回的钱你爹已经花完了，再搞些钱回来。"

陈眠表情平淡，握笔的手没停。

门外的宋艾温柔地劝着，自从她和陈眠结成联盟后，她仿佛找到了主心骨一般，对生活一改之前随便的态度，对陈宋也是温柔的、有求必应，一把把温柔刀背后藏的全是安抚住陈宋，让他暂时别找陈眠麻烦的心思。

"今天我不是给你钱了吗？好啦，你要是没吃饱，我们找个餐馆再吃一点儿。"

陈宋冷笑道："你跟老子装什么？就凭张强看你的那眼神，你们是不是没少在私下里联系啊？你个无耻的……"

怎么能跟没有道德底线的人讲道理呢？温柔对他们而言就是妥协，就是可以任人摆布，随意欺负的信号。

门外争吵的声音顺着门缝传了进来。

屋里的灯光洒了一地，桌上放着的手机屏幕亮了一下。

是沈域发来的短信："选草莓蛋糕，还是巧克力蛋糕？"

游淮看沈域还在看手机，有些好笑："处理国家大事啊，沈哥？"

他摆明了是在揶揄沈域。

今天这一天他都觉得沈域反常，换作是平时，沈域哪里会明着找人麻烦——把人带去西餐厅说给人过生日，菜单丢过去让人随便选，结果陈柯盯着菜单一个字都没说出来，倒是憋红了眼睛死死地瞪着沈域，说："侮辱人很有意思，是吧？"

结果沈域直接笑了，难得把话说得这么直白："把老师叫来，就更有意思了。"

一桌子的人都听出了他的弦外之音。

游淮头一次见沈域这么幼稚地跟人计较这些，说实话没收个手机不算什么大事，告诉老师这更是"小儿科"，嘴上是会骂骂咧咧，但真犯不上跟人计较，像一个小学生似的。

可以找的乐子多了去了，陈柯还真排不上号。

但沈域就是说得清楚，就差把陈眠的名字直接说出来了。

桌上有人奇怪，轻声问："沈域什么时候跟陈眠扯上关系了？不是美术班那个女生吗？"

哪里是扯上关系了，分明只是他想，人家还没同意。

游淮拉开椅子坐在沈域旁边，用膝盖顶了下他的腿，没忍住笑："我真想不到你这么纯情，在背后帮人出头，等着人回消息。沈哥哥，在篮球场用篮球吸引姑娘注意的招数呢？现在你怎么跟个纯情少年似的？"

游淮是典型的"哪壶不开提哪壶"，根本不管沈域的心情，看他不开心，自己就开心了。

他还想再说几句，就看见沈域拿了旁边椅子上搁着的校服外套站起身往外走。

周围坐着的人立马也跟着起来，嘴里念叨着"这就换场了？"，结果沈域被游淮拦了下来，游淮扫了一眼被用力摔上的门，嚼着口香糖笑得不行。

"换什么，人家是学霸，回去写作业了。"

陈眠家楼下的路灯坏了，周围黑黢黢的。

夜色如墨，一颗星星都没有。

陈眠收到沈域第二条短信的时候，门外的声音已经停了。

短信内容十分简短："下楼。"

陈眠盯着它看了一会儿，然后跟被摁下什么键似的，拿起手机打开门就往外走。

客厅里，陈宋跷着二郎腿用筷子在宋艾刚做好的菜里挑来挑去，嘴里一直在嫌弃，说："这也是人能吃的？"

刚说完，就见到从房间里出来的陈眠，他抬起筷子，使唤陈眠："去给我买几瓶酒。"

陈眠没动，宋艾在旁边笑着说："都这么晚了，一个女孩子出去买酒多不安全呀！冰箱里不是还有你上次没喝完的二锅头吗，我去给你拿？"

也不知道是哪个字戳着了陈宋的肺管子，他一脚踹翻了桌子，吼道："她是我女儿！我就算让她去死，她也得去！"

陈宋说着，就站起身走向陈眠。

陈眠的手指都在颤抖，一侧的宋艾挡在她面前，猛推了她一把，说："快跑啊你，愣着干什么！"

陈眠如惊醒一般，打开房门就往外跑。

楼梯口距离很远，台阶在这个时候也显得那么高，她一步步往下，在无边黑夜的尽头，少年站在那里低头看着手机，屏幕亮起的光照亮了他清俊的脸。

他听见不远处的奔跑声，抬起头的刹那，就有人扑进了他怀里。

沈域手里还提着草莓蛋糕，袋子被扑过来的人撞得剧烈晃动。

他忍不住笑道："投怀送抱是什么意思啊，陈眠？"

然而怀里的人颤抖着身体，双手死死地抱着他，似乎溺水的人终于找到了自己的浮木。

陈眠声音嘶哑，说："沈域……你帮帮我……"

陈眠只说了这么一句，就不知道往下该怎么说了。

家暴让暴力被"家庭"两个字粉饰，巴掌打在谁身上，谁才知道疼，言语表述得再贴切都无法被旁人感同身受。

陈眠要的不是一报还一报，她就是想让陈宋离开她的世界。

她像一个乖巧的布偶娃娃一样待在沈域的身旁，即使被人拉着胳膊卷起袖子检查也闷不吭声，像是在沈域身边才能呼吸一样，她用力地呼吸着。

　　沈域问："受伤了吗？"

　　陈眠摇了摇头，声音沉闷："还没有。"

　　很恶心，陈宋的一切都让她恶心，连带着对自己都觉得恶心——衣服上有酒味，血管里流淌着和陈宋一样的血液，这都让她反胃。

　　可沈域是不同的，他身上是与陈宋截然不同的干净气息，带着薄荷味的凉意往鼻子里钻，少年的胸膛温热，敲击着她耳膜的心跳声将她从地狱拉回人间。

　　在一阵阵晚风中，陈眠听见沈域沉默许久后，用近乎承诺的语气说了声"好"。

　　等司机的时间里，陈眠一直没说话，垂着头不知在想些什么。

　　沈域也没说话，左手提着草莓蛋糕，右手边是陈眠。

　　许久，不远处传来汽车轮胎驶过路面的声音，沈域才听见陈眠轻轻说："其实我一直不能理解，为什么宋艾愿意一直待在陈宋的身边。"

　　宋艾的事情沈域略有了解，当初宋艾和陈宋结婚时，他打听过。那些事也没什么不能说的。

　　"宋艾家里欠了钱，她被她哥骗去了陪酒。"

　　陈眠愣了一下，她一直以为宋艾是孤身一人，从未看过宋艾联系什么人。宋艾和陈宋最蜜里调油的时候，陈眠在房间里听见陈宋问宋艾要不要办婚礼，宋艾说家里一个人都没有，没什么好办的。

　　"……她会一直待在陈宋身边吗？"

　　沈域看了她一眼，笑着反问："你希望吗？"

　　换作之前，陈眠是无所谓的，但现在，终究是有了一些微妙的不同。

　　她想起宋艾撕心裂肺的那一声，轻声对沈域说："我希望她能开心。"

　　沈域"嗯"了一声，和刚才的他比起来，像换了一个人似的。

　　沈域带着陈眠回了自己家。

　　陈眠坐在沙发上，从房间出来的沈域丢了一件衣服过来，那是一件宽大的黑色睡衣。

　　陈眠疑惑地看向沈域，表情少见地有些茫然，平时反应很快的人这时跟断了片似的，问："干什么？"

　　沈域倒了一杯水放在她的面前，语气不明："去洗澡。"

　　"好。"

　　陈眠拿着沈域的睡衣进了浴室。洗完头发出来后，客厅没有人，陈眠抱着自己的校服去了阳台，丢进洗衣机里，摁下开关，听着轰隆隆的声响，扭头看向了窗外。

这里是绥北市中心的别墅区，其房价在绥北一直稳居第一，被称为绥北富人区。从这里出发，开车近四十分钟才能到她的家。

穷人和富人差距，被具象成了四十分钟的距离。

沈域接完电话出来就看见陈眠站在阳台上，睡衣对他来说刚好合身，穿在她的身上却显得过于宽大了，袖口长到被她卷了起来，衣摆位于膝盖往上一些的位置。

她的肌肤莹白，似乎在夜色中发着光。

她似乎不太清楚，自己对沈域的吸引力究竟有多大。

她只是安静地站在那里，就轻易地让沈域心跳加速。他有些烦躁地揉了一把头发，去厨房倒了一杯冷水，又在冰箱里拿了冰块丢进去。

啪嗒——

冰块沉进杯底，沈域抬起手，正准备喝水，就听见陈眠问他："为什么人要活着呢？"

沈域把杯子放在一边，陈眠已经从阳台走到他身边，用求知若渴的眼神盯着他。他直接捏着她的下颌让她抬头，有些好笑道："怎么忽然这么沮丧？"

陈眠情绪不佳，说："只是感慨，人明明活得那么辛苦，但还要那么努力地找点让自己活着的希望。"

就如同宋艾，把自己的未来和她的捆绑在一起，仿佛陈眠高考结束后，她就能逃离现状。

不等沈域回答，陈眠又问："男人是不是都很享受征服的感觉？"

沈域当然知道陈眠说的不是他，要是他享受征服的快感的话，也不至于两人认识这么久，现在关系仍然不冷不热的。

关于这一点，游淮说过沈域，说他从小就奇怪——喜欢的东西怎么都不肯放手，不喜欢的东西看都懒得看一眼。虽然听起来有些偏执，但他又坚持着一些奇怪的规则。

这种规则体现在——

沈域从不屑于使用强迫手段，他想要什么，从来都是堂堂正正、光明正大的，即使对方有一丁点儿不情愿，他都宁愿不要。

但沈域没和陈眠说这些，只是意味深长地瞥了她一眼："你总要允许世界上存在人渣。"

"……"陈眠低下头，也说不清楚自己哪根筋搭错了要跟沈域讨论这些，但她清楚的是——今晚自己睡不着了，不想回到房间，不想躺下。只要她一闭上眼，黑暗里就全是陈宋那张令人作呕的脸。

她没和沈域说更多自己的事，只是伸手挽住沈域的手腕，像小猫一样亲昵地蹭了一下。

　　"沈域。"她睁着湿漉漉的杏眼，乖巧地说，"谢谢你收留我。"

　　沈域抬手捂住她的眼睛，声音有些哑："之前让你说好听的话，你不说，现在不让你说，还自己说上了？要是我每帮你一次，你都说谢谢，那你得说到明年去了。"

　　陈眠的学习能力倒是强，模仿着上回她捂住沈域眼睛时对方的反应，用眼睫毛轻扫他的手心，然后问他："那要不要一起写作业？"

　　"……"

　　沈域顿时就气笑了："陈眠，就凭你这么好学，如果学校不给你颁奖，那我都看不过去。"

　　于是两个人坐到了书桌前，一人一支笔在台灯下写着试卷。

　　沈域解着题目觉得挺好笑的，说："我半夜带了一个姑娘回家，结果她在我家洗了澡，穿着我的衣服跟我一起写试卷。你猜别人知道了会怎么说？"

　　陈眠正在写数学试卷，正想着怎么解题呢，听见沈域这么问，想了一会儿，回答："说你善良吧。"

　　"不是说我会玩吗？"

　　"那是在你跟我写作业之前。"陈眠轻声纠正他，"你现在变善良了。"

　　尽胡扯。

　　沈域扫了她一眼，也说不明白自己跟中了邪一样对人有求必应的态度究竟是怎么回事，解题静不下心，平时对谁都淡淡的那种姿态也端不起来，索性将身体往后靠在椅背上，只用搁在桌上的手转着笔。

　　"跟你一起写作业就变善良了，你可以直接去监狱义务支教。"

　　"……"这话把陈眠堵住了。

　　过了好半晌，她都没想到要怎么接话。良久，她抬头看了他一眼，乖巧地说道："嗯……也行。"

　　说完，她把试卷往沈域那边挪了一点儿，用笔尖指着最后一道大题的最后一小问。

　　"现在，你能先告诉我这道题怎么做吗？"

　　游淮打来电话的时候，沈域刚讲完一道题，坐在椅子上，垂着眸，也不知道在想什么。他旁边的姑娘笔耕不辍，仿佛今晚的事情已经翻篇了，不再影响她似的。

　　沈域接了电话，游淮在电话那头跟他说，给陈柯过生日的局散了，结果他们在半道上碰到了和小姐妹逛街的陈茵，陈茵瞅见陈柯跟他们在一块，就追问个不停。嘴上没有把门的人把情况全跟陈茵说了，结果陈茵气笑了，丢下一句"陈眠挺行"。

游淮跟陈茵是一起长大的青梅竹马，对陈茵那点儿本事再清楚不过。她向来都是"雷声大雨点小"，读小学时跟人干架也是吼得惊天动地，最后也只是愤愤地扯下了对方的头绳，还觉得自己挺厉害的。

这听起来就是一件小事，但游淮爱看热闹，尤其是沈域的热闹。他听到电话那边十分安静，除了沈域的呼吸声没什么特别的。

游淮顿时就奇怪了，心想：陈眠人呢？他这么想着就直接问了："怎么没听见陈妹妹的声音啊？"

沈域接电话也没避开陈眠，直接打开免提手机朝向陈眠，似笑非笑地说："出个声。"

陈眠停下笔，有些无语，满脸都是"你幼不幼稚"的神情。

沈域扯着她披散的长发，不罢休地说："出个声啊，妹妹。"

电话那头的游淮听着这边的"打情骂俏"，直接骂了一句。

"你能不能做个人？我躲在厕所里给你送情报，陈茵还在外面堵着我，你给我听这些，能不能行了？"

沈域吊儿郎当地学着游淮的语气逗陈眠，道："听见没，能不能行了？"

陈眠沉默了几秒，轻声说："沈域最行了。"

游淮："滚，挂了。"

电话"嘟"的一声挂断后，沈域的眼里还满是笑意。

他将手撑在桌面上，斜过身体在衣柜里随便拿了一件白色卫衣，套在短袖外，下身是一条灰色休闲长裤，浑身裹得严严实实。像是生怕陈眠对非礼他一样。

在暖色灯光下，他看起来人模人样的，长相帅气自带优势，更何况此刻他还是笑着的。平时覆着一层冷霜的脸庞就跟冰雪遇到沸腾的熔岩融化了似的，眉眼柔和，眼下那颗泪痣显得更诱人。

沈域被人挂了电话也不生气，凑到陈眠身边。

试卷上，数学最后一道大题下面写着"解"，往下是详细的解题过程，全是这人刚才教的。

陈眠低头看着题目，又抬头看向他，还伸手碰了一下他的唇角。

薄唇，代表薄情寡义、冷淡。

他的身边总是人来人往。但谁能想到，这么一个绯闻满天飞的校草，这两年来接触最多的异性只有陈眠一人而已。

或许是被夜色蛊惑，陈眠竟好脾气地再次肯定了他。

"你，沈域最行。"

哪里都行，其中之最，大概是每当她深陷泥沼，爬不出来的时候，他就神奇地出现在她的面前。他什么也不问，只要她说"帮帮我"，他就会带她走。

写完最后一个字，时间已经到了凌晨三点。

沈域在翻一本英语资料，看到陈眠这边收了笔，也合上书。

"困了？"

陈眠没说话，只是看了一眼床铺。

沈域笑了一声，说："不会让你打地铺的，你睡你的，我去另一个房间。"

然而欲走的他的手被抓住了。

"沈域，我想你陪我。"

沈域的心就跟被什么东西烫了一下似的，被握住的手急速升温，迟到了许久的心动在这时像潮水一般尽数袭来，然后心跳就怦怦怦地失常了。

陈眠用的是沈域的沐浴露，同样的味道在她的身上发生了微妙的不同，薄荷味里掺上了一丝香甜。

枕头绵软，屋里的踢脚灯还没灭。

陈眠睁着眼，将枕头挪到床边，往下伸手，找到了睡在地上的沈域的手，然后慢吞吞地牵住了。

体温相触的瞬间，她脑海中关于陈宋的记忆就淡了一些。

陈眠深呼吸，在昏暗的光线中，她像缠着大人说睡前故事的小孩一般，问沈域："陈宋会死吗？"

沈域哑声道："当然，人都会死。"

"那他会怎么死？"

"你想让他怎么死？"

沈域回答得很快，这话让陈眠笑了一声。

她的脸贴着枕头，泪水慢慢地浸湿了枕巾。

陈眠在哭，可独自流着眼泪的她连哭都是无声的，只是紧紧攥着他的手，像是抓住了唯一一根救命稻草。

她哑着嗓子，说："沈域，我睡不着。"

她睡不着，会做噩梦，觉得黑夜太长而白天总是太短。

她害怕回到家里，害怕听见铁门被打开的声音，害怕房门被人拍响，害怕闻到酒味，更害怕听见陈宋喊她的名字。

可是她不知道该和谁说，只能一直将恐惧压抑在心底，不停告诉自己"没关系"，再坚持坚持，日历总会有撕到底的那一天。可是坚持太难了。

没有人告诉她，人的恶劣是没有下限的，触底不会有反弹的那一天，面临的将是更深的地狱。

她只能拉着沈域。

这个让她觉得无比恶劣的人，现在成了她唯一的倾诉对象。

"我睡不着……沈域，我根本睡不着……"

沈域在黑暗中起身，跪坐在床边，平时善于插科打诨的少年此刻有些慌张，不知怎样安慰落泪的女生，犹豫了许久，最终伸手轻轻地拍打着她的背。

他没承诺什么，更没有说一句安慰的话，只是抱着她，然后陪着她，一直到天明。

第三章
「神谕」

Oracle

✦

早上七点半，闹钟如约响起。

刚闭上眼不久的陈眠起身，看见房间里已经没人了，低头发现地上摆着一双拖鞋。她穿上拖鞋走过去打开门，就听见一楼传来电视机的声音，她又返回去拿了床头柜上自己的手机，打开一看，是周三没错。

陈眠下楼的时候，沈域已经把外卖小哥送来的早餐摆放在盘子里了，旁边摆着两双筷子。电视机播报着晨间新闻，主播用温柔的声音说着未来一周绥北都是难得的好天气，不会降雨。

阳台上挂着的校服已经干了，陈眠取下校服，准备先去换上，就听见沈域喊了她一声。彻夜未眠的男生嗓音听起来比平时嘶哑，昨天穿着的白色卫衣已经换成校服了，也不知道这人是什么时候起来的。他冲她抬起下巴，说："先吃。"

陈眠没搭理他，直接往洗手间走。

在她身后，传来"啧"的一声。

陈眠停下脚步，转身好脾气地说："我还没洗漱。"

也不知道沈域从哪里找来一支新牙刷搁在了洗手台上的玻璃杯里，牙膏放在旁边，干净的白毛巾挂在一毛巾架上。

她看了一会儿，才打开水龙头。

陈眠换上校服出去，电视里正播放球赛，她对这些并不感兴趣。她坐在沈域的旁边，面前的小笼包被放在了西餐盘子里，豆浆装进了玻璃杯里，有些诡异的搭配，但一想到是沈域做的，就不觉得奇怪了。

尽管学校里的沈域总有一种高高在上的孤傲，但高冷男神在日常生活中也只是一个普通男生。陈眠记得有一回张婶做好菜放在桌上后走了，她刚来就看见沈域拿着筷子在盘子里挑挑拣拣，最后直接将筷子丢在一旁，脾气还挺大的，说："全是葱，让人怎么吃？"

陈眠觉得奇怪，平时张婶给这少爷做菜向来都是挑贵的、好的做，怎么可能全是葱。

她就往桌上的盘子里看了一眼，然后沉默了一阵，说："你知道，有一种菜叫蒜薹吗？"

沈域："……"

陈眠："就是你桌上的那盘。"

她咬着小笼包想起曾经发生的事情，忍不住看了沈域一眼。

沈域仿佛洞悉了她心里的想法，没停下把玩着遥控器的动作，淡淡道："就只有这种盘子，看不顺眼就别看。"

陈眠眨眨眼，说："哦。"

模样挺乖的，仿佛沈域无论说什么她都会听的样子。

这倒是让沈域有些好笑。他丢下遥控器，看向她，问："放学是你来我的教室等我，还是我去你的教室？"

陈眠听出沈域话里的意思——他在邀请她住在自己家。

陈眠也在思考，现在距离高考没多久了，自己家的情况让她根本没办法专心学习。当初读高一时，学校让他们选择走读或住校，住校生比走读生要多交一千多元的住宿费，陈眠就没选。

那时，她还没跟沈域扯上关系，只是在家附近的便利店里做兼职，钱少得可怜，占用的时间还多。老板和陈眠住在一栋居民楼，知道她家的情况才给了兼职机会，因而陈眠工作十分用心，每次十点多到家后，才"开夜车"写作业，那个学期她的成绩直线下滑，差点儿掉出重点班。

陈眠知道什么才是最重要的，也清楚对于她来说，唯一能改变命运的只有学习。哪怕她长相漂亮，身边有不少人向她示好，但有陈宋这样的人存在，相当长的一段时间里，陈眠对男性都没什么好印象。

沈域算是一个特例，但陈眠也知道，两人住在同一间房子和寻常的陪伴终究不一样。处于青春期的少男少女共处一室，总显得暧昧。

她沉默了一会儿，对沈域说："我可以自己租房。"

大多时候，他们之间的交流都只是点到为止，两个人都是聪明人，能听出对方的言外之意。沈域没什么表情，脸上的绒毛在阳光照射下清晰可见，直白地看向陈眠，说："你哪里有钱？"

陈眠一秒也没停顿，将手里的筷子放下来，问："你没打算借钱给我吗？"

沈域直接就笑了，跷着二郎腿，一副"你听听自己说的什么话"的神情，也不接话，就这么直白地盯着她。

陈眠在他的注视下迟缓地眨了一下眼睛，然后跟恍然大悟似的张了下唇，紧接着就朝沈域挪去。

她将整个身体凑过去，像是要送上一份礼物。她伸出自己的手，张开五指，晨曦从她的指缝里照过来，似是太阳被她藏在了手心。

"作为谢礼，我送你一轮日出，可以吗？"

沈域悄悄屈起手指，指节顶到餐椅的皮面扶手上。

陈眠在哄他，从无师自通，到现在逐渐驾轻就熟。

沈域一句话没说，只有喉结上下动了一下，线条流畅的下颌线紧绷着。他在忍耐，每次和陈眠相处，他总觉得自己不像自己，情绪都不受他的掌控，全然被陈眠影响着。

此时，他也会自私地希望陈眠永远只看向他、只用这种语气对他说话……

这种强烈的占有欲在他的幼年时期也出现过。那时，幼儿园组织了一帮小孩去动物园春游。沈域停在养白孔雀的院子里不肯走，因为他想拥有一只白孔雀，后来他爸不知道从哪里弄回来一只家养孔雀，就在院子里养着。

但一旦想要的东西成了自己的，他反而对孔雀失去了兴趣。

沈域一度认为，陈眠对他而言也是这样。

可是时间慢慢地过了这么久。

这段时间的日日夜夜都证明了一件事：陈眠不是那只白孔雀。

他不是单纯地想要得到她而已。

眼前对他的所思所想一无所知的人仍旧看着他，脸上的表情始终寡淡。她的身上仿佛没有人类正常的情感，开心的时候也只是勾勾唇角，其他时候都是这副样子，像一杯装在精美容器里的温白开。

她昨晚的眼泪仿佛成了黑暗中的错觉。

那个曾经惊慌失措到抓紧他的姑娘略带审视地看着他，然后问："这样，也不可以吗？"

他发觉，真正拥有一个人并不是单纯地把她留在身边，用金钱为绳索绑住她。而是想要她看着自己的时候，眼里只有他。是即使人不在身边，也能从四面八方听到爱意的回响。

但很显然，现在的陈眠连一丁点儿爱意都没有。

沈域没有死缠烂打的想法，更不会像游淮那样跟在陈茵身边任人拿捏。

他将身体往后靠，与陈眠拉开距离后，正好让他看见她的双眼。

阳光下浅褐色的瞳孔像是琥珀，里面映着他的影子，湛蓝色的校服领口跟窗外碧蓝色的天空一深一浅，有一种渐进式的美感。

窗外有鸟雀扑棱着翅膀飞过。清洁工人扫着落叶的声音像是清晨风声的伴奏。

阳光从落地窗外射进来，一点点往里蔓延，照在地上放了整晚的蛋糕盒上，浓郁的草莓香味飘散在空气里，萦绕在整个空间。

陈眠低头看了一眼，视线落在包装袋上，又看向沈域，张开唇想说些什么。

这时，她却听见沈域笑了一声，说："别。"

他看着她，唇边的笑意像是窗外鸟雀飞过天空，浅得几乎没留下什么痕迹。

冷淡的笑，他从限定的独处版沈域变回了校园版沈域。

陈眠收回目光，慢吞吞地坐直，从地上拿起书包抱在怀里。她向来是"顶风作案的行家"，也没管沈域怎么想，只是陈述着自己的想法："我不想和你一起住。"

不是不能，而是更直白的"不想"。

她不怕沈域会生气，更不怕沈域会因此丢下她不管。

有意思的、长相漂亮的女生数不胜数，无论哪一个都愿意和沈域谈一场恋爱，除了陈眠。

"陈眠，人不能既要又要。"沈域用手轻叩着桌面，"教育"着面前坐着的女生，也没管时间距离上课越来越近，一字一句地说着，"享受着我对你的好，就得给我一点儿回报。让驴拉磨都知道在前面吊一根胡萝卜，你把我当银行取款机，好歹也委婉些，什么话都说得这么直白就没意思了。"

"可我什么都没有。"陈眠眼神柔和，看着他说。

"我不知道我有什么能够给你，沈域。我只有张姊同情我所施舍的怜悯，还有在学校里温和不惹事的性格，虽然长相很漂亮，但不争不抢的行事风格。

"送你一轮日出已经是我能想到的最好的礼物了，除此之外，还有什么是我可以给你的吗？"

她的语气平淡，声音也很轻，像是怕吵到安静的早晨一般。

最后她似是觉得气氛过于沉闷，轻巧地换了一个话题，说："你买的蛋糕还没拆开，要一起尝尝吗？"

沈域很清楚，陈眠明明听懂了他在说什么，但她还在伪装，在用自己的困境挡在前面当借口。

她什么都知道，什么都明白，但就是不想给。

把真心藏在心底，用可怜巴巴的语气对他说，自己什么都没有了。

沈域收回放在桌上的手，屈指在她额头上弹了一下。

"都几点了，还吃蛋糕，不上课了？"

而他尽管什么都知道，却还是任由陈眠把这一页翻了过去。

沈域从她手里拿过她的书包，和自己的一起拎在手里，另一只手拽着人的胳膊往外走。

踏入晨光的那一刻，陈眠听见沈域说："租什么房子，真当我没房子了？"

"陈眠，下一次，你想找我要什么的时候，委婉点，可以找个借口、理由，但好歹找个让我觉得听得过去的。"

然后，他都会答应的。

沈域家里有钱是一个公开的秘密，只是"有钱"这两个字的概念过于宽泛。

大多数人并不清楚沈域家里究竟是什么情况，因为他并不是绥北本地人，别人也从未见他家里人参加过高一到高三的家长会。唯一知道内情的游淮又是一个"太极高手"，看似很好说话，但无论谁如何旁敲侧击，他都能用三言两语糊弄过去。

沈域就像是一团迷雾，好奇心碰到他就跟石沉大海一般，毫无回音。

有些人傲慢到把有钱当作一种优势，而沈域不同，他的身边什么家境的人都有。他既能跟自己班的人一块讨论题目，又能跟艺术班的人混在一起玩乐。

赵莉莉曾经就沈域的好人缘与陈眠讨论过，她说原以为沈域是那种居高临下的"校霸"类人物，把朋友当仆人使唤，交友全靠砸钱，结果发现他不是。

发现不是的契机，是陈眠班上一个经常和沈域一起打篮球的男生过生日，沈域送了他一双球鞋，这人当晚在QQ空间和朋友圈里晒图，被感动得涕泗横流。

配文："感谢我沈哥，万万没想到我只是随口一提，沈哥却放在了心上。什么都别说了，我现在去投胎做沈哥的弟弟，还来得及吗？"

评论区是一连串的呕吐表情。

陈眠看见沈域用开玩笑的语气，回复了一句："好走不送。"

又例如这天早上，沈域让司机把车停在了学校附近，让陈眠先下车。在某些时刻，沈域身上的绅士风度体现得淋漓尽致。

正人君子的皮囊是他白日里的正装，独处时的放荡不羁是唯独陈眠可见的特例。

车开走时，时间已过八点，分针指向六，陈眠停在了学校附近的奶茶店门口。她把拎在手里的书包往肩上一背，从这里走去学校，速度快的话只用五分钟。

马路上不时有送孩子上学的家长开着车经过，骑自行车的学生也飞驰而过，偶尔有几个和陈眠一样背着书包步行上学的学生，都往前跑着。

陈眠几乎是踩着上课铃声走进了学校大门。

在门口记迟到的值日生有些犹豫地看了她一眼，最后还是没有落笔。同伴看着陈眠远去的背影，问他："干吗不记？"

那个值日生挠挠头，问："你没看表白墙吗？昨晚陈眠和沈域的名字都刷爆了。"

同伴愣愣地道："陈眠和沈域？"

——这是什么搭配？

这个问题也是昨晚表白墙上众人讨论的重点话题。

作为文科（三）班八卦女王的赵莉莉是昨晚表白墙上参与讨论最积极的一位，以一己之力贡献了上百条评论，连作业都没写完，黑眼圈看着比陈眠的还吓人。一看到陈眠进来，赵莉莉立马伸出双手十分埋怨地拽住了她的衣摆。

"眠眠，你竟然不跟我说你和沈域的事，我们还是不是朋友了？"

陈眠放下书包，正准备说话，就听见讲台上的陈柯喊了一声她的名字，语气挺不客气的："陈眠，迟到扣分。"

陈眠还没吭声，底下就有男生起哄道："啧啧啧……"

跟教室里进了蝉似的。

赵莉莉也冷哼了一声，说："最看不起这种看似单纯讲究纪律的人。刚才跟他关系好的人就先你一步进来，怎么不说扣分，就会针对你。记名就记呗，还非得大声说出来，警告谁呢，一点儿肚量都没有。"

赵莉莉以为陈柯是因为他被陈眠拒绝的事耿耿于怀。但陈眠清楚，陈柯的态度多半是因为昨晚沈域他们请的那顿生日宴。

赵莉莉凑过来，迫不及待地分享昨晚的热点事件，问她："你看到我给你发的微信消息了吗？"

陈眠昨天只用手机看时间，根本就没打开数据流量开关，只得摇了摇头，抱歉道："昨天有些事。"

"我就知道你没有看，我跟你说，可精彩了。昨晚表白墙有人匿名发帖说看见你和沈域谈恋爱，还在教师办公室旁边的厕所门口牵手。评论区都炸了，一堆人说发帖人胡说八道。"

"……"

她想过会有流言蜚语传出去，毕竟沈域这种话题中心人物是表白墙和八卦群永远的焦点，没人说才奇怪。

"有人信了？"陈眠难得露出一副无语的表情。

"一半一半吧，女生觉得胡扯，男生觉得悄悄谈恋爱未免太纯情了，根本不符合沈域的人设。"

陈眠再度感到无语。

赵莉莉挑眉，竖起书本挡在自己面前，压低声音自豪地向陈眠邀功："所以，你莉莉姐昨晚舌战群儒，跟所有说你不好的人都大战了一番，誓死保卫你的清白。"

说着，她又觉得十分奇怪——陈眠和沈域之间的交集只有陈茵，两人平时在学校里擦肩而过，都不带正眼看对方的，最近的一次接触也是因为篮球场的那颗球。

但相较于沈域和乔之晚，他们之间的交集简直平淡到可以忽略不计。

只是男女主角的颜值过于匹配，扑面而来的偶像剧气息过于浓重，才给人一种般配的错觉。可是只要是帅哥美女站在一块，就连陈茵和游淮之间都能冒出粉色气泡。

赵莉莉实在想象不出，陈眠和沈域在一起会是什么样子。

一个过冷，一个过傲，是无论谁先靠近结果都会僵持的搭配。

但昨晚表白墙上说得有模有样的，不像是瞎编的，她就好奇了，问："昨天你真和沈域在厕所门口牵手了呀？"

陈眠忍不住笑道："谁会在老师办公室附近牵手？"

"倒也……不对！你这话的意思是你真和沈域一起出现在了厕所门口？！"

陈眠斟酌着，聪明地给了个回答："我们只是都在洗手池洗手而已。"

说话间，前排背挺得笔直，一直拿着书在看的林琳哂笑了一声，像自言自语一般说："故意就故意，装什么纯情？"

陈眠没理她。

赵莉莉愤愤不平："你说什么呢？！林琳你有病吧？"

争执一触即发，一直趴在桌上的刘俊杰直接丢开书，转头看向林琳："不看书也别影响别人，行吗？"

教室里不时有人看过来。

陈柯拍了一下桌子，皱着眉朝陈眠这边说："你们几个不想上早自习就出去，你们不想参加高考，别人还要参加高考呢。"

这话说得意有所指，他的视线也笔直地看向陈眠。

学校里的钩心斗角放在未来看全是小儿科，但现在在这相对封闭的环境里，却是能影响心情的头等大事，赵莉莉和林琳立马就红了眼。

陈眠垂着眸，拿出书，跟被指责的人不是她一样，开始默背古诗。

相较于文科班一大早的鸡犬不宁，理科班倒是其乐融融。绥中男女比例本就失调，文理没分班前，各班的男女比例基本上是3∶2，分班后的理科班男女比例则是变成了4∶1。

理科实验班的班主任年纪小，教学风格和其他班主任不太一样，平时跟学生打成一片的相处方式让该班的整体氛围趋于轻松活跃，这层楼里课间休息时最吵闹的就是理科实验班。

昨晚跟着沈域、游淮去了西餐厅的几个男生，早上一来就开始滔滔不绝地说昨晚的事，给其他没去的人描述当时的"盛况"，语气十分夸张，拿上话筒简直可以直接去说脱口秀。

"真就离谱了，之前我以为陈柯是一个好人呢。昨天我们人挺多的，就怕这人说我们欺负他，一整晚我的嘴角都没垂下来过，比跟我妈说话还温柔，就差没跟他说'您老吃好喝好，玩得开心'，结果这人一张嘴就是我们欺负人。"

女生接话道："那确实是有点儿欺负人了，校规规定学生不能带手机，陈眠在学校里玩手机还有理了？"

男生扫了她一眼，说："你这话一说，艺术班的人统统别想上学了。不是这样的，要讲规则大家就一视同仁，不能区别对待。要是整个学校里只有她一个人带了手机，还玩得明目张胆，陈柯把这事告老师，谁会说他一句？但不是这样的呀，朋友，我们班上带手机的人都不下十个，艺术班那帮人在走廊上拿手机看视频，谁管了？要是陈柯告发一大群人，我倒觉得他算有种，只针对陈眠一个人是不是有点儿小气了？"

女生就不说话了。

男生还愤愤不平地说："关键是之前谁不知道文科（三）班的班长喜欢陈眠啊，他来这么一出，显得我们男生心胸有多狭隘似的。他是得不到就毁掉，男生的形象都让他给破坏了，谁看了不犯恶心。"

有人接话："还是我们沈哥路见不平……"

"拔刀相助！"

"助人为乐！"

"乐善好施！"

"施仁布德！"

"德高望重！"

"这么说下去，不如直接把沈哥当成大佛供起来。"

沈域就是在这种氛围下踏进的教室，一走进来，所有人都看了过去。

有人下意识地就喊道："哟，大佛！"

沈域放下书包，根本不用问就知道这帮人刚才在聊什么，坐下的同时将书包往抽屉里一塞，用手指在桌上一敲。

他姿态懒散得不像是来学校上课的，更像是当大爷的。他对那人说："嗯，来拜一个。"

沈域没生气。

八卦的人凑到他面前问:"采访一下,昨天沈哥真在老师办公室附近的厕所和人牵手了呀?"

沈域跟陈眠一样,昨天根本就没看手机,也就不知道表白墙上发生的事。

但听了这话多少能猜个大概,他看了那人一眼,随手翻着数学书,另一只手里转着笔。

他难得用倨傲的语气说:"你不如说我在老师办公室里告白。"

"牛——"

"不愧是我沈哥!"

"绝啊!"

沈域直接被气笑了,懒得陪这帮人胡闹,用手往桌上一点儿:"能走开吗?"

一帮人立马回到自己的座位上。

直到第一节课的上课铃声响起,才有人反应过来。

——沈域什么有用的话都没说。

校园八卦即使再吸引人,也很快会被随之而来的考试冲散。陈眠利用碎片时间,见缝插针地写完了参赛作文,交给老师的时候,陈柯正好也要去老师办公室,两人同行了一路,没人说话。

陈眠的沉默在陈柯看来似是漠视和嘲讽,那天西餐厅的尴尬事件成了陈柯校园时光里最大的梦魇。少年心比天高,更何况陈柯这种人穷志不短的类型,高度敏感的背后藏着不敢与人言的自卑,平日从不多觑旁人昂贵球鞋的眼睛也不会垂下去看自己洗到发白的帆布鞋。

"没想到你是这样的人。"陈柯率先打破了沉默,责备的言语中夹杂着一股说教的意味。

陈眠拿着作文试卷没打算理他,听到他这么说,立刻回道:"这和你有关系吗?"

就如她对沈域说的,在学校里的陈眠并不是一个有棱角的人,像这样说话的情形更是少有。

因而她这么顶撞一句,倒是让陈柯直接愣住了。他还没来得及再说话,就看见陈眠直接进了老师办公室。

游淮正在老师办公室里谈着选志愿的事,看见这么一幕,顿时就乐了,歪着身子靠在办公桌上。结果被他们班主任拿笔敲了一下胳膊,没好气地骂他无论干什么都没个正行,大提琴拉得像拉风箱,根本没耳朵听。

游淮嬉皮笑脸地受着老师的教育,用眼角余光去扫交作文试卷的陈眠。

他们班班主任顺着他的视线看见了文科班的优等生，又找到了谈话的新角度："你看看别人，学习时间这么紧张还能抽空参加竞赛，硬是什么都没耽误，哪儿哪儿都开花。你呢？不知道你们这群小兔崽子一天到晚都在干什么。"

一天到晚，当然都在玩。

但这话游淮不可能说的，被指责的对象，已经从他一个人扩展到整个音乐班的学生。他垂着眸，有一句没一句地听着，心说这谈话没必要说这么久，结果就听见门口响起一声清脆的"老师"。

游淮抬头，看见陈茵站在门口，拿着第一节课前没来得及交的作业往里走。她显然也看见了旁边办公桌旁站着的陈眠，脸色刚有些不虞，就听见自己班主任"哟"了一声，语带揶揄地说："说曹操曹操到，两只兔子正好来个赛跑。"

陈茵有些蒙，游淮倒是知道老师说的是什么意思，伸手挠了挠眉毛。

办公室两种氛围，音乐班班主任这里鸡飞狗跳，陈茵委屈地骂游淮一句，随后对老师撒娇道："关我什么事呀，老师！"

而陈眠则是静静地等着老师打完电话，然后把作文试卷递过去。陈柯站在她身后几步远的位置，扭头看都没看她一眼，两人之间的关系是人人可见的僵持。

文科（三）班的班主任当然知道陈柯告发陈眠这事，但他们到底还只是高中生，在其中调和矛盾也只是浪费时间，更何况矛盾还是发生在男女同学之间。

绥中每晚都有保安拿着手电筒在学校巡逻，每个班里学生的情况班主任心里也有数，像谁和谁有暧昧，全被一帮爱起哄的同学在态度里透露个干净。只不过绥中对待这种事的处理方式相对灵活，并不是简单粗暴的训诫，而是加以引导，尤其是对于优等生，更是着重于维护学生自尊，用调开座位等方式人为降温。

班主任从未担心过陈眠，在没分班之前她就是陈眠的班主任，一带三年，对陈眠家里的情况了如指掌，知道她有一个不靠谱的爸和一个不管事的后妈，家长会上陈眠的家长位置总是空缺的，偶尔她的邻居会代为出席。

女孩子就站在窗边，目光幽静，像一株静静开放的白玉兰。

班主任朝两人点了下头，说："行，我先帮你们语文老师收着了，等她回来，我就给她。赶紧回去吧，一会儿就上课了。"说着，她却留下了陈眠，等陈柯走了，从抽屉里拿出被没收的手机，"同学们说这部手机不是你的？"

陈眠有些茫然地看向她。

班主任用开玩笑的语气笑着说："你本来就是走读生，没收手机也就是走个形式，按理说那天放学就该还给你了，但级长那边压着，非得等你交上检讨才给我。既然手机都不是你的，赶紧还给别人吧。"

她正说着，就听见音乐班的班主任拔高嗓音，说："你俩怎么不干脆去传媒班学播音主持？这么爱吵架，下午去邻市艺考，你俩就挨着坐，给我吵一路！"

从办公室出来后，陈眠感觉外套口袋里的手机沉甸甸的。

她站在走廊，风带着草木香拂来，不时有路过的同学看向她，互相拉扯着，边走边嘀咕着："是不是她啊？"

他们很关心这件事吗？

其实不是。只是疲累的学习生活总需要一些调味剂，而少男少女之间那点儿暧昧故事就如绿丛中开出的一朵花。

青春期的荷尔蒙透着一股清新气息，连议论声都是友好的，看来的眼光都是艳羡的，似乎在黯淡的蓝白校服下，她的青春色彩明媚又张扬。

陈茵和游淮一前一后地走出办公室，就看见等在门口的陈眠。

陈茵已经很久没和陈眠说话了，在陈茵这门"学科"上，游淮是行家，从小就看出她是一只纸老虎，讨厌的话说得比谁都大声，但真要做什么还是不敢。

游淮就跟一个调解员似的，往老师办公室外面的白墙上一靠，冲两个都没吭声的姑娘说："要我给你们起个头吗？"

无人理会。

他咬了下腮帮子，说："成，那我起个头。"

"陈茵你先说。"

陈茵一肚子气被游淮弄得上不去下不来，愤愤地瞪他一眼，说："你有病啊，游淮！凭什么是我先说？！"

游淮漫不经心地点了下头，说："凭我有病啊。"

"……"

陈茵顿时被堵得说不出话来，端着公主姿态，抬着下巴，骄傲得像一只天鹅。

陈眠走到她面前，把兜里的手机拿出来递给她，说："还你。"

陈茵没接，游淮伸手接了手机，说："果然不同人不同命啊，我们在里头只有挨骂的份儿，你在里头，老师还给你手机？"

这话摆明了是想要活跃气氛的。游淮与沈域相比，风格截然不同，但两人都算帅哥，只是沈域光芒过盛，游淮则看起来不靠谱，没架子也就失去了几分招人的神秘感。也有女孩子跟他表白，只是后来他们都处成了朋友，这招比沈域用冷刀子杀人更狠——走向直接偏离了。

后来，沈域对陈眠说，游淮这人就是"揣着明白装糊涂"。

沈域的朋友，哪怕在相处过程中陈眠没有被刻意告知，或多或少她也比别人多几分了解。

她清楚，游淮是在给她解围。

这事陈茵更清楚，她气得不行，挺能说的一张嘴就跟哑巴了似的，伸手夺走游淮手里的手机就往教室走。听见身后跟来的拖拖拉拉的脚步声，她又掉转方向径直走向垃圾桶，然后在陈眠的注视下，就要把手机丢进垃圾桶。

陈茵本就高傲，因在学校表白墙当了一整晚的苦情女配角而生了一晚上的气。别人口中那个喜欢沈域却求而不得的悲情角色，对于陈茵来说过于沉甸甸，几乎摧毁了公主的骄傲，她怎么可能受得了这种气。

然而她刚要丢掉手机，手腕就被人握住了，向来好说话的男生手上用力，拉着她往后退了一步，从她手里取过手机丢进了她的口袋。

游淮前所未有地用警告的语气轻声对她说："陈茵，闹可以，别过头了。"

这个时候，作为被羞辱的当事人，陈眠竟然还有心思想起当初在楼道里她问沈域——"你和陈茵是什么关系？"

当时沈域回答的是，你猜。

而现在，她近距离看见了游淮和陈茵的相处方式。看见女生明明气得咬紧下唇却没有像平时那样嚣张跋扈地让人走开，甚至被男生拽着手腕一路拉到拐角，直到两人背影消失。

陈眠才找到了"你猜"的答案。

放学后，陈眠没有在学校等沈域。她在学校附近的书店逛了一会儿，直到沈域打来电话找她，她才抱着一本法律书从里头走出来。

住校生的晚自习时间，走读生早就回了家，路边没什么人，陈眠拉开车后座的门，钻进去就看见沈域玩着手机。手机显示着微信的界面，他正在挑着回复不久前收到的消息。

昨晚的彻夜未眠让这少爷浑身透着一股不耐烦，看过来的眼神都显得慵懒，也没跟她说话，而是对司机说："去盛世豪庭。"

盛世豪庭是前年开发的楼盘，是靠近绥中的学区房，到绥中步行只要十分钟左右，周围交通便利，生活设施齐全，住起来远比沈域那离学校半小时车程的别墅方便多了。

陈眠听出来，大概盛世豪庭就是沈域安排给她住的地方。

这让她又想起了沈域送给同班男生的那双球鞋，在这个大多数人只有省吃俭用才能用攒下的零花钱买到喜欢的东西的年纪，沈域是另类，他出手阔绰，像个富家公子。

可他终究和富家公子不同，富家公子矜贵清冷，不会像沈域这样安静地坐了没两分钟，就伸手碰陈眠的胳膊。那只在窗外路灯灯光照射下显得异常白皙的手拉着她放在腿上的书包带子，玩闹似的扯一下松一下，以此吸引她的注意。

陈眠轻勾唇角，没回头，仍然看着窗外，呼吸里全是他身上的冷冽气息。

她怀里还抱着那本刑法书。

沈域抬手，像安抚小动物一般轻轻揉捏着她的后颈，看见她怀里的书，轻笑了声，说："想当警察？"

陈眠摇头："不是。"

"那是什么？"

车里氛围轻松。

慢行道上，车在拥堵的车流里缓缓往前行驶着，挡板在陈眠上车时就升起了，司机在尊重隐私这件事上做得向来到位。

轮胎碾压过小石子，窗外的一切景象都在倒退。

沈域听见陈眠放轻了声音说："我在克制。"

她在书店买法律书是为了提醒自己未来还长，没必要因为一个浑蛋毁掉。

上面每一页都是专属于她的紧箍咒，每翻一页她心里想毁掉陈宋的念头都会因关于未来的诸多想象而稍加克制。

沈域这种聪明人一听就明白了。

许多男生都有保护欲，会被柔弱可怜的形象吸引，总认为自己是骑士，能够一路披荆斩棘，带着人逃脱魔王的宫殿。

两人产生纠葛的初始，陈眠认为沈域就是保护欲作祟。

即便是现在，陈眠依旧认为沈域对她的可怜多于心动。

"陈眠，我答应你的事，什么时候没办到过。"

没有。无论是钱还是远离恶劣的生存环境，沈域都如当初保证的那般让她如愿了。

可陈眠的野心不知不觉就被沈域养大了，就像在海洋世界里大鱼吃小鱼，陈眠一口口把自己喂大，最终来到鲨鱼面前，她想要杀掉一直存活在自己梦魇中的鲨鱼。

然而，沈域只说了这一句，就懒得再说话。

他浑身上下都透着一股倦意。

沈域身上有着优等生的好习惯，譬如上课遵守课堂纪律，哪怕他掌握了老师讲的知识点，也做不出上课睡觉那种事。"克己复礼"这个与他十分违和的词在特定的学校环境里，似乎刻在他的骨髓里。

陈眠想，沈域绝对来自家风严谨的家庭，或许还是书香门第，总之，肯定与她的成长环境大相径庭。

多奇怪，这样一个家境富裕、众星捧月般的人，会被同情心所驱使，来到并且停在她的身边。

车驶进了盛世豪庭小区的地下停车库。

沈域问："你怎么不说话？"

陈眠轻哼了声，说："说什么？"

"说沈域最行，你不是挺会说吗？"他哑声笑着。

陈眠安静了一阵，听见挡板前的司机打开车门下车的声音，才哄着沈域说："嗯，沈域最行了。"

结果她的脸就被人掐了一把。

她听见沈域笑着说："陈眠，你真是敷衍的行家。"

说完他也没再计较，拉着人下了车。

这房子是沈域考上绥中，他爸送他的礼物。准确来说，这个楼盘都是他家的，其中留了一套房子给他上学期间住。

沈域懒得折腾，反正在哪里都是一个人，他更喜欢住环境更好的大别墅。

楼里大多是家庭式住户，多半是为了孩子上学方便租赁的或购买的，但无一例外全是经济富裕的家庭。附近的房地产店铺门口玻璃上贴着广告，光月租金就要四千元起，在平均工资只有五千元的绥北，能住进这里的都算得上富裕家庭。

陈眠算是误入其中的灰姑娘，沈域递给她的钥匙就是那双水晶鞋。打开房门的刹那，她看见客厅那扇巨大的落地窗外是一块大广告牌，上面是当红女星明枝拿着口红轻轻涂抹唇部的明艳模样，颈间戴着的珠宝璀璨夺目，无一不昭示着这是世界的另一种模样。

老旧居民楼墙面满是裂纹，楼前那棵高耸的巨树是它的拐杖，拄着拐杖站立却怎么也窥不见城市的新面貌，预示着它是被高速发展的绥北狠狠甩在身后的泥垢。

陈眠一早就知道，自己不想在淤泥中过着黯淡无光的日子，她的野心就像是明枝颈间佩戴的珠宝——不愿蒙尘，想要发光，正如陈眠想站在高处，想成为不能被抛弃，必须放在保险箱里保护的珍贵存在。

她环顾屋里的一切时，沈域就靠在墙上看着她。他当然能看出陈眠眼中的向往，有趣的是在外面装成无欲无求模样的陈眠总会在他的面前暴露野心，仿佛连装都懒得装，与学校里竭力在他面前展示自己的美好的女生们都不同。

全都不同。

他看到陈眠双眼亮晶晶的，她转过身，看着他，问："你想让我怎么样呢？"

就连报答都如此直接、坦率，把两人之间不平等的关系变成了有来有往。

他给她金钱，给她住所，给她庇护。

她给他陪伴，陪他消遣时光，为他排解寂寞。

两人一明一暗地站着，窗外照射过来的光将她的影子拉扯得很长，眼睛里满是需求被满足后的温柔。

她像终于有耐心抚慰小狗的主人，一点点靠近他，用声音缠住他的心脏轻轻拉扯着。

"沈域，你之前说毕业后让我答应你一个要求，我可以答应你，这样算是在报答你吗？"

沈域抬起她的下巴。

"说这种话的时候，你的眼神都是平静的。"

平静得像是无论什么都激不起波澜的汪洋大海，偏要装成一副任他予取予夺都欣然接受的模样。

沈域抬着她下巴的手用了一些力，姿态便显得居高临下了。

沈域松开了手，懒散地往后一靠，说完话后反倒没了下一步动作，像只是在单纯地陈述事实一般。

许久，陈眠听见沈域说："陈眠，情况有些糟糕。"

陈眠："怎么了？"

沈域笑着说："我的胃里有蝴蝶。"

什么？

陈眠还没反应过来他话里的意思，就被沈域捂住了眼睛。

陈眠感受到那只蝴蝶从沈域身上飞到了自己身上，在两人起伏不定的呼吸间翩飞。

陈眠只觉得自己似乎在梦境里，被他捂住的眼睛上像是落了一场雪，他的手掌离开后，脸庞被风一吹就是雪融化一般的湿凉。

"感受到了吗？"

"蝴蝶飞到了你身上。"

随着他的声音，房间里亮起了灯光，被打扫过的房间十分整洁，雪白的沙发上铺了一条长毛绒毯，像是堆积的大雪。陈眠坐在绒毯上，抬着头看着白色的墙面。

沈域似是嫌热，解开了上衣的几颗纽扣，又从口袋里抽出因为收到新消息而不停亮屏的手机。将手机丢在一旁时，他不知碰到了哪里，扩音器里有音乐流淌了出来。

男声唱着暧昧的腔调。

陈眠忽然觉得很渴，伸手想去拿茶几上的玻璃杯，却被人握住了手腕。

沈域有些无奈地笑了一声，说："这水都不知道是什么时候的。你想喝什么？我给你点外卖。"

都这个点了，陈眠根本不想喝奶茶。她往厨房的方向看了一眼，说："没有热水壶吗？"

沈域认命地朝厨房走去。他头一回伺候人，翻箱倒柜找了半天才在柜子里找到一个没拆封的新热水壶。将水烧开后，他先给她洗干净杯子才倒水进去，又服务到位地找到冰箱里的冰块，丢进她冒着热气的水杯里。

陈眠听见冰块掉进杯子里发出一声响。她接过水杯，等水凉了一些才开始慢吞吞地喝水。

漂浮在水面上的小冰块被她咬在齿间，有少量的水暧昧地溢了出来。

沈域等她喝完水，接过杯子随手往桌上一放，玻璃杯与茶几相碰发出清脆的声音。

搁在一边的手机播放的每一句歌词都暧昧地唱着爱情。

咬在嘴里的冰块像是打在陈眠身上的清醒剂。

沈域靠在沙发上，跟着男声一起唱。

"我对爱情一无所知。"

"我还在寻找。"

唱到最后一句时，他忽然看向陈眠。

"可能爱情就是你。"

少年说法语的声音温柔动听，如在春日微风吹拂下晃动的风铃，又像是山间古寺里每一个被钟声敲响的清晨。

陈眠分明没听懂歌词的意思，却莫名心跳剧烈，下意识想抵御汹涌的心动。

明明嘴里没有冰块了，她却觉得哪里都是被冰块冰镇的感觉。

陈眠听见沈域轻笑了一声，似乎对她愣怔的反应十分满意。

陈眠第一次产生了"打破砂锅——问到底"的心思，也是第一次对沈域说过的话表现出在意。她低下头看着自己的膝盖，轻声问："那……蝴蝶呢？"

沈域抬头，看见女生泛红的脸以及紧抿的胭红色的唇。

他勾唇。那双漂亮的桃花眼就这么看着她。

"I have butterflies in my stomach."

因为她的接近，他紧张不安，像是胃里有蝴蝶在飞。

隔日便是周末，陈眠醒来后在床上躺了一会儿，下意识地伸手到床头柜上拿手机，结果没摸到。她这才想起来昨晚手机压根就没拿出过书包，还在客厅里放着呢。

她穿上床边放着的一双白色拖鞋走过去推开门，就听见客厅里沈域的声音。他坐在沙发上戴着耳机正在打游戏，没听见陈眠的脚步声，只是咬着腮帮子似乎不满至极，过了一会儿，低声说道："游淮，能不坑人吗？"

他身上穿着一套纯黑色睡衣，没有什么设计，领口开得低，露出了好看的锁骨。

那头的游淮还在争辩："坑什么，不是我坑，是我这里的信号差。鬼知道我们老师把我们带来哪个山旮旯了，我手机就一格信号还陪你打游戏，已经很够朋友了，还要求我正常发挥，你是不是有点儿过分了？"

沈域懒得和他争，他早上六点就醒了——高三学生的生物钟比闹钟还准时。

游淮都快服了，他昨天跟坐摇摇车似的在大巴上晃了三个多小时才到目的地，结果下车后凳子还没坐热，就抱着他的大提琴去考试了，回到酒店又跟着自己班的那群夜猫子玩了几个小时的狼人杀游戏，睡觉都是凌晨三点后的事了。

被沈域的电话吵醒时，他才睡了不到三个小时，人像在梦游一样。他靠在床头单手拧开矿泉水瓶，灌了几口水后稍微清醒了一点儿，正想说正儿八经地打一局，就听见那头有女生的声音响起："几点了？"

游淮直接骂出了声，道："沈域，你跟我说你无聊想玩游戏，结果是在等妹子，拿我当消遣？你是个'人渣'。"

沈域压根没搭理他，看到手机时间是十点，回答陈眠的却是"十二点，你还挺能睡的"。

游淮在手机那头笑："你不如直接说下午三点。"

结果他话还没说完，就看见沈域退出了游戏。

陈眠看了一眼窗外的天空，估摸着沈域是在骗她。

她也没理，直接走到玄关拿了自己的书包，回到客厅坐上沙发，从书包里拿出手机，打开一看有好几个来自宋艾的未接来电，未读微信消息和短信更是超过三十条。

她看了一会儿，也没回拨电话，而是对沈域说："十点。"语气冷淡得像一个从诈骗组织走出来的受害者似的，还谴责他，"骗子。"

窗外起了雾，天气预报说的未来一周都是好天气，在不到两天后就被打脸了。

沈域也没跟她计较，拿着手机开始点外卖。

两人各坐在沙发的一头。陈眠翻看手机消息，大部分是赵莉莉发来的，前两天光是表白墙的内容就发了十几条，昨天问她布置的作业是什么，她回复完赵莉莉的消息，才回拨了宋艾的电话。

电话响了好几声，才被人接起。

宋艾声音懒懒的："什么时候回来拿你的东西？"

陈眠看了一眼时间，说："今天吧。"

"行，回来的时候记得带点钱，你上回给的用完了。"说完她又笑了，带了着一些提醒的意味对陈眠说，"还记得吧？上次要不是我……"

她的话没说完，但其中的意思两人都明白。

陈眠沉默了一会儿，才低声"嗯"了一声。

两人已经没话可说了，但宋艾也没挂电话。两人的呼吸声都很轻，陈眠没听见那头有什么异常的声音，大概是陈宋不在家，不过也对，要是陈宋在家，宋艾也不会直接给她打来这么通电话。

最后她听见宋艾在电话那头笑："难怪你爸说你是一棵摇钱树，你还真是。行，挺有出息的。"

然后不等陈眠回答，宋艾"啪"的一声就挂了电话。

陈眠收起手机，低头愣怔地看着脚上的拖鞋。

头顶被人揉了一下，她抬头看见沈域。

沈域手里还拿着手机，纠结着午餐选粥还是面，干脆问她："吃什么？"

陈眠往厨房看了一眼，问："没菜吗？"

沈域问："你会做？"

没承想，陈眠说："会。"

又绕回上一个问题，沈域笑了一声，说："没你发挥的空间，这里都没人住，哪里来的菜，还是吃外卖吧。"

陈眠皱了下眉，说："那睡衣是哪里来的？"

她说的是自己身上穿着的女式白色睡衣，刚好合身，跟沈域身上那套看着像是情侣款。

"你怎么不问房子是哪里来的？"

陈眠挺乖的，问："房子是哪里来的？"

"我买的。"沈域看这人没有要回答的意思，干脆选了粥，边付款边教陈眠，"那你说睡衣是哪里来的？"

陈眠安静了几秒，学着他的语气乖巧地说："你买的。"

叮——

手机里显示付款成功。

沈域收起手机，一抬眸就看见陈眠看向他的那双眼。

眼神是乖巧的，温顺的。

——装的。

啧。

沈域用舌头顶了一下腮帮子，虽然他知道这人用这种眼神看他绝对是有所求，但他还是上套了。

"有话要说？"

陈眠声音很轻，说："宋艾要钱。"

沈域顿时就笑了，说："不老实啊，陈眠，话说得这么婉转，你能直接一点儿说你要多少吗？"

陈眠有些疑惑地看着他，强调道："是宋艾要。"

"我为什么要给呢？"

"我又没钱。"

沈域被她逗笑了，道："现在你说这种话怎么这么自然？"

陈眠直接就回了句："因为是事实。"

她语气平淡，可莫名地，沈域就是从中听出了一点儿委屈。

沈域说："十年河东十年河西，莫欺少年穷，听过没？陈眠，你信我吗？以后你会很有钱的。"

这句话随便换个人听都会觉得感动，但陈眠只是看着他，似乎在分析他所说的"以后"是多久之后，然后点了一下头，顺着他的话往下说："那你现在借我钱给宋艾，不就等于提前投资吗？"

陈眠的这种注视，很容易给人一种她投注了感情的错觉，但分明不是。

"骗子"这两个字用来形容陈眠才是最合适的。

沈域本打算说"胡扯的提前"。

他这人处事只认准自己那一套，礼貌克制的背面就是冷漠寡淡，类似小学时扶老人过马路的行为沈域从未有过。更准确地说，能用钱解决的事情他很少用心，跟陈眠的开始便是这样。

最近情形却有些不妙，这不是要人财两空吗？

最后那层玻璃纸也变得形同虚设了，就连游淮都看得出来他逐渐上了心，但任谁都看不出陈眠的想法，说这姑娘没心没肺才是最合适的。可有时候，命运就是喜欢捉弄人，读小学时很少帮人的沈域偏习惯为陈眠花钱、花时间，别说是过马路了，看这情形，她就算是要上天，他都会给她搭梯子。

但是凭什么，沈域心里有些不太舒服，他一直自诩绝非死缠烂打、不懂分寸的人，并且时常调侃游淮是这样的人。

但真要把桩桩件件列出来，他沈域真和游淮差不多。

就感觉很不爽。

他坐在那里，抬着下巴，语气有些倨傲，又带着隐隐不爽："夸我，哄我，说一些好听的。"

陈眠完全不知道沈域在想些什么，只是对这跑偏了十万八千里的话题感到茫然，问："什么？"

少年像是自我妥协了，将梯子送到了她的脚边，闷声道："说点好听的，我高兴了，我就认。"

——认栽。

宋艾坐在沙发上，心不在焉地调着台，直到从新闻频道换到了儿女情长的电视剧频道，才停下手。电视机屏幕的一个角被砸出了裂纹，杂乱的房间里弥漫着一股酒气，啤酒瓶在地上东倒西歪，瓶口流出的泡沫在地上晕开一片湿痕。

卧室里鼾声震天，她看差不多快到约定的时间了，就进房间叫醒了陈宋。

陈宋在熟睡中被吵醒，满脸都是不耐烦，头发凌乱，身上一股臭气，但那张脸哪怕经过时光的蹉跎仍然难掩英气。宿醉方醒的男人脸上带着一些倦意，嘶哑的嗓子说话难受，便难得好脾气地看了一眼只穿着吊带裙的妻子，问："干什么？"

宋艾拿手机给他，说："你不接电话，老王一大早给你发了好几条消息，你没回复，他找到我这里来了。"

陈宋顿时就来精神了，拿过手机一看，果然，老王在早上八点就给他发消息了。

老王是棋牌室的老板，陈宋不知道他的真名。一开始牌友们都叫他王哥，老板挺会做人的，说开门做生意哪能让顾客这么喊，大家就改口叫他老王。

但哪怕是这样，那个小小的棋牌室里的人员依旧分个三六九等。打完通宵麻将后，大家一起喝酒撸串就建立起了小小的王国，跟谁都认识的老王无疑就是其中的国王，据说这老王生意做得大，光是棋牌室的净利润每个月都能有一万多元。

之前老王只和他在酒桌上闲聊过几句，并不深入，但在参加完牌友婚礼后，老王的态度忽然就转变了，开始带着他玩一些其他的，也许诺他一起做生意发大财。

陈宋一身的懒惰病就这么被克服了，老王的一条短信比天王老爷的召唤还有用。他立马爬起来去了厕所，打理得人模人样的，看到餐桌上什么都没有，也没朝宋艾发火，径直就出了门，"砰"的一声关门声，房屋都跟着抖了抖。

宋艾轻嗤，给手机那边的老王发了一条消息："人走了。"

那边的人很快回复："三点来你家，方便吗？"

她靠在门边，给那头的人回："成。"

又等了半个多小时，她才听见开门声，坐在沙发上扭头看见穿着校服的陈眠站在门口，手里拎了一串钥匙。

宋艾掐灭烟，指尖涂着红色指甲油，抬手指了一下她的房间，说："你爸提前把门给你打开了。"

陈眠往卧室看了一眼，对里面的凌乱毫不意外，进去拿了一些要用的复习资料、试卷。

陈眠走出楼道，就看见沈域靠在树上正在玩打火机，猩红的一束火苗在指尖燃着。不抽烟的他更像是把它当作玩乐工具。

正值周末，沈域也没穿校服，穿着灰色卫衣、黑色长裤，偶尔有小姑娘路过都会多看他几眼。

雨后初霁，阳光透过稀疏的云层如同金丝一般洒下来，似乎将身后那栋布满裂痕和霉斑的居民楼都变成了漫画中的建筑。

陈眠突然想起乔之晚留在沈域家里的那张画，少年似乎被阳光勾勒着走出了画纸。他靠在那里，姿势懒散，眉眼清秀，听见脚步声抬头看向她，手里拿着的打火机的火苗还没灭，惹眼得有些过分。

"站在那里干什么，"沈域问她，"当门神？"

陈眠正想说"不是"。

一个秃顶的肥硕男人迎面走了过来，走到陈眠身边时多看了她一眼，而后钻进了黑暗的楼道里。

酒气被风卷着吹了过来，陈眠皱着眉，下意识地扭头往后看，手上却一空。她手里的东西被沈域提了过去，她拎着费劲的书包在他手中却显得轻巧，甚至还能空出一只手按着她额头，让她整个人都转过身来。

"怎么什么都好奇？"

那人有些奇怪，她觉得长相眼熟，但一时半会儿，又想不起来她在哪里见过，总归不是这栋楼里的住户，在这里住着的都是熟悉面孔，每个人陈眠都认识。

换作平常，陈眠也不会对一个陌生人感兴趣，但刚才在楼上，她看见宋艾手机亮屏显示的短信，是一个备注为王哥的人发来的："我马上到。"

就像是宋艾不了解陈眠，陈眠同样也没那么了解宋艾。

她只是下意识地觉得宋艾在筹划一些什么，才会这么明目张胆地让把人到家里来。她还在思考，沈域就拉着她的手腕带着人往前走。

"正儿八经的帅哥你不看，盯着一个秃顶男挪不开眼，是吧？"等了半天的少年说话带刺，手心却是温暖的，一股香甜的蓝莓味弥漫在两人之间。

陈眠被这味道引得分神去看他的手，也没计较他说的话。

"你在吃糖？"

沈域没有正面回答，而是问她："想吃？"

陈眠诚实地点了点头。

沈域变戏法似的，拿出一颗蓝莓糖塞进她的嘴里。

"甜吗？"

这糖初尝是蓝莓味，然而表面那层甜化开后就是呛人的浓烈薄荷味，甚至称得上辛辣，刺激得陈眠直咳嗽，鼻尖都红了。

她抬头就看见沈域笑得双肩直抖，肩上还挂着她的书包，手里拎着陈眠随便翻出来装资料的纸袋。那个纸袋破破烂烂的，绳子像快断了一样，却被人牢牢拎在手中。

他笑着给陈眠递了一张纸巾，说："你知道你这叫什么吗？"

陈眠还在咳，哑着嗓子问："什……什么？"

沈域说："又菜又爱玩。"

"……"

虽然是这个道理，但沈域用不冷不热的语气说出这话来，嘲讽程度立马翻倍。

陈眠反驳道："你不是也吃了吗？"

还不服气。

沈域看了她一眼，笑道："你怎么什么都想跟我比？"说着，他从口袋里又翻出一颗水果糖，剥开塞进她的嘴里。

冰凉的硬质糖果被推进去，柔软的指腹触碰到她的嘴唇，草莓的甜味立马在她嘴中蔓延开来。

沈域教育她："下次吃别人给你的东西，要先看看到底是什么。现在的坏人就专门骗你这种不设防，给什么吃什么的小姑娘，知道吗？"

陈眠含着糖，吐字有些含糊，说："我可以自己买。"

"能说一点儿好听的吗？"

少年冷眼看她。

这话都快成他的口头禅了。

陈眠没再气人，伸手捏了捏他的手腕，声音很轻，说："沈域，我知道了。"

陈眠皮肤温热，语气也算是乖巧，但心不在焉全写在她的脸上了。

沈域抬眸看了一眼楼上，也没问她刚才发生了什么，而是问："要回去，还是跟我出去玩？"

"玩什么？"

"KTV、酒吧、台球厅。"

"高中生能进酒吧？"

"高中生不能，但酒吧老板能。"

"……"陈眠有片刻失语，然后对沈域说，"你不如直接说整个绥北都是你家的产业。"

哪知道沈域点了下头，说："差不多。"

走到车旁边后，司机接过沈域手里的东西，放进后备厢里。

陈眠站在车门边，要往里钻的时候扭头看了一眼那个只能照进一束光线的楼道。

空间似乎被割裂开来。

豪车和破旧居民楼似乎是两个时空的东西。穿着卫衣站在那里回消息的少年和楼上那个酒气熏天的男人是两个世界的人。

"正常高三学生会去KTV、酒吧、台球厅吗？"

沈域垂眸看了她一眼，学着她的语气一字一顿地说："正常高三学生会整天只想着打工赚钱吗？"

陈眠闷闷地"哦"了一声，往里挪了挪，留出位置让沈域坐进来。

在车门"砰"的一声关上时，沈域听见陈眠似是自言自语一般，声音很低地说："可我的生活本来就不正常啊。"

沈域回消息的手指一停。

旁边坐着的姑娘却已经扭头看向了窗外，手撑在腿侧，背微微弯着，像一个看见新鲜事物就好奇的小朋友，长发温顺地披散在肩头。

窗外的旧街区风景迅速倒退，建成没多久的超市、服装店、高楼大厦鳞次栉比。

她回过头，对上沈域的双眼，笑着说："可是好在，沈域你也不正常，不是吗？"

是，所以他注定被她吸引。

沈域说带陈眠出去玩，最后也没能如愿。两人上车后，滂沱大雨就落下了，两人在车里看着窗外的大雨，让司机直接把车开回了盛世豪庭。

陈眠把自己带来的东西一一放好，打开衣柜的时候意外看见里面放了不少女士衣服，休闲裤、睡衣、裙子……什么都有，全是崭新的，连吊牌都没摘。

"衣服是哪里来的"这个问题还没有冒出头，答案已经浮出水面了——

沈域买的。

他大概早就猜到她即便回家拿东西也不会带什么衣服，所以提前准备了这些。这对他来说只是举手之劳，甚至不用亲自去买，打一通电话就有人帮忙准备齐全。

贴身衣物则是整整齐齐地摆放在小抽屉里。

四室两厅的布局，给她的房间光线充足，推开窗就见到郁郁葱葱的树木。雨点啪嗒啪嗒地往屋内砸，草木香混着水汽被风吹了进来，陈眠的手掌都被打湿了，她准备关上窗，却看见楼下停着一辆黑色的奥迪汽车。

驾驶座旁的车门打开后，一个穿着西装的男人撑着一把伞走出来，后排的车门就打开了。穿着一套白色裙装的女人撑着一把粉色的伞下了车，伞面倾斜时她的脸就露了出来，不知道在说着什么，脸上是带着笑的。很快，又有一个女生从车里钻了出来，挽着女人的胳膊。

一家三口撑着两把伞并肩走在雨幕中，很快走进了对面的楼里，身影消失。

沈域喊她名字的时候，陈眠才回过神，关好窗才发现自己的掌心不知何时被指甲掐出了无数个月牙形印痕。

沈域看了她一眼，有些奇怪，问："怎么了？"

"没什么，看见熟人了。"

沈域问："哪个熟人？"

陈眠看着他，说："乔之晚。"

沈域没反应过来乔之晚是谁。

等陈眠从他身边擦肩而过，他才握住她的手腕，拉着人回到自己身边，低头认真地看她表情。

那双眼里毫无波澜，她只是在陈述事实。

他松开手，说："眼睛挺尖的。谁都没看到，你就看见一个乔之晚。"

"还有乔之晚的爸妈。"陈眠平淡地做了个补充，状似无意地说，"她和她妈不是很像。"

"就在窗边看了几眼，你还看出挺多东西的。我跟乔之晚不熟，哪里知道她跟她妈长得像不像。"

沈域边说，边拉着人来到客厅。外卖刚到，凌乱地摆在桌上，他揭开盖子，热气直往外冒。

这是他随便点的菜，藤椒牛肉、番茄炒蛋、水煮鱼、小炒肉，还有一份鸡汤。

旁边摆了一摞的盘子，他一个个在桌子上摆放好，把菜品直接往盘子里倒。

动作毛躁，汤汁洒出来不少。

陈眠看着他的动作，忍不住抽了一张纸巾给他，口中还在继续着上一个话题："他们一直住在这里吗？"

这话不像是陈眠会问的——她很少关心别人的事情，对乔之晚的关心已经算是过度了。沈域笑着问她："你吃醋啊？"

哪知陈眠认真地看着他，还点了下头："是啊。"

"……"

沈域顿时就没话说了，有点儿好笑地把筷子递给她，说："你这醋吃得还挺邪门的，还不如跟我说你吃陈茵的醋，那样可信度比较高，你能诚实一点儿吗？我看你关心的对象是乔之晚那后妈吧。"

后妈。她没看错。在雨夜里出走的亲生母亲甩开她奔向了自己的前程。再见面依旧是雨夜，结果对方摇身一变成了从奥迪车上下来的贵妇。

她只是没想到，对方再嫁的人会是乔之晚的爸爸。

女孩笑着对她说"以后做朋友"的声音犹在耳畔。

陈眠没再多言，沉默地扒着饭。

沈域看到她的表情，觉得奇怪，问她："怎么了？"

陈眠摇头："没事。"

"陈眠，有什么事记得和我说。"

沈域这么对她说，陈眠抬起头，对上他的目光。

多奇怪。这话本应该是家长对孩子说的。

但她的父亲整日里醉醺醺的，她的亲生母亲扮演着别人的好家长，后妈也没个后妈的样子，只是盘算着她能给自己带来的利益。

所有本应该对她投入关爱的人全都给予了漠视，而与她毫无关联、最没义务照顾她的人，讲出了那些人该说但没说的话。

"没事。"陈眠重复道，垂下眼，看着碗里沈域夹过来的菜，声音很轻，"真的没事。"

她没想过要去找阮艳梅承担母亲该承担的责任，应在过去承担的责任也没必要找那个早已远离她的生活的人去承担，但是她们住在同一个小区，不可避免地会遇上。

沈域并不住在这里，似乎是想将把这套房给陈眠住的话落实到底。

临近高考，偶尔沈域过来和她一块写试卷，抓着她问几道语文阅读理解题目，再给她讲几道数学题目。

就是两个学霸互相督促学习的状态，教导主任看了都得给他们颁奖状。

陈眠第二次见到阮艳梅，距离高考只有七十天。

陈眠住进来已经接近一个月了。

理科实验班被老师留堂了，她自己坐了公交车回来。刚走进小区，她就看见拎着菜回来的阮艳梅，对方一只手里拿着手机在打电话，嘴里说着"下次有空来家里玩"，估计在和朋友聊天。

看见陈眠时，阮艳梅愣了一下，眯着眼，第一眼没看出来，只觉得这女生眼熟，张着唇下意识地喊了一声"同学"。

陈眠停下脚步，转过身，看着阮艳梅。

这张与自己极为相似的脸终于让阮艳梅想起自己还有一个被抛弃在贫民窟的女儿，优越的物质条件让她的面容与曾经相比并没有多大改变，甚至在昂贵着装的衬托下比以往风采更盛。

"眠眠？！"阮艳梅瞪圆了眼睛，比起欣喜来，更多的是不可置信，似是没料到陈眠会出现在这个小区，下意识地惊讶道，"你怎么在这里？"

陈眠没有作答，看向她的眼神很淡定。

"你爸不会也在这里吧？！"阮艳梅根本不想让人知道她的过往——嫁过一个家暴的酗酒赌徒并不是什么光彩的事，她现如今嫁的男人事业有成，又温柔体贴，继女乖巧懂事，不是亲生胜似亲生，久而久之，她也不记得自己还有一个亲生女儿。

她上前几步，走到陈眠面前，压低了声音问："眠眠，你是在找妈妈吗？"

她打开包，手刚碰到银行卡，就听见面前的女孩冷笑着说："一张不够。"

阮艳梅愣住了。

陈眠看向她的眼睛。

小时候大人常说，眠眠长得真像你妈妈，母女俩都是美人。

那时，阮艳梅会抱着她，亲着她的脸说，我的小心肝不像我，还能像谁呀。

其实陈眠不怪阮艳梅。谁都有奔向美好生活的权利，不该被任何东西束缚住，自己的人生只该属于自己。换作是她，也不会选择陈宋那样的人。

阮艳梅只是做了对自己而言，最正确的决定。

她的心里甚至冒出了"果然"这个词。一切都有根源，她的冷血和阮艳梅出自一脉，自私、冷淡更是。

她看着阮艳梅，语气寡淡地说："陈宋没本事买这里的房，他那种人不可能发达，你不用担心。"

阮艳梅喉间被堵住了，陈眠的话让她迟来的愧疚如同潮水一般铺天盖地而来。她伸手拉住陈眠，但紧接着她就明白了陈眠话里的第二重意味。

陈宋没本事买这里的房，但陈眠背着书包，拿着钥匙出现在这里，答案呼之欲出。

她皱起眉，道："眠眠，妈妈知道自己对不起你，但妈妈也没有办法……"

和当初一模一样的话术——她没有办法，所以只好抛弃自己。

当初的陈眠没什么反应，现在更是。

阮艳梅话锋一转，说："如果你需要钱，妈妈可以给你，但是妈妈希望你能清楚地知道自己要的是什么。你现在读高中了吧，妈妈可以重新给你租一个房子，你年纪小，未来的路还很长。"

沈域从小区大门进来，就看见陈眠站在那里和人谈话。

看上去两人交谈得不是很愉快的样子。面对着他的陈眠甚至皱起了眉，可是没走开，依旧乖乖地听着对面的人说着话。

这个时间回家对于放学的学生来说偏早，住在这个小区的学生基本会上学校的晚自习。对于上班族来说，他们可能还在回家的路上。

周围没什么人，阮艳梅以为这里只有她和陈眠，说教一番后发现陈眠并没有反驳，便把钱包拿出来。她在翻银行卡时手停顿了一下，还是没狠下心，最后只拿了一张金额有限的副卡。

"眠眠，听妈妈的话，你先回去，妈妈会给你找新房子的。"

陈眠没有接，只是看着那张卡。

阮艳梅的耐心已经告罄，她和陈眠多年没联系，那点儿母女亲情薄如纸。现在临近乔成下班回家的时间，她有些不耐烦，催促了一声："眠眠，你没听见我说话吗？"

这时，她却听见身后传来一道少年的声音，礼貌却显得冷漠："阿姨，你是谁啊？她得听你说话？"

阮艳梅转过身，看见少年穿着校服，身形挺拔，面容出众。

少年走上前，握着陈眠的手腕，把人拉到自己的身边。

好像他们才是一国的人，而她不过就是一个外来的入侵者。

话里话外是毫不掩饰的维护，他扫了一眼阮艳梅手里的卡，语气淡淡的："怎么走在路上都有人给你递卡？"

阮艳梅急忙道："我是她妈……"

另一个"妈"字被她及时憋回了喉咙里，随即她有些懊恼地找补道："我跟她是亲戚关系。"

沈域没听那么多，只是垂眸看向陈眠，调侃道："陈眠，一个不太熟的亲戚你都能耐心地听人说话，那凭我这些年的付出，你不得随我差遣？"

关于陈眠的事情，沈域很少主动过问，但总有人通过各种渠道告知他。陈眠说与不说并不重要，他当初一看便知陈眠的家庭情况，贫困生，一年四季都穿着那几套校服，上体育课也穿着洗得发白的帆布鞋。

恰如陈茵所说的那样，如果不是同读一所学校，他们本该毫无交集。

现实就是这样，就连出生都是一道门槛，有人出生就在别人努力的终点，有些人用尽全力依旧深陷泥沼。

但陈眠是沈域见过的最特别的人。

她从未抱怨过什么,更不会在面对他们时,像其他家境困难或普通的学生那样露出窘迫的神态。

陈眠向来坦荡,并不畏惧让别人知道她的家境。她身上有一种从骨子里透出来的落落大方,在学校永远扎着高马尾,被人议论从不回头,裙摆下的那双腿和脊背一样永远笔直。虽然处事低调,但沈域就是觉得陈眠是高傲的。

印象最深刻的是高一入校时,学校组织给贫困生捐款。主席台上一排穿着校服的学生大多数低着头,被校领导送花时的答谢声轻得几乎听不到,"谢谢"两个字讲得异常痛苦,在自尊心极强的青春期,台下的镜头灯光闪烁,台上的学生垂首沉默。

沈域那时站在班级队尾,对这样的活动感到厌烦,拿着手机明目张胆地玩数独游戏。数字刚填上去,他就听见从话筒里传出来一句清亮的"谢谢老师和同学们"。

就这样平淡的一句话,曾经从其他的学生嘴里冒出过无数次的一句话,让沈域抬起了头。他在身边同学纷纷说着"漂亮"的声音中,看见了陈眠。

她像一只落难的天鹅掉进了丑小鸭的窝。

随后,沈域就想到了童年时期看过的灰姑娘的童话故事。

只可惜他不是童话故事中,救人于水火之中,不求回报的白马王子。

电梯的镜子里映着沉默的两人,一高一矮,校服蓝得像天空。

陈眠忽然开口打破了沉默,对沈域主动交代:"她是我妈。"

沈域点头:"不难猜。"

电梯响起"叮"的一声,他们要去的楼层到了。

陈眠跟在沈域身边走出电梯,"打个巴掌又给个甜枣",又安慰道:"好在,她也没把自己当我妈。"

沈域正在开门,听到陈眠这么说,转身抬起人的下巴,看她的脸。

她的脸上没什么表情,杏眼依旧是干净的,没有变红的痕迹。她甚至有些好奇地歪头看着他。

她没什么事,就是故意拿话招惹他。

他笑了一声,难得正经地说:"陈眠,生孩子这事挺好理解的。十月怀胎,一朝分娩,新生命就被生出来了,当然有痛苦,但也不是所有人生孩子都是因为喜欢孩子,原因过于复杂,有的人为了维系婚姻、难以承受社会压力等,或者说只是为了让自己看起来合群。他们生你的时候未必有多爱你,骨肉相连、亲情难以割舍这种道理在你身上不适用,所以你也不必拿正常的道德标准去要求别人,让自己痛苦。"

沈域打开冰箱,从里头拿出来一听可乐,用食指拉住拉环,手背上的青筋若隐若现。"啪嗒"一声响起，气泡滋啦啦地往外冒，他没低头去看，径直将拉环丢进了角落的垃圾桶。冰凉的罐身被温热的手掌握着，水珠顺着他手指间往下流。

他停顿了一会儿，喝了口冰可乐，才继续道："《动物世界》看过吗？兔子那么温顺无害的物种，在生存受到威胁的时候都会毫不犹豫地吃掉自己的孩子，你那个妈能比兔子好到哪里去？"

这话并不好听，甚至有些过分直白。

换个人或许会委婉地说"别难过，你妈妈不是不爱你，只是你们太长时间没见了，她肯定是在意你的"。

她伸手碰了一下沈域拿在手里的那听可乐，问："你也会吃掉你的孩子吗？"

陈眠今天的问题很多，就跟"十万个为什么"一样。

一个接一个的问题冒出来，还挺挑事的。

偏偏沈域回答得很认真，说："我就没打算要孩子。"

他们没觉得两个高中生讨论这种话题是否显得过于成熟，认真的语气但凡有第三个人听到都会发笑。毕竟生儿育女这话题离他们现在过于遥远，承诺和笃定也显得没什么分量，大概除了他们没人会当真。

陈眠当然也是这么认为的，贯穿她童年的就是居民楼里不时飘出的催婚催孕言论，楼下老人摇着蒲扇聊的家长里短也都围绕这些，仿佛结婚、生孩子是人生的头等大事……

即使沈域属于有无限可能的另一类人，不需要"前途光明"之类的祝福，他就是光明，家境富裕给了他无限可能和试错的空间，成为好学生只不过是他的一项选择。他可以像游淮一样将玩乐主义贯彻到底，最后推开那扇大门里面的世界照旧光芒万丈。

因而，沈域说出的话，只让陈眠觉得好笑。

她也没反驳，只是点了一下头，就要轻轻翻过这一页。

结果她就听见沈域说："我性格糟糕，你性格也挺烂的，影响第三个人实在没必要。"

"……"

脑子里所有沉重的念头全都一扫而光，陈眠踹了沈域一脚，低声骂："沈域，你有病。"

沈域笑得肩膀都在抖，没骨头似的靠在玄关鞋柜旁，将手肘撑在柜子上，嘴里没个正经："我开个玩笑，你脸红什么？"

沈域又笑着说："你心怀不轨啊，陈眠。"

陈眠扭头就要走，结果被他抓住了手腕。

男生声音里还带着笑，哄道："行，陈眠，是我心怀不轨。"

玄关的灯亮着，暖黄色的光线将两人的影子拉得长长的。

这个时候陈眠很不合时宜地想到，似乎自从她搬来这里，她的生活就变得正常了，好像她只不过是最普通的高三学生，而面前站着的少年只是一个和她的关系暧昧不清的男同学。

他喊她的名字，让"陈眠"两个字都被赋予了特殊寓意。

像是沈域的神谕。

第四章
「走向他」

✦

隔日。

作文竞赛出成绩了，陈眠算是发挥得中规中矩的，第三名的奖状被老师发下去的时候刚上早自习，班里的同学多数还没睡醒，掌声稀稀拉拉，像劣质的鞭炮。

奖状被陈眠压在了书堆底部。赵莉莉困极了，泡了两袋咖啡提神，用中性笔笔尾支着下巴，问："今天第几节课考试来着？"

陈眠看了一眼桌上贴着的课表，说："除了政治，其他科都考。"

赵莉莉哀号一声，说："不如直接杀了我，哪个班一考考一天啊！"

刘俊杰刚接了热水回来，顺嘴接了句："理科班连考两天了。"

"绝了。"

"理科实验班更绝，你猜早自习人家在干吗？"

"干吗？"

"数学小测，我刚从那边路过，教室里头写字的声音比印刷声都整齐，一个个自律得可怕。"说着，刘俊杰往旁边桌子看了一眼，用最无所谓的态度问，"这人去哪里了？"

赵莉莉说："下课铃一响，人就跑了，估计去音乐班教室找陈茵了吧。"

话音刚落，她就听见外头有人在喊。

"打起来了，打起来了！"

"林琳和乔之晚打起来了！"

赵莉莉连忙问："什么情况啊，林琳跟乔之晚打什么架？"

那人被称为文科（三）班的"小喇叭"："也不是林琳跟乔之晚打，准确来说是乔之晚去理科实验班找沈域，结果被陈茵和林琳撞见了。林琳讽刺了一句，被乔之晚的朋友听见了，两个人吵着吵着就直接打了起来。老师都过去了，林琳这回惨了。"

陈眠支着下巴往外看，正好看见穿着校服的男生从窗边路过。他神情冷淡，还有些烦躁，校服外套的拉链拉到了最上面，陈茵亦步亦趋地跟着他，说着话。

赵莉莉指着那两道背影叹气："他们这些人的生活真精彩啊，活得像偶像剧主人公似的，不像我们这些艰苦的高三学生只有老实写作业的份儿，比不上他们的丰富多彩——哎，陈眠你去哪里？"

陈眠拿着水杯，对赵莉莉说："洗杯子。"

上午第一节课的上课铃声即将响起。

陈眠去了教师办公室，路过门口的时候看见乔之晚、陈茵、沈域、林琳，还有一个陌生身影。沈域站在靠近门口的位置，神色不虞，已经烦躁到了极点。

里头的级长喋喋不休地讲着大道理，谁也没放过，偶尔强调一句"不要早恋"之类的话，眼神看向沈域。

级长显然是对这个绯闻男主角不满，又不好直接点名。

沈域听得心烦，正准备找个借口走开，却看见了门口的陈眠。

她抱着水杯，看向他，又错开视线，目光如游鱼一般转到乔之晚和陈茵的身上，最后再次落定在他的身上。她分明什么都没说，但眼神里就是带着挑衅的意味。

那意味消逝得极快，让他以为是错觉。

陈眠收回了视线，拿着自己的水杯，在级长念叨着学校校规的声音里走去了厕所。

沈域找到陈眠的时候，她刚洗完手，从口袋里拿出纸巾擦拭着水杯，然后将纸巾揉成团往垃圾桶里丢。

她一抬头就看见沈域站在那里盯着她，眼神里带着审视，看得陈眠有些莫名其妙，问："怎么了？"

这话本来应该是沈域问陈眠的，刚才她那眼神跟遭到背叛了一样，他连级长的念叨都没听完，径直就往外走，身后级长还在恼羞成怒地喊着他的名字。

他没接陈眠的话，只是站到她旁边拧开水龙头洗了手，然后从她的口袋里拿出纸巾抽了一张出来擦手，问："你晚自习是不是有考试？"

这事陈眠还没听说，有些疑惑地看向他。

"为什么要上晚自习？"

"你们班主任没说从今天开始，走读生都要在学校上晚自习吗？"

还真没说，难怪赵莉莉说理科班连续考了两天，晚自习都在考试，原来已经实施了这项措施。陈眠有些苦恼地皱下眉，问："那是不是又要填家庭资料？"

绥中每实施一项措施就会要求学生填写一遍表格，包含着家庭住址、父母联系方式等信息，避免出了问题联系不上家人。陈眠唯一觉得麻烦的就是填写父母信息，之前她乱填过一次陈宋的电话号码，高一开家长会时班主任看到陈眠的座位上没人来，拨打电话发现是空号，直接把陈眠叫去教育了一顿。

再后来，陈眠遇见了沈域，父亲的联系方式就填了沈域司机的号码。

她皱了下眉，语气绵软地抱怨道："好烦。"

教师办公室里的动静很大，里头林琳的声音尖锐，不知道又在吵什么。沈域刚分神看了一眼，就听见陈眠说的这句话。他的心像被猫挠了一下似的，一大早被叫来老师办公室挨训的坏心情被一扫而光。

"你最近挺爱撒娇的。"他懒散地用一种陈述事实的语气对她说，人也懒散地靠在洗手台旁边。手表上的秒钟嘀嘀嗒嗒地走着，不远处教师办公室里级长的怒吼声响彻整条走廊。

有双眼睛一直在往这边瞥，没藏好的裙摆露出来，被风吹得像翻飞的浪花。

她的视线跟陈眠对上时，跟受了惊的兔子一般立马移开了，裙摆也跟着消失了。

"你看什么呢？"沈域顺着她的视线看了过去，什么都没有，只有空荡荡的走廊。

陈眠收回视线，对沈域说："没撒娇。"

明明话题都跑偏到十万八千里之外了，她还能绕回来反驳，一点儿亏都不肯吃。

说完，她还不忘指着老师办公室说："会撒娇的人在那里。"

陈茵、乔之晚、林琳，无论哪个人都比她会撒娇卖乖。

陈眠这话，沈域单纯剖析字句感觉是在吃味，但落进耳朵里又不是那么一回事，她的语气平淡得有些气人。她说完更像是忘了自己说了什么似的，把口袋里的纸巾拿出来，放进了沈域的口袋。

人靠近时，沈域闻到陈眠身上有一股铃兰沐浴露的味道。

清淡香味跟着靠近的身体温度一同被风送过来，像一个春日错觉。

她的手忽然被人隔着衣服握住，有着一层薄薄的棉质布料阻隔，人的体温跟网络延迟似的过了几秒才传递到陈眠手上。他纤长的手指捏了一下她的食指，像捉住了躁动的蝉。

陈眠抬头，看见沈域挨着喉结竖起来的校服领子，拉链头随着他弯腰的动作晃了一下。

两人的距离拉近，手被人拉着，她刚想后退，就听见沈域发出毫不掩饰的嘲笑声。他说："陈眠，你真是又菜又爱撩拨。"

吃糖那回是"又菜又爱玩"。这回在学校给他放纸巾是"又菜又爱撩拨"。

就没什么好话。

陈眠从洗手台台面上拿起自己的水杯，说："我要回去考试了。"

沈域也没为难人，收了手，看她逃跑似的抱着水杯奔向拐角。他摸到自己口袋里的纸巾，无声地笑了。

陈眠踩着上课铃声进的教室，刚坐下，赵莉莉就拿来了表格，上头写着"走读生资料"几个字，说："你刚才去厕所，班主任让陈柯统计信息，我帮你要了一份资料，你不是走读生吗？"

沈域刚说了这事，陈眠有准备，只是"嗯"了一声，拿起笔在上面填了信息，手机号码照例填了沈域司机的，地址填上了"盛世豪庭"。

赵莉莉有些惊讶地问："你搬家了呀，眠眠？"

"嗯，我妈住在那里。"

她的父母离异不是秘密，陈眠是单亲家庭的孩子，也是贫困生，几乎全校皆知。这个"妈"字说得自然，让赵莉莉一时半会儿没想起来陈眠的妈妈消失了好多年。

赵莉莉有些恍惚地"哦"了一声，犹豫了一会儿，还是小声说："但我觉得你要是这么填，陈柯看到一定会借题发挥的，说你住在这个小区不符合贫困生申请标准。"

盛世豪庭因为毗邻绥中，所以学生里头没人不知道的。高中生平时里除了学习没什么别的事，统一的校服下，能够隐形攀比的东西就是鞋子、手表、手链，以及住的地方和平日接送的车辆。

学校就像一座小型金字塔，一个人从底层突然升入中层，必然会引发热议。

告过状的陈柯显然不是一个善茬，赵莉莉是真心实意地为陈眠着想，甚至出主意道："要不你一会儿直接将表格交给老师吧，别给陈柯了，他就是一个大喇叭。"

她的话刚说完，在位置上整理资料的陈柯就朝她们走了过来，赵莉莉立马闭上嘴。陈柯朝陈眠伸出手，说："就差你了，填完了吧？"

赵莉莉看陈眠要递表格给他，急得小声喊道："眠眠……"

陈柯看向她，说："你有什么问题吗，赵莉莉？"

赵莉莉撇撇嘴，道："我能有什么问题，完全没问题。"说完，她伸手在桌子下扯了一下陈眠的衣服。

陈眠把表格给了陈柯，不出意外，陈柯看到地址后意味深长地看了陈眠一眼，什么也没说，拿上所有表格就走了。

赵莉莉看他的表情，就知道这人在憋着坏。她正准备让陈眠小心点儿陈柯，嘴巴还没张开，数学老师就抱着试卷走了进来，将所有东西往讲台上一堆，看着底下恹恹的同学们，戒尺拍得啪啪响。

"同学们，打起精神来！看看黑板上的高考倒计时，精神点儿啊，要睡等高考结束了再睡。第一排的同学往后传下卷子。"

教室里，一片唉声叹气。

一整天的考试榨干了人的精力，再来一节晚自习的试卷讲解，下课铃声响起时，就跟往大海里丢了一个救生圈没区别——毫无波澜。

陈眠折好试卷放进包里，看着是要回去再看一遍试卷。

赵莉莉有些羡慕她的精力，说："眠眠，你对学习的热情就跟'花痴'遇到帅哥似的。"这形容挺形象的，她又评价道，"而我就是对牛弹琴的那头牛。"

前排正在收拾东西的林琳听见这话笑了一声，转过身看着陈眠，目光带着一些挑衅，话却是对赵莉莉说的："你这就不够了解你的同桌了，她除了对学习有热情，对人也挺有热情的。"

话说完，她拿上抽屉里的校服外套，就走了。

夜色深沉。

陈眠和沈域在学校照旧保持不熟的状态。

隔着一排行道树，陈眠背着书包走在人行道上，宾利在马路上开出了自行车的速度。

司机问后排戴着耳机的沈域："真的不用载上陈同学吗？"

沈域正在听英语听力，头也没抬地说："不用。"

宾利就这么不远不近地跟着，路灯下车的影子像是树的化身，陈眠行走在一格又一格的倒影之下，耳边响着不同商铺播放的流行音乐，不同的曲调糅合在一起成了怪腔怪调。

刚放学的学生都走在这条道上，谈话声细细密密的。

乔之晚喊出陈眠的名字时，她正好走到了放着《月半小夜曲》的奶茶店门口，一回头就看见扎着鱼骨辫的乔之晚笑着冲她挥手。

乔之晚走到了陈眠的旁边，白日里的窥视仿佛成了阳光下的秘密。这会儿她心无芥蒂地说着家常："你住在哪里啊？之前你不上晚自习，我都没在这边遇到过你。"

店铺里的音响正放着"人如天上的明月是不可拥有"。

陈眠从歌声中回神，答道："盛世豪庭。"

乔之晚立马"哇"了一声，听起来很开心，说："我们住在同一个小区！你住在哪一栋呀？如果之后我不出去艺考，在学校上课的话，我们可以一起放学回家呀。"

陈眠随口应了一句。

两人之间本来就没什么可说的，算不上多熟的关系，陈眠太清楚乔之晚东扯西扯的聊天背后藏着的窥探欲，只不过是想知道她和沈域的关系。乔之晚和陈茵像是一类人又不是一类人，换作是陈茵，她会直截了当地说"你和沈域不是一类人，你能不能离他远一点儿"。

但乔之晚说不出这种话，她身上有着和阮艳梅类似的温柔，说话轻声细语，像活在象牙塔里的小公主，从不知恶意为何物，就连好奇都羞于表露，似乎那样就会暴露自己的暗恋心事。

她说了很多自己的事情，每说一个就习惯性地问陈眠相关的问题。

她童年时期喜欢洋娃娃，所以拿到奖状都会找爸爸要洋娃娃当作奖励，结果房间里一整个橱柜里装满了洋娃娃；再长大一些，喜欢坐游乐场的旋转木马，一家人会在周末去游乐场拍照，那段时间的相册里，百分之八十的照片都是在旋转木马上拍的；家里人偶尔会郊游，带着野餐布和准备好的食物在春日里享受春风，品尝美食。

她问，陈眠，你呢，你的生活是怎样的？

问句瞬间将陈眠从对乔之晚生活的想象中拉回了自己所处的现实。

巷子的尽头，小区的入口。

穿着小香风套装的阮艳梅从出租车上下来，正在包里翻着钥匙。

乔之晚开心地喊了一声"妈妈"，阮艳梅回头看见陈眠后，笑意就僵在了脸上。

陈眠没有看她，而是看着宾利汽车拐进了小区。汽车一闪而过时，半开的后排车窗里，少年若有所思地看着她。

这场景与上午她路过办公室时的无比相似，只不过这次，同她走在一起的人和无意间窥见的人换了角色。

她收回视线，在阮艳梅惊愕的目光下，轻声对乔之晚说："是你生活的背面。"

每个人对生活的定义都不一样，阮艳梅也想过和陈宋好好过日子，只可惜她所遇非良人。陈宋是浑蛋中的"佼佼者"，那时候他老家的房子刚拆迁，手里有点儿小钱，做了小生意，两人也过了一段甜蜜日子。陈宋这种皮囊好看的男人走在哪里都惹眼，为了稳定家庭关系，阮艳梅不惜辞职，专心在家备孕。

结果陈眠的出生仿佛是不幸的开端，存款用尽，蒙在安稳生活上的那层纱终于被揭开了，陈宋没能力的现实就这么摆在了两人面前。陈眠一天天长大，他们的生活就一天天更加困窘。

争吵最厉害的时候，陈宋指着房间里熟睡的陈眠说——都是这孩子拖垮了他。

不知哪里钻出来的江湖骗子对他说，他命中不该有子女。

事实证明确实如此，他的生意一日不如一日，还染上了赌瘾，牌桌上最初的小胜迷住了他渴望不劳而获的心，让他逐渐变成了赌徒。牌桌上的那些人起初一口一个喊着陈老板,后来知道他的生意失败,就从陈老板变成了小陈。

牌桌上的人见到阮艳梅牵着陈眠的手来找他回家,笑着说,小陈啊,还不上钱,用漂亮老婆抵债也行啊。

这话成了压垮骆驼的最后一根稻草。她决定离开陈宋,她的生活不该如此,她长相漂亮,追她的富二代数不胜数,陈宋不过是追求者里最好看的一个。年轻的她色迷心窍,平白蹉跎了岁月,把对爱情的向往全耗在了那间窄小的两居室里。

她拎着行李离开前,将借来的钱扔在陈宋的脸上,换来了一张离婚协议书。她毫不犹豫地奔赴新生活的时候不是没想过陈眠,十二岁的小姑娘手里拿着奖状,语气里有着小心翼翼的讨好,对她说,妈妈你看,我是第一名。

藏在奖状背后的话是,妈妈,你能不能不要走?或者是,可不可以不要丢下我?

阮艳梅当作没听懂。她蹲下身子对陈眠说,妈妈也没有办法。

她没有办法,她无法接受这样的生活。满床都是看得见的虱子,这样的一切吞噬掉了她对生活的所有热情,她推开窗看见的不是阳光,而是不见天日的黑暗,甚至于跟陈宋同床共枕都如同遭受凌迟之苦。她才三十岁,她的人生不该是这样。所以,她选择不带上陈眠,是她能做的最佳选择。

三十岁的女性在婚姻市场里并不吃香,没能力、没学历、没家境,而离异会让她的情况难上加难。她无法想象自己带着一个读六年级的小姑娘该如何生活,又有谁会选择她。或许有,但那都不是她要的。

她渴望高楼大厦,渴望有一间房间——窗外没有充斥着垃圾桶腐臭的味道。

事实证明,她的选择是对的,乔成看中了她的美貌,爱上了她的温柔体贴,并不在意她的离异,只是在听到她和前夫有个孩子的时候皱了下眉,但很快,在听见孩子跟着前夫、和她并无往来后,对她说出承诺——以后会给她好的生活。

她和陈宋在一起时的所有不如意都似乎被一扫而尽。之后的生活回到了阮艳梅所期待的样子。而陈眠的再次出现,让她在欣喜之余感到恐慌,尤其是看见陈眠和乔之晚站在一起后,她不可避免地从陈眠的脸上看到了陈宋的影子。

陈眠是她和陈宋的孩子。这个事实与旧被子上的虱子一同出现,一点点蚕食掉了她作为母亲的天性。

她站在那里,提着包的手都在发抖,看着陈眠对继女说话的口型,揣测着她可能会说什么——

那是我妈?我们是姐妹?还是其他呢?

这些都是陈宋惯用的伎俩,跟在陈宋身边长大的女儿又能好到哪里去?

乔之晚对此毫无察觉,甚至没听明白陈眠的话,疑惑地走到阮艳梅的身边,挽住她的手臂。乔之晚同阮艳梅的母女关系很亲密，仿佛她才是从阮艳梅身上掉下的那块肉。

乔之晚如往常一样，和阮艳梅分享自己的心事，指着陈眠的背影说："妈妈，那是我们学校文科班的学霸，成绩好，长相漂亮，但我有点儿不喜欢她。"

女孩子垂下眼帘，抿着唇，声音很轻，仿佛她的不喜欢是一种错误。

阮艳梅听到乔之晚的话，松了一口气——陈眠没说，乔之晚什么都不知道。她在此刻是最温柔体贴的母亲，关心地问道："怎么了，宝贝？"

"因为，我很喜欢的人喜欢她。"乔之晚一字一顿地说道。

她都明白，她全知道，她和陈茵不一样，陈茵可以掩耳盗铃、装聋作哑，但她不会。

树下那次，她看见沈域看陈眠的眼神，就明白两个人不一样。

人天生就有一种直觉，对喜欢的人第六感更是灵得不行，一切都在告诉她，过往的暧昧不过是一场欺瞒自己的错觉。所有需要认真剖析、反复品味才能尝出的甜只不过是薛定谔的猫。只不过是一场带着浪漫幻觉的独角戏。

她笑着的眉眼垂了下去，在陈眠面前假装若无其事的试探在这会儿暴露出真实目的。她对阮艳梅说："妈妈，我好羡慕陈眠。"

她好羡慕被沈域喜欢的陈眠。

灰姑娘本身毫无光环，是王子选择了她，才让她成为童话故事的主角。

乔之晚是这么认为的。

乔之晚和阮艳梅的对话，陈眠并不知道。

她进了电梯，轿厢缓缓往上，机械运行的声音钻进耳朵，还伴随着乔之晚说过的话。

陈眠想：原来这个世界上，人和人的生活方式真的可以截然不同。

乔之晚去游乐场的时候，她在做什么呢？可能是在便利店里一边看店，一边在脑子里回忆白天老师讲课的内容。

乔之晚一家人在野餐的时候，她又在做什么呢？大概是躲在屋子里，一边小心翼翼地听外面的声音，一边借着昏暗的灯光忍着困意背课文。

她的心里像是爬出了一只鸣叫着的夏蝉，对她说，承认吧，你在羡慕乔之晚，你羡慕她毫不费力就能拥有良好的生活环境，你羡慕她生活优越到最大的烦恼不过是心仪的男孩子喜欢别人。

——陈眠，你根本不像你所想的那样若无其事。

陈眠的呼吸声渐重，像是被人抽走了全身的力气一样，一点点蹲下身去。

密闭空间是最好的保护壳。她抱着膝盖，靠在角落，在最后五层的上升时间里把难过重新藏在心底，眼角的潮湿被擦掉的那瞬间，"叮"的一声响起，电梯门打开了。

陈眠刚准备站起身，就看见电梯门外站着的人。

——沈域。

他看着她，然后迈进了电梯，弯下腰对她伸出手："蹲着干吗？起来吧，带你回家。"

真烂俗。老套、缺乏新意。

她情绪失控的一个个瞬间都被沈域撞见了，像是老天都在往他们身上钉"命中注定"四个字。

但在此时此刻，那只伸向她的手以及"回家"两个字，都让陈眠从失重感中抽离出来，就像是拍打在脚边的浪花，吹过来的海风将沉闷的空气一扫而光，天光一点点倾泻，光明就从打开的电梯门外闯了进来。

"沈域。"她像是含着冬季最后的融雪喊他的名字。

陈眠抬起头，湿润的眼眶再也藏不住了。

她没有抓住他伸向她的手，只是说："可以抱抱我吗？"

陈眠靠在那里，像一只被遗弃的小猫，只能发出微弱的求救声，或许她没意识到自己那颤抖的哭腔。

平日的坚强伪装和无所谓的态度，在此刻如同丢进沸水里的冰块，瞬间消失殆尽。

她不过十七岁，在黑暗中踽踽独行了这么久，不停地告诉自己没关系，大家都在负重前行。可是，怎么能让没见过光的人看见生活的真实面貌呢？

阮艳梅的再次出现揭开了她结痂的伤口，再次鲜血淋漓。

手机里陈宋一条接着一条发来的短信全部被拦截，别人的父亲是女儿的超级英雄，她的父亲是她最大的噩梦。

她靠在那里，身体都在颤抖。

过了等待时间的电梯门再度闭合，光线消失的刹那，她被人抱进了怀里。

少年蹲了下来，弯着腰，小心翼翼地拥抱着她，手轻轻抚摸着她的头。

他说："陈眠，不要害怕，我接住你了。"

她在下坠。

他接住她了。

而此刻的绥中门口，陈宋咬着烟晃了许久，都没看见里面有学生走出来。

门卫盯了他很久，觉得这人不对劲儿，在陈宋又一次来回踱步时，终于皱着眉问："学生早就放学了，你是在等谁？"

陈宋呵呵地笑道："我等我女儿。"

"你女儿是走读生还是住校生呀？走读生早就回家了，住校的这会儿也熄灯睡觉了。你别在门口晃了，再在这里晃，我就报警了。"

陈宋听到这话想骂人，却碍于对方比自己健硕的体格，只好咬着牙离开了学校门口。

然而刚走开没几步，他就听见有人喊了一声"叔叔"。

他转身，看见背着书包的男生站在文具店门口，轻声说："我知道陈眠在哪里。"

陈眠跟着沈域进了屋，谁都没说话。

两人之间的气氛安静得近乎诡异。

书包被放在沙发上，时间嘀嘀嗒嗒地走着，十点刚过，陈眠才如梦初醒一般，看向沈域，问："你不回去吗？"

沈域正从书包里拿出试卷，听到她这么问，有些好笑地说："'卸磨杀驴'说的就是你吧，电梯里乖乖让人抱，这会儿不需要我了就赶我走，你是'渣女'？"

陈眠沉默了一瞬，脸上看似无波无澜，耳根却悄悄变红了，声音像是从牙缝里挤出来的："你就不能不提刚才的事吗？"

很丢脸。

一想到自己对他说"可以抱抱我吗"，她就希望时光能够倒流，甚至觉得自己是鬼迷心窍或者是被夺舍，总之，那样的话从自己嘴里说出来，简直比当着沈域的面哭泣还让她觉得羞耻。

"不能。"沈域回答得挺快，语气丝毫没有在电梯里时那么温柔。

因为个子高，坐在沙发上拿书包的姿势不舒服，他就直接坐在了地毯上，将身子靠在沙发边沿，手肘也撑在上面，像一个调戏良家妇女的浪荡子，语气也满是玩味。

"你是不是觉得自己一失足成千古恨？晚了，我跟你说，我就是没录下来，不然在你生日那天，我都要循环播放那段录像。"

这会儿，陈眠什么情绪都没有了，只觉得沈域这人好烦。

她随手卷起一张试卷砸过去，却被人轻而易举地挡住了。

"哟，说不过还打人。"他语气懒散地谴责她。

"沈域。"

"说。"

"你真的好烦。"

"你能有点儿新意吗，这句话你跟我说过多少次了？我给你个建议，多说点儿甜言蜜语，或许我就把刚才那事忘了。"

陈眠没搭理他，也从包里拿了一份试卷出来。她的是文综试卷，沈域的是理综试卷，两份试卷上的分数都很高，卷面干干净净的。只是她的试卷上密密麻麻的，全是字，沈域那份卷面空白多，解题过程能多简约就有多简约。

这让陈眠想起了赵莉莉的那句抱怨。

确实，学理科是挺省笔的。

她从笔袋里找出红笔和黑笔，打算把错题修正一遍，就听见沈域问："白天在老师办公室门口，你是故意让乔之晚看见的吧？"

他问得轻巧，陈眠承认得也坦诚："嗯，我是故意的。"

她知道乔之晚会偷看，更知道乔之晚一定会靠近她，试图从她这里找到否定答案。

陈眠太清楚乔之晚怎么想了，所以在乔之晚和她打招呼的时候，她的脑子里只是冒出了"果然"两个字。

她坦率地承认自己的利用，并且丝毫不认为她犯了错，看向沈域的眼睛依旧澄澈，问："不可以吗？"

沈域顿时就被气笑了："你还挺骄傲的？"

"没有，她喜欢你，是你该骄傲。"陈眠慢吞吞地拿软刀子杀人，用懵懂无害的眼神看向沈域，近乎感慨地说，"陈茵、乔之晚、林琳，我猜和林琳打架的那个女生也喜欢过你吧。"

这还是头一次，陈眠对沈域说起这个话题。

这让沈域觉得自己在她口中像是待价而沽的商品，而她则是一个无利不贪的商贩，来往的顾客她都欢迎。

"你是不是有点儿越界了？"他用手里的笔敲着桌面，笑着问她。

"没有。只是，沈域，陈茵喜欢你所以她讨厌我，乔之晚喜欢你所以会靠近我，每一个喜欢你的人都在意我，你说是为什么？"她看着他的眼睛说。声音很轻，落在地上却如有千斤重，顷刻间让两人之间平静的水面激起了无数浪花。

仿佛在博弈。你来我往，谁也不肯后退一步。

沈域说她撒娇，她就拐弯抹角地说着别人眼中沈域对她的特殊。

"陈眠。"沈域喊了她的名字。

他将笔丢在桌子上，伸手抬起她的下巴，让她对上他那双漆黑的眼。

他勾唇，笑着说："你这么问，还是留退路了，你不如直接问为什么我在那么多人里，唯独选了你？为什么帮你教训陈柯？为什么明知你在利用我，还是走向你？"

"……"

陈眠直直地望着他。

窗外夜色深沉，室内灯光亮如昼。

沈域眼尾的泪痣在此刻显得过于明显。

两年的时间，让陈眠过于清楚沈域每个表情所代表的含义，就如此刻，他的唇角带笑，手拉着她不准她逃离，逼迫她必须看着他的眼睛说话，其实是不悦的表现。

似乎对陈眠的沉默有些不满，少年皱了一下眉，却不料对面坐着的人忽然伸手触碰了一下他眼尾的那颗泪痣，轻声给了他答案。

"沈域，因为在你看来，我是属于你的。"

不是喜欢，不是在意，而是占有欲。

陈眠是这么认为的。

沈域承认，陈眠是特殊的。

就好比现在，他分明可以像对其他女生那样，直接冷淡回应或是扭头走人，但对陈眠，他做不出来。

他肩上的衣服到现在都是湿的，晚风一吹凉凉的，全是这姑娘刚才在电梯里流的泪弄的。就那么一小团，抱在怀里都硌得慌，也不知道吃下去的肉都长在哪里了，还不如学校里的流浪猫会撒娇。猫找人讨食都知道软着嗓子喵喵叫，但陈眠的脾气就跟骨头一样硬，只会用那双眼睛盯着你，只有在有求于人的时候才会说几句软话。

会连名带姓地喊他，沈域。

——你帮帮我。

——你抱抱我。

确实心软，说他对她有占有欲也对，但只用此来定义就过于狭隘了。

沈域松开手，懒得和她争论，捡起桌上的笔在草稿纸上随便画了几笔，说："行，你是这个。"

画工潦草，底下还写了"陈眠"两个字。字体端正瘦长，笔法回锋逆入。

陈眠看了一会儿，指着上头的画问："大拇指？"

"不是，是清明上河图。"沈域说瞎话不打草稿。

陈眠懒得搭理他，拿起笔开始修正试卷。自进入百日倒计时后，他们每次月考都是严格按照高考的模式，文综卷子满分三百分，政、史、地三份试卷，每份试卷上的分数都不少于九十分，稳定发挥的话估计能有二百七十分。

沈域看到了卷子上的分数，问："你打算考哪所大学？"

陈眠一时没控制住笔下的力度，红色的笔迹拖了出去，画出一道长痕，她从笔袋里翻出修正带，说："没想好。"

陈眠目前成绩稳定，每回月考的分数都差不多——文综二百七十分，语文在一百二十五分到一百三十分之间,英语徘徊在一百三十分到一百三十五分区间,唯一拖后腿的就是数学,满分一百五的卷面她通常只能拿到一百一十分。

总分数在六百三十分往上,考一本是稳了,但冲刺顶尖学府就有点儿悬。

沈域把陈眠的数学试卷拿出来,发现选择题、填空题错误率并不高,扣分点都在几何题上。大题她答得很简单,不会的小问直接空着,把会做的题目写得满满的,估计她们班老师就是这样教的——不要把时间浪费在不会做的题目上。

沈域用笔帽敲着桌面,对陈眠说:"跟我考同一所大学吗?"

他的语气漫不经心,听起来像是随口说出的玩笑话。

"再说吧。"

陈眠声音很轻,把试卷翻了页。

她原以为沈域还会说些什么,但他什么都没说,只是放下笔,起身进了房间。

她写了几个字,也没再做题,扭头看了一眼窗外深沉的夜色,收回视线后就没了继续复习的心思。她收起东西放进书包,听见书包里的手机响了一声。

是宋艾给她发来的短信。

只有五个字。

——陈宋在找你。

发送时间是今天上午。

陈眠并不意外。十七年的人生里,她大半时间是和陈宋生活在一起,当初她走的时候就料到陈宋会找她。

但盛世豪庭的安保向来到位,需要刷房卡才能进入小区大门,每栋楼的楼门都需要用住户的指纹开锁。这里不是谁都能进的老破小区,遇见危险情况摁响可视门铃上直通保卫处电话的按钮,随时都有人立马过来。

她给宋艾回了"谢谢"。

她不爱看手机,之前是因为给陈茵打杂有需要才时不时地拿出来看一眼,可自从陈茵发现她和沈域有关系之后,就再也没找过她,她看手机的频率也变低了,这也导致每回她打开微信时,消息都堆积成山。

赵莉莉知道她不喜欢使用电子产品,但分享欲作祟,每回看到学校里有意思的传闻都会转发给她。陈眠回完宋艾的消息,就点开了与赵莉莉的聊天框,最近一条消息又是关于上次所说的表白墙。

表白墙是绥中学生自己经营的秘密基地,听起来挺像那么一回事,其实只是一个私人QQ号接收投稿,再发在QQ空间而已。赵莉莉给陈眠介绍过,这号本来是多年前一个学姐开的小号,在空间里发了不少喜欢的男生的信息,后来意外被人发现了,画风逐渐走偏，开始有人给她投稿，慢慢就发展成了绥中网上八卦基地。

学姐毕业之后，把这个号留给了继承者，就这么一届届传承了下来。这个表白墙相当隐蔽，只有学生知道，即使只是加好友都得上传学生证验证。

莉莉哩里莉："绝了，晚上看书看得很累，又去翻了表白墙上你跟沈域那条帖子的评论区，有几条评论与我朋友说得不太一样！"

莉莉哩里莉："我朋友是美术班的，跟乔之晚关系挺好的。她说乔之晚喜欢沈域，但一直没搭上线，直到有一回聚餐才真正认识，那回沈域还顺道送了乔之晚回家，这听着不是有戏是什么啊？结果表白墙上的网友表示他俩根本不熟……无语，就无语。"

莉莉哩里莉："说实话，我还挺希望乔之晚拿下沈域的，也不为别的，就是单纯看不惯林琳和陈茵。只要她们不爽，我就爽了。"

陈眠看见"沈域还顺道送了乔之晚回家"，手指一顿。

有什么东西像是忽然要从心里跳出来似的，她问赵莉莉："沈域是什么时候送乔之晚回家的？"

赵莉莉没想到陈眠会回复，她就只是把陈眠当树洞，看见回话就跟捡到漂流瓶一样兴奋。

好在她从来不删聊天记录，她找到美术班朋友的头像，打开对话框后往上翻了几页，回道："上个月二十号左右吧，怎么啦？"

上个月二十号。

沈域让她说点好听的，陈宋从麻将馆回来，沈域给她发消息。

时间线往前移，她和沈域发生冷战——沈域和乔之晚的流言蜚语满学校飞——乔之晚去了沈域家聚餐——陈宋回家拍她房门——她不得不求助沈域，再到住进盛世豪庭，遇见阮艳梅，知道阮艳梅是乔之晚继母。

所有的点被连了起来。那个夜晚，她从家里跑出来，她对沈域说希望陈宋离开自己的世界。沈域什么也没问，只是说"好"。

沈域是故意的。

这个想法甫一冒出来，陈眠就猛地打了一个冷战。仿佛感应到了一般，紧闭的房门被人从内打开了，沈域在隔壁房间洗完澡出来了，头发湿漉漉的，换了一身灰色睡衣。暖色灯光下，他整个人都显得柔和，蒙了一层温柔的光晕。

陈眠将手机倒扣在桌面上，看着他，忽然问："你早就知道我会要求自己住，是吗？"

这话问得没头没尾，甚至跟两人之前断掉的对话接不上，沈域却听明白了，承认得很坦率："是，我早知道。"

"你是什么时候知道乔之晚的后妈是我亲妈的？"

"送她回去的时候，你和你妈妈长相很相似，关系并不难查。"

"你和乔之晚走得近，也是故意的？"

"陈眠，你可以问得更直接一点儿。"沈域走向她，阴影笼罩过来，遮住了她头顶的灯光。他弯腰伸手拿起陈眠放在桌上的手机，屏幕还亮着，赵莉莉跟她的聊天记录就这么暴露在他的眼前。

他笑了一声，说："迂回不是一个聪明做法，你可以直接问我是不是在利用乔之晚。"

水滴在桌面上，"啪嗒"一下溅开了。

"你不是在利用乔之晚，你是在利用阮艳梅。"

陈眠已经明白沈域要做什么了。

"陈宋在找我，只要他来了这个小区，次数多了总能撞见阮艳梅。"

只要他们撞上，陈宋必然会缠上阮艳梅。对于陈宋而言，陈眠只是一个穷学生，能拿出来的钱有限，但阮艳梅不一样，阮艳梅是他的前妻。

对于陈宋那人而言，哪怕阮艳梅已经离开了他，也是他的附属品。曾经的附属品却跟他有了天壤之别——住高档小区，穿着精致华丽，一跃成为富太太。

陈宋怎么可能受得了？

阮艳梅这种极致利己主义者在看见她时，内心都敲响了警钟，更何况是见到陈宋。

两人各怀心思，只要看见对方就会充分证明什么叫作"仇人见面分外眼红"。

到那时，陈宋根本就不会把关注点再放在陈眠身上，她就可以继续安心准备她的高考。

"那宋艾呢？"陈眠问他。

沈域身上带着沐浴露的青柠味，清新的味道扑鼻而来。

他随意地坐在茶几上，接着对陈眠说："她又不傻，一直没离婚只是因为她没地方去，要是她找到更好的，一秒都不会在陈宋身边多留。"

沉默片刻后，陈眠看向他，问："最后一个问题。你做这些，只是为了帮我摆脱陈宋吗？"

风声簌簌，夜色深沉，头顶的灯光明亮。

"答案不是挺显而易见的吗？"沈域对她说，"陈眠，我要你只能走向我。"

这一晚发生的事情过于丰富，导致陈眠入睡后都有些不安稳，无数个梦魇缠上来，一会儿是陈宋的脸，一会儿是阮艳梅的脸，最后是沈域看向她的那双清冷的眸。

闹钟七点半响起的时候，陈眠早已睁开眼。

晨曦照射进来，昨晚没有关窗，外头的声音直往房间里钻，有家长哄哭闹的小孩去幼儿园的声音，还有小区清洁工扫落叶发出的沙沙声。

陈眠起床，洗漱完走出房门时，客厅已经没人了。

昨晚两人的对话就那么终止了。沈域看着她，直到确认她没话想说了，才笑了一声，拿上手机回了房间。

此刻，沈域大概已经去学校了。

陈眠背上书包出门，在学校附近的早餐摊上买包子，等待的时候听见阮艳梅喊她的名字。

阮艳梅开了一辆奥迪车，就停在路边，车窗摇下一半，她脸上戴着墨镜，手搭在方向盘上。在行人看过来的眼神中，她对陈眠说："可以和妈妈聊聊吗？"

陈眠看了一眼时间，上了车，说："只有五分钟，我要去学校。"

昨晚阮艳梅从乔之晚口中得知陈眠已经读高三了，有些感慨："妈妈都不知道你跟小晚在同一所学校读书，小晚说你读的是文科重点班。眠眠，妈妈都不知道，你现在这么优秀。"

陈眠只觉得好笑，她不知道阮艳梅是怎么做到这么多年不闻不问，现在张口闭口就自称妈妈的。她打断了这种令她作呕的寒暄，问："你可以直接说重点吗？你找我应该不只是为了表扬我吧。"

从再见到陈眠的那一刻起，阮艳梅就感到心慌。她二婚后没有生孩子，当初她和乔成结婚，乔成为了不让乔之晚多想，去做了结扎手术，她也对乔之晚保证不会有自己的孩子。

她没有那根可以死死绑住乔成的纽带，担心随时都会被人抛弃。尤其在听见乔之晚说自己喜欢的男生喜欢陈眠后，她更加心慌了，心里像是有一块尖锐的石头，一下下戳着心脏，每呼吸一次，她都忍不住去设想最坏的结果。

她最终选择对乔成坦白。乔成是一个聪明男人，和聪明人相处，最聪明的做法就是不要有所隐瞒，就像她当初和乔成刚认识时，毫不隐瞒自己那段失败的婚姻和混账前夫。

乔成知道她的亲生女儿也在绥中读书以及她乔之晚的关系后，从包里拿出一张银行卡。此刻这张银行卡就在她的手里，被递到了陈眠面前。

"妈妈知道你跟着你爸生活很困难，他的德行我知道，但是眠眠，妈妈没有能力，全靠你乔叔叔的关系才能进现在的单位上班。你乔叔叔知道你的情况后，让我把钱给你，你马上就要高考了吧，你拿着钱选一个想去的国家留学，钱不够的话再跟妈妈说。"

陈眠没看过小说，偶像剧也看得少，忙于生存的人没有享受精神世界的时间。但为了撇清关系给银行卡，让人出国的事情，怎么听都不像是亲妈做得出来的，陈眠听得懂潜台词——无非就是让她离开这里，以后不要再打扰他们的生活。

"留学。"陈眠重复了一遍，然后说，"我没有这方面的想法，这钱你还是自己留着吧。"

她看了一眼时间，说："五分钟到了。"

她拉开车门就要下车，却被阮艳梅拦住了。并不符合预期的结果让阮艳梅原本温和的语气冷了下来，于是她选择开诚布公："我希望你能够出国，眠眠，这是你目前最好的选择。"

"卡里有多少钱？"

听见陈眠这么问，阮艳梅的脸色好看了许多，说："五万元。"

对于一个穷学生来说，这已经是天文数字了。

阮艳梅作为一个成年人，只给五万元让人出国留学，不知道她是缺乏常识还是刻意羞辱，仿佛她面对的不是亲生女儿，而是来打秋风的穷亲戚。只出五万元就让人出国读书，简直就是笑话。

陈眠把卡推了回去，问："你知道，乔之晚的暗恋对象每个月的零花钱有多少吗？"

她不等阮艳梅回应就笑着给了答案："你这点儿钱，还没在他身边打杂的赚得多。"

上午依旧是考试。

课间操都被取消了，高三年级所在楼层的铃声全被关掉了，只能听见高一、高二学生热热闹闹地往操场走。

教室里一半的人趴在桌子上休息。

陈眠洗完杯子回座位，就被从办公室回来的陈柯叫了名字。他怕吵着同学，特意走到陈眠面前说："班主任找你。"

陈眠放下杯子，去教师办公室的路上心里有数——多半是为了走读生资料表格的事。

学校对申请贫困生的审核十分严格，希望他们就是大众定义里的贫穷，虽然不至于要求申请人家徒四壁，但大体上存在一些显性规则，譬如申请人不能用名牌手机、不能穿名牌鞋子等。

陈眠住在高等住宅区，简直"正中红心"。

班主任说话挺委婉的，并没有一开始就直奔主题，先是关心了一下学业，才慢慢地转到正题，说："陈眠，老师看你填的住址不是之前那个，这是有什么情况呀？"

此时，陈眠明白早上阮艳梅说的那番话也算不上什么虚伪，而是成年人的体面。因为明白话里的内容伤人自尊，所以才刻意粉饰成关心的模样。

"老师，这会影响申请贫困生助学金吗？"陈眠却直接戳破了这份体面。

班主任沉默了一会儿，才为难地点了头，说："这不符合学校的要求，贫困生名额只有这么多，学校也要向政府申请。老师只是想知道究竟是什么情况，是你亲戚住在那边，还是……"

"我妈住在那里。"陈眠打断了班主任的话，说，"不是后妈，是我亲妈住在那里，但她没打算争取我的抚养权。这样的情况，符合标准吗？"

班主任顿时愣住，一时半会儿不知道该说些什么。陈眠的家庭情况她了解，父母离异在资料上清清楚楚地写着，陈眠这种程度的坦诚倒是让面对学生向来游刃有余的她有些不知所措。

好在这时候，上课铃声响了起来。

班主任急忙冲陈眠摆手，让她赶紧回去上课，资料就这么压在了课本下面。

办公室里，不远处听完全部的音乐班班主任探出脑袋，看着女孩子的背影，说："这小姑娘挺坚强的。"

语调平淡地自揭伤疤，仿佛她诉说的只是外人的故事。

用"坚强"形容确实恰当。

陈眠从后门走进教室时，本来在写试卷的陈柯下意识地往后看了一眼，对上她的眼神，有些不自在地推了下眼镜，咳嗽了一声，然后扭过身子作认真状写试卷。

赵莉莉见她回来，把正拿在手里对着光看的信封递给她，诧异地说："乔之晚给你的，绝了啊，这年头还有人写信。"

粉色的信封散发着淡淡的水果香水味，上面用铅笔画了一棵树，跟陈眠在沈域家看见的那张素描画是类似的风格。

正中间写着"陈眠收"三个字，旁边画着一个太阳。

陈眠拆开信封，里头并不是信，而是一张音乐会的门票，还有一张字条。

——周末有空的话，可以一起去听场音乐会吗？

乔之晚约陈眠去听音乐会的事让赵莉莉惊讶，她没想明白陈眠和乔之晚的交集在哪里。难道是因为两人同时出现在一个表白墙的投稿里，跟同一个男生产生了交集，但这个想法很快被她推翻了，也不知道为什么，她就是很坚定地觉得陈眠和沈域之间完全不可能有故事。

很快，她的思绪被上课铃声打断，再多的八卦在试卷面前都顷刻消散了。

转眼一天过去，临放学的时候陈柯把黑板上的高考倒计时擦掉，写上了新的数字。

从六十一天变成了六十天，距离高考不到两个月。

刘俊杰看了看黑板，转过身，难得煽情地说："时间如流水啊，各位，过不了多久，我们就要各奔东西了。"

这话听着有点儿矫情，陈眠和刘俊杰没多熟，也就是在与林琳产生矛盾之后，才熟络了一些，能多说几句话。刘俊杰本来就性格外向开朗，再加上几人是前后桌的关系，自顾自地就把别人列入朋友的队伍。

陈眠没说话，只是在收拾着自己的东西。

旁边的赵莉莉先哕了一声，然后毫不客气地说了一句："我倒是希望立马跟你各奔东西。"随即她双手合十，对天许愿，"愿此后我的生命中再也不会有恋爱脑出现。"

刘俊杰被这话戳到了肺管子，正想骂几句，就听见坐在第一列靠后门位置的体育委员扬声喊了句："我域哥怎么在这里？"

体育委员就是过生日沈域送球鞋的男生，平时爱打篮球，朋友一大堆，可以算得上是文科（三）班的"交际草"。

体育委员喊的这一嗓子让教室里大半的人看了过去，刘俊杰正用手撑在陈眠的桌面上，看热闹似的往后看，结果就对上了沈域看向他的目光。

刘俊杰一愣，以为自己出现了幻觉，往旁边挪动了一下，发现沈域还在看他，于是迟疑地问："是找……找我吗？"

沈域靠在门口，也没往教室里走。体育委员跟一个商场导购似的站在他的旁边，往教室里一挥手，语气挺豪气的，说："我们班的同学随你说，找哪位，我帮你喊出来。"

刘俊杰嘴上说着"可能是找我？"，站起身，就听见沈域的声音响起。

"找你们班的陈眠。"

刘俊杰惊讶了，到了嘴边的"好尴尬"被他咽了回去，准备坐下时看见赵莉莉一脸惊愕，那样子就跟尿裤子被人发现了一样，一直盯着收拾东西的陈眠。

唯一算得上淡定的只有当事人。

表白墙帖子的热度还没降下来，不少人跟刘俊杰一样，一会儿看向陈眠，一会儿看向沈域，在看见陈眠背着包往后门走，并且停在沈域面前时，好奇心也达了顶峰。

两人看着像是要演一出表白戏，结果女主角从男主角身边擦肩而过，连看都没看他一眼。沈域脸上也没什么不满的表情，甚至笑了一声，跟一脸茫然的体育委员道别，然后就跟在陈眠身后走了。

两人的身影一前一后地从窗边经过，直到彻底消失，才有人惊呼了一声，开关被打开了似的，这一声冒出来后，就响起了此起彼伏的惊呼声。

"我是不是看错了？沈域是来找陈眠的？"

"我的妈呀，他俩不会是真的吧？"

"天哪，他们是在什么时候认识的呀，都没看到他们说过话吧？"

"可能在上厕所的时候？"

"……"

班里的议论声被甩在了身后，往校门走的一路上都有人在看他们。

陈眠没管别人，自顾自地往前走，直到迈出校门，书包才被人拉住，一直跟在后头的沈域拖长声音说："你往哪里去啊？上车。"

他是指他家司机停在校门口的车。

陈眠停下脚步，问："我不能自己走回去吗？"

"可以，如果你想在小区门口看见陈宋的话。"

这话让陈眠皱了下眉，没再继续说什么，跟小狗似的被人拉着书包带子牵进了车里。关车门的时候，她往窗外看过去，对上了许多双眼睛，每个人的眼神都十分精彩，总结起来就是两个字——震惊。

她把书包从肩上拿下来，抱在怀里，拉开拉链，抽出乔之晚给她的音乐会门票，递给沈域，说："乔之晚给的。"

沈域本来正在看手机，听见这话一抬头就看见了那张票，也没接，就着她的手看了一眼时间，问："周六下午，你留着票是打算去吗？"

"不知道。"陈眠收回手，将票放在两人中间，"她要和我说的也只有你的事，但关于你的话题，我和她没什么可聊的，而且……"

她用手指指向门票上写着的"宫崎骏主题"五个字，说："我甚至没看过宫崎骏的电影。"

她语气平淡地说完，就看向了沈域，仿佛在向他征求意见——自己该不该去。

沈域沉默了一会儿，随即说："今晚你别看书了。"

陈眠正想问为什么，就听见沈域又说："你不是没看过宫崎骏的电影吗？今晚看吧，家里影音室还没用过。"

车即将驶进盛世豪庭的时候，陈眠看见游荡在门口的陈宋，他弯着腰正在点烟，不时抬头前后左右看。车从他身边驶过时，那双眼在车身上停了一瞬，车辆道闸打开，车开了进去，陈宋收回视线，转头又往前方看去。

他没看见她。

陈眠看向沈域，说："好，那就看吧。"

影音室原本是一间卧室，深灰色的沙发看着跟床的大小差不多。

陈眠洗完澡换上睡衣进来，却看见沈域依旧穿着校服，坐在那儿选电影。

可供选择的电影有不少，封面是各种动漫人物，沈域拿着遥控器从《千与千寻》翻到《哈尔的移动城堡》再到《悬崖上的金鱼姬》，只觉得头疼。

他就不是爱看电影的人，动漫更是看得少。唯一的记忆就是跟游淮一起看奥特曼系列和《精灵宝可梦》，那时大家都相信光，沈域破坏了小伙伴的梦。他说："世界上没有奥特曼，也没有皮卡丘。"

游淮痛哭流涕，还跟沈域打了好几次架，后来还是大人过来才把两人扯开。

从那之后，再也没人叫沈域一块看动漫。

他现在盯着一个个封面选电影，觉得自己挺傻的。

手机屏幕上还显示着搜索界面——宫崎骏最有名的作品是哪一部？

网页上直接列出了十部作品。

他换了搜索的问题——适合和女生一起看的宫崎骏电影是哪一部？

搜索引擎回答：十六部宫崎骏治愈系动漫电影，女生都爱看！

沈域："……"

陈眠坐在他旁边，看了一眼他的手机，然后抬眸看向屏幕，说："就看这部吧。"

鼠标的光标停在《千与千寻》上。

旁边放着的手机长久没人进行操作，黑屏了。

密闭的房间没有窗户，开着中央空调，在四月的春末夜里送着冷气。

沈域直接按下播放键，又在旁边拿了一条毯子丢在她的身上。

两人中间隔着不远不近的距离，都没再说话。

音乐静静流淌着，奇妙的动漫世界缓缓在眼前展开，色彩鲜丽。

沈域想起网友对这部电影的评价"带女朋友看这部电影，结果看哭了"，转头看了一眼陈眠，她脸上没什么表情，黑色瞳孔里映着屏幕的光。她乖乖地盖着毛毯，长发盘着，粉色睡衣领口的白色蕾丝都被屏幕里的原野映成了绿色。

她整个人看起来十分柔软，像是电影里的一部分，像本该活在动漫里的女主角。

陈眠没有发现沈域在看她，用手抱着膝盖，把下巴抵在上面，问沈域："你喜欢无脸男吗？"

"什么玩意？"

陈眠伸手指着屏幕，沈域这才往屏幕上看了一眼。

屏幕里黑色的庞然大物无脸男正向女主角献殷勤，拿着食物和金银珠宝问她。

——你想吃吗？很好吃哦。

——要金子吗？

——我只给你，不给别人。

——你想要什么，说说看。

——我好寂寞。

它的黏液都透露着对女主角的贪婪，同时身边还有苍蝇飞动发出嗡嗡声。

沈域皱眉，说："这玩意长成这样，真有人喜欢？"

陈眠沉默了一下，才说："应该有吧。"

"那你喜欢吗？"

陈眠没回答，隔了一会儿又问："那你喜欢白龙吗？"

问得好，但白龙又是谁。

沈域根本就没认真看这部电影，此刻就跟没听课却被老师点名抽查问题一样困惑。

他收起手机，拿了遥控器，说："你是要我重看一遍吗？"

陈眠抿抿唇，然后轻声道："你根本就不想看电影，但还陪着我看，你是怕乔之晚看不起我是吗？"

沈域顿时就笑了，说："陈眠，你脑子里都装着什么，怎么想那么多？我只是以为，你是因为喜欢宫崎骏，才想去听音乐会。"

陈眠一愣。

"不然你为什么要陪她去……平时让你陪我出去一趟都为难，跟个无关紧要的人一起看音乐会是为什么？总不能是因为愧疚吧。"

语气"四两拨千斤"，状似无意地把陈眠的想法说了出来，他就是"揣着明白装糊涂"，一早就知道陈眠给他看音乐会门票就是存了让他帮忙决策的心思。

陈眠这人有时候挺矛盾的，看着冷血，但又狠不下心做彻底的坏人。她做不到彻底的冷淡，就如同做不到彻底漠视宋艾的悲剧，也做不到在利用完乔之晚后装得若无其事。

她心里有个答案，但是在某些时刻她并不肯直视那个答案。

说白了就是自相矛盾，此刻被沈域说出来后，她下意识地反驳："我为什么要愧疚？拒绝她的人又不是我。"

"行，是我。"

沈域看旁边的人也没有看电影的意思，借着拿抱枕的动作靠过去，问："你的嘴怎么就那么硬，你知道我晚上为什么去你们教室找你吗？"

"不知道。"

"真不知道还是假不知道？"

陈眠顿时无话可说，直到胳膊被人撞了一下，才十分敷衍地回了一声："嗯。"

沈域笑道："嗯的意思，就是知道，却当作不知道？"

陈眠白了他一眼。

她是知道的，沈域就是想把她的路堵死，把两人的关系搬到台面上，让她没退路可走，更让乔之晚早上的邀请变成了一个笑话。

虚虚实实的试探在沈域这里有了正面解释。

所有人都在猜她和沈域是什么关系，所以他直接来到她的教室门口，用行动给了答案。

她没说话。

沈域跟玩似的拽住她的袖子。

"你知道明天别人会说什么吗？"

陈眠的注意力还在电影上，回答得很慢："说你助人为乐，送同学回家。"

"行，那明天大家都会知道，我只助一个人，做不了其他好事。所以，陈眠，你还去看什么音乐会，在这里就能看。别浪费时间去敷衍不重要的人，不好好做你的复习题的话，还不如陪我出去玩。"

彻底没人关注的电影播放至尾声，女主角和父母回到原本的世界。

而电影外，陈眠伸出手想捂住沈域那张胡说八道的嘴："你别说话。"

沈域却没依她，一改懒散，甚至换成了正经语气，像电台主播念情诗一样，对她说：

"我只想要你，不想要别人。

"我好寂寞。

"你陪陪我。"

陈眠眼睫颤动，心头一颤，伸向他的手也被他拉着往他的脸上贴。

手指下，他的睫毛颤动，那双澄澈的黑眸就这么看着她。

他笑着问她："你喜欢吗？"

他的语气是刚才陈眠问他喜不喜欢无脸男时用的语气。

他将电影里无脸男对女主角说的话，改了字，对她说了一次。

陈眠，你喜欢吗？

她说不出话来，如擂鼓一般的心跳却在这个有些闷热的春夜给了答案。

当初买沙发是为了更舒服地看电影，只不过买来后一次都没用过，这影音室的门也是头一次打开，黑色的真皮皮面，衬出坐在上面的人白得晃眼的皮肤。

这段时间里，每天两人都复习到很晚，聊天内容除了学习还是学习。

因此，忽然暧昧的对话让陈眠一时不知该说些什么。

沈域敛着眸，视线往下落在陈眠放在膝盖处的双手上。

"陈眠，你在紧张？"

"没有。"似是觉得他说的话有些荒谬，陈眠疑惑地看向他，"我有什么好紧张的？"

沈域却笑了，学着她的语气问了回去："我怎么知道你有什么好紧张的？你不是什么话都不想跟我说吗？"

他用手指拉着她的衣角，指尖顶着布料，像撑起了一把小雨伞。没人观看的电影播放完，停顿片刻后，开始自动播放下一部，屏幕再次亮起的瞬间，钢琴曲也流淌了出来。

叮叮咚咚的声音刚响起，沈域就摁下了暂停键。

他用另一只手去拿手机，陈眠见势便要扯开自己被他抓在手里的衣角，觉得这人像是有什么强迫症，总喜欢手里拿着点什么东西，平时在车上喜欢玩她的书包带子，一起写作业的时候喜欢转笔，现在看部电影不是玩抱枕就是拽她的衣服。

她刚动，沈域就看了她一眼，质问："乱动什么？"

陈眠根本就不是会乖乖听话的人，他不让她乱动，她偏要伸手去扯自己的睡衣。两人跟小学生用绳子拔河似的，你拽一下、我扯一下，陈眠很快就发现沈域根本就是在逗她玩。

陈眠气急，喊道："沈域！"

"在呢。"沈域吊儿郎当地回应。

"你松开。"陈眠说完，伸手去推他的胳膊，结果被沈域眼明手快地拦住。

"什么习惯啊，陈眠，怎么还动手？"

沈域嘴上说着，另一只手稳稳地拿着手机，控制着她的那只手没用多少力道却让陈眠无法挣脱。就在这时，沈域的手机有一通电话打了进来，他的注意力被分散，陈眠趁机抽出自己的手，哪知道沈域忽然一用力，陈眠就跟不倒翁似的往他的方向倒。

沈域急忙松开手，想拉住陈眠，但已经来不及了。

陈眠的脑袋撞上了沈域的肩膀，两个人都疼得倒吸了一口凉气。

少年的肩膀宽厚结实，怀抱散发着清洌的冷香，他分明已经松开了她的那只手，但陈眠就跟被施了定身术似的没有动弹。

她听见沈域的心跳声，剧烈得像雷雨天敲击着地面的雨点一般。

封闭的影音室里只有他们，大屏被定格在谢幕的演员列表中，昏暗的房间里唯一的光源就是放在沙发上，不断发出声音却始终无人理会的手机。

不知过了多久，铃声停止，屏幕重新暗了下来。

"陈眠。"沈域的心跳声从胸膛处敲击着她的耳膜，像生怕她听不清一般，一字一顿地问，"你撒什么娇？"

"……"

陈眠在黑暗中面无表情地看了沈域一眼。

沈域在故意逗她玩。他笑了一声，便拿起手机点了随机播放歌曲。屏幕上忽然出现了日落的照片，金灿灿的夕阳在海边洒下一片余晖，前奏音乐从音响里传了出来，是一首英文歌。

沈域开始同她闲聊："四月要过去了，马上就要到五月了。"

陈眠的脸贴在毛毯上，蹭得鼻尖发痒，单音节的"嗯"拖成了绵长的调子。

沈域笑了，说："我生日要到了，陈眠，记得给我准备礼物。"

"……"

陈眠接触过的男生不多，但也知道像沈域这样理直气壮地找人要礼物的人，估计没几个。

"要不要脸"四个字还没说出口，沈域已经开始给她出主意了："别送太敷衍的礼物，知道了吗？用一点儿心，鞋子、手表之类的就不用了，我们眼光不一样，你送的，我不一定会用。"

没完没了的。陈眠被念叨得有些烦，说："你好啰唆啊，沈域。"

"我总得提醒你几句，要是到时候你没送，我生气了怎么办？"沈域提前给她"打预防针"，"过生日，你知道有多重要吗？"

陈眠不是很想知道。

她和沈域认识两年，两年里沈域两次过生日都是兴师动众的。

他的朋友本来就多，社交平台上一堆人祝他生日快乐，光从照片就能看出纸醉金迷的气氛，被人群簇拥着的那位总是在镜头正中央，每一张照片中的表情都挺漫不经心的，评论区里认识的、不认识的都在祝他生日快乐。

五月二十号因为谐音被赋予了特殊寓意，沈域就在这天过生日，于是就连生日祝福发出来都像是另类表白。

陈眠从没陪他一起过生日，但每次生日宴散场后沈域都会去找她，站在居民楼下那棵树的阴影里喊她下楼，不下来就打电话轰炸，直到她出现，才从口袋里拿出打火机，还教她说"祝沈域生日快乐"。

今年的五月二十号，沈域生日，不用想就知道会比以往两年搞得更夸张。

但哪有不仅提醒对方自己要过生日了，还索求礼物的。

陈眠咬着唇，没搭理他。

虽然正放着欢快歌曲，但两人的注意力都不在歌上了。

"谁知道要送你什么。"

"不知道送我什么，那就在学校大声说一句'祝沈域生日快乐'，也行。"

"……"她是疯了才会在学校这么说，沈域根本就是在故意逗她玩，也不知道这人是什么时候养成的习惯，总喜欢逗她取乐。

陈眠说不出凶狠的话，翻来覆去也只会这一句警告："沈域，你好烦。"

"又烦？在你这儿，'烦'有特殊含义吧，就跟'今晚月色很美'一个道理吗，陈眠？"

"闭……闭嘴啊。"他说的话就没有一句能听的，陈眠红着脸骂他。

可沈域没脸没皮，被骂了还笑："闭不了，要不然你再抱我一下。"

陈眠恼羞成怒地伸手去捂他的嘴，沈域笑着躲闪，嘴里不停地喊着陈眠的名字。

被设置了手机投屏的大屏幕上开始展示着屏保照片。

夕阳时海边燃放的烟花盛放在最灿烂的时刻。

消息提示栏里堆满了游淮发来的消息。

——你和陈眠是怎么回事？

——你梦想成真了？

——什么情况？人呢？

——烦，乔之晚来问我，你跟陈眠是什么关系。

——陈茵抢了我的手机，跟人吵起来了。朋友，你是主角，怎么是我遭殃呀？

——你不会是被外星人带走了吧？

隔了四十分钟，游淮又发了一条："是来自 M78 星云的奥特曼终于看不惯你为祸人间，把你带走了吗？"

消息刚发出去，就跳出了红色感叹号，下边出现了新提醒。

——消息已发出，但被对方拒收了。

——沈域开启了朋友验证，你还不是他（她）朋友……

游淮骂了一声。

沈域居然把他拉黑了！

游淮是真心烦，有的人半夜听歌、看电影，而有的人半夜充当调解员处理纠纷。

在他看来，陈茵跟乔之晚的矛盾，与其说是为了沈域，不如说是"王不见王"，陈茵这姑娘当惯了公主，见不得有人比她更会出风头，但料想不到的是，从入校开始，乔之晚就屡次与她被一同提起。乔之晚跟陈眠不同，她不是低调的人，性格开朗，朋友也多，和她站不到同一条战线的话，就只能是敌人。

这会儿，他陪着陈茵刚从火锅店出来，手机就响了，他一看来电人是乔之晚，觉得顿时头疼，趁着陈茵去便利店买饮料的工夫，才接电话。

那边的人张嘴就问："沈域跟陈眠到底是什么关系？"

游淮一边留意着便利店那边的动静，一边说自己也不知道。结果乔之晚根本就不信——谁都知道游淮跟沈域是好到能穿一条裤子的兄弟。

当初她跟沈域走得很近，别人说她迟早会跟沈域在一起，游淮笑而不语，从不接话，摆明了是"揣着明白装糊涂"。

乔之晚打着电话，觉得白天给陈眠送音乐会门票的自己就像一个小丑，她并不在乎游淮怎么想，只想问个明白。反反复复的揣测与自欺欺人的否定，让她身心俱疲。

电话里乔之晚纠缠了好一会儿，平时看着脾气挺好的姑娘现在却难缠得要命，听语气还像是哭了。游淮脾气再好，这会儿也没了耐心，拧开盖子的饮料也没了喝的兴致。一不留神，手机就被人抢了，他还以为被抢劫了，抬头就看见陈茵皱着眉看着屏幕上显示的"乔之晚"三个字。

这真是"屋漏偏逢连夜雨"，还不如被抢劫了呢。

接下来的时间里，他就坐在马路牙子上，听着陈茵跟人打嘴仗。

话题绕来绕去，也都是离不开"沈域"两个字。

游淮都喝完一瓶饮料了，她俩还没说完。

当手机被塞回他手里的时候，烫得可以烙饼。陈茵一脸不开心地说："说不过我就直说，还非得说家里出事了，着急忙慌地就挂了电话，什么戏都被她一个人演完了。"说完她又骂游淮，"她怎么有你的电话？你什么意思啊，暗度船舱……"

游淮打断她，纠正道："暗度陈仓。"

陈茵踹了他一脚。

然而两人不知道的是，乔之晚挂电话真的是因为家里出事了。

这时是晚上九点半，乔成公司业务繁忙，平常下班到家的时间就很晚，但是阮艳梅这个时候也没回家就奇怪了。她跟陈茵吵架的时候，房门忽然被拍响，她拉开门就看见跟阮艳梅关系不错的邻居阿姨一脸焦急地问："妹妹，你爸回来了吗？"

乔之晚立马挂了电话，问"怎么了"。

邻居阿姨说，阮艳梅在小区门口被人打了，送去医院了。

乔之晚人都傻了，急忙给她爸打了电话，就打了辆车往医院赶。到医院后发现病房门虚掩着,她准备推门进去时听见了里面的交谈声。

"他能找到这里是因为你的女儿吗?"

阮艳梅的声音有些虚弱,说了一声"嗯"。

乔成沉默了一会儿,冷声问:"你把钱给她了吗?"

"她不要。"阮艳梅有些为难,沉默了一会儿,才说,"她想在国内读大学。"

"艳梅,今天的事你也看到了,要不是因为她忽然出现在这里,你前夫能找到你吗?你知道明天邻居会怎么传流言蜚语吗?要是晚晚知道了,她又会怎么想?你女儿也不过是个半大的孩子,还没成年,你是她亲妈,让她离开这点事你都办不到吗?"

——你前夫、你女儿、你是她亲妈。

这几点似乎是在与她划清界限,听着刺耳,阮艳梅却没能力反驳,她像一株菟丝花,依附在男人身上生活,从前是依附陈宋,现在是依附乔成。

尽管平日里乔成乐意宠着她,同她做寻常的恩爱夫妻,但这种时刻,二婚的弊端就出现了,永远斩不断的前缘隔在中间,把往日里的"我们"变成了"我和你"。

阮艳梅在小区门口撞见陈宋时也十分意。陈宋缠上来时,她冷言冷语讽刺了几句。没想到光天化日之下,陈宋就一巴掌扇了过来,没收一点儿力道,直接把她扇倒在地,保安还没反应过来,陈宋又上脚踹了过来,暴怒下的男人毫无理智可言。

直到陈宋被人拉开,有人报了警,有人打了急救电话。

乔成见她不说话,凑近了一些,问:"艳梅?"

阮艳梅恢复了往常的顺从表情,正想说"好",病房门就被人推开了。乔之晚站在那里,红着眼眶问她:"你……你们所说的女儿是住在我们小区……我认识的那个吗?她是陈眠吗?"

混乱发生了。像是美好的幻境被人击碎,表面的风平浪静再也伪装不下去。

阮艳梅仿佛一下从春夜坠入隆冬。

打人的陈宋被关进了派出所,宋艾接到电话后过了一个多小时才去接人,接近十一点的夜里,狂风呼啸,天色阴沉,明天又是雨天。

宋艾抬头看向夜空。

乔成已经带着哭到抽搐的乔之晚回家了,病房里只剩下了阮艳梅。她拉开窗帘,看向窗外的夜色。

两个并不认识的人看着同样的夜空,想的却是同一件事。

——如果,陈宋不在这个世界上,就好了。

第五章
「许愿」

隔日去学校的路上,沈域还在继续说着关于生日的话题。

结果就是他被陈眠冷眼相对,一直到她下车都没搭理人,他就跟在她后头走着。一路上不时有人投来视线,两人心理素质都不错,只当作没看见。直到上了教学楼台阶,沈域才拉住陈眠的胳膊,把手里提了一路的牛奶放在她的手里,也没说话,朝着她抬了抬下巴,动作慵懒,把纨绔子弟的模样学了个十成十。

陈眠就抱着那瓶牛奶进了教室。赵莉莉看到她进来,"八卦"两个字都快写在脸上了,正想说些什么,门口就有人喊道:"陈眠,有人找你。"

陈眠回头,看见乔之晚站在那里。

她原以为乔之晚来找她是为了沈域的事,结果乔之晚看见她说的第一句话是:"你妈妈是阮艳梅,是吗?"

乔之晚是冷静的,看着却比陈眠还疲惫,仿佛做了无数次心理建设,完整复盘了一遍她和陈眠认识的全部过程,最后发现她果然是小丑。她看着陈眠那双永远澄净的眼睛,在陈眠的沉默里笑了一下。

"所以,这件事你也是比我先知道,是吗?还有什么呢,沈域的冷淡也是因为你?陈眠……你为什么不能直接和我讲?看着我什么都不知道,还对你示好,觉得很可笑,是吗?"

"我有什么义务跟你说?"陈眠忽然反问了一句。

她神色倦怠,看到乔之晚一脸受伤的表情,倏尔觉得有些好笑。

"我有什么义务跟你说你的后妈是我的亲妈,又有什么义务满足你的好奇心,乔之晚,我有义务告诉你这些吗?"

乔之晚后退一步,脸色有些苍白:"可……可我以为……"

陈眠打断她,道:"你以为沈域跟你的暧昧,或是他的冷淡,又跟我有什么关系,这自始至终不都是你们两个人的事情吗？去找沈域要答案不是比起找我更有效吗？快高考了，我没时间掺和你们的事情，另外……"

她拿起那张音乐会门票递给乔之晚，有些疲惫地给这场对话收了尾，说："你找别人去听音乐会吧，也不用和我做朋友。我没想过要参与你们的竞争。"

上课铃将响，今天是语文早自习，抱着资料从拐角走过来的老师看见陈眠和乔之晚站在走廊里，惊讶地问："都要上课了，怎么还不进去？"

"老师，我马上进去。"

陈眠和乔之晚没什么好说的，满脑子都是沈域昨晚陪她看电影时的画面，大概是他那句话起了作用。

——我只是以为，你是因为喜欢宫崎骏，才想去听音乐会。

音乐会陈眠不喜欢，乔之晚这个朋友陈眠也不需要，对于阮艳梅和陈宋之间的纠葛，陈眠更不感兴趣。

进教室前，她再度看向站在那里仍未反应过来的乔之晚，说："乔之晚，你家境好、长相漂亮、活泼开朗、朋友多，这些听起来是挺招人嫉妒的。

"但是，看见你为了沈域这样，我又觉得你没什么可值得人羡慕的。"

"陈眠，你什么意思？！"乔之晚最后一丝理智被陈眠这句轻飘飘的话给击溃了，再也装不成若无其事的模样。

这大概是陈眠第一次对除沈域以外的人，把话说得这么直接。

她站在那里，裙摆被风吹拂着，像海面上泛起的波浪，披散的长发贴着脸颊。

她明明长了一张温顺无害的面容，可一张嘴，说出口的就是诛心的话。

"我的意思是，你为了沈域讨好别人的样子，挺可笑的。"

陈眠这话还是没说透，表达出来的和内心所想的终究还是有微妙的差距。

譬如现在，她说的是觉得乔之晚为了沈域去讨好别人的模样可笑。

但她内心想的是，喜欢一个不喜欢自己的人并为此劳心费神，这种事大概一辈子都不会出现在她身上。

原生家庭所带来的影响体现在方方面面。尽管"心灵鸡汤文"都在说不要抱怨父母能给你什么，而是要看自己能为自己创造什么。但事实是，原生家庭就是一道划分不同起点的分割线，有些人推开门看到的便是山上的风景，出入有索道、缆车，一路畅通无阻，所能遇见的困扰大概是如何攀登更高的山峰，或是快乐阈值被提高后，普通的成就感无法满足内心的需求。

但像陈眠这类出生在山脚的人，一路艰难往上，没有任何捷径可走。他们在生活中接触到的人大多生活艰辛，就如家门口凌晨三点起床准备早餐店食材的夫妻，每天艰难赚少许钱，还要给双方老人看病买药，交完孩子学杂费后，用从牙缝里挤出来的余钱维持家庭开销。绳子总是从最细处断，越是困难的人越容易遇到各种新的困难。

所以乔之晚和陈茵无法理解，她们认为和沈域纠缠的她势必会对沈域情根深种。在她们的世界里，生活中除了学习便是青春期莫名的悸动，但在陈眠心里，她的生活无法承担其他情感，甚至没空细想喜欢与否。

就算喜欢，那又怎么样。

这就像是问溺水的人喜不喜欢游乐场。游乐场很好，可她最需要的是绳索和可以停靠的岸。

爱情从来不是陈眠的必需品。

但——

"什么叫生日不跟我们一起过啊？你知道这有多伤我心吗？沈域！"

游淮觉得沈域这家伙完蛋了，他一大早来找沈域就是为了问清昨晚微信里没说完的事，结果沈域张嘴就是"生日别打扰我，有别的安排"。

游淮顿时就有一种被抛弃的错觉。他不惜以最大的恶意揣测沈域，问："你是不是在外面有别的朋友了？"

沈域张嘴就骂道："有病就去治。"

游淮又猜："你总不可能是跟妹子一起过生日吧？"

沈域抬眸，眼睛里就写了一行字：你蒙到正确答案了。

"我……"

游淮就跟踩到地雷似的，立马炸了，随即教育沈域："你不是说对陈眠没什么意思吗？"

沈域吊儿郎当的，说："你管我有没有意思。"

"别给我装了，沈域！你就是有！你爸妈不在国内，十四岁之后你每年的生日都是我和迟盛给你过的，你好意思抛下我们去找别人陪你过生日啊？她都不在乎你！"游淮气急了。

这话让沈域不爽，他在桌子上敲了一下，语气懒散却略带着不经意的炫耀，说："不好意思了，朋友，你喜欢的那位可能是真不在乎你，但陈眠在乎我在乎得不得了。"

游淮沉默片刻，不想说"朋友，这大概是你的错觉"——怕沈域伤心，斟酌后才问："这结论你从哪里得来的？"

她在乎什么！游淮在内心疯狂否定。

高一时沈域过生日，盯了手机一晚上，还嘴硬地说在等他爸妈的转账信息，结果转账信息等来了,他还是继续看手机。最后散场了,他拒绝让自己蹭车,直接去了人家楼下。游淮也是无聊,玩了一场跟踪,跟在沈域后头就看见沈域十分厚脸皮地让陈眠送生日祝福,说完还不满意,还递了钱过去,不知道要求了什么,陈眠踹了他一脚。过了一会儿,陈眠就往巷子外走去,回来的时候手里拿着一袋面包,直接塞给了他。

就这样,第二天沈域都能说昨晚自己去找陈眠收礼物了。

高二那年的生日派对他就更过分,直接在中途溜了,一屋子庆生的人唱生日快乐歌就跟唱给了空气似的,游淮不用猜就知道他是去找陈眠了。

他们还有一个发小迟盛,初三毕业后就去了美国读书,他们一直在三人群里聊各自的近况。迟盛算好时差在微信群里发了一个视频聊天邀请,打算给沈域说生日快乐,结果只有游淮接了。两人大眼瞪小眼,最后迟盛直接挂断了视频。

迟盛属于"撞了南墙都不肯回头,非得把南墙撞出一条路"的类型,沈域不接视频,他就一直打,打到最后沈域烦了,在群里回复:"学习呢,别烦。"

迟盛:"胡说八道!"

游淮:"你在给人当牛做马吧?"

结果沈域发来一张照片,看着像蹲着的姿势,书包垫在试卷下面,试卷上的解题过程写了一半。

沈域:"真在学习。"

迟盛:"有时候真的不知道我们为什么是朋友,明明我看到书就头疼。"

游淮倒是一眼认出了这背景,那棵草上都仿佛写着"陈眠家楼下"五个大字。他在群里发了一串省略号,随即发了一条朋友圈:"希望大家不要有嘴硬到可以砸核桃的朋友。"

沈域倒是评论得飞快:"游淮为自己写了说明书。"

这位向来是不肯承认自己嘴硬,反而一直嘲笑他人的类型。

这两次过生日都让游淮看出来,以后沈域绝对是"妻管严"。

估计沈域也是闲的,还真跟游淮掰扯,问:"陈茵会在乎你吃早餐了吗?"

游淮回:"她巴不得我饿死。"

沈域说:"哦,不好意思了,朋友,陈眠在乎我是否吃了早餐。"

游淮问:"怎么在乎的?"

沈域回:"她早上吃东西的时候,都会问我什么时候吃的早餐,挺黏人的,就想让我陪她。"

游淮说:"有没有可能,这只是一种寒暄,就跟'How are you'一样?"

沈域笑了，看着他的眼神就跟看傻子一样："行，那陈茵跟你说'How are you'了？"

"……"

游淮沉默了，在内心说了五百次——沈域要过生日了，要善待他，他一个"留守儿童"也挺可怜的，不要拆穿他。

最后游淮还是忍不住，跟沈域说："要不这样，你过生日那天能把陈眠叫来我们的场子里，我叫你一声哥，喊她一声姐，行吧？"

沈域看他，问："非得这么玩？"

"迟盛也叫你一声哥。"

说这话的时候，游淮真的觉得陈眠根本不可能来。

哪知道他的嘴就跟开了光似的，他刚说完这句话，外头就有人喊："沈哥，陈妹妹找你！"

游淮头回头得比沈域还快，就看见陈眠站在教室后门口，视线落在沈域身上。而他面前坐着的沈域倒是一副大爷的样子，也没急着出去，跟炫耀似的看了他一眼。

那张让他看腻了的脸上就写了一行字：不好意思了，小子，你姐来找我了。

游淮差点想揍人。

沈域走到教室后门口，脸上还挂着笑，没等陈眠说话，而是先后头看了一眼，发现许多双看过来的眼睛，于是走出去后直接关上了后门。

而后，他才问陈眠："什么事啊？"

语气带着笑意，像是等到主人回家的留守小狗开心地摇着尾巴，晃来晃去的。

紧接着，他的怀里就被塞进了一瓶牛奶。是早上他给她的那瓶，连瓶盖都没拧开，现在还给了他。

陈眠神色淡淡的，但就是让沈域看出了一点儿打击报复的意思，塞了东西就走人，她连一秒都没停留，更没有寒暄一句。

教室里，游淮推开窗户，跟见了鬼似的："什么情况，你真的不是在吹牛，她还给你送牛奶啊？"

沈域拿着那瓶牛奶，内心不爽，却嘴硬道："我吹什么牛了！"

就算天王老子来了，都是陈眠超级在乎沈域。

沈域和陈眠之间的那点儿八卦成了大家饭后谈资，至于女主角是怎么从陈茵、乔之晚转变成沉默寡言的陈眠的，这一点无人知晓。

陈眠的形象也产生了变化。

"你们班上那个成绩很好的女生，真的在谈恋爱啊？"陈柯母亲给他夹了菜，用闲聊的语气随口问道。

陈柯吃饭的动作一顿，随即不耐烦地说："我怎么知道？每天学习、考试已经够累的，我哪里有空关心别人的八卦。"

听儿子这么说，陈柯母亲立马满意道："是、是、是，专注学习是对的！"

说完，她抬头发现丈夫还没回家。

她把筷子在碗上重重一放，抱怨的话就在嘴边，想了想还是咽了回去，只是对陈柯说："你吃完，把碗放进厨房就行。我出去打个电话。"

陈柯沉默着低下头，听见母亲的声音从门外传来，问电话那头的人："你到底什么时候回来呀？儿子都要考试了，你还在外面打牌，真要跟另一个姓陈的一样，玩到六亲不认，是吧？"

一阵阵风吹来，陈柯举起筷子又放下，他抬头看见四周起了墙皮的墙壁，陈旧而破落的气息从童年蔓延至今。

他起身进了房间，临关门时，听见走廊里的母亲爆发出尖锐的怒骂声。

陈柯闭上眼睛，想起在学校门口看见的陈眠父亲，他从前去麻将馆找自己父亲时在牌桌上看见过那个男人。那时，陈柯父亲指着陈宋破口大骂，说对方耍赖不付钱，回家路上就跟他说陈宋的女儿也在绥中读书，让他以后见到的绕着走。

多奇怪——一个赌徒看不起另一个赌徒。

陈柯对此厌倦至极，他想起陈眠，发现她总是淡淡的，仿佛对一切都无所谓，明明也置身深渊，却说她和他不是一个世界的人。

他在等，等陈眠被纠缠的消息，可是毫无音信。

陈柯不由得怀疑，陈宋究竟有没有信他的话。

他打开手机微信，试探性地问林琳："你知道陈眠最近的情况吗？"

林琳回复得很快："班长，你在开玩笑吗？我跟她又不熟，能知道什么？"

回这消息的时候，林琳正在陈茵家。陈茵家位于高档别墅区，来的人不少，大多是音乐班的人，唱歌、聊天、玩游戏，做的没什么正事，聊的话题除了学校八卦就是衣服、包包等奢侈品。

林琳硬着头皮，举着手机对陈茵说："我们班那个喜欢过陈眠，又去举报她带手机的班长，问我知不知道陈眠最近的情况。笑死，不知道他在搞什么。"

陈茵正在购物软件里选包，听到这话连个反应都没有，兴致不高。

另一个女生倒是挺感兴趣的，看了过来，说："回啊，问他怎么了，这不明显就是'有情况'的意思吗？"

林琳"嗯"了一声，在微信里回了句"怎么了"。方才对她爱理不理的人这时都看了过来，时不时地问："怎么样啊？回了吗，回了吗？"

林琳就盯着手机等着，过了四五分钟，才睁圆了眼睛，脸上是一副看好戏的表情，震惊地说："陈柯说，陈眠爸爸在找她，还说她离家出走，住到盛世豪庭去了。"

陈茵终于放下了手机，朝她看来。

有人轻声说："盛世豪庭不是在富豪区吗？陈眠怎么住到那里去了？"

"总不能是一夜暴富吧？"

或真或假的调侃声中，藏着一些不好放到明面上说的话，最后全都出现在绥中各个允许匿名的群聊里。

——话说有人知道最近跟理科班沈域搞暧昧的陈眠吗？那个贫困生现在住在盛世豪庭小区，学校知道吗？

——不是吧？她还拿着学校的助学金……高一时学校组织捐款，我还捐钱了呢，真无语了。

——本来就觉得她心机挺深的，闷不吭声做大事，真是把钱喂给白眼狼了。

——沈域才是亏了吧，陈眠家里那么穷，和她扯上关系跟扶贫有什么区别？

陈眠拿着手机，念完最后一行字，忽然一股水柱劈头盖脸地淋了下来，就连手里的手机屏幕上都是水。

一只手拿着淋浴喷头的男生坐在椅子上，另一只手放在浴缸里感受水温，忽然掉转喷头方向，直接让站着的陈眠浑身湿透了。

沈域问："看哪句最不爽？"

陈眠身上在滴水，坐在浴缸边，忽然用手舀了一捧水，朝沈域泼了过去："你，我看你最不爽。"

她泼了他一脸的水。

水珠顺着鼻梁往下流，沈域也没恼，只是盯着她，忽然伸手拉住她的胳膊，拽着人靠近自己："是吗？"

陈眠第一次踏足这个房子里沈域的房间，有着跟她住的那间截然不同的风格和布局，黑白两色的极简风，看不见一个多余的装饰。

哪知道她一进来，沈域就把手机递给她，让她自己看。

这些评论陈眠早就知道，不同于沈域只能在手机里看到，陈眠是在学校听到的议论。流言蜚语从来不避人，女生厕所隔间里更是能听到所有"只有某某某才知道的秘密"。

——陈眠攀高枝啊。

——陈眠的心机好深啊。

——男生没有一点儿鉴别能力，陈眠这种女生看着像小白花，其实不就是"绿茶"吗？

这样直接的话，陈眠听到过更多。

"陈眠。"他笑着歪了下头，诱导般同她说，"是不是不开心？"

陈眠看向他的眼睛，问他："要是不开心呢？"

"那就让他们闭嘴。"

一侧摆放的柜子的木质抽屉被拉开，塑料薄膜包装的不同颜色沐浴球就摆在里面，随着抽屉抽动，全部朝沈域手的方向滚。

"选一下，草莓、樱花，还是桃子？"

这都是女孩子喜欢的味道，甜腻腻的，即使没拆开也散发着一股甜香。

沈域本来觉得陈眠不像是会喜欢这些香味的女生，但看到她的视线在粉色的桃子味沐浴球上多停留了一会儿。

他就知道答案了——陈眠也喜欢这些甜腻腻的东西。

他拿起那颗粉色小球剥掉薄膜往水里丢，看见它在温水里迅速溶解，一片粉色海洋立马出现在眼前，桃子味道迅速蔓延开来。

他指着浴缸，问陈眠："好看吗？"

沈域聊天就没什么逻辑性，上一句还是学校流言，下一句就是沐浴球。

他们之所以在浴室看浴缸里的沐浴球，也是因为沈域在从学校回来的路上神秘兮兮地说给她看个"好看的"。

那时候的陈眠也没想到，沈域所说的"好看的"就是这个。

沈域指着满浴缸粉色的水对陈眠说："北美洲的哈勃岛有一片粉色沙滩，那里很漂亮。"

陈眠被浓烈的桃子香熏得用袖子捂住了鼻子，声音闷在袖子里，瓮声瓮气地说："所以你就用沐浴球演示给我看？"

沈域一本正经地点头。

"那不然呢？"他看她一眼，有些无辜地说，"我又不能现在带你去看，不是马上就要高考了吗？"

"……"

重点是现在不能去哈勃岛看粉色沙滩吗？

重点不应该是他怎么忽然想到这个办法给她展示粉色沙滩吗？

陈眠不知道该说些什么，只能敷衍地说了声"谢谢"。

"光是谢谢就完了？"沈域坐在浴缸边，拨弄着那一池香味浓重的水，用闲聊一般的语气说，"你要是能好好答应我，说一句陪我过生日，比一万句谢谢都重要。"

陈眠没有说话。她一直没有正面回应他，也和他反复提及有关，他过于在乎过生日便使得答应给他过生日具有另一种意义上的肯定，就像承认了什么似的。

沈域再次问她："陪我过生日吗？"

陈眠抬眸，看见沈域的五官在雾气缭绕下显得柔和，他领口的纽扣解开了几颗，露出的那片肌肤白皙，却似是有什么印记。

她平日几乎为零的窥探欲在这个时刻达到顶峰。

或许是此刻的沈域显得温顺无害，又或许是他反复询问让氛围平添了一些暧昧色彩。

陈眠竟然伸出手，可她刚抓住他的衬衫领口，手腕就被人握住了。

沈域看向她："干什么？耍流氓？"

"那里有东西，是吗？"陈眠问他。

"那你陪我过生日吗？"

"这个问题很重要吗？"

"嗯，看你回答，我再决定要不要给你看。"

"那我不看了。"

她话音刚落，就听见沈域说："陈眠，你就是故意的。"

这个时刻，陈眠忽然想起在厕所听见的话——沈域总不能是真的喜欢陈眠吧？

这个问句在少年无奈的语气中得到了肯定的回答。

陈眠觉得，沈域好像真的喜欢她。

"喜欢"这两个字很奇妙。陈宋喜欢过阮艳梅，也喜欢过宋艾，但还是比不过对赌博、喝酒的喜欢。

喜欢也有个先后之分，排在后头的总会为了前面的让步。

那么沈域呢？

她伸手想要去拉开沈域的领口，却被沈域制止了。

陈眠问："现在不能看，是吗？"

"等以后。"沈域看着她，说，"等到你是真的想看的时候，我会给你看的。"

"……沈域。"

"嗯？"

"如果，我不想和那些人一起给你过生日呢？"

"那就不和他们一起啊。"他笑了一声，回答得很快。

看着满池粉色洗澡水的沈域没去看直直望向他的陈眠，所以也没看见她不解的眼神。

陈眠问："那你是喜欢桃子还是喜欢草莓呢？"

"这是男生该喜欢的吗？"

"必须选一个。"

"……你还挺霸道。"

"嗯。"

"那就选桃子吧。"沈域说完又皱眉了，"你连一个问题都不肯回答我，还问我这么多，你什么时候变得这么霸道了，陈眠？"

"最后一个问题。"

"说。"

"你为什么要对我这么好？"

空气安静了下来，陈眠看见沈域望向她时滚烫的目光。

"这才哪儿到哪儿，就叫对你'这么好'了？"

懒散的、吊儿郎当的，是他面对她时一贯的语气。任何话配上这语气都显得没那么正经，真心都打了折扣。

别人是三分喜欢恨不得当作十分来表达，他却反其道而行之——即使有十分的喜欢也不肯认。

"陈眠，有空多上网，看看网上别的男孩子都是怎么对人好的。虽然我知道我确实长得很帅，但你也不能因为我外貌上的优势就给我这么高的评价吧。别人对女孩子好，那可是女孩说什么是什么，连反驳都不会。我却老是跟你抬杠，是不是还有很大的提升空间？"

他说了这么多话，像是在贬低自己，又像是在暗示什么。

陈眠不太明白，像是遇见数学试卷上难解的最后一道大题，她看懂了题干却不知道该怎么解。

虽然说每一道题目都应该有自己的解法，但沈域这道题好像没有。

分明最初两人捆绑在一起只是为了各取所需，可因为她不够在意，所以在他面前她无所谓是什么样子。

陈眠被生活教会的道理就是凡是得到必须有所付出——得到优秀成绩的背后就是无数个笔耕不辍的夜晚，得到他人帮助的前提是把自己塑造成一个"完美受害者"。

就连她和沈域的最初，都是靠她随叫随到的陪伴作为交换筹码。

她陪他打发寂寞，他给她能喘气的自由。

被喜欢并不稀奇，向陈眠表白的人并不少，情话一句比一句说得动听。

——我喜欢你，在我心中你是最好的女孩子。

——不想谈恋爱也没关系，我会等你。

少年的喜欢泛滥成灾，来时轰轰烈烈，以为能够隽永，最后收场却不是那么漂亮，如陈柯那种人数不胜数，刚说完"不喜欢我也没关系"，转身就跟他人说她装清高。

不是谁都能真的坦荡，也不是谁都能一味付出而无所求。

所以陈眠一度觉得男性挺恶心的，陈宋是最典型的反面教材，是道德的最低线，而往上一点儿，她接触到的无论是学校的男生，还是生活中的男性，都无趣透顶。

而沈域算是特殊的。他是唯一让陈眠觉得能够忍受的存在。

沈域仿佛没意识到自己说了什么，他在浓重的桃子香味里闻到了陈眠身上的气息。

不属于水果香、花香，不能用香味类型来定义，而是一种感觉、一种氛围。

黑暗中的一点火光，开在冬日尽头的玫瑰，荒芜之地的一棵绿树。

沈域原本不用预想就知道明天无聊透顶，但她是唯一一个能让他对明天有所期待的存在。

这种听起来深情到仿佛没有她就没有明天的话，沈域从没想过要说出口。

沈域家的家教挺严的，条条框框的规矩摆在那里，打架斗殴之类的行为不可以有，成绩必须优异。满足要求所得到的奖励便是金钱，这是沈家最不缺的东西，至于关爱和陪伴就少得可怜了。

沈域的父母属于强强联合下的家族联姻，感情一般，比起沈域更在乎自己，看沈域像是对待一个精美的摆件或者说是一项家族任务。两人生下孩子，管到十一二岁，在他性格定型之后，就没管过他。

两人工作都忙，天南海北到处飞，各自都有住所，一年碰头的机会少得可怜，更何况是陪沈域吃一顿饭。

沈域第一次带陈眠回家的时候，陈眠站在他家门口，迟迟没有迈出脚步，问他："家里没人吗？"

沈域愣了一下，随即才反应过来，自己的生长环境其实是不正常的。家里应该有爸爸妈妈，推开门应该有暖色灯光和冒着热气的饭菜。

而陈眠对他说，真自由啊！

沈域身边的朋友都说，你会不会很孤单啊？

只有陈眠对他说"自由"。

人对另一个人产生感情是一件毫无逻辑可言的事情。

那时，沈域也不知道他对陈眠产生的兴趣能维持两年之久，甚至加深到了不可自拔的程度。

陈眠对待感情态度消极，认为这并不是不可或缺的，但凡在这个时刻，沈域问一句，她对自己是什么感情，得到的只会是沉默。

可沈域不会这么问，两人认识两年之久，彼此十分了解。

就像此时此刻，沈域忽然问陈眠要不要去看月亮。

陈眠连自己是怎么点头的都不知道，对于换衣服也是毫无记忆，直到被人拉上车回到别墅区，进了地下车库，才终于意识到自己的反常。

换作以往，她不会答应，这样的夜晚只会在台灯下做着复习题度过，可方才沈域说的话让她鬼使神差地点了头。

在所有人眼中都是可以被替代、被抛弃的她，却被沈域用看似复杂的话迷惑，坦诚地对她说："你值得被更好的人爱着。"

一张张试卷和一堂堂让人犯困的复习课将日历往后翻着，黑板上的高考倒计时数字一天比一天小。

四十、三十、二十。

只剩下十九天时，是五月十九日。

这天是周五，隔天就是沈域的生日。

放学时有人议论，说理科班的人打算晚上出去给沈域过生日，阵仗挺大的。

又有人说，毕竟是沈域过生日嘛，正常。

别人这么说着的时候，陈眠正在收拾东西。

前排的林琳难得没有一下课就离开，高考倒计时的紧迫似是终于给她带来了一些压力，连着好多天，下课后只是坐在位子上写试卷，偶尔情绪崩溃，会趴在桌上哭一阵。

赵莉莉撇撇嘴说，临时抱佛脚有什么用，该学的时候不学，现在在这里急得发脾气。

也不只是林琳，班里大部分人是在情绪不断崩溃又反复重塑的过程中度过了一天又一天。每回考试的试卷发下来，老师都要做一番心理建设，跟他们说，小测只是为了查漏补缺，和高考成绩没有太大关系。

对他们来说原本一直悬在空中的高考两个字，现在越来越有实感。

当初那些针对陈眠的流言蜚语仿佛在高三楼里被摁下了休止符，直到沈域过生日才被人重启。

林琳扭过头看着陈眠，眼神直白。看得陈眠抬起头，林琳才露出笑脸，问她："陈眠，陈茵让我问问你，今晚你要不要来？"

这话听起来有些"狐假虎威"，陈眠已经很久没和林琳有过沟通了，也就只在发卷子或者交作业的时候有交集。

不等陈眠回答，她又劝道："去吧，我听说沈域把明天的饭局全推了，他是为了跟你一起过吧？那你今晚一起来呗，沈域过生日不让他开心一下吗？来吧，来吧。"她一边说，一边上手去拽陈眠的袖子。

赵莉莉一边收拾东西，一边留意着两人的动静，看林琳动手拉扯，立马拉开她的手，瞪着眼说："你管她去不去啊，她去不去关你什么事，沈域过生日又不是你过生日，你是太平洋警察啊？"

"我跟你说话了吗，赵莉莉？我问的人是陈眠，你是她的发言人还是她的嘴啊，什么都要你来说？"

换作是往常，林琳会扭头跟赵莉莉吵起来，可今天她没继续搭理赵莉莉，只是看着陈眠，轻声问："去吗？"

像是没有她就不行一样。

事出反常必有妖。赵莉莉冲陈眠摇头，让她拒绝，哪知道却看见陈眠背了书包站起身，问林琳："去哪里？"

沈域要跟朋友一起提前吃饭这件事，他很早就和陈眠说过。

当初他跟游淮他们说"生日不一起过了"，只是一句玩笑。

有人笑着打趣："现在只是不一起过生日，以后就是不让我们踏进你的家门。重色轻友真的要不得啊，阿域。"

"别乱开你沈哥哥的玩笑，小心聊天群警告。"理科班的另一个男生立马回了一句。

然后其他人很默契地发出了一声："哦——"

声音此起彼伏，像是来到了猴山。

有人不明所以，问："什么是聊天群警告？"

"这你都不知道，前段时间有人在群里议论咱沈哥和陈妹妹的是非。结果，沈哥直接在群里发言说有什么话当着他的面说，别在背地里臆想揣测。"

绥中一个聊天群少说也有两三百个人，从高一年级到高三年级的学生都有，都是匿名聊天，说什么的都有，是另一种发泄方式。

所以也没人会想到匿名说陈眠的是非，沈域会来管。沈域一发言，不少人愣住了，有人心虚地立马退了群。

这事也引起了震荡，也就是自那时候起，"陈眠"这两个字才在沈域朋友心里加了一些分量。

男生之间存在一些和女生之间不同的那种默契，他们漫无边际地开玩笑，看似什么话都能说出口，其实全看调侃的对象分量有多重。

沈域听着这帮人胡扯，也没制止，拿着手机晃了下，直到别人说到陈眠的名字，才在桌上磕了下手机，抬眸丢了句："差不多得了。"

来的人多，屋里都差不多坐满，热热闹闹的。

话筒放着没人唱歌，桌上的饮料开了一瓶又一瓶，坐在沈域旁边的游淮跟着说了句："是啊，差不多得了，我们沈哥哥一个人出来跟我们过生日本来就挺寂寞的，少说他啊。"

"陈妹妹怎么不来呀？"

游淮笑了一声，说："沈哥哥说了，人家不是不来，是不想让我多个姐。"

哪知道话音刚落，房门就被人从外打开了——是陈茵。

游淮"啧"了一声，刚想说你买东西怎么去了那么久，就看见陈茵身后跟着的陈眠。

陈眠头一次来这种场合，她是在楼下碰见陈茵的，自天台上那次警告之后，她们很久没说过话了，但关系也不是像外界所传的那样糟糕，都是快上大学的人了，不会像小学生那样互相看不顺眼就老死不相往来。

陈茵跟她打了招呼，还把手里提的酸奶分了她一瓶，说先喝点儿东西垫垫肚子。

一路上，陈眠都没说什么话，只有林琳那个话痨找着话题，似乎是生怕陈茵尴尬，一会儿夸夸她的裙子，一会儿问她最近考试成绩怎么样。

陈茵回得也很敷衍，三两个字就打发了。

然后几人就走到这里了。

陈眠看见屋内坐满了绥中的人，理科班的、音乐班的、美术班的，甚至还有几个文科班的。和她同班的男生也有一两个，在看见她后就开始打趣，仗着光线昏暗还吹起了口哨。

陈眠不太适应这样的吵闹，刚皱起眉，就听见沈域笑着对她说："过来，站那里干什么？"

他旁边的人一个一个地挪动着，空了个位子出来。

"这里，这里，这里。"语气热情，又带着一些青少年专有的中二感，夸张但不让人讨厌。

至少大家看来的眼神里多半是友善的，带着笑意。

而坐在人群中间的那个人在闪烁的灯光下看向她。

陈眠脚步停了一下，才穿过人群走过去，坐在让出来的空位上。

"谁带你来的？"沈域问她。

陈眠抬头说了什么,手里还拿着陈茵给的酸奶,她的声音被哄闹的音乐给覆盖了。

沈域没听清,弯腰凑过去,又问:"你说什么?"

他身上淡淡的香水味就萦绕在陈眠的鼻尖,她往后退了一点儿,提高音量重复了一遍:"你不是让我陪你过生日吗?"

跟对游淮开的玩笑"不想让他多个姐"不同,其实沈域今天根本没想让陈眠来这里,他知道陈眠不喜欢这种场合。

陈眠有点儿"社恐",只是那种恐惧被冷淡的外表所掩盖,这让她看起来无论身处何方都十分镇定,但沈域知道陈眠不太喜欢和不熟的人社交。

听起来她的语气带着不耐烦,但仔细分辨就能听出隐藏其中的妥协。

凡是妥协,不都带着爱吗?沈域笑着瞥向陈眠。

不知从何时起,两人的关系有了微妙的变化。

"微妙"两个字的意思就是——有变化,但不多。

譬如,沈域早上给陈眠的牛奶,陈眠不会拒绝了;晚上两人一起复习的时候,陈眠会直接拿过他的语文试卷,给他纠正错题。

是一些细微到只有当事人能够察觉的,旁人看来毫不起眼的微妙变化。

每当游淮说"你就是陷进去了"的时候,这种变化会被沈域加工一番,一个个反驳回去。

现在,人真来了。沈域觉得陈眠这种行为和在追他有什么区别?

他换位思考,如果他是陈眠,在离高考只有十九天的时候,怎么会浪费时间给一个"不喜欢"的人过生日,而且他生日在明天,今天只是和朋友们一起聚会而已,怎么看都是她黏人的证明吧。

可能是怕他接触别的女生,毕竟来的人这么多,确实有其他班的女孩子。

迟盛都说,女生真在意你的话,那就什么飞醋都会吃,甚至你被一只母蚊子咬了她都能生气。这不是吃醋,是什么?而且她还是跟着陈茵一起进来的。

——你不是让我陪你过生日吗?

你是吃醋了吧,陈眠。

沈域越想越觉得有道理,看到陈眠专注地盯着屏幕,于是抬手撞了一下正在喝可乐的游淮。

"我——"游淮手里的可乐洒了一裤子,下意识就要骂人,想起这人好歹是个生日会主角,又把脏话给憋了回去,没好气地问,"您有什么事啊?"

沈域用手指了下陈眠,对游淮说:"来,叫人。"

"……"

游淮:"你是非要我在你生日时骂你一声无聊吗?"

游淮刚骂完这句话,沈域就拽了下陈眠的胳膊,问:"到底是谁更无聊啊?"颇有些没话找话的嫌疑。

陈眠本来跟置身在这个场合之外似的,看着手机信息,一听沈域这么问,抬眸看向他,没说话,但表情就显示着三个字——"你说呢?"

游淮一看陈眠这表情就乐了,搂着沈域的肩膀笑:"你找什么虐呢?你跟我比?谁能比你更无聊啊,不信你问其他人。"

这话正好在切歌间隙响起,刚好安静下来的包间里,大家转过头来,异口同声地问:"什么?"

然后,不知道是谁莫名其妙地回了句"玩什么",音乐声大到让人瞬间失聪,传到后头有个大嗓门的人问了句"什么真心话大冒险",意外引来一堆人鼓掌,说"就这个,就这个",聚会了不玩真心话大冒险算什么高中生。

于是一群人围成圈,将从地上捡起来的空饮料瓶放在桌子中间,房间里的椅子不够坐,又找服务员要了几张空椅子,人挤着人坐下。

沈域对这帮人的不着调显然已经习惯了。之前他们打篮球的时候更是离谱,有人问结束后要不要去食堂吃东西,也不知道话是怎么传的,传回问话的人那里就成了"我要去厕所吃东西",要不是确实是真朋友,估计早就被打八百回了。

陈眠还有点儿愣,没反应过来。向来冷静的女生在众人举手高喊的场面中歪着脑袋,虽然没说一句话,但表情里写满了诧异。

沈域就跟背后长了一双眼睛似的,明明在跟别人说话,还能伸手稳住她手里险些倒掉的酸奶,然后回头意味深长地看了她一眼,勾唇笑了。

陈眠在他的闷笑声中,下意识地用手肘撞了他一下,示意他闭嘴。

这一系列动作十分自然,甚至两人之间没有发生任何眼神交流。

桌子中间放着刚喝完的空饮料瓶,周围的东西都收拾干净了,留出了可供它转动的空间。

这种场合,向来都是社交达人游淮的主场,他一看沈域没拒绝玩被他称为"白痴游戏"的真心话大冒险,就知道沈域多半是存着套陈眠的话的心思。这游戏说没有技巧也不算,用熟能生巧来形容更恰当,如果力道把控得好,其实能控制瓶子口大概朝向谁。

他掰了下手指,率先举手说:"我先来。"

沈域靠在那里,瞥见游淮投来一个意味深长的眼神,不仅没理解他的良苦用心,甚至骂了他一句。

这句话落进陈眠的耳朵里,让她抬眸看了沈域一眼。

陈宋也骂人,难听的词劈头盖脸地砸下来,甚至骂到兴起会往地上吐口水,没素质到极点,身上散发着二流子的痞气,饶是有一张俊脸也让人生厌。因而很长一段时间里,陈眠都对说脏话的人没有好感。

这还是她第一次,听到沈域说脏话。

沈域注意到陈眠看向他的眼神,抬眸问:"怎么了?"

周围全是人,陈眠并不太习惯在这种场合和沈域过于亲近。她下意识地低着头,轻声说:"沈域,你说脏话。"

这话落在沈域耳朵里,就和兔子警官让老虎别吃肉没区别,虽然是指责,却没有威慑力,又因为她压低的声音、垂着的脑袋,听着倒像是在撒娇。

这帮人玩游戏要求有氛围感,直接循环播放周杰伦的歌曲当背景音乐,音量调低到不会盖过说话的声音,恰好此时播放到《她的睫毛》。

陈眠白皙的侧脸落入他的眼中,让他心跳加速。

陈眠就说了这么简单的一句,你至于吗?他在心里唾弃自己。

可……还真至于。

他伸手拿过旁边搁着的校服外套放在她的腿上,说:"这就叫说脏话了?他们说更难听的话你怎么不管,你就管我啊?"

他语气带着浓重的调侃意味,陈眠听得耳热。

她沉默了一阵,才低声说:"沈域,你真的好烦。"

游淮骂他无聊,陈眠说他好烦。

明天成年的寿星也没有不爽,只是歪着脑袋笑了一声,也没反驳,算是认了的意思。

饮料瓶就在这时候慢悠悠地停住了,瓶口指向沈域。

游淮扬声喊:"别说悄悄话了,选真心话还是大冒险啊,沈哥哥?"

沈域靠在沙发上,姿势懒散,答得十分随意:"真心话吧。"

"行。"游淮问他,"那我来问,你喜不喜欢当小狗啊?"

陈眠:"……"

沈域气笑了:"一边待着去。"

陈茵骂游淮:"你会不会问啊,能不能问点有技术含量的啊?"

游淮举手投降:"行、行、行,下一个,下一个。"

饮料瓶又转动起来,这回瓶口指向陈眠。

沈域的前车之鉴就摆在那儿,大家都以为陈眠会选大冒险,结果这姑娘一秒都没犹豫,直接选了真心话。

但由谁来问问题，让他们犯了难。

玩这个游戏，要看对方关系熟不熟络和能不能开得起玩笑，大家都清楚陈眠跟沈域的关系，也知道沈域护着她。游淮正准备说"我来"，就听见坐在角落的林琳说："我跟陈眠是同学，要不我来问吧？"

女生开了口，游淮自然不好自告奋勇，于是拱手道："行，那你问有用的问题啊。"

林琳兜里的手机屏幕亮着，陈柯刚在问她聚会地点，她发了一个定位。自从上次她和陈柯互发了几次消息之后，两人偶尔会联络，唯一的共同话题就是陈眠。

如果说陈柯讨厌陈眠是因为被践踏的自尊，那么林琳讨厌陈眠的原因就更复杂一些。

她喜欢的男生、想要融入的场合、想要结交的朋友，她付出了无数努力都没能得到，可这一切，陈眠不费吹灰之力就得到了，却不屑一顾，让她显得像是一个笑话。

林琳内心是嫉妒的，但嫉妒又让她自我厌弃，因为这可是陈眠，是学校组织给她捐款的贫困生陈眠。

"我要问的问题可能正经一点儿，但我是真好奇。陈眠，你跟沈域是在谈恋爱吗？"

包间里一下子安静了下来。

游淮心想：牛啊，这问题一下就问到点子上了。

他转头却看到当事人之一的沈域神色冷淡，是不爽的前兆。

他边上的陈眠抬头看向林琳，没有丝毫迟疑，声音冷淡地回道："没有，我们没谈。"

……

后面大家又玩了几轮游戏，但气氛显然不是一回事了。

陈眠起身去了厕所，看着镜子里面色绯红的自己，伸手捧水洗了把脸，刚低头用纸巾擦干水，就听见身后有脚步声传来。

陈眠回眸，就看见了站在她身后的林琳。

林琳打开水龙头，冲洗着手指，说："说实话，我真以为你在跟沈域谈恋爱，不然挺难理解，沈域为什么要对你这么好。"她看向陈眠，"你为什么能住进他家呢？你们到底是什么关系啊，陈眠？"

陈眠把湿掉的纸巾扔进了垃圾桶里，没接她这话，只是反问："这和你有关？"

"和我无关吗？当初我向沈域表白被拒，如果我没记错的话，你的好朋友赵莉莉还安慰了我，你就在旁边听着，什么话都没说，其实内心把我当笑话看吧……"

陈眠听到这话感到厌烦，干脆打断道："林琳，我没耐心听你说这些。你今晚非得喊我来，不只是想说这些吧，你能直接说重点吗？"

一语中的。林琳看着她笑，道："你一会儿就知道了。"

她关上水龙头，打开厕所的门就要出去的时候，听见走廊传来一阵吵闹声。

男人用尖锐的大嗓门喊着："我说了多少遍，我是来找我女儿的，陈眠！陈眠人呢？我是你爸，赶紧给我滚出来，你躲到哪里去了？！你们干什么？放开我！"

林琳捕捉到"陈眠"两个字，刚往那边看了一眼，视线却撞上靠在女厕对面墙边玩打火机的沈域。

林琳一惊，起了一身鸡皮疙瘩。

沈域什么时候来的，他听见了什么，又听见了多少？

她悚然地张大嘴，下意识地想解释："我不是……"

她的话说了一半，却被保安打断了。

保安问沈域："那位先生，我们是……"

沈域的声音有些低哑，只是道："丢出去。"

两三个保安闻言立马架住想往里走的陈宋，把人直接拽进了电梯里，毫不留情，拖拽间不时传来陈宋的痛呼声，紧接着就被电梯到达时发出"叮"的一声压了过去。

走廊再次安静下来，只有没关紧的女厕洗手台的水龙头哗哗地流着水。

林琳后退一步，瞬间有些慌乱。她的指甲深深地扎进了掌心。

沈域站在那里，打火机在他手里点燃又熄灭，就在这种磨人的声响中，沈域问她："那人是你找来的？"

早前，她鼓足勇气堵着沈域表白，得到的也只是少年的一句"抱歉"。

尽管拒绝得干脆，语气却是礼貌的，不像是此刻，语气十分冷淡，似乎这句询问并不需要她的回答。

她咬着下唇，看向沈域，声音都在颤抖："我……我只是来上厕所，我什么都不……"

然而她撒谎的水平却很幼稚，不知道此刻自己最好闭嘴。

沈域直接打断她，对不远处看过来的服务员说："还有这位，也赶出去吧，多谢。"

然后他直接拉开女厕所门，把站在洗手台前不停地洗着手的陈眠拉了出来。

灯光如昼，陈眠问他："你不生气吗？"

沈域带着人往包间走，淡淡道："生什么气？"

"刚才玩游戏的时候。"

"你说的不是事实吗？"

两人到门口，从门缝里传来歌声。

陈眠回头往走廊看了一眼。后头是空的，无论是陈宋还是林琳，都不见了。

她又看向沈域。此时是晚上十一点，还有一个小时这人又要长一岁。

而此时还在上高中的沈域，一句话就能让两个人从她的面前消失。

她垂眸看着自己的鞋子，说："我不想在这里陪你过生日。"

她伸出手，拉住他垂在腿侧的手，声音很轻，像是撒娇。

"我想回去。"

车开出地下停车场，两人都没有说话。

陈眠视线往车窗外看，就看见被拦在门口的陈宋。这些日子她也不算完全和过去断联，宋艾有时会给她发消息说家里的近况，说陈宋因为打了前妻，被关进了拘留所，本来都要出来了，却因为类似于聚众赌博等事由又关了一段时间。

每回说完近况，宋艾都会补充一句——好好高考，记得你承诺以后要养我。

那时陈眠意识到，乔之晚上次找她大概也是因为阮艳梅住院的事情。

今晚的生日宴乔之晚没来，陈茵还挺开心的，趁沈域出去的时候坐到陈眠身边，说了一些有的没的，大致意思就是她们其实可以做朋友，前提是陈眠说话要好听一些。

陈眠觉得陈茵果然和沈域是朋友，都有些自我得过分，仿佛自己是世界的中心，所有人都要围绕着自己转。她纠正着陈茵，说："我是不想和你做朋友，才不好好说话的。"

说罢，在陈茵愣怔的表情中，她又问道："你为什么会觉得有人会跟看不起自己的人做朋友呢？"

车慢慢开进了盛世豪庭，沈域斜睨，看向盯着窗外的陈眠。

车窗里映着她的脸，轻抿的唇和敛起的眸都说明陈眠在走神。

手机里，游淮给他发了几条消息，难得没有插科打诨，而是问他——真就非陈眠不可了？

玩游戏时，陈眠说的那句"没谈"，别人都觉得她不给沈域面子，毕竟这是他的生日宴。众所周知，他们有些暧昧，甚至连"还没"都比冰冷的"没谈"有温度。

那句话听着像是她对他没有任何感情，来这里只是迫不得已。

他们接触的女生里没有陈眠这种类型——冷得彻底，"没心没肺"四个字都写在脸上了。

没人能看出陈眠对沈域有一丁点儿的喜欢，平时开玩笑说沈域单相思也只是朋友间的打趣。从小就认识的人怎么可能忍心看朋友用"热脸去贴冷屁股"，所以游淮劝得委婉，只说没必要投入过多的精力。

沈域随便看了几条消息，就关了手机。

恰好此时车停在了地下车库，司机在他们下车前，笑着对沈域说"生日快乐"。

这句话今晚沈域从不同人的嘴里听过，但陈眠一次都没有说。

电梯上行，镜面里映着两人一前一后的身影。

沈域忽然问了陈眠一句："如果这时候电梯出故障了，只有你有绳子，你会救我吗？"

陈眠："……"

这问题和"我跟你妈同时掉进海里，你救谁"，简直没区别。

陈眠抬眸看到沈域一脸的不爽，肩膀上一边挂着一个包，人靠在墙上。显示屏的数字从"1"往上升，他手腕上戴着的手表显示现在时间是十一点半。

还有半小时，就是沈域的生日了。

她似乎是该对过生日的人多一些宽容。

陈眠稍加思索，严谨地问："那我是在电梯里面，还是在外面呢？"

沈域说："在里面怎么救人？外边吧。"

陈眠"嗯"了一声，继续说："只有绳子还不够，还要有伸缩梯，可以有伸缩梯吗？"

沈域也不知道随口问的问题怎么会衍生出那么多问题——这到底是谁问谁？

他有些烦躁地点了下头："行，给你。"

却听见陈眠又一本正经地问："那既然伸缩梯都有了，再来一个消防员也不过分吧？"

沈域直接被气笑了："费什么劲，你不如直接让我摔死。"

陈眠就不说话了。

电梯门打开，沈域走在前面，陈眠慢吞吞地跟在他身后，直到看见沈域用指纹解锁打开房门径直往里走，才拽住了沈域的衣角。

"你是在生气吗？"

沈域正在鞋柜里拿拖鞋，闻言靠向鞋柜，用手肘撑着台面，说："你说呢？"

陈眠有些茫然："就因为我在电梯里没答应救你吗？"

这话听起来有些幼稚，但对沈域来说刚刚好。

两年前，两人还不是特别熟的时候，沈域经常冷不丁地冒出一个奇怪的问题，比如写作业的时候，问她——要是发生地震了，会不会救他；又比如在吃饭的时候，问她会不会给他下毒。

陈眠答得都很敷衍，要么直白地说"不会"，要么扫他一眼，语气诚恳地问他："沈域，你真的没病吗？"

时隔两年，又一次看见沈域因为他自己的降智问题没得到满意答复而生气，陈眠没忍住，多看了他两眼。

她唯一熟悉的同龄异性只有沈域，学校里那些男生和女生相处时也很幼稚，扯头发吸引注意、丢字条或是在女生擦肩而过时起哄，但他们会不会像沈域一样爱问莫名其妙的问题，她却不得而知。

沈域拖长声音，说："什么叫就因为你没答应救我？生死攸关，你对人命的态度这么草率？"

他不是真生气，只不过在逗她。

陈眠没有说话，只是拉着他的书包带着他往沙发那边走。她的行为有些异常，沈域一眼看穿她可能准备了小惊喜，十分配合，表现得非常听话——陈眠让他闭眼就闭眼，让他别说话就别说话。

他坐在沙发上，自动自觉地捂着自己的眼睛，听见按下打火机的声音，悄悄勾了勾唇。

笨蛋陈眠，准备生日蛋糕都不知道藏在里面房间点蜡烛，全被他听见了，他还得装作不知道，还真是考验演技。

"可以睁开眼睛了。"

陈眠的声音近在咫尺，沈域听话地放下手，就看见桌上放着一个草莓蛋糕。一看就是初学者的成果，"沈域生日快乐"六个字写得歪歪扭扭的，奶油面抹得也不平整，但沈域仍然觉得这是他这么多年里见过的最漂亮的生日蛋糕。

烛光摇曳下，陈眠站在他对面，火光映在她眸中，显得格外漂亮。她见他一直没动也没反应，忍不住催他："你……你许愿呀。"

沈域听话地双手合十，闭上了眼。

几秒后，他又睁开眼睛，然后吹灭了蜡烛。

生日蛋糕有了，蜡烛也吹灭了。

此刻，陈眠轻声对他说："生日快乐。"

那台被沈域假设出来的故障电梯似乎真的存在，并且正在下坠，而他们都在电梯里，在这个夜晚坠落。

或许是因为过生日，又或许是陈眠准备的蛋糕真的取悦到了他。

沈域的声音里都带着笑，说："妹妹，你真是总能出乎我的意料。"

陈眠知道沈域身边的朋友会叫她陈妹妹，但那都是玩笑话，沈域的这句"妹妹"说得暧昧，落入耳中，让陈眠的心跳加速。

"妹妹——"沈域又喊了一声。

陈眠看向他的眼睛。他的双眼里此刻满是笑意，他在哄她，说："我今天过生日啊,陈眠,你可以抱抱我吗?"

话说得直白,动作更直白,不等陈眠回答,他就直接走到她身边,伸手抱住了她。

"陈眠。"

"……嗯。"陈眠轻轻地应了一声。

"谢谢你。"沈域笑着,就着拥抱的姿势抬手摸了摸她的头发,说,"我很喜欢你给我的礼物,真的。"

他和陈眠相处时的细节他从未对任何人提过。

身边人都很难理解他们的相处模式,觉得陈眠冷淡,像游淮一样直接劝他的人也有不少,认为他处于下风,任人拿捏,不像他们所认识的沈域。

游淮每次都说他过于上心,但沈域反驳得很真心实意。

心动、喜欢和爱说白了就是一种感觉,每个人的性格都不一样,人和人之间的相处方式也不尽相同,亲情、友情都难以被定义,更何况是感觉这种看不见、摸不着的东西。

有些人的喜欢热烈,表达得坦率直接,也得允许有些人的喜欢隐晦曲折。

呼啸而过的狂风是风,难以捕捉的微风也是风。河边飘动的杨柳是春天,路边盛放的野花那也是春天。

别人看不出的喜欢,难道就不是喜欢了?

沈域觉得,人和人之间能长久维持关系,多半是用了心的。

要是一点儿真心都没有,那怎么她选择的是他,而不是别人。

陈眠只是不太擅长表达而已。

沈域松开她,然后伸手在黑暗中捂住陈眠的眼睛,湿润的眼睫毛在他的手心里颤动,像一只在雨季被打湿却仍旧振翅欲飞的蝴蝶。

陈眠的声音似乎被一同捂住了,隔着一层雾气,带上了些温度:"沈域……你干什么?"

然后她就听见沈域说:"刚才我忘了一件挺重要的事。"

陈眠有些莫名其妙:"什么?"

"忘了跟你说,我的生日愿望。"

陈眠有些困惑,忽然搞不清生日愿望究竟是该保密还是该拿出来分享的。

她对生日的记忆其实很稀缺,唯一深刻的一次还是六岁那年,阮艳梅给她买了一个蛋糕。关了灯的房间里,只有烛光摇曳着。

而阮艳梅拍着手,对她唱着生日快乐歌,又催她闭眼许愿。那时候的陈眠双手合十,许的愿望却是"希望妈妈不要每天催我去上舞蹈课了"。

六岁的愿望在十二岁被实现，而她十二岁许下的愿望是希望爸爸不再嗜赌、喝酒，妈妈能够回到她的身边，神明却直接闭上了眼。

那时候陈眠就知道，别人抛硬币会有两种不同的结果，可她的硬币无论怎么抛掷，向上的那一面都是厄运。

所以她不再许愿，也不再过生日。

哪怕那一天是所有小朋友都会开心的儿童节，陈眠也不开心。

覆盖在眼睛上的手没有放下。

陈眠听见沈域用漫不经心的语气说："我什么都不缺，实在想不到有什么要许的愿望。所以，陈眠，我十八岁的生日愿望是送给你的。"

愿望就跟白日做梦没什么区别，无非就是因为自己无法完成美好的期许，而将其托付给神明。没有人会听见，也没有人会实现。

注定会落空的期待不如一开始就不要投注希望。

可在这个什么都看不见的时候，一切都像是虚构的，都像是幻觉，只有面前的人是真实的，声音似乎是黑暗中点亮的烛火。

六岁的生日蛋糕重新出现在她的眼前，只是站在蛋糕旁的人不是阮艳梅，而是十八岁的沈域。

他对她说，许个愿吧，陈眠。

她运气一向不好，不信神明，也不相信"善有善报，恶有恶报"这一套，只固执地相信事在人为。推动因果的转盘的人只能是自己，而不是虚无缥缈的轮回。

可是，在弥漫着草莓味的空间里，在满室漆黑里，陈眠闭上了眼，睫毛扫过沈域的手心。

她怀揣着沈域送给她的愿望，像是在黑暗中行走的人忽然拥有了一盏灯，在微弱光线里再度信了许愿那一套。

如果真的有神，如果沈域送给她的愿望真的能成真，那陈眠希望，所有不见天日的黑暗，最终都能窥见天光。

沈域生日过完之后，生活再度归于平静。

考试、讲题、复习，学校的生活大抵就是围绕着这三个活动转个没完没了。

林琳似乎被那晚的沈域吓到了，之后在学校见到陈眠总是眼神躲闪。她主动去找了老师，跟别的小组里想换到前排的女生换了座位。

赵莉莉却觉得稀奇，问陈眠："是不是因为临近毕业了，所以林琳终于长大了？"

陈眠扭头，看见后排站在林琳身边同她说话的陈柯。他的手正放在林琳的肩上，是个安慰的姿势。察觉到陈眠看过来的视线，他抬起头，两人四目相对。

而后陈眠冷淡地收回视线，轻扯唇角，手里握着红笔，对着答案在试卷上打钩，回了赵莉莉一句"或许"。

陈眠知道那天撞见陈宋那事不是偶然，宋艾得知后，也联系过陈眠，她大概是除了陈眠自己以外，对陈眠的高考最上心的人了。宋艾问陈眠，陈宋后来还有没有找过她，陈眠说她再也没有见到过陈宋。

宋艾在电话那头嘀咕了几句，最后约陈眠晚上见一面。

这是陈眠从家里搬出来后，第一次见宋艾，两人约在了学校附近的咖啡厅。

陈眠到的时候，宋艾正在往咖啡里加糖，许久未见，总是浓妆艳抹走性感路线的人换了风格，穿着清汤寡水的素色连衣裙，手臂都没露。明明外面的行人都是短装出行，她的袖子长度却超过了手腕，脖子上戴的不是丝巾，而是一条很细的金项链。

她没化妆，甚至连口红都没抹，眉淡而细长，望向她时，露出了熟悉的笑。

"好久不见了，小……"声音戛然而止。

但两人都清楚她要说的是什么，是过往无数次在那间逼仄的房间里，挨过打后，宋艾像撒气一般喊她的"小畜生"。

两个受害者踏出那扇房门，就仿佛摆脱了那个身份。

这个认知让宋艾没忍住笑了起来，她挑的是个靠窗的位置，将头靠在玻璃上面，手比画了一个圆，说："瞧瞧，我们坐在这里是不是跟其他人挺像，就跟我真是你妈似的？"

假设的话题，陈眠没有予以回应，点了一杯奶茶，就将菜单还给了服务员。

隔着窗，对面马路边停着一辆迈巴赫，后车窗摇了下来，露出里面人的侧脸。

宋艾见过沈域，在她得知有人打探她的过去后，询问过那人是谁，结果就看见价值不菲的豪车和摇下车窗朝她看来的少年。

两年过去了，少年和她记忆中的有所偏差，但人跟车依旧惹眼，路边不时有小姑娘往那边看。

宋艾脸上的笑容淡了，收回视线，告诉陈眠，陈宋挺久没回家了，不知道跑哪里去了。她也没联系上人，原以为陈宋是去找陈眠了，毕竟陈宋身无分文，没钱了能找的对象不是她，就是陈眠，不然还能跑哪里去？

这话说出来，却没有答案。

陈眠闻言想起阮艳梅，并没有对宋艾提起，只说："他人不在，不算是一件好事吗？"

"这算什么好事，人死了才算好事，他活着谁知道还会惹出什么事来。行了，我找你只有这件事,也是确认你现在的状态,还有一件事,你打算考哪所大学?"

这时候服务员送来奶茶,杯身滚烫,陈眠用手掌包上去,含糊道:"还没想好。"

宋艾笑了:"总有个大概的想法,往哪个方向,去哪个城市,总有个目标吧?"

陈眠垂眸,搅动着奶茶,还是没给个具体答案,语气却难得带了些安抚,对宋艾保证:"我不会跑掉的。"

聊天在这里就算画下了句号。

陈眠和宋艾平日里没什么话聊,陈宋不见、要考哪所大学这两件事说完,两人都陷入了沉默。

奶茶只喝了两口,就没有再动过,宋艾叫来服务员打包,拎了东西准备走的时候,又对陈眠说:"我跟你爸常去那家麻将馆的老板好上了,这链子是他给我买的。陈宋回不回家对我的影响也不大,他胆子小,只敢招惹比他弱的。所以,陈眠,你有没有想过为什么陈宋不再出现在你的面前?"

她往窗外看了一眼,视线落点给提出的疑问做了回答。

"本来想跟你说,好好在高枝上别掉下来,讨好他、取悦他,最好跟他读同一所大学,然后结婚成为富家太太,让他一直这么喜欢你,我这个后妈也跟着水涨船高,至少后半辈子落不到贫困地步,但是吧,老娘觉得男人真是无趣至极。"

她站在陈眠面前,身体挡住了窗外的光,云淡风轻地说出这些话,惹得周围坐着的男生不断看向她。

在种种眼神里,她笑着把话说完了。

"要是可以选,谁想依靠男人?轻声软语哄得人高兴,最好永远年轻貌美,跟这个比美,对那个防备,同性都是敌人,异性是捧在手里怕别人抢了的香饽饽,难道是真的不知道这种行为蠢到极致吗?但没办法选。"

"所以,飞吧,陈眠,剪掉线,别成为男人手里的风筝,去你想去的任何地方,成为你想成为的人。"

陈眠从未想过宋艾会对她说出这样的话。

所有人都对陈眠说,要对沈域有所回应,仿佛他的靠近是一种垂怜,是彩票的头等奖。

所有评论他们关系的话语,无一例外全是"要不是沈域,陈眠怎么会……"。

陈眠从不反驳,可她内心从未这样想过,说她冷血也好、没心没肺也罢。但自始至终,陈眠想的都是,这是沈域自愿的,这看似不平等的关系从一开始就是沈域自己找上门的一场你情我愿的交易。

所谓交易,即拿出对方满意的东西当作筹码放在天平两端。

她要不带感情，始终保持冷漠，保持游离在外的冷静状态，努力成为最精明的商人，才能勉强让这场交易公平。

　　沈域的筹码满满当当，可她的筹码少得可怜。

　　只有这颗心算是珍贵，是她最后的底牌。

　　她不是没有窥见那些藏在少年玩笑里的真心，可她怎么敢跟沈域谈情说爱。

　　一旦交易成了恋爱，筹码就会失去作用，一切都将变成最寻常不过的俗套戏码。

　　她不想让自己成为没办法选择的那个人，成为沈域的附属品，不再拥有自己的姓名，提及时只是"他的女友"，或许再过段时间，就从"沈域的女友"成了"沈域的前任"。

　　毕竟，爱充满变数。

　　咖啡厅播放着动人的粤语情歌，后面几张桌子坐的是谈情说爱的情侣。

　　而陈眠坐在那儿，桌上空无一物，手里攥着一张纸巾，机械地擦着滴在裤腿上的奶茶渍。兜里的手机响了一声。她拿出来一看，是沈域发来的消息。

　　沈域："你想什么呢？"

　　铃声响起，陈眠接通，听见电话那头沈域对她说："抬头。"

　　窗外，少年靠在车身上，对她晃着手机。

　　春日融融，阳光不及他耀眼，周遭视线都落在他的身上，而他看向她。

　　电话那头的声音是带着笑的，音响里，歌手唱着"缠住吻住春风吹住我吗"。

　　沈域在电话那头轻笑，似乎在代替春风落下一个吻。

　　"陈眠，'春风都在接吻了'，你在发什么呆？"

　　"出来，我们回家。"

第六章
「风筝断了线」

五月底，距离高考不到十天。

学校里老师已经不让学生刷题了，只要求查漏补缺，对着之前考过的试卷多看看自己的错题，还有就是要注意调整心态。有些平时成绩不错的考生会因考试时过度紧张，晕了或是发挥失常，绥中出过不少这样的例子。

赵莉莉跟陈眠说过好几次，最近她唠里唠叨的爸妈都不敢在她面前大声说话，就怕影响她的心态。

陈眠身边只有一个沈域，两个高三考生住在一间房子里，没有家长，也没有大人，门一关上就像是一座孤单的岛屿。那些寻常考生受的关怀照顾，他俩也没受着，之前怎样相处现在照旧，一张书桌、两张椅子、一盏灯，一人一份复习资料。

偶尔陈眠困得直点头，就被沈域用笔戳脸。她一睁眼就看见那人在灯下朝她笑，另一只手里还拿着手机，正在拍她犯困的照片，相册里都不知道囤了多少张。他拍照还挺明目张胆的，在陈眠面前开玩笑似的威胁道："陈眠，这算不算是你的黑历史啊，以后婚礼上放出来，你的形象不会崩塌吧？"

他说"婚礼"的语气十分自然，陈眠却顿时清醒了，比咖啡都管用。

这些小事穿插在日常生活之中，像散布在枯燥乏味的高三生活中的渺小星辰。

书桌上的日历倒计时画掉了一天又一天。

五月三十一日，距离高考还有七天。

六月一日是周四。

班主任临时决定把晚自习改成考前动员，关心学生们的心理健康，又说了一些类似于所有人都未来可期的鼓励的话语。他们原以为到这里就结束了，结果来了个"新节目"。

——让同学们上台说说心里话。

班主任的话让趴在桌上的人全都无语了，有男生直接喊："老师，我们的心里话真的能说吗？"

班主任双手撑在讲台上，笑得眯起了眼，说："你们想说就能说啊，真以为有老师不知道的事啊？平时我只是睁一只眼闭一只眼而已，这都要毕业了，给你们一个机会。不是说人要敢于放飞自我嘛，毕竟高考后你们想聚在一起都难了，就当放松。"

这话说出来，底下的人立马蠢蠢欲动。

正当大家都在互相推搡、怂恿时，班主任已经打开了电脑，插上U盘播放了一首《那些年》，音乐一出来，有人立马哇了一声。

有男生被怂恿上台，笑得羞涩，看向下方，说想和某个人读同一所大学。

话刚说出来，立马响起了一阵起哄声。

有人带头，其他人也纷纷站起来往讲台上挤。

"王杰，我早就想说说你了，宿舍熄灯还躲在被子里打手电筒背书，以为我们不知道是吧？我们只是没揭穿你而已，你'卷'死个人了，知不知道？别的宿舍七点起，我们宿舍六点起全是因为你，'卷王'非你莫属，但我们全宿舍的成绩能够提高也要感谢你，祝你考上理想学校。无论我们六个人以后还在不在同一所学校，能不能做舍友，都希望我们能一直做朋友。"

"我也要说！"一直默默听着的赵莉莉举起手，朝陈眠眨了眨眼，在老师期待的目光下，低声对陈眠说，"看着我啊！"

随后她走上了讲台。

陈眠直起身体，靠在椅背上，目光落在讲台上站着的赵莉莉身上。

赵莉莉笑着说："我想对陈眠说，高中最开心的事情就是能和你做朋友，或许别人眼里的你高冷又不好靠近，但你真的是一个超级棒的女孩子。从高一起，我们就在一个班，那时候我和你不熟，话说得少，只觉得你好漂亮。结果分科后，我们还在一个班，还是同桌，那时候才熟络起来。

"然后我发现，你跟我想象中的截然不同，你像是贝壳，外表看着坚硬，内心却是珍珠。我们一起度过了高中三年，春夏秋冬都在一起，一起上厕所、一起去便利店。我想说，陈眠，我很开心能和你做朋友，如果能读同一所大学就最好了！如果不能的话，也希望你不要忘记我。

"那句话怎么说的来着，时光不老，我们不散！"

赵莉莉走下台，眼眶有些泛红，看着陈眠，两人顿时笑了起来。

赵莉莉轻声问："我是不是好俗啊？最后那句话是不是特别'非主流'啊？"

陈眠笑着点头："是啊，你好俗啊，莉莉。"

"没办法啦，我不希望大家都有人关心，而你被漏掉嘛。"

单曲循环的音乐一句句唱着青春，对这种煽情其实陈眠并不感兴趣，哪怕是跟着沈域看一些所谓的"谁看谁落泪"的电影，她都是冷淡地看完全程，泪腺像是异常了一般。

沈域点评过，说就算他失忆走到她面前要饭，估计她也只会说"先生我不认识你"。

可是此时此刻，她还是没能逃过这种被刻意渲染的告别仪式，跟周围的人一样，红了眼眶。

赵莉莉是陈眠唯一的朋友。

在遇见赵莉莉之前，陈眠一直觉得亲情、友情、爱情都与她没什么关系，从小学开始，别的女孩子就会结伴一起去厕所、一起去便利店，可陈眠更多时候是独来独往。

不是没有人靠近过她，问她要不要做朋友呀，邀请她周末一起去游乐场。

只是那些邀请都被陈眠拒绝了。直到赵莉莉出现，拉着她的手，对她说："陈眠，我好想跟你做朋友哦。"

教室里的风扇呼啦啦地旋转着，窗外的蝉不停地鸣叫，窗帘被风卷起又落下。

耳畔全是平时不敢说出的心事，有人说作业真的太多了，希望大学不用再写这么多试卷啦！也有人说学校真的好严格，不准带手机导致他们错过了好多新闻，都不能看球赛。

大家都说，以后就自由了，同时在对自由的向往里，怀念着被严格管理的高中生活，对身边低头不见抬头见的人说着希望以后不要被距离影响感情。

文科（三）班全员"沦陷"的消息传到了理科班。

传消息的人正好去厕所，路过那边教室时，听到音乐声和此起彼伏的抽泣声，往里看了一眼，大为吃惊。平时打球摔破膝盖都没哭的朋友都在里头擦眼泪，他觉得邪门了。

他立马跑回自己班的教室，看到一屋子学霸都在面无表情地刷着试卷，然后回到自己座位，扭头跟戴着耳机边听歌、边刷题的沈域说："沈哥哥，你'心上人'哭了。"

沈域拿下一只耳机，抬眸看向他，眼里就只有四个字：胡说什么呢？

男生立马就急了："真的，他们整个班的人都在抱头痛哭，班主任都在讲台上擦眼泪，看着挺吓人，不信你去看啊。"

陈眠哭，还是抱头痛哭？

沈域收了耳机，往文科班走，后头跟了几个凑热闹的人，到门口的时候果然看见里头的人哭声一片。

音乐还在放着——"那些年错过的大雨，那些年错过的爱情……"

跟应景似的，靠窗的一个男生呜咽着说："绥北真的经常下雨，但我就是没有勇气给她送雨伞。"

他同桌也是一个男生，没注意到别的班级的人闻风来看热闹了，还吸着鼻子回道："谁不是啊，我到现在都没能鼓起勇气去'黑猫'办公室拿回我被没收的漫画，我的青春啊……"

理科班几人："……"

这文科班的人，情感是不是有点儿丰富了？

讲台上的文科（三）班班主任注意到后门聚集的别班同学，问："你们不上自习，跑来我们班干什么？"

话音刚落，理科班几个人精一个个弯下腰，就剩一个沈域站在后门口。

被老师点了名，沈域依旧神情自若，甚至还有心情一个个人看过去，最后视线停留在陈眠身上。距离较远，他也看不出来她是不是哭了，只看到她有点儿愣怔，似乎在问——你怎么来了。

一教室的人都在等沈域说话，半晌才听见他意味不明地轻喷了一声。

他的视线流转一圈，又回到讲台上一直看着他的班主任身上，问："老师，你们这讲心里话的活动，允许别班的人来说吗？"

外头蹲着的几个理科班男生也没想到事情会这样发展，这算是什么事！他们才嘲笑完文科班的人多愁善感，转眼他们"理科班的骄傲"就讲这样的话，这不是打脸吗？

他们忧心忡忡地往里看。

"沈哥别是恋爱脑发作，想冲陈眠表白吧？"

"不能吧，哪里不能表白啊，跑别人班里表白，班主任还在呢，这行为多……"

"多帅啊！"

还真是。

挺像偶像剧里的情节，连赵莉莉都以为沈域进来凑热闹是想对陈眠表白。

她眼眶还红着，手里攥着皱巴巴的纸巾，拉着陈眠的胳膊，比当事人还紧张，一个劲儿地问："他要是在这里跟你说以后考同一所大学，你会不会答应啊？又或者他让你当他的女朋友？"

沈域还一句话没说，赵莉莉已经因为脑补而冒粉红泡泡了。

但陈眠知道，他不会说这样的话。

把心事坦白说给所有人听不是沈域的作风，把自己的情感暴露出来更不是他的风格。

一直单曲循环的音乐被老师摁下了暂停键。

所有人的视线都落在沈域身上。

他在国旗下讲过话，跟其他优等生的长篇大论不同，他的话向来简短，开头是一句"老师、同学们好"，结尾一句"谢谢大家"，中间是几句简短的网络模板，每回都差不多。

大家都以为这次会有所不同，结果就听见男生跟往常一样说了句"老师、同学们好"。

底下议论纷纷。

——还是这么正经啊，沈域。

——谁上去把音乐打开，我就不信沈域听着煽情歌还能来段国旗下的讲话？

"还有几天就高考了，先祝大家高考顺利，前程似锦。"

真的很正经。

陈眠用手托着腮，看着讲台上的沈域。

赵莉莉在她耳边同他人一样感慨，说"沈域怎么这么正经啊，好没劲儿"。

可是紧接着，就听见讲台上的男生带着笑意的声音在教室中响起。

"恰好今天又是六一儿童节，祝大家六一儿童节快乐。"

话音落下，底下的人纷纷哄笑，说都多大了还过六一儿童节。

陈眠似有所觉地抬眸，隔着人群，看见沈域落在她身上的目光。

被暂停的音乐似乎再次响起，头顶的风扇慢悠悠地停止了转动，窗外的风却拍打着窗棂。

陈眠听见，沈域带着笑意的声音盖过所有声音，只对着她说——

"而陈眠，天天快乐。

"取得好成绩。"

赵莉莉有些愣怔。

她认知中的沈域并不是一个会哄女孩子的人。

沈域从高一入校起，人气就居高不下，仿佛自带男主角光环，长相帅气、成绩好、家境优越，走哪儿都是被众星捧月的人。太多人在他这里碰壁，别说是哄人，说一句"不好意思"都算是礼貌回应，那些破碎的少女心他不会在意，小说中那些暗恋成真似乎在他身上根本不可能发生。

沈域身边对他有意思的漂亮姑娘从没断过，但没见他为谁停过脚步。

陈眠和沈域扯上关系的时候，赵莉莉的第一反应就是劝陈眠。

她下意识地觉得陈眠"玩"不过沈域——陈眠单纯，没接触过感情，身边的异性朋友少得可怜，陈眠碰上沈域就跟小白兔遇上老虎没什么区别。

可时间一长，她就发现好像和自己所想的不太一样。

陈眠自始至终都是冷静又清醒的，她的嘴里从未出现过沈域的名字，偶尔班里有人提起，也从未引来她的注视，对她来说，似乎沈域同别人没什么差别。

赵莉莉一直觉得这样也挺好的，至少陈眠不会受到伤害。

直到刚才，听见沈域在讲台上说出那句"而陈眠，天天快乐"，她才觉得陈眠和沈域之间好像不是她认为的那样，不是高三最后一节课下课铃声响起、最后一场考试结束后就会同青春一起落幕的限定暧昧。

——沈域好像是真的喜欢陈眠。

直到沈域回到自己班，这场被临时组织又引起轩然大波的真心话活动才算告终，新的复习资料发了下来。赵莉莉忍不住观察陈眠的反应，想从她身上窥见一些异常，但都无功而返。

陈眠过于镇定，仿佛刚才被指名道姓送祝福的人不是她。

尽管已经得到过答复，但此时此刻，赵莉莉还是忍不住问："眠眠，你对沈域没有一点儿喜欢吗？"

然后她就看见陈眠正在默写单词的手停了下来，视线长时间停在草稿纸上，既没有抬头，也没有挪动分毫。过了很久，她才轻声说："莉莉，这不重要。"

在这个时刻，陈眠依旧觉得自己是能够保持冷静、清醒的。

晚自习结束的铃声响起，沈域同往常一样等在他们班后门的位置，在她走到他身边时拿走她肩上的书包，走在她身侧，低头看着永远有新消息进来的手机，却总能在第一时间扯住她偏离轨道的步伐，用开玩笑的口吻问她是不是打算走去南极。

校道两侧的白杨树被夜风吹得哗哗作响，仍旧亮着灯的教学楼里嬉笑打闹声不绝于耳，背着包的女生三五成群地谈论着八卦，男生扯着嗓子在聊哪个球星发挥更为稳定，哪场比赛最刺激。

她所看见的一切都是高中校园时光里循环往复出现的场景。

陈眠告诉自己，今天和昨天没什么不同。

没有任何异常，加速跳动的心脏不是因为少年看来的目光，逐渐升温的掌心不是因为紧张带来的连锁反应，甚至莫名其妙的鼻酸眼涩都与今晚发生的一切毫无关联。

六月一日是最平淡的一天，无论发生什么，都和往日没有任何区别。

沈域不知道陈眠在想什么，他手机界面停在一首歌曲上，陈眠走在他的左边，耳机就塞在她的右耳里，单曲循环播放着一首歌。

得知他准备为陈眠庆祝生日的游淮在微信里问个不停，问他现在到哪儿了、到家没有、陈眠有没有什么反应、有没有什么需要自己帮忙的、有没有自己以后能借鉴的经验。

明明烦人得不行，换作往常，沈域直接就把他拉黑了。

可今天，他却挨个回复。

——快到校门口了。

——还没到家。

——看着没什么反应，估计在故作冷静。

——你能帮上什么。

——别想模仿。

游淮嗅觉多灵敏啊，立马就捕捉到沈域的不寻常，说："阿域，你别紧张，真的，我觉得你准备得特别好。要是有人这么给我过生日，我肯定感动得给他磕几个响头。"

沈域没再回复游淮，因为他发现情况有点儿糟糕——他是真的紧张。

他从小学钢琴，但进入高三之后就很少练，不知道指法有没有生疏，虽然看了很多遍曲谱，可毕竟没有练过，真的弹起来，谁知道会不会出错。还有就是，他很久没唱歌了，万一破音了呢？

最烦人的是，怎么只有他一个人这么紧张？

这真的是正常的吗？

晚自习时，从文科（三）班回去的时候，在门外旁观的几个同学都说从今天开始他就是"绥中第一情种"，还语气夸张地说谁都招架不住。

所有人的反应都很热烈，只有陈眠例外，就跟修了无情道似的，硬是没给半点儿反应。

哪怕她给个眼神，说句"你也是"，沈域都觉得自己发挥得还可以，可是陈眠没有。

这种各怀心事导致的沉默一路持续到了盛世豪庭。

房门被打开，陈眠放下书包，照旧要进自己的房间，却被沈域喊住，近乎诡异的沉默气氛才被打破。

陈眠看向他，看见沉默了一路的男生不知何时解开衬衣纽扣，用食指揉着鼻梁，这是沈域有些紧张的下意识动作，他说："别着急进去啊，你等等。"

陈眠移开视线，低头看着自己的鞋面："我还有很多题没看。"

沈域盯着她："不急这一会儿。"

"沈域。"陈眠喊出他名字，轻声叹了口气，问了出来，"你是要给我过生日吗？"

沈域顿时就笑了，伸手关了客厅的灯。黑下来的刹那，他用往常那种散漫的语气，说："陈眠，没有人告诉你，这种时候就该装什么都不知道吗？"

黑暗中，陈眠的手腕被拉住，她想挣扎的动作在少年的轻叹中止住了。

被点破的惊喜像是揭开黑幕的倒计时钟表。

脚步声是落在地面的秒针，把她本想说出口的"我不想过生日，这对我来说没有意义，也没有必要"全都收进了时间的缝隙。

房门被推开的咯吱声是打碎冬日碎冰的初春，灯光打开的刹那，陈眠看见了角落里放着的那架钢琴。

沈域松开她的手腕，又像怕她跑了似的，反锁了房门。

房间暖色的灯光落在他身上，而他挡着陈眠，让人贴着墙面，逃无可逃，才用无奈的语气说："陈眠，我生日怎么过的，你还记得吗？"

聚会盛大又隆重，许多人对他说着生日快乐，所有的视线都落在他的身上。

她给他做的生日蛋糕，被他送给自己的生日愿望，陈眠全都记得。

沈域的呼吸就落在她耳畔，过于近的距离让胸腔的震动都能被轻易感知。

她不像是听见他的声音，而像是感受到了他的声音。

他对她说："这里只有我跟你，而我只是想给你过个生日，所以，你能配合一下吗？"

陈眠松开紧攥着的拳，心里有无数个声音在对她说"没必要"，可是情感暂时占据上风，控制身体对他点了头，对他说"好"。

或许别人的生日就跟沈域的一样，有很多朋友说生日快乐，在热闹的空间吹着蜡烛，唱着《生日快乐》。

可陈眠从没体验过。

安静的房间里，钢琴声响起，光源是摇曳的蜡烛，坐在那里的人唱着《生日快乐》。

如果沈域再浪漫一点儿，就该在出电梯的那一刻，直接捂住她的眼睛，用命令的语气让她什么都别说，只跟着他走就行。

如果沈域再聪明一点儿，根本不用费心准备连她都不在意的生日仪式，用转账或现金代替《生日快乐》。

如果沈域再理智一点儿，就该什么都不做，而是和她一样，把今天当成平常的日子，让时间安静流逝。

可沈域是一个笨蛋。他偏要这么笨拙，却以为自己酷得要命，一边弹琴，一边看向她，唱完了生日歌又换了一首不知从哪里学来的冷门英文歌。

用歌词做替代，对她说，祝你万事顺意，愿你被爱眷顾。

又在十二点将至的时刻，走到她面前，把所有光线都挡在身后。仿佛她的存在是这个世界上最好的事情。

他看着她的眼睛，对她说："陈眠，生日快乐。"

陈眠喉间酸涩。在这个瞬间，她听见无数只蝴蝶在身体里不停翻飞的声音。

每一声都在说着，陈眠，"不重要"的深层意思就是你喜欢，但你不想承认。

后来无数次，陈眠想起这个夜晚，想到的不是沈域对她说的生日快乐，也不是他弹琴的样子，而是他笑着望向她的眼睛。

像是看穿了她所有的怯懦和躲避，他却还是认真又专注地只看向她。

六月六日，高考前一日。

老师在讲台上无数次提醒注意事项——记得带身份证和准考证，遇到不会的题目不要心慌，先做自己会做的题目，保住能拿分的题目再去挑战难题，不要纠结，不要浪费时间，字迹要工整，记得携带2B铅笔和黑色签字笔、橡皮等等用具。

这些话已经听到耳朵长茧了，但他们还是认认真真地在草稿本上一一写下注意事项。

对面楼栋里，高一高二年级的下课铃声响起，也没有人在走廊里说笑玩闹，只有风声仍旧簌簌，穿过学校成荫的绿树。桌上摞成山的书被收进了箱子里，空空的桌面上倒映着窗外射进来的光，水杯都放在地面上，里面终于没再装着陪伴了他们整个学期的咖啡。

又一道铃声响起，高考前的最后一天也跟着结束了。

陈眠收了东西，正准备往外走，却看见走廊里站满了人。

赵莉莉眯着眼往外看，蒙了："对面全是奥特曼吗？怎么那么亮啊？"

刘俊杰从走廊的人群中钻进来，对着教室里的人喊："学弟、学妹喊楼了，还愣着干吗，快出来啊。"

赵莉莉顿时就不困了，扯住陈眠的胳膊就往外跑："我还以为学校不让搞喊楼了呢！终于轮到我们了，去年给学长、学姐喊楼喊得我嗓子都哑了，我倒要看看学弟、学妹有多热情！"

陈眠被拉着来到走廊里，围栏处里挤满了人，她们只能站在后门口。对面楼栋有人举起了灯牌，上头亮着"高考加油"四个大字，隔着中庭，齐刷刷的喊话声传过来，像是高一军训时教官要求喊的口号声。

"学长学姐！高考加油！"

"高考顺利啊！考的都会，蒙的都对！"

喊话整齐有力，像是排练过一样。

有人用手举着打开的手电筒或者小夜灯，有人喊着"音乐呢，快点儿放歌啊"。

从办公室出来的老师站在那边往这里看，底下从便利店出来的学生往楼梯的方向狂奔，平常但凡教学楼里吵闹声大一点儿都要出来维持秩序的级长捧着保温杯，用玩笑的语气对他们说："唱点儿'燃'的啊，不要每年都来煽情那一套。"

有胆子大的扯着嗓子回"绝对'燃'"！

不知道谁搬来音响在中间楼层放起了音乐，前奏刚响起来，就有高三年级的人说："这就是你们说的'燃'？"

肩并着肩把告别仪式弄得像是演唱会现场的高一生、高二生才不管这些，依旧播放着《逆战》这首每年运动会都会播的歌。虽然高三生喊的"能不能换一首歌"在两栋楼中间回响，但他们依旧扯着嗓子，甚至盖过了音乐声，对即将参加高考的学长、学姐们唱着"逆战逆战狂野，王牌要发泄，战斗是我们倔强起点"……

赵莉莉抱着陈眠胳膊，吸了吸鼻子，看着对面闪烁的灯光，感动到泪目。

像是青春行至终曲，一直以来压抑着的离别氛围又一次被点燃，想要逃脱的终点在这个时刻成了回不去的起点。

那些闪烁的灯光，让教学楼都跟着闪闪发光起来，像是缀满了熠熠生辉的钻石。

而头顶的那轮月亮始终保持着寂静，有风穿梭在走廊里，脸上的困倦、手上长期握笔长出的茧、不知道灌了多少苦咖啡的胃、被子里打着手电筒熬过的夜、清晨太阳还没升起时拧开水龙头泼在脸上的冷水……这一切构成高三生涯的图画，在歌声和灯光中成了青春的落幕仪式。

赵莉莉问陈眠："大学真的会比高中好吗？"

那些闪烁的光映在陈眠的眼里，而她语气坚定，在合唱声中回答赵莉莉："会的。"

"能够自己选择的未来，一定会是好的。"

六号，司机跟他们说记得明天早上吃一根油条和两个鸡蛋，因为有好的寓意，沈域不以为然，但晚上陈眠就拉着他去了附近超市。

班里有人提前很久跑去山东拜了孔子庙，还特意在群里打了视频，说大家一块拜拜，求个考运。物理老师都跟他们说家里有红内裤、红袜子的记得穿上，说是为了好运，但这些在沈域看来更像是一种仪式感。

再说高考时，语、数、英的满分都变成一百五十分了，一根油条和两个鸡蛋摆一块才算是一百分，这算哪门子"好的寓意"，三门直接丢了一百五十分，这是噩耗吧。

陈眠挑东西的时候，沈域对她说："封建迷信要不得。"

她没搭理他，挑完东西，推着购物车要去埋单的时候却被他拉住了，然后调转方向往售卖数码产品的区域走。

陈眠以为沈域还有什么东西要买，结果就看见他随便往货柜上扫了一眼，问迎上来的导购："你们这里价格七百元整的东西有哪些？"

销售员没听明白，问："七百元整？您是要什么类型的东西呢？"

结果导购听见样貌出众的少年语调随意地说："都行。"

他旁边的女生像是听懂了，转身就要走，结果被他笑着捉住了手腕。

"什么都可以，价格是七百元的就行，麻烦帮我选一下。这儿有人不耐烦了。"

导购给他拿了一台拍立得相机，递给他的时候还不放心地问道："这台相机刚好符合您的要求，这款有其他的颜色，不用换一个吗？"

"不用。"

将相机放进了推车里，去收银台的时候，陈眠看着上头显示的七百五十元，报复似的，跟沈域说："封建迷信要不得。"

沈域从包里抽出钱，一边递给收银员，一边笑着说："你打住，没看出来我是在配合你？"

陈眠就不说话了，看着所有买的东西装完袋，被沈域拎在手里。

他们回到家是晚上九点半，将早餐放进冰箱，又定好早上六点半的闹钟，手机里跳出一条宋艾发来的消息，让她别考砸了。

网络运营商也发来消息，提醒市民朋友明天是高考日，机动车请勿鸣笛，考生注意安全之类的。

班主任在群里再次提醒大家一定记得带身份证和准考证，还有必要的考试用品，千万别忘。

第二天闹钟一响，陈眠就醒了，走进客厅，餐桌上的盘子里摆着一根油条和两个鸡蛋，另一个盘子里放着烤面包。男生边喝牛奶，边看着手机，听见她的脚步声也没抬头，只是说："吃吧，你的仪式感。"

"……"

这一天似乎没什么不同，马路上车流无声，出租车停靠在路边，上头贴着"高考加油"。

下车时司机也会对他们说"预祝高考顺利"。考场外，同学们挨个过去和穿着一身红衣的班主任、各科老师拥抱，然后背着书包头也不回地往考场走。

这一天听到最多的话就是"高考加油"和"高考顺利"。

陈眠走过来时，班主任轻轻抱住她，拍了拍她的后背，对她说："你一定可以的。"

接下来的记忆像是被模糊掉了，广播里宣布考试开始，笔尖落在试卷上发出沙沙声。不时走动的监考老师身影，有人交上试卷，然后宣布考试结束的声音又响起了。

八号最后一场考试结束的铃声响起的时候，陈眠听见考场里不约而同地响起松了一口气的声音。

"今年高考期间没有下雨。"

"是呀，我记得过去几年高考那两天，都下雨了。"

"终于考完了啊。"

迈出考场的那刻，陈眠听见了鸟扑腾着翅膀飞往天空的声音。她回头，看见教室半开的窗，以及从窗外照射进去的铺满桌面的阳光。

有白色的纸张碎片落下，不同教室门口的人群喊着"毕业快乐"，撕着复习题、试卷、草稿本。

"我——们——毕——业——啦——"

"再见了，高三！我再也不想写题了！"

"我要去过更自由的大学生活了！"

"终于不用被收手机了！"

"毕业快乐！"

…………

风呼啸而过，上一秒还阳光普照、万里无云的天空忽然乌云密布。

刚说没下雨的人立马叫了一声，声音落下的刹那，雨点就打了下来。

雨水淅沥，犹如一张密网将校园笼罩在内，拉起的红色横幅上的"用行动让青春无悔，以拼搏令未来辉煌"也被打湿了。

撑着伞的人往下走，没有伞的人往上跑，纷纷加入这场狂欢，而陈眠是被降格拍摄的镜头里所有动态中唯一的静止。

那些被打湿的纸张碎片落在她的肩上，她正想伸手去拿掉，却听见头顶有人笑了一声。

她抬头，看见沈域不知何时站到了她的旁边。

他手里举着一把黑色的伞，在这场夏日碎雪中，说："走吧，我们回家。"

蝉鸣依旧此起彼伏，而高中至此落幕。

这天晚上，没有要写的试卷，也没有需要复习的科目，陈眠坐在沙发上正准备翻阅一本书，沈域就冲她打响指，问她要不要和他出去玩。

陈眠实在想不出拒绝的理由，在别墅门口站着出神的时候，沈域推了一辆重型机车过来。机车外表是漂亮的黑色,月亮给它镀上一层薄光,停在那里像是一头蛰伏在暗夜中的猛兽。

沈域给她丢了个头盔,黑色的,和他怀里抱着的那个头盔大小不同。看到她有些愣神,却下意识地接住头盔,沈域抬手在她双手抱着的头盔上敲了一下。

"当"的一声。

他笑着问陈眠:"傻了?"

陈眠一直知道沈域有骑重型机车的爱好,只是没见过,这时有些新奇地多看了他几眼。

沈域换上了黑色机车服,戴头盔的动作十分熟练。他靠在机车上,单手往上推开挡风片,露出一双清澈的眼。

他看陈眠抱着头盔没动,以为她不会戴,于是站直身子,从她怀里拿过头盔套在她的头上。

头盔像一个金鱼缸,陈眠从面罩后看出去,一切都像是蒙上了一层薄薄的雾。她是在雾里小口呼吸的金鱼,下意识有些茫然地拽着沈域的衣角。

"去哪里?"声音透过头盔传出来,瓮声瓮气的。

"浪啊。"沈域是这么回答的。

车开动,发动机轰隆作响,裙摆飞扬,她不得不紧贴着沈域,才挡住自己险些暴露的春光。两人距离过近,少年单薄的背脊硌着她,车驶过石子,人像是要被跌出去。陈眠急忙抱住他的腰,双手在前面紧紧交握。

陈眠的呼吸声被风声吞噬。

她一抬头便看见无边的黑夜,以及半空中一轮皎洁的月亮。

别墅的后方是一座山,有一条环山公路。公路蜿蜒往上,月亮像是被风放大了,声音和心跳声都被风吃掉了。

陈眠不是听见,而是隔着衣服感受到他的声音:"刺不刺激?"

刺激,从未感受过的刺激。

陈眠往后看了一眼,身体刚扭动,急速行驶的机车就慢了下来。沈域停下车,贴着他的人立马松开手。

沈域摘下头盔,头发都是乱的,看见陈眠那双亮晶晶的眼里满是新奇。

山风凛冽,刺骨冰冷。

沈域靠在车身上,伸手把人拉到面前,给她挡着风。

两个黑色头盔并列摆在旁边。

陈眠的身上忽然披了件衣服,她低头一看,是沈域那件机车夹克。

沈域对她说："胆子还挺大啊，陈眠。"

陈眠却没说话，跟着沈域一起，靠在车身上。

"还可以。"陈眠鼻尖都是红的，裹在沈域的外套里，被风吹得下意识地缩脖子。

沈域跟不怕冷似的，就穿着一件白色衬衫。狂风猎猎，吹得衬衣鼓了起来，像是无数只鸟钻了进去，扑棱着翅膀要飞出去。

两人难得安静地靠在一起，看着天上那轮月亮。

隔了一会儿，沈域听见陈眠问他："这辆车载过乔之晚吗？"

"你说呢？"

"那我们什么时候回去呢？"

沈域听出来了，陈眠在故意学他说话，东一个话题、西一个话题地闲扯，就是故意逗他。

他没好气地笑了一声，说："太阳什么时候出来了，我们什么时候回去。"

"那太阳什么时候出来？"

"月亮落下去，太阳不就出来了？"

"那月亮什么时候落下去？"

"夜晚过完月亮就落下去了。"

"那你想接吻吗，沈域？"

沈域正想说"你是十万个为什么啊，陈眠"，话都在嘴边了，忽然反应过来陈眠所说的话。

他看向她，她的裙摆被风扬起。

不等沈域回答，她伸手搭在他的腰上，人随后凑了过去，踮起脚，轻盈的吻就落在沈域的唇上。

风夹在两人中间，他们之间像是隔了一块冰。

"沈域。"

被喊名字的人从唇齿间逸出一个"嗯"。

沈域只是看着人，然后微微弯下了腰，降低了两人之间的身高差。

山风呼啸，夜晚寂静。

两人的影子被月光拖长，逐渐变成了一道细长的影子，像是天生就该这么亲密。

"祝你永远快乐。"

最后一个吻落在了唇边。

沈域听见陈眠这么对他说。

在这一天。

高考结束后的第二天，陈眠正在手机里查看兼职信息，旁边的沈域有自己的房间不去，非窝在她房间的地板上玩游戏。

还没拿到毕业证的准高中毕业生能找的兼职并不多，就算有优异的学习成绩也没有门路，而且有意向给孩子补习的学生家长开的价格也不高，算上来回车费，几乎跟白干没区别。

这时，微信群里跳出发给全员的消息。

文科（三）班班级群有人喊着一起出去毕业旅行，不停地让班长陈柯组织。

过了二三十分钟，陈柯才问大家有什么想法。

林琳是第一个跳出来捧场的："哪里都行。"

赵莉莉在底下唱反调："什么叫哪里都行，还是得看看安全的城市好不好？"

她针对完，又来私聊陈眠。

莉莉哩里莉："有一个很劲爆的消息，你知道吗？林琳跟陈柯在一起了。"

陈眠看着这个消息，要说多意外也不至于，在学校看见陈柯安慰林琳时候她就猜到这两人之间大概有些什么，可能是讨厌同一个人，因此拥有不少共同话题，让这两人逐渐靠近了。

无意间做了红娘的陈眠打出一串省略号。

赵莉莉又发来消息，问她要不要出去旅行。

这消息刚弹出来，她的头发就被人扯了一下，沈域吊儿郎当地问她："想去看海吗，陈眠？"

陈眠一愣："看海？"

"嗯，看海。"

陈眠睁着一双杏眼，表情挺天真懵懂的，给人一种"我很乖"的错觉。

但一旦和她深入接触，就发现所谓的乖压根就是装的。在气人这方面，陈眠向来是行家，最会的就是"揣着明白装糊涂"，大多时候巧舌如簧，只有用得着他的时候才会装乖，喊他的名字，在其他时候，口头禅就是"沈域，你好烦"。

沈域伸手掐了把她的脸，然后在心里数着。

一、二、三，她该说"沈域，你好烦"了。

结果陈眠没有说，而是问："只有我们吗？"

沈域松开手，直直地望向她，似是要看穿她反常背后的真相，隔了几秒，才说："还有几个电灯泡。"

目的地并不是太远，据说是陈茵父母不允许她出去玩太久，就定在了一座沿海城市，大家住游淮家的别墅。那栋别墅一直有人定期打扫，可以直接拎包入住，不用走出院门就能看见海滩。

陈眠跟沈域先行出发，司机一路走高速，到目的地只用了不到三个小时。到的时候，临近夜晚，他们刚打开车门就看见别墅门口蹲着一个红毛，头发在灯光下看着跟一团燃烧的火焰似的。陈眠冷不防被吓了一跳，伸手拉住沈域衣角的瞬间，就听见他低骂了句："迟盛，你能换个地儿玩非主流吗？"

然后那红毛就抬起了头。

他不是沈域这种一眼看上去就是帅哥的类型，也不是游淮那种大大咧咧、容易靠近的类型，而是那种看着不太好惹，浑身写满了"不良少年"四个字的典型刺头。

他闻言站起身，瞧着气势汹汹的，语气也凶，但说的话不是那么一回事。

因为他说："你懂不懂时尚，红红火火知道吗？我刚把头发染成这个颜色，我爹就让我从国外回来了。这能说明什么，你懂吗？"

陈眠在，沈域也没跟他吵，看人还在门口堵着，越看他那头发越觉得碍眼。这头发倒也不是不好看，就是这颜色太艳丽了，大晚上看着跟燃烧的火柴似的，连带着背后的别墅都像一个豪华的火柴盒。

沈域冷笑着接了句："说明你爸想揍你。"

迟盛："……"

陈眠自始至终都保持安静，沉默地当背景板，直到被沈域拉着走进别墅里，才发现客厅里还有个熟人——乔之晚。

乔之晚正坐在沙发上打电话，距离远，只能隐约听见她说"会注意安全"之类的话。

陈眠脚步停了下来，旁边的沈域直接拿出电话，打给游淮。

电话刚一拨通，就听见铃声在门口响起，游淮直接喊道："我到了，我到了，别催。"

他推着两个行李箱，滚轮在石子路上发出咔咔的声响，后面跟着穿着吊带裙的陈茵。两人看着就像是公主殿下和她的苦力，结果"公主殿下"刚到门口，视线往屋里一扫，瞧见了乔之晚，顿时就跟点燃的炮仗似的，把沈域想问的话问了出来："乔之晚怎么在这里？！"

游淮举双手保证："跟我无关。"

陈茵又看向陈眠。

陈眠反应泛泛。倒是迟盛抬起了手，说："介绍一下，这是我表妹，我爸让我带她出来散散心。你们不是同学吗，怎么着，瞧着有点儿没处理好的私人恩怨？"

沈域直接气笑了。

游淮打着感情牌，说高三毕业了，都不跟兄弟出来旅行，不够意思。

沈域的另一个兄弟迟盛之前被"放逐异域"，终于演到了"回国第一幕"，不想在家挨训，就出来蹭他们的出游计划。

结果他在学校的两大绯闻对象分别被这两个"冤种"兄弟带了出来。

游淮要叫上陈茵，他理解，但乔之晚是迟盛的表妹……是不是太戏剧化了？

日历上的"流年不利""不便出门"，就是写给他看的吧。

这会儿，陈眠、陈茵、乔之晚三个人凑一块了，原来热闹是他们的，"火葬场"是他的呗。

沈域靠在柜子上，抬手朝游淮、迟盛一指，跟陈眠说："看见了吗，一个火柴人，一条哈巴狗，都不是什么好东西。你离他们远点儿，听见没？"

陈眠："……"

游淮冷脸："哈巴狗骂谁？"

迟盛脸上是天真懵懂中又带着一些愚蠢的表情："什么火柴人？"

二楼，一间正对着大海的大床房，陈眠走进去放好东西。楼下闹哄哄的，全是陈茵跟游淮拌嘴的声音，偶尔听见迟盛煽风点火地"劝"两句，然后战局升级。

浴室里沈域正在洗澡，陈眠坐在床上。手机里微信消息一条接一条弹出来，班级群里还在热火朝天地讨论着旅游目的地。她没看，直接删了记录，退出微信，在屏幕上选了半天，最后手机停在了短信上。

被拦截的信息有无数条，全是同一个人发来的。

内容不堪入目，全是脏话。

陈眠没点开过，只是会定期清理短信。

最近一条消息是五月底发来的，难得没说脏话。

——陈眠，我可是你爸爸。

陈眠表情平淡地删了这条看着像诅咒一样的短信。

浴室里的水声停了下来，门拉开的瞬间，热气升腾。

从浴室里走出来的沈域只穿着一条沙滩裤，毛巾盖在滴着水的头发上，裸露的上半身很白。平时的他看着精瘦，此刻陈眠才发现他并非瘦弱的类型，抬手擦着湿润短发时，手臂的肌肉线条坚实漂亮。

见陈眠眼也不眨地盯着他，沈域失笑，也不走了，就靠在门框上看着她："你要耍流氓呢？"

陈眠没像往常那样和他争辩，她所有的注意力都集中在了沈域赤裸的胸口上。

靠近脖子的左胸上有一串英文。

陈眠从床上站起身，朝他走去。

沈域挑眉："做什么？现在可是白天啊，陈同学。"

他还在开玩笑，陈眠停在他面前，终于看清了那串英文。

——I fell into a deep sleep.

陈眠眼眶一热，似是被浴室里的热气烫到了，她的目光停在沈域的胸口，伸手想要去触碰时却被他抓住了手腕。

"没名没分的，干什么呢？"

"沈域。"陈眠抬眸，沈域看见她泛红的眼眶，调侃的话就此卡住——陈眠当着他的面哭的情况很少。他一看到陈眠眼眶湿润就有些受不了，举双手投降："别哭啊，陈眠，你一哭我成什么了？我让你看，还不行吗？"

"你的文身，是什么意思？"

空气安静了下来。

陈眠看见沈域勾唇轻笑。

"你没学过英语，是吗？"

迟盛知道沈域贴文身这件事时，在电话那头问他是什么情况。

当时，沈域的回答是，没什么情况，只是想，所以就去定制了。

迟盛说他是情种，说他这种行为跟把心脏献出去有什么区别，并认为以他的家庭能养出他这种纯情的人就像是种下的松柏长成了玫瑰丛，纯属"基因突变"。

当初去定制的时候，师傅说他选的这句英文挺特别的，问他有什么含义。

他当时说："没什么，就是陷进去了，仅此而已。"

I fell into a deep sleep.

"我陷入了沉眠。"

他给了她答案。所有的喜欢都有主次之分。

沈域陷入了陈眠。

他没有用语言，而是用胸口上的文身贴，对她说——你是最优级。

陈眠怔了好一会儿，正准备说什么，就听迟盛在外头喊："别在里面磨叽了，能不能赶紧下楼，底下都快成'世界大战'了。"

"世界大战"这个词还是保守了。

本来他们在准备烧烤的食物，但陈茵跟乔之晚不对付，三言两语就吵了起来。游淮"一个头两个大"，迟盛又是看热闹不嫌事大的，带了人过来就不管了，坐在旁边玩他的手机。游淮只能当起了调解员,一会儿说姑奶奶消消气,一会儿又隔在中间,给她们分别安排工作。

结果没过几分钟,两个人又掐了起来,就跟陷入了死循环似的。

迟盛后悔了,觉得自己不该来,就想着,楼上那两个人也不知道在干吗。他上楼的时候,乔之晚还问:"表哥,你是要去找沈域吗?"

没等他回答,陈茵直接冷笑了一声,说:"你是太平洋警察啊,什么都管。"

迟盛靠在门上,满脸都是烦躁之色,道:"我服了,这哪里是旅行,分明是调解大会吧?"

氛围是乱糟糟的,吵吵闹闹的声音没完没了。

烤架里的炭火燃烧着,大海陷入了黑暗,像是一片危险沼泽。

沈域有些烦躁,实际上自从到别墅后他的心情就算不上好。身边的陈眠没怎么说话,看着很乖巧,给她水,她就拿着杯子不时抿一口;给她烤串,她就用纸巾包住签把拿着,腮帮子一动一动的,吃东西时像一只小动物。

但沈域总觉得陈眠的沉默背后藏着他看不透的暗流,就跟别墅后头的那片海一样,深不见底。

事实上自高考结束后,陈眠就是这种的状态,看向他的眼神平淡,跟往常的有所不同。以前哪怕是沉默,他也能从眼神里找到一些谴责,她会用那双眼睛一直看着他,然后等着他服软。

可是最近没有。

沈域根本不会哄人,没什么经验,小时候他生气了或者感到委屈,他爸妈都是简单粗暴地拿钱解决——买玩具、买零食,或是让助理带着他去游乐场玩一天。

他不知道其他哄人方式,不知道应该怎样问陈眠她怎么了。

这话问出来矫情,毕竟只是发生了微不足道的变化,但他就是觉得挺不爽的。

周围的声音很吵,陈茵跟乔之晚不时拌几句嘴,游淮嘲笑迟盛的发型,迟盛嘲笑游淮在当保姆。陈眠对他爱答不理就算了,他的朋友们一个个还傻傻的。

沈域更烦躁了。

直到他的衣服被人轻轻拽了一下。

陈眠看着他,在哄闹的背景中,问他:"去散步吗,沈域?"

猜不透没了,不爽不见了,陈眠的话就跟有魔法似的。

他的喉结动了一下,认真地看着陈眠的眼睛。

他明明是开心的,却还是装出一副无所谓的模样,放下手里的烤串,对她点头,说:"行啊。"

沈域敛下眸，脚下是细软的沙砾，身边的女生拉住他的手走着。

吵吵闹闹的声音被远远甩在身后，而他们沿着海岸线往未知的前方行走。

这段路像是没有尽头，陈眠拉着他的手。

一直被他压抑的喜悦在寂静中一点点跳了出来，争先恐后地对他说——

你完了，沈域。

你看见了吗？

你的尾巴正冲着陈眠摇个不停。

所有声音都在心里响个没完，比陈茵跟乔之晚的争吵声还烦人。

沈域敛眸，不知道朝谁撒气似的发出一声轻喷，结果就感觉到陈眠把手放进了他的口袋，拿了打火机出来。

她什么都不知道，还在"偷"他的打火机。

想东想西的是他，患得患失的也是他。

他好端端一个洒脱少年成了林黛玉，结果陈眠在"偷"他的打火机。

"陈眠，你……"

他的话还没说完，却看见火苗冒了出来，不知道什么时候出现，一根银色"铁丝"在她的手里。

猩红火光点燃了那玩意，沈域才认出那是一根仙女棒。

噼里啪啦的声音响了起来，无数火花在她手里绽开，光芒顷刻间照亮了黑暗。

"客厅里放着一袋烟花，也不知道是谁买的，我拿了一根仙女棒出来。"

陈眠的声音在翻滚的潮声中响起。

"沈域，我是第一次看海，你应该已经看过很多次了，但是在海边放仙女棒你是第一次看吧？"

沈域不知道自己是什么心情，声音有自己的反应系统，下意识地顺从着说"是"。

仙女棒燃烧到底，四周再度陷入黑暗。

而陈眠伸出手，在无尽夜色中拥抱了愣在那儿的沈域。

五月二十日，沈域送给她的生日愿望，她希望所有黑暗都能窥见光明。

六月一日，钢琴曲的最后一个音符敲下，沈域走到她面前的时候，她闭上了眼，然后许愿：沈域，你要每天都开心。

海滩、浪潮、放完的仙女棒，又被人主动拥抱住，沈域难免多想，垂眸看着女生的头顶，用略带玩味的语气说："你这跟表白有什么区别啊，陈眠？"

话音刚落，他就听见不远处响起一声高过一声的呼喊声。

"黑灯瞎火的，你们在那儿干吗呢？过来放烟花啊！"

"来海边玩，怎么能不放烟花呢！"

"沈域，快，过来啊！"

……

陈眠松开他，表情已经恢复正常，仿佛刚才主动拥抱的人不是她。

她自顾自地往前走，背影挺无情的，刚走了几步，就被人笑着拉住了手。

两人之间的身高差，刚好在他伸手将她揽过去后，让她的头抵在他的肩上，头发被他揉了一下。他顺手就扯走了她的皮筋，头发散下来的瞬间，被海风吹起扫在她的脸上。

"……"

把头发别到耳后，陈眠声音有些闷："沈域，你真的好烦。"

沈域说："这是你的口头禅啊，陈眠？"

那边的游淮还在扯着嗓子没完没了地喊着，迟盛也跟着凑热闹，一声声"沈域"喊得跟催命一样。

陈眠刚伸手去扯沈域的衣角，手就被人提前拦截了，十指交缠的瞬间，像是将夏夜的晚风都捉在了手心，而他拉着她往亮处奔跑。

"放烟花了，陈眠。"

海风、浪潮、夜晚、笑闹，这些美好的元素构成了此时此刻。

过往的无数个瞬间如电影般回放，定格在两年前的那个雨夜。如今同她十指交缠的那只手在那个雨夜朝她伸了过来，黑色伞面缓缓倾斜，雨点淅淅沥沥打下来又往地面落去，少年的面孔一点点出现在她面前。

那时的沈域裹挟着晚风的凉意，眼神都是清冷的，把帮助说得像施舍。

时间一点点流逝，日子一点点累加，陈眠再也难以用简单的关系来定义她和沈域，她的冷淡和原以为的无动于衷都因被施予的情感而消失殆尽。

——沈域。

陈眠在心里反复念着这两个字，紧贴的掌心灼热，泛起的潮意一点点蔓延开来，少年奔跑时略微急促的呼吸声落在她的耳畔。

她仿佛听见风里传来的撕裂声，然后闻到了沈域身上清冽的薄荷味。

不远的距离，却像在学校跑八百米一样，停下时，陈眠胸口还在剧烈起伏，手仍然被沈域握着。在乔之晚看过来的时候，沈域却拉着她的手放进了自己裤子口袋里，像藏住了一个只有他们可见的秘密。

烟花散乱地放了一地，什么品类的都有，沈域在里头翻出了仙女棒，递给陈眠。

游淮骂他见色忘友——这么多人呢，就给陈眠拿烟花，什么意思啊。

沈域冷笑着回了句："你自己没长手？"

迟盛闷声不响地蹲在那里，忽然点燃了烟花。

引线被点燃，一阵声响过后，四四方方的烟花盒子往上喷出火星，升到空中炸开。

砰、砰、砰……

她分不清是心跳的声音，还是焰火炸开的声音。

一束束焰火在空中绽放，熄灭后又有新的焰火升空，接连不断短暂易逝的美丽轻易抓住了众人的视线。

乔之晚却在烟花升空时侧头看向了陈眠，她的脸被烟花映亮，而她身侧的沈域唇角勾着笑，歪着头专注地看着她。

烟花是陈茵爱玩的，游淮买了不少，迟盛就跟无情的放烟花工具人一样不停地放。刚开始他没察觉，玩得挺起劲儿的，回头才看见他的两个好兄弟，另一个在给女孩子拍照，一个牵着女生的手笑得跟傻子一样，只有站在他旁边的表妹表情落寞地看着烟花。

这时候，迟盛才反应过来自己是个"工具人"，同时也知道了沈域答应让他来的真实原因，见鬼的好久不见，叙叙旧，就是让他当苦力的。

从小就是这样，迟盛是他们三个人里最好骗的那一个。三个人还是小朋友时，在游淮家玩，沈域不小心打碎了花瓶，但他硬是一声不吭，只是在大人出来后默默换了位置。迟盛擦着汗，傻乎乎地问表情阴沉的游淮爸爸："叔叔，你的脸怎么那么黑？"

偏偏迟盛很好哄，每次生气不理人，狠话说了无数次，只要沈域给他买吃的，说"迟盛，你是不是长高了"，迟盛就不生气了。

他这回算是长大了，也没等着沈域跟游淮找烂借口搪塞他，更没管他们在玩什么浪漫，直接一手一个扯着两人的脖子就往海里推。

游淮手里还拿着手机呢，被迟盛推进海里的时候直叫唤："迟盛，你有病啊——咕噜咕噜——陈茵，你笑什么！这是你的——咕噜咕噜——手机！"

沈域的裤子湿了，上衣也打湿了大半，没游淮这么愤怒，而是直接拽过迟盛就往海里摁。

那边闹成一团，陈茵跑过去抢救自己的手机，却被游淮扯着"共沉沦"。

陈眠站在岸边，看沈域冷着脸跟人算账。

乔之晚在吵闹声中走到她身边，对她说："陈眠，我爸在准备跟我妈离婚，你知道为什么吗？"

不等陈眠说话，她又自顾自地说："因为你爸总是找上门。他等在小区门口，看见她就缠着她要钱，报警关起来也没用，他出来之后又找到我爸的公司，搅得我家天翻地覆、不得安宁，我爸给我找了新的住处，然后他们开始无休止争吵。"

陈眠看向她，冷淡地问："你爸妈离婚，和我有什么关系？"

她的反应完全在乔之晚的意料之中。因为她本来就是这种人，乔之晚只是憋闷得太久了，想找人聊聊。持续近一个月的家庭争吵让她身心疲惫，高考完的那一刻她想的是终于解脱了，可回家后每天耳边充斥的都是阮艳梅的哀求声和乔成的冷淡回应。再后来，阮艳梅似乎发现了乔成出轨的证据，从哀求变得声嘶力竭。

——你怎么能这样对我？

——我到底做错了什么？

——我求求你不要这样，不要丢下我！

…………

阮艳梅也求她，哭着对她说："晚晚，你帮帮妈妈，你帮妈妈劝劝爸爸好吗？"

乔之晚感到疲惫，不知为何想起了陈眠对她说的话。

——你为了沈域讨好别人的样子，挺可笑的。

她明白了当时她觉得愤怒的话究竟是什么含义。她在阮艳梅对乔成的讨好声中，看见了自己的影子——难看、卑微又令人厌恶。

她轻笑了一声，像是对过往的一切释怀了一般："这怎么会跟你没有关系？陈眠，我的城堡是你打碎的，你让我看见了一切最真实的模样。说起来，我应该讨厌你，但又觉得你说得挺对的。

"我长相好看、家境好、性格好又有特长，什么样的男生找不到，就算他们离婚，我照样是我爸的独生女，这一切对我都没有影响。我只是看见了世界最真实的样子，知道我不是世界的主角，一切不是围绕我转动的。所以，陈眠，我不讨厌你，因为除开得不到沈域的喜欢，我很多方面比你实在是好太多了。"

她用手指着朝她们走来的沈域，对陈眠说："他只是我求而不得的暗恋对象，但对你来说，他是你唯一能让人嫉妒的存在。"

话音落下，她笑着走开了。

走回来的沈域不知道乔之晚跟陈眠说了什么，但陈眠脸上看不出什么异样。

他身上湿漉漉的，澡算是白洗了，头发正在往下滴着水。

"回去吗？"

陈眠点头。

刚走进房间，沈域就开始脱衣服，湿透的短袖被他随手丢在地上，跟一块烂抹布似的。陈眠刚看了一眼，就被人压着贴在了墙上。

沈域上半身是赤裸的，上面还沾着细小沙砾，贴着她的身体。

"陈眠。"他低头，贴着陈眠的耳朵。

黑夜中燃放的烟花似乎在房间里被再次点燃。

耳畔的热意挠得陈眠发痒，引起一阵燥热。沈域就像一只大型犬贴在她身上。

"怎么不说话？放烟花把声音放没了？"

嗓音低哑，像是翻滚的浪潮。

陈眠藏在棉袜里的脚趾都蜷缩了起来，像小猫一样轻哼了一声。

结果沈域笑了，亲吻她的眼尾。

"我不……"

话音尚未落下，她就被人打横抱起。他身上的水珠全沾在了她的身上。暖色灯光灼烧着陈眠的眼睛，让沈域的脸成了模糊的光晕。

沈域裤子口袋里的手机在这个时候响了起来。

——我陪你过生日。

是陈眠的声音。

陈眠一愣，随即看向沈域："你什么时候录的音？"

沈域把人放在洗手台上，大理石的台面贴着陈眠的大腿。铃声里女生清澈的说话声过后，便是一阵歌声，是卫兰那首《一格格》的副歌部分。

他说："在你要跟我说话的时候。"

陈眠手指蜷缩。沈域亲了上来，她的身体被迫贴上了镜面，身后是一片冰冷，而身前却是少年滚烫的胸膛。

他咬着她的唇，漂亮的桃花眼里一片潮湿，用诱哄的语气说："宝贝，我好喜欢你。"

手机铃声没人去管，甚至没看是谁打来的电话。

他们接着吻，坐在洗手台上的陈眠被沈域抱在怀里，原本存在身高差的吻需要一个人踮脚，而另一个人低头，现在两人刚好是最舒服的姿势。

"疼……"沈域问她，"你喜欢我吗？"

口腔里多出了血腥味，她咬破了沈域的肩，但他闷声不吭，问着他们之间并不能提及的敏感话题。

陈眠没有松开牙齿，反而更用力地咬了下去。

沈域终于倒吸了口凉气，垂眸看着埋首在他肩上的女生的发顶。

她什么话都没说，只是咬他，仿佛他流血跟她无关似的，脸上见不着一点儿心疼。

"你……你猜。"

这是在美术班教室外的走廊里,她问沈域是不是跟陈茵在一起时,他的回复。

而他的回答被用来在此时此刻回复他,像是故意报复。

沈域笑,贴着她的唇,代替她回答。

"猜出来了,你喜欢。"

在海边玩了四天,回程那天恰逢周日。

路上堵得水泄不通,陈眠和沈域各自在看手机,两人都没有说话,司机以为他们吵架了,从后视镜里看了他们一眼,发现肩膀是挨着的,两人只是单纯地在做各自的事情。

到家后,陈眠收拾了东西,一些高三的学习用品被她全收进了箱子里,沈域靠在门上看着陈眠收拾,看她艰难地用胶带封箱,然后推到房间角落。

"收起来干吗?"

"因为高三已经结束了。"陈眠是这么回答的。

如果说一切早有预兆,那陈眠这句话便是一切的开端,只是那时沈域毫无察觉,他仍陷在海边两人疑似热恋的状态之中,做着未来一起上课、下课,毕业后直接结婚的美梦。

六月二十五号这天,沈域回了趟家。

他生日,爸妈都没回来,高考分数即将出来却让家中长辈格外重视。早就不管事的沈爷爷仍有话语权,一句话让沈家人聚集了大半,都在客厅等着沈家这棵独苗的高考分数公布,这种场合沈域不可能缺席。

五点出成绩,本来到点沈域上网查就可以了,沈爷爷非要做到满满的仪式感,让全家人都坐在客厅一起守着时间等。

这行为让沈域他妈无法理解,对他们来说时间就是金钱,还有几个会议等着她去开。她坐在沙发上,如坐针毡,左顾右盼,最后视线落在她儿子身上,正要说话,却看见沈域拿着手机直接出了客厅。

沈爷爷冷笑了一声,对夫妻俩说:"看看,平时你们对他疏于关心,这会儿连句话都没机会说。"

打电话来的是迟盛,刚一接通对方就问他,知不知道乔之晚的后妈跟他女朋友的关系。

沈域靠在墙面上，也没直接回答，只是让对方有话直说。

迟盛难得沉默了一会儿，才说："乔之晚后妈进监狱了，你知道吗？"

沈域一愣，问："什么？"

迟盛说："我也是刚听我爸说的。乔之晚后妈杀人了，好像是杀了她的前夫，她被警察抓了，我还以为这事会影响……"

他的话没说完就被打断了，沈域问："这是什么时候的事？"

迟盛回忆了一下，说："有一两个星期了，我爸一直瞒着我，还是今天吃饭的时候，我妈说漏嘴了。"说着，他觉得沈域的语气不对劲，问，"阿域，你怎么了？"

——一两个星期了。

沈域挂断电话，屏幕上显示时间是下午五点。

他爸的声音从客厅传出来，让他进去，可以查成绩了。

沈域没有答话，而是点开通讯录，打电话给陈眠。

监狱里是安静的。

隔着安全玻璃，陈眠拿起电话，将话筒贴在耳朵边。对面的阮艳梅看着她，说："你还跟你的小男朋友在一起吗？"

陈眠语气淡淡的："与你无关。"

"与我无关。"阮艳梅冷笑着重复这句话，戴着镣铐的双手捧着话筒，看着对面的陈眠，说不出是什么心情。两人上一次见面，她戴着珠宝，开着奥迪，高高在上地拿出银行卡打发她出国留学，而这次见面便发生了天翻地覆的变化。

警察问过她，为什么杀人。

所有人都无法理解，看起来温柔柔弱的她怎么会有勇气去杀人。

他们都不理解她，也无法懂得已经从黑暗中走出来却再次被老鼠缠上的人的感觉。

她的生活天翻地覆。陈宋找不到陈眠，就一直缠着她，哪怕是从拘留所出来后也一样，他什么都不怕，大众的眼光及寻常伦理道德标准对他也行不通，他就像水蛭，不吸干鲜血绝不罢休。

那段时间里，陈宋每天蹲守在她的单位门口，看见她便笑着迎上来朝她要钱，被保安赶出去就蹲在外面。旁边偶尔路过一个夹着公文包往里走的人，他便咧开嘴，露出一口被烟熏黄的牙，说阮艳梅是你同事吧？那是我前妻，她胸上有一颗痣，身材特别好。

听见这些话的同事无不皱眉，他们没有接触过这样的人，身边大多是接受过良好教育的人。当初阮艳梅进单位始终不敢说自己的学历，全靠外表和努力才艰难融入他们的社交圈，成为真正的同事。

陈宋几句话就让一切都破灭了。

再多的努力都没有用，这段失败的婚姻造成的影响在时隔多年之后，再次如龙卷风一般彻底摧毁她的生活。领导找到她，跟她说门口那人始终守着也不是办法，让她先休息一段时间解决这事，不然来来往往的客户看到了，影响不好。

乔成给了几次钱，发现陈宋就是一个无底洞，便耐心告罄。结婚多年，阮艳梅对他来说早就没了当初的吸引力。

对于地位悬殊的男女而言，年龄对他们也有着不同的衡量标准，有钱有权的男人越老越吃香，永远有想走捷径的年轻女人扑上来，诱惑从来都没有断过，乔成也曾犯错，只不过在过去，他对尽到了母亲和妻子职责的阮艳梅保有对妻子的尊重，不会让她发现。

可是陈宋的出现，让乔成看见了阮艳梅精心打扮背后的丑陋，看见她每天兴致勃勃地看那些时尚杂志，化妆台上放着一堆又一堆的昂贵化妆品，同他说着股票、基金，聊着乔之晚的教育问题，说着陈太太、宋太太约她参加的饭局，那双眼睛虽然依旧美丽动人，依旧饱含爱慕，眼尾却起了皱纹。

她依旧美丽，但可以被替代。

只要拿出钱，就有无数个"阮艳梅"能做好他的妻子。这个认知让乔成在陈宋一次又一次的出现中失去了耐心。

最终他递了一张离婚协议书给她，终止了这段婚姻关系。

像是轰然坍塌的空中楼阁，突然间她什么都没有了，但陈宋仍然缠着她。

——没钱，那就去想办法呀，以你这姿色还是有办法的吧？

——真以为这样就能摆脱我？想什么呢，阮艳梅，我们曾经是夫妻，你就永远是我的人。

后来警察问她，为什么杀人，杀人的时候想的是什么。

阮艳梅笑着说："因为他恶心啊。"

他恶心啊，伸向她的手恶心，说话的嘴恶心，他的一切都恶心。

她恶心得寝食难安，失去了自由生活的权利，甚至没办法向人求助。因为他只不过进行了言语骚扰，进派出所也不过是教育几句就放出来了，言语骚扰算什么违法犯罪呢？只要你别听就可以了，捂住耳朵就行了。

"我的生活全被他毁了。所以，我杀了他，有错吗？"

阮艳梅是这么回答的。

此时此刻，她也用那样恶毒的眼神看向陈眠。

"与我无关？你是我生下来的，你要是真能做到与我无关，你就不该出现在我面前！你就该一直生活在贫民窟里，不要出现在不属于你的地方！

"你跟那个畜生一模一样，你身上流着他的血，你就是个畜生啊，陈眠。我的生活全是被你毁掉的，如果不是你，我怎么会沦落到如此地步！

"我当初就不该生下你，在你还是婴儿的时候，我就该把你掐死，你怎么不去死？你去死啊！你去死！！

"你就是我，你也是陈宋！我的现在就是你的未来！你也会被抛弃的，陈眠，不会有人爱你的！杀人犯和酒鬼的女儿能是什么好东西！陈眠，你去死！"

她的癫狂让门口的两个狱警走了进来。他们试图让她冷静，但她像是彻底疯了，即使探视时间还有二十多分钟，还是把她给带走了。

话筒被阮艳梅当作救命稻草一般拽着，电话线拉得很长。

陈眠自始至终没有动过，端坐在那里，话筒贴着耳朵，听着阮艳梅歇斯底里的声音。

她从监狱出来的时候，天已经黑了。

手机里显示时间是七点，有五十多个未接来电，全是沈域打过来的。

微信里的消息全是问她有没有查分数，还有班主任发来的消息。

她全都没有点开看。

她看起来十分正常，拿出公交卡，上了回盛世豪庭的公交车，坐在靠窗的座位，扭头看着窗外的风景，然后到站下车，刷卡进小区的时候被门卫叫住了。门卫看着她，犹豫了一下，才拿出纸巾递给她，对她说"不要难过，考试不是人生的全部"。

这个时候陈眠才发现自己哭了，有些迟钝地伸手摸脸，触摸到了一手的湿凉。

她用纸巾去擦，看起来十分冷静，甚至还能回应道："没事的，谢谢。"

然后她走进电梯，摁亮楼层键。电梯门打开的刹那，她看见了满头大汗的沈域。

他像是跋山涉水而来，眼睛里冒着火，盯着她看了很久，却什么都没说，只是伸手把她从电梯里拉出来，然后圈在怀里。

"沈域。"陈眠喊他的名字。

"嗯，我在。"沈域的声音是哑的，胸腔剧烈起伏，体温很高，汗水打湿了他的衣服，让拥抱的感觉变得潮湿起来。

"陈宋死了。"

"……我知道。"

"阮艳梅杀的。"

"我也知道。"

"她说，都是我的错。"

她声音依旧平淡，却让沈域心疼得无以复加："她骗你的。

"这不是你的错，和你无关。就算没有你，他们也会走到这个地步。你和他们不一样，陈眠，你只是你自己，这一切都和你没有关系，你也是受害者。"

陈眠松开手，揉成一团的纸巾掉落到地上。

她将头抵在沈域的肩上，眼泪就这么掉了下来。

她连哭都是安静的，只是身体颤抖着，哽咽道："我没有……我没有难过。

"我只是太累了……真的太累了……路……路上……一直堵车，还……还在下雨……真的……太累了。

"沈域，为什么啊……为什么不是晴天呢……"

她找了所有的烂借口，责怪天气，责怪公交，责怪堵车，责怪了全部。

却掩盖住哭泣背后的真实原因。她好难过。

哪怕理智告诉她，这是值得开心的时刻——陈宋死了，缠着她十多年的噩梦至此消失，抛弃她的人进了监狱。带她到来这个世界的父母让她看见了这个世界最肮脏的一面，然后他们被世界惩罚，她本该是开心的。

可是她竟然觉得难过。

坚强的外壳被撕裂，露出脆弱的内里。

眼泪浸湿了沈域的衣服。

少年不知所措，甚至不知道该怎么安慰，只是拍着她的背，一次次地对她说："我在。"

晚上八点，客厅里电视开着，《晚间新闻》正播放着重大事件，放在桌面上的手机屏幕不时亮起，闪烁的消息栏都有着同一个关键词：高考分数。

沈域从冰箱里拿出一瓶可乐，拧开瓶盖，可乐咕噜噜地冒着气泡，涌出的泡沫顺着瓶身流到他的手上。沈域把可乐放到陈眠面前，又去厨房洗了个手，出来的时候就看见原本抱着膝盖一直在看新闻的女生拿起手机，手指停在屏幕上。手机上是查询分数的界面。

她的手指长时间没有移动，她也没去拿桌上的可乐。

手机界面跳出很多条消息。

赵莉莉问她的高考分数，看她许久都没回复，产生了和保安同样的想法，开始找一些乱七八糟的话题转移陈眠的注意力。但其实陈眠到这一刻都还没有查高考分数。

沈域拿出吸管放进可乐瓶里，推到陈眠面前。

"要我帮你查吗？"

他是在家查完分数才被允许出门的，全家都很满意他的分数。沈家从来没有笨蛋和纨绔子弟，然而就高考成绩而言，沈域依然是最优秀的那个，报考学校和专业早就被定好了。游淮当初说的出国确实在计划之内，先在国内读几年大学再出国镀金，毕业后回来继承家业，整条人生路线都是既定的。
　　别人在纠结院校和专业的时候，沈域连《高考志愿填报指南》都没有翻开。
　　绝对的自由背后就是绝对的枷锁——他爸妈不过问他和陈眠的事情，他也不对家里安排的路线表示任何反抗。
　　在沈域看来，他们理所当然地会读同一所学校。
　　"不用，我自己查。"陈眠拒绝了他，呼吸忽重，手指在屏幕上停了一会儿，才用力点了下去。
　　这个点已经过了查询最火爆的时间，打开的窗户外传来临近楼层里不同的声音，有大着嗓门给亲戚好友打电话报喜的，也有压抑沉闷地问父母"高考就能代表全部吗"的哭喊声，更有一些讨论着选择院校和专业的细碎声音。
　　三年寒窗苦读，无数个与灯光、试卷、书本做伴的日日夜夜，就只是为了一个轻飘飘又沉甸甸的分数。
　　陈眠幻想过无数次这一刻的场景，高考分数对她而言是开启新生活大门的钥匙。在老师让学生在字条上写出理想院校的时候，赵莉莉问过她有没有理想大学，那时候陈眠想得肤浅——只要就业方向好，能够让自己改变现状，奔赴更好的生活，无论哪一所学校都可以。
　　班主任找她谈过，说："陈眠，我们班那么多人里，你是我最喜欢的学生，不是因为你成绩好又乖巧，而是最单纯的欣赏。我相信你只要下定决心就没有不能到达的地方，但与此同时，我也希望你能够想清楚自己究竟想去哪里，想成为什么样的人，想拥有什么样的未来，老师希望你能够把握在手里的自由开启你最想看见的风光。"
　　用握在手里的自由开启最想看见的风光。
　　总分数跳出来，六百八十分。
　　然后她听见沈域笑着说："陈眠，考得漂亮。"
　　陈眠顷刻间失去了言语能力，也没有很多的想法，脑子里唯一闪过的念头是：一切都真的结束了。
　　回学校领档案的那天，赵莉莉拉住她，跟她吐槽班级旅游的事情。他们去的是邻近的旅游城市，路线规划得还不错，班里参与的人也多，大家挺开心的，结果临回来的时候，在公交车上陈柯跟刘俊杰吵架了，吵架原因看似是谁先上车这一件小事，但谁都知道其实是因为林琳。

陈柯跟林琳在谈恋爱，而刘俊杰喜欢过林琳，陈柯就小心眼地针对了刘俊杰好几次，刘俊杰也不是一个软柿子。两人在车上就吵了起来，骂得难听，最后还是其他人把两人拉开，分别劝着才让气氛缓和下来。

"这事发生后，陈柯挺傲气的，还放话说刘俊杰就是垃圾，有种在高考分数上见真章。结果，刘俊杰超常发挥，比之前模拟考的分数都要高，陈柯却发挥失常了。"

她打开手机，翻出班级群的聊天记录给陈眠看昨晚的"盛况"。

刘俊杰在群里叫了陈柯几次，问他考了多少分，说出来听听。

陈柯装死，一句话都没说，还是林琳出来回复了刘俊杰一句，让他闭嘴。

这里头还有陈眠的事。

有人发了一条消息："听说这次我们班上，考得最好的人是陈眠。"

话题本该在此结束，结果就在这个时候，陈柯发了一个："呵。"

也不知道是在回应刘俊杰的话，还是在针对陈眠。

赵莉莉愤愤不平地说："陈柯就是垃圾，这种人以后不会有出息的。"

说话间，陈柯已经搬来班级学生档案摆在教室讲台上，脸色不太好看，对底下分享着假期生活的同学们说，今晚的谢师宴邀请了各科老师，大家都别缺席。

说这话的时候，他特意往陈眠那边扫了一眼，加重了语气，道："尤其是某些同学，这都要毕业了，就别不合群了。"

林琳正趴在桌上玩手机，听见陈柯这么说，也跟着看向陈眠，勾唇笑了一声："她是不屑跟我们一起玩吧，毕竟她连班级旅游都没去，反倒跟着理科班的人出去玩了，可能觉得我们配不上她。"

赵莉莉一听就冒火，想回撑却被陈眠拉住了手。

以往总是云淡风轻，似乎无论什么都不放在心上的人，此刻近乎轻蔑地扫了一眼林琳，然后看向讲台上的陈柯，说："都要毕业了，那确实得去，毕竟以后再见面就难了。"

语气平淡，听起来不带任何攻击性，但陈柯的脸色顿时难看了起来——他心思重，总喜欢对别人的话加以揣测。陈眠这么简单的一句，他就听出了陈眠是在讽刺他名落孙山读不了她要读的大学。

一点即燃的战火在老师进入教室时终止。

晚间的谢师宴，他们班级跟其他班是在同一地点、不同包间。吃饭的时候，沈域一直发消息问她参不参加其他活动，消息被赵莉莉看见了，喝下红酒的她脸颊通红，指着沈域的名字问："陈眠，你们什么时候正式在一起？"

陈眠用手戳赵莉莉软乎乎的脸，轻声对她说："不知道。"

赵莉莉有点儿蒙，缠着她问："为什么呀？"

这时候，有人喊着"来，我们一起敬老师一杯"，陈眠跟着众人站起来，手里举着杯子。

像是被人监控了一样，手机那头的人适时地发来一条消息："你没喝酒吧？"

"该在一起的呀。"赵莉莉双手捧着杯子，做出了要跟老师结拜的姿势，人晕乎乎的，像小孩一样软软地说，"你们那么般配！"

周围同样喝多了的同学听见这话，也没弄清楚赵莉莉说的是谁跟谁，就跟着起哄，还拍着桌子喊"在一起、在一起、在一起"。

主位上坐着的班主任看着这群小崽子，头疼到扶额。旁边被占用了整个学期课的体育老师笑得像一个傻瓜。

有的人情绪上来了，眼泪、鼻涕糊了一脸，举起自己的筷子扯着邻座同学说："都要毕业了，我们也该结拜成兄弟了，不求同年同月生，但求同年同月死。"

沈域推开文科（三）班聚会的包间门，看见的就是四五个男生朝着他的方向，双手举着筷子下跪。

"咣咣咣"几声响起，他们口中还喊着"玉皇大帝"做证。

不远处，陈眠艰难地拽着拿着筷子也要加入的赵莉莉，软着声音哄道："莉莉，不行，你不是男的，做不了他们的兄弟。"

赵莉莉一听就哭了，抱着她号得像明天就是世界末日一样："呜呜呜……为什么我不是男的啊？眠眠，如果是，我就可以当你婚礼上的伴郎了，呜呜呜，我怎么就……怎么就不是男的呀？"

沈域："……"

后头跟着凑热闹的理科班男生也喝得迷迷糊糊，手撑着门傻笑道："你们这里是桃园三结义主题啊？嘿嘿……嘿嘿嘿……我们班的人在寻找华罗庚呢！"

好像高考完，他们的智商都还给老师了一样。

借酒壮胆表白的人也不在少数，也没看清楚人，举着酒杯就喊"陈眠"，然后就被身边尚且清醒的人捂住了嘴巴："眠你个鬼啊，沈域在，你还在这里喊眠眠，你自己先安眠吧。"

老师完美诠释了什么叫"睁只眼闭只眼"，笑着看热闹，还不时回应着流着鼻涕、眼泪，说感谢话的同学。

就是在这种氛围里，沈域朝陈眠走了过去。赵莉莉还在缠着她不停地说着结婚的事，她面前的桌子上，酒杯里的酒少了一半，她显然喝了酒，但没上脸也没醉，还挺清醒地看着沈域，问："你怎么来了？"

"你没回信息，我还以为你掉酒罐子里淹死了。"沈域用手撑着她的椅子背，看出包间里显然还没有要散场的意思。他看见陈眠杯子里装的是啤酒，拿起杯子直接帮她喝完了，然后将杯子倒扣着，冲那边举着酒瓶到处给人倒酒的体育委员抬了一下下巴。

对方脸红得像猴子屁股一样，虽然还没倒下，但脚下发飘，直接就冲沈域敬了一个礼，大着嗓门喊："保证完成任务！"

沈域再度感到无语——这帮人的酒量到底是有多差。

理科班那边也没散场，他只是中途过来看看情况，发现陈眠好好的，还能乖乖地冲他眨眼睛。许是嫌热，她随手扎了一个丸子头，两鬓各垂下了几绺头发丝，暖色灯光下整个人显得十分柔软，像是被狼外婆拐跑的小红帽。

陈眠扯住他的袖子，问："沈域，你喝酒了吗？"

沈域笑着逗她："不只喝了，还喝醉了。"

陈眠就皱了下鼻子，身体往后靠，背都抵上了桌子边，双手往后撑，低头不看他了，用有些嫌弃的语气说："你好烦。"

身边的赵莉莉突然"诈尸"，对陈眠说："你们到底什么时候结婚啊，眠眠？"

陈眠像一个摇头娃娃，嘴里不停地重复着"不结"。

沈域看陈眠的状态，估计她也喝醉了，只是不上脸，所以看着跟没事人似的。

他平时没跟陈眠喝过酒，不知道这姑娘的酒量这么浅。

偏偏这时候，他口袋里的手机响个没完——他们班的人问他跑哪里去了，是不是被什么妖怪拐跑了。那边的气氛热烈，众人拍着桌子，敲着碗喊着让他赶紧回来。

沈域只好让坐在陈眠旁边、看着还清醒的女生多照看她，然后就回了理科班的包间应付同学。

结果也就二十分钟不到，他再过来时，陈眠就不见了。

一起消失的还有原本趴在桌上睡觉的赵莉莉，而那个被委托照看陈眠的女生从椅子上转移到了沙发上，趴在那儿睡得正香。

沈域有些头疼地揉了一下眉心，转身去了女厕门口。从里头出来的其他班女生看见沈域还挺惊讶的，被问里面有没有人时，把脑袋摇得像是拨浪鼓。

沈域拿着手机，一边打电话一边往外走，结果刚走出餐厅大门，就看见了在门口蹲着的陈眠和赵莉莉。

陈眠给赵莉莉拍着背，赵莉莉冲着树根吐得稀里哗啦。

他凑近一些，才听见这两人还在说话。

赵莉莉边吐，边哭着说："眠眠，我好舍不得你。"

陈眠说："我们总能再见到的。"

"可是……可是就不能每天都见到了。"赵莉莉用手撑着树干，觉得眼前有三四个陈眠在冲她笑，顿时更难过了，伸手就要去抓陈眠的胳膊，却抓了个空。她揉着眼睛又弯下腰吐，吐完了，口齿不清地对陈眠说，"眠眠，我好想参加你的婚礼哦。"

这句话，赵莉莉今晚说了无数遍。

陈眠也有些头晕，问她："你为什么对这件事这么执着？"

哪知道赵莉莉对她说："因为我希望你幸福啊。沈域对你那么好，我妈妈说人要现实一点儿，男朋友要找条件好的，这样就算没有感情，也有不错的生活……沈域又有钱，又喜欢你。"

她喋喋不休地说着话。

"沈域喜欢你，你也喜欢他，所以你们结婚不是最好的结局吗？"

沈域停住脚步。他看见陈眠摇头，她坐在地上对赵莉莉说："不是这样的。喜不喜欢根本不重要，爱情只是人生中的一部分，和他在一起，成为他的妻子不是我想要的人生。"

这话听起来有些深奥。

赵莉莉问："那你想要什么呢？"

陈眠伸出手，看见路灯落在自己掌心上，就笑了，像是捉住了所有的光亮。

"我想要自己能够拥有绝对的自由，不畏失去的勇气，还有……"

还有什么呢，她想不起来了。

赵莉莉似懂非懂，追问："那沈域呢？"

陈眠摇着头，轻声说："不要。"

游淮从楼上下来吹风，就看见站着抽烟的沈域，顺着他的视线看去，就看见了蹲在那里的两个姑娘。他眯着眼认真辨认了一会儿，才问沈域："那是陈眠？"

沈域没说话。

游淮有些纳闷，道："她怎么蹲在那儿？"

沈域垂着眸，许久才问游淮："你会跟陈茵读同一所大学吗？"

说起这个话题，游淮就来劲儿了，抬着下巴略带炫耀地说："那可不，她非缠着我要我读同一所大学，还让我把身份证号发给她，到时候帮我填报志愿，挺缠人的。我刚出来一会儿，电话就打过来了，她挺离不开我的，我有什么办法。"

他在沈域面前故意犯贱，却意外地没听到沈域骂他。

"怎么了？"游淮正色，问沈域，"她不跟你读同一所大学？"

有风吹来。沈域看见陈眠的外套被风吹得鼓起来了，像一只振翅欲飞的鸟。

"她不要我。"

游淮被沈域这种仿佛被主人遗弃的小狗的语气弄得有些发蒙，问："什……什么？"

沈域低头，没再看陈眠，酒意上涌，喉咙都泛着苦。

"陈眠说，她不要我。"

这是这一晚游淮最后的记忆，因为在他听完沈域这么说后，一下没站稳直接摔倒，脑门着地。

晕过去的刹那，他想：救命，我那苦命的兄弟也太惨了！

第二天醒来，陈眠头还是痛的。

赵莉莉妈妈敲开房门，将端着的两杯冰糖雪梨水放在床头柜上，温柔地冲陈眠笑，嘴上问她睡得怎么样，头还疼不疼，手却直接拍向了抱着玩偶、睡姿难看的自家女儿。

陈眠有些发蒙："阿姨，我怎么在这里？"

"昨晚我跟莉莉她爸去接人，莉莉抱着你不撒手，就把你们都带回来了。我们问你家里人的电话，你迷迷糊糊地报了一个号码，但我打过去是个男孩子接的电话。"赵莉莉妈妈有些疑惑，问她，"那是你哥哥吗？"

陈眠低下头，对这些完全没印象。

赵莉莉妈妈送完雪梨水，就走了。

陈眠拿了手机出来，沈域没有打电话，也没有发消息，微信里只有班级群发着昨晚聚会的视频。

其中一段视频拍到，沈域推开门，被几个下跪结拜的男生弄得愣在那儿，紧接着就笑了。拍摄者的技术不怎么样，镜头一直在晃，她还没看清楚就拍到了别的地方。再晃回来的时候，她看见沈域站在她的面前，而镜头里的她看起来反应有些迟钝，朝沈域伸出手，对方就弯下了腰。光落下来的刹那，他许是注意到镜头的存在，往这边看了一眼，唇角还勾着笑，表情也十分温柔。

视频就定格在这里。底下有人说：

——尽管之前每天在学校都能看到，但我还是不得不感慨，沈域太帅了吧。

——一想到读大学不一定能看到这么帅的脸，我就有点儿难过。

——谁能跟他读同一所学校啊，我听老班说他是今年的理科状元。

——又帅，脑子又好，还专一，我只能说他是极品男人！

…………

"他真的挺帅的。虽然绥中没有校花校草评选，但校草是沈域绝对没有悬念，居然能顶住这种模糊镜头。但是为什么要拍到我啊？在你们旁边趴在桌上睡得像一只死猪的我也太丑了吧！"

赵莉莉从床上一跃而起，挨在陈眠旁边，拿着床头柜上的镜子盯着里面的自己，又问陈眠："我丑吗，眠眠？"

陈眠摇头："你很可爱。"

赵莉莉立马被哄开心了，有些疑惑地问："可是……昨晚沈域怎么没带你走呀？"说着，她急忙摆手，"当然我很开心能跟你一起住！只是我想不通。"

陈眠也不清楚昨晚发生的事情，跟断片儿了一样，什么都想不起来。

中午赵莉莉的妈妈竭力挽留陈眠在他们家吃饭，陈眠婉拒了。

她也没回盛世豪庭，而是回了那栋老旧的居民楼。

宋艾不在家，屋里看起来不像是有人居住的样子。隔壁的张婶买完菜回家看见陈家的门打开着，又看见里面站着的陈眠，凑过去说："眠眠，你怎么回来了呀？你不是在亲戚家住吗？啊——你看我这脑子，高考已经结束了，你考得怎么样？"

陈眠笑着说"还不错"。

张婶立马替她高兴了起来，又看到陈眠用目光在屋里搜寻着什么，便对她说："别找啦，你那个后妈早就跟一个男人跑了，就是一个有点秃头的。之前他总是住这里，后来你爸没了，你后妈就收拾东西走人了。那时候我问她还回不回来，她说不回了。"

陈眠有些愣怔。

谢绝了张婶留她吃饭的邀请，陈眠推开自己房间的门。

门发出"吱呀"一声，打开的瞬间，有灰尘扬了起来。

里面还是乱的，她走的时候是什么样，现在还是什么样，衣柜门开着，乱塞的衣服散发着霉腐的味道。

陈眠又去了陈宋住的房间，房产证还放在抽屉里，宋艾没有拿走。

她已年满十八岁，按照网上教的步骤操作，办理过户。在等待过户完成的这段时间里，她打扫干净了房间，一边等录取通知书，一边开始找房屋中介。

而这段时间里，沈域自始至终都没有找过她。

出乎她意料的是游淮找过她一次，不知道他找谁要的手机号。

陈眠接通电话，听见那边沉默了很久，像是手机被传来传去的动静，最后响起的是游淮的声音，有些无奈地问她："陈眠，你对阿域到底是什么意思啊？"

陈眠直接挂了电话。

七月中旬，录取通知书寄到家门口，快递员一直负责这个片区，对这栋楼里住的人都眼熟，看见陈眠打开门，就冲她笑着说"恭喜"。

是政法大学的录取通知书。

法学专业，2015届新生，陈眠。

陈眠推开房间的窗户，楼下垃圾站里依旧是满的，散发出阵阵恶臭气味。

电话铃声响起，房屋中介对她说，有人看中他们家的房子了。

黑暗终结后，接下来的似乎全是好事，好到近乎不真实。

八月办完房产过户，一大笔钱进了陈眠的银行账户。她给宋艾打电话，宋艾在电话那头笑着说："才几个钱，我看不上。"

说完，宋艾又像证明自己的话似的发来了金手镯、金项链、金耳环的照片。

宋艾："现在有男人能靠，有你什么事？"

八月末，陈眠在家附近的酒店里重新整理了一遍所有行李，一个小行李箱装完了她所有东西，去京北的火车票也在钱包里。直到所有事情尘埃落定，才像是终于把她忙碌的生活摁了暂停键。

窗外，淅淅沥沥地下起了雨。

陈眠换了一身衣服，撑着伞，去附近的便利店买明天坐火车吃的面包和水。

地面全被打湿了，路上的人行色匆匆，雨点逐渐密集，眼看就要变成滂沱大雨，有人跑了起来。

"什么鬼天气啊！"

"都要九月了，怎么还在下雨？"

陈眠步伐很慢，走到便利店的屋檐下，收起雨伞的时候，余光瞥见不远处有个熟悉的身影。

她下意识地想追过去，向前走了几步，却发现只是错觉。

眼前没有人，只有持续不断的大雨。

隔日清晨，雨依旧没停。

陈眠打出租车去火车站。司机很热情，看到陈眠一个人拖着行李箱，目的地又是车站，就问："你是去旅游，还是干吗？"

陈眠说："去读书。"

"读大学啊？"

陈眠点头。

司机就笑了："在哪儿读呀？"

"京北。"

"哟，京北可是一个大地方，大都市，有出息啊，孩子！"

陈眠笑了一声，低头从包里摸出耳机，塞进耳朵里，是拒绝再交谈的态度。司机只以为陈眠离开绥北去那么远的地方读书心情有些难过，没再和她搭话，只是将收音机调到了音乐频道。

耳机里没有声音。陈眠听见车载音响里，女声唱着《心动》。

她看向窗外，然后又低下头打开手机微信，在消息界面一路下滑，看见沈域黑色的头像，最后一条消息还是六月份发的。

——你没喝酒吧？

她没有回复。

然后他们再也没有聊过天。

到车站是三十分钟之后，陈眠拖着行李箱往前走，车轮在地面摩擦着，滚动着，发出声响。周围全是和她差不多大的学生，只是他们都有人陪，有父母牵着手千叮咛万嘱咐。

而陈眠只有自己一个人。

她始终步履往前，直到要进站的时候，忽然停住脚步。

陈眠扭头看向外面。

绥北。前十几年的人生全都在这里，出生，长大，读书，每一寸土地都是摄像头，记录着她并不算美好的过往。现在她终于能离开，甚至打定主意再也不会回来。

可是，她却停住了脚步，像是在等什么，却说不明白究竟在等什么。

身后有许许多多的脚步声，所有人都匆忙地往前走着，这些脚步声大同小异，都在奔赴各自的前程。

可就是在这个刹那，陈眠莫名就回过身了，然后看见了十几步开外的沈域。他穿着黑色卫衣、黑色长裤，头上戴着一顶黑色的帽子，整个人跟窗外的天气一样，看着雾蒙蒙的。

这时候，陈眠意识到昨晚不是自己的错觉，她是真的看见沈域了。

广播里传来车次检票的声音，陈眠没有说话，只是静静地看着他。

两人的对视像是持续了很久，又像只有一刹那。

然后和以往无数次一样，沈域朝她走来，站在她面前。

他没有问她去哪里，也没有问她读什么大学，只是问她："什么时候做好的决定？"

像是没头没尾的话，陈眠却听懂了。

什么时候做好的决定，关于离开他，自己奔赴未来的决定。

"很早。"

"多早？"沈域的声音像是窗外的雨，冷冷地落在地上，又瞬间消失殆尽。

陈眠攥紧行李箱的拉手，仍是冷静的语气，说："高三开始的时候。"

"高三开始的时候。"沈域冷笑着重复了一遍，"所以，在我们住在一起、一起看书、一起复习、一起去山上吹风、一起过生日的每一刻，你想的都是……离开我？"

他的声音有些哽咽，死死地盯着陈眠，似乎要透过她冷静的外表下看出异常的端倪。

然而没有。她始终冷静，始终清醒，看着他的目光和看向过路人的目光并没有任何区别。

已经不需要答案了。

沉默就是最好的答案。

"陈眠，你行，你真行……那我呢？"

少年低下头，浑身上下都写满了落寞，像一条落水狗，却还是伸手拉住她的手腕。

酸意涌上来，连鼻子都酸涩起来，像是吃了一颗青柠。陈眠别开头，看着大屏上显示的"正在候车等待检票"，没有回答沈域的话，只是对他说："沈域，我的车到了。"

他们停在候车大厅中央。不少人朝他们看来。

众目睽睽下，看起来清冷孤傲的少年拉着她的手腕，像一个跌倒后挣扎着爬起来，倔强到不肯放弃的小朋友，垂着眸，轻笑着问她："陈眠，你到底当我是什么？"

"这很重要吗？"

"我至少得知道，在我这么喜欢你的时候，在我想着和你一起奔赴更好的未来的时候，你除了一直想着离开我，还想了一些什么吧！"

他终于情绪失控了，然而就算失去理智，良好的教养也让他依旧压低着嗓音。

他是跟陈宋截然不同的人，也是和陈柯截然不同的人，是和她本该接触的所有人都截然不同的人。

如果不是绥北高级中学，如果不是那场雨，如果不是他朝她伸来的手……他们本该是两条毫不干接的平行线。

"陈眠，你到底当我是什么？"

他本该一直耀眼，一直被人仰望，然而现在他却用这种语气，这种姿态，拉着她，缠着她，追问他早就知道的结果。

陈眠看着自己被抓住的手腕，像是有电流从那里一路蹿到头顶，脊背都发凉了。最后她挣脱开了，抬眸看着他，说的话冷淡又残忍。

"我养的狗。"

雨在这个时候停了。

有人惊讶地叫了声:"天晴了!"

绥北从春季一直下夏季的雨,在陈眠离开绥北车站时彻底停了。

八月的尾声,九月的开端。

陈眠坐上前往京北的列车,在急速倒退的风景里,忽然伸手捂住了眼睛。她慢慢地趴在小桌子上,肩膀都在颤抖,哭声从指缝里泄漏了出来。

邻座阿姨以为她出事了,匆忙拿出纸巾递给她,问:"妹妹你没事吧?"

陈眠摇头。

她没事。

只是在这个终于结束的雨季里,她彻底丢掉了所有束缚,以及唯独伸向她的那双手,前往那个未知但充满着自由气息的未来。

有天光从车窗外射进来。

车厢前头的电子屏幕上有字滚动。

——本次列车的目的地,京北。

第七章
「不是我的」

十月，军训刚结束，陈眠这一批新生普遍晒黑了，当初刚入校时男生还梳着各种各样的发型，这会儿一眼望去全是寸头。

天气远没有军训那会儿那么燥热，已经转逐渐凉爽。

教室里，陈眠正在翻着课本自习。旁边的舍友邓茉沫用书挡着手机和男友聊天，聊了没两句，就打开美颜相机把美白功能拉到最大拍了一张照片发过去，有些气鼓鼓地跟陈眠说："我男朋友是不是傻？我跟他说我晒黑了，他说没关系，晒成煤炭他都要，大不了跟家里人说他跟非洲人谈恋爱了。我差点儿一口老血吐出来，他这么会说话，怎么不去读汉语言专业，学什么IT啊？"

两个月的宿舍群居生活让陈眠相当熟练地掌握了哄人技能，她张口就对邓茉沫说："你不黑呀。"

她刚说出这话，另一边玩手机的苏望秋就忍不住捏了一把她的脸，说："跟你比起来，我简直黑到不能看了，好吗？陈眠，你也太白了吧，你真的跟我们一起参加了军训吗？"

她们宿舍一共四个人，邓茉沫、苏望秋，还有一个文科状元余芋在第一排坐着。刚进宿舍的时候，大家都不熟悉，别的宿舍的人已经开心约饭了，她们宿舍还陷在沉默中。

最后还是邓茉沫率先打破了僵局，说："要不咱们都做个自我介绍？"

然后大家才逐渐熟络。

大学对陈眠而言，与高中一个不同的点是群居生活让大家低头不见抬头见，和舍友、住在隔壁的同学变亲密的同时，没有固定教室，总是到处跑，也导致和同班同学相处两个月了，有的人还没说上一句话，看上去熟络但又没那么了解。因此交友的选择权全在于自己，哪怕你沉默寡言，不善言辞，也没人认为你不合群，顶多算是性格不合。

陈眠仍旧慢热，但也没有高中那会儿冷淡，也会笑着说"没有，我也晒黑了"这样的客套话。

她在女生里人缘不错，除了跟舍友关系好，和班里其他女生也能说上几句话，行走在校园里时会跟人打招呼，会笑着说"早上好"。

步入大学后，绥中的同学天南海北地散落在各个城市。这里没有熟悉的面孔，也没有认识陈眠的人，没人知道她高中时发生过什么事，也没人知道她经历过什么。

只有赵莉莉还跟她保持着联络，跟她细数高中同学的去处，说陈柯选择了复读，林琳读绥北大学，而赵莉莉在沪城读的财经大学。

她每天对陈眠抱怨自己是个文科生却扎进了理科专业里，学高数学得想发疯。两人的话题总会避开某个人，虽然赵莉莉不知道他们之间发生了什么，但潜意识里觉得这个话题不可谈及。

"沈域"这两个字，陈眠已经很久没听到过了。

开学后的两个月里，她过得繁忙，上课下课、参加社团活动，一切都趋于正常，和寻常十八岁的女孩子没有任何差别，周末空闲时会去做家教、做兼职。尽管还留着他的微信，但陈眠始终没有打开过聊天框，也没有去看他的朋友圈，像是不会再有任何交集一样。

有一次夜里聊天的时候，邓茉沫问大家读高中时有没有喜欢的人。

苏望秋有点儿心烦地说，有，还在保持暧昧，没捅破那层窗户纸。

余芋摇头，说自己只专注学习，没早恋。

最后轮到陈眠说。

在风扇呼啦啦的转动声里，她回了个"没有了"。

然后这个话题再也没有被她们提起。

"没有了"三个字比"没有"严重，是曾经有过，但是被弄丢了。

她的回忆结束在邓茉沫问她明天下午有没有安排的话语里。

她们明天下午没课，闲暇时间充裕。邓茉沫的男友在公交车车程二十分钟的青大读书，她双手托腮，冲着她们眨眼睛，发出邀请："要不要跟我去青大逛逛啊？明天那里有篮球赛，我男朋友说有超级多帅哥！"

苏望秋婉拒："帅哥对我没吸引力，有这时间，我还不如回宿舍睡觉。"

邓茉沫转头就哀求陈眠："眠眠，你陪陪我吧。他打完球，还要跟球队的人一块吃饭，天知道有多尴尬，我一个人都不认识。你陪我一起去吧！"

陈眠明天没有兼职安排，难得闲暇，便对邓茉沫点了头。

苏望秋在旁边笑着说："你也就是看眠眠好说话。"

一节课结束后，外头一直有人往里张望，视线落在陈眠身上就没移开了。

是一个高个子男生，相貌清俊，怀里还抱着一束玫瑰花，人跟花一样张扬惹眼。

陈眠正在收拾东西，抬起头就看见男生站在她面前，问："晚上你有空一起吃个饭吗？"

这男生叫林郁青，是文学院大二的学长，陈眠入校的时候是他做的接待。他带着陈眠报到完，又带着她去了女生宿舍，据他说是对陈眠一见钟情。追陈眠的人不少，但被冷淡对待了几回合后，大都也就打退堂鼓了。只有他一直坚持变着花样地追，送礼物、约吃饭，甚至在自己没课时来蹭陈眠的课，坐在几排开外的座位上就那么看着她。

整个班的人都知道这个学长，渐渐地也过了当初起哄的劲儿，见到他自然地打招呼，就跟他是自己班的编外成员一样。

在大家看来，男追女的要义也就是死缠烂打加坚持，只要脸皮够厚，铜墙铁壁都能化作绕指柔。更何况林郁青的外在条件属实不错，在文学院里算得上是出名的帅哥，而且家境也不错，各方面条件跟陈眠都算得上是般配。

但目前，铜墙铁壁仍然是铜墙铁壁。

面对鲜花，陈眠只是收起桌面上的书抱在怀里，一如既往地冷淡，道："抱歉，我没空。"

她连借口都不找，丝毫没有在舍友面前那种温和的表情和软糯的语气。

林郁青也没气馁，被拒绝了还笑，将花递过去，说："不跟我吃饭，那花总得收吧。"娇艳的红玫瑰花瓣上还有水珠。

下一节在这间教室上课的学生陆续往里走，不时有人朝他们看来。陈眠不易察觉地皱了下眉，看了旁边等着的舍友一眼，最后轻声说："别在我身上浪费时间了，学长，我不想谈恋爱。"

话音一落，她就往外走了。

回到宿舍后，邓茉沫还在感慨："林郁青最后的表情绝了，他是怎么笑得出来的，还说没事，这也太坚强了吧！"

一下课就去吃饭了的余芋有些不明所以，问："怎么了？"

苏望秋解释："文学院那个一直追眠眠的林师兄，今天捧着玫瑰花又来了，屡败屡战，主打一个勇往直前。"

余芋说："其实我觉得林师兄人挺好的。"这位对男女之事仿佛不感兴趣的学霸推着眼镜给出评价，"成绩好，人品也还行。"

邓茉沫笑了一声："人再好，眠眠看不上，又有什么用。就好比表白墙上向望秋表白的人不少,管院那个富二代送的礼物都不下五位数,望秋愣是看都不看一眼,就死守着她那个高中的暧昧对象。知道这叫什么吗,余芋?"

余芋潜心向学:"什么?"

"王八看绿豆——看对眼就成,看不对眼,金山银山堆过来,都不为所动。"

她形容得有点儿难听,但话糙理不糙。

苏望秋直接把一个抱枕砸了过去:"你胡说!"

宿舍里笑闹成一团,陈眠坐在椅子上,邓茉沫跑到她的身后拉着她衣服挡苏望秋的物理攻击,她只好伸出手说"别闹啦"。

对面宿舍的女生瞧见这边的热闹,也拿着手机过来闲聊学校的八卦,整个宿舍里挤满了人,空气里都是女孩子沐浴后的香甜气息。

快到晚上十点,宿舍里才安静下来,大家各忙各的事情。

邓茉沫跟男友打视频电话,苏望秋和暧昧对象打电话聊天,余芋和陈眠在看书。

十一点半熄灯,宿舍里的人默契地结束各自的事情,然后邓茉沫说了句:"好想我男朋友啊。"

苏望秋骂她:"你能不能不那么恋爱脑?你不是明天就要去看你男朋友吗?"

"你不懂,你只处于暧昧期,不懂恋爱的美妙。"

"别秀恩爱了,行吗?"

"唉——"邓茉沫装模作样地叹了口气,又想起男朋友跟她分享的校园八卦,就说,"我男朋友跟我说他们学校管院金融系有个大一新生长相特帅。有个挺火的娱乐号叫探校君,就是微博上专做大学生访谈的,刚好在他们军训时去学校采访别人,那帅哥路过了一秒,直接冲上热……"

苏望秋打断她:"你男朋友跟你夸别的男生长相帅?"

邓茉沫"哎呀"了一声:"帅哥是人类的公共资源嘛,一般帅哥他也不提,但对方明显不是一般的帅。你们去搜那个热搜话题——军训期间惊艳到你的帅哥美女,啧,好俗的名字。"

陈眠在谈话声中昏昏欲睡,听见邓茉沫说"陈眠,你快看我们的宿舍群聊啊,说不定我们明天去看篮球赛能看见那个帅哥",她才迷迷糊糊地应了一句。

然后她翻过身,打开手机,点进宿舍群,就看见邓茉沫发在里面的截图。

截图里,阳光正灿烂,被采访的男生穿着一身绿色作训服,而镜头对准的却是右边路过的人。

他比周围人高出半个头,理着相同的寸头,在烈阳下眯着眼,似是镜头外有人在叫他名字才望过去,视线没有落在镜头里,不知落在何处,嘴唇轻抿,桃花眼下的那颗泪痣在镜头聚焦下格外显眼。

困意一扫而光,陈眠一眼就认出这个人是沈域。

她看了那张照片很久,才找来枕头旁边的耳机,打开微博,在搜索栏输入:军训期间惊艳到你的帅哥美女。

第一条就是探校君发的视频。

她点开,将进度条往后拉,停在沈域出现的那一秒。

少年从斜后方出现,有些不耐烦地往一侧看了一眼,又收回视线,随后离开了。

整个过程只有三秒不到。

记忆里的少年总是笑着的,而镜头里的人眼神冷淡又疏离,浑身上下都写满了"脾气不好"四个大字。

放眼望去,评论区全都在喊"男朋友",然而被顶上热评第一条的却是:别想了,帅哥有女朋友。

次日,下午两点。

体育馆的观众席基本被坐满了,张成手机响了,他拿出来看见女朋友发来的定位,距离很近,现在可以出去接人。他跟自己队友说了声,往外走的时候听见一片哄闹声,追溯着声音的源头,就见一群穿着红色球衣的少年站在观众席旁边说笑。

隐约传来一阵说话声。

"系花你都拒绝?"

"稀奇,见少了啊。"

张成从他们旁边路过,看见人群中间跟周围人穿着同款球衣的少年。他靠在栏杆上,有些懒散地弯了下唇,没附和,也没搭话,姿势懒散,手里拿着一瓶喝了一半的矿泉水,后头有女生用手机偷拍他。

张成一眼就认出这是他们学校的管院帅哥沈域。

邓茉沫拎着零食袋,在问了陈眠三次自己今天怎么样,得到肯定答复后,终于看见了自己的男朋友。

张成戴着眼镜,一看见邓茉沫就笑得咧开了大嘴,隔着很远就冲她挥手。

邓茉沫跟陈眠吐槽:"你看他像不像大傻子?"

陈眠在宿舍里总是听邓茉沫讲她的男朋友,两人的恋爱细节她都快背下来了。平时苏望秋总是调侃邓茉沫是恋爱脑,但邓茉沫与男朋友真见面了,也没多腻歪,甚至还保持着距离,拉着陈眠跟他介绍:"这是我舍友,陈眠。"她又对陈眠说,"这是我家大傻子,张成,你叫他老张就行。"

邓茉沫这么介绍，张成挠着头笑着附和："怎么都成，看您方便，平时多谢您照顾我们茉。"

语气正经，他甚至用上了"您"。

陈眠一时间愣住了，还是邓茉沫伸手在张成脑袋上拍了下，指着校门口："还不快带我们进去。"

对方立马说了声"嗻"，挺清楚自己的地位，接过邓茉沫手里拎着的东西就带着人往里走。

青大校园跟法大不太一样，邓茉沫不是第一次来，已经能给陈眠做向导四处介绍。她还开玩笑似的跟陈眠说，两个学校只距离二十来分钟车程，不愿意在本校找，在这里找男朋友也成，既不耽误学习，又能谈恋爱，多好。

哪知道话音刚落，还真有人过来搭讪。那男生抱着书，看着是要去图书馆，在她们前面停了下来，视线一直停滞在陈眠的脸上，而后大步流星地走过来，问陈眠能不能认识一下。

邓茉沫就在旁边笑，跟张成说，这场景她平时在学校见多了，没想到在这里也能看见，充分说明"美女到哪儿都吃香"。

陈眠拒绝他人的技能熟练，一句抱歉就将所有人挡在门外，跟在邓茉沫身边走着，越靠近体育馆门口，她就越是沉默，甚至产生了一丝退却的念头。

陈眠说不清楚自己为什么会来。

明明昨晚她都想好了，该如何跟邓茉沫说今天没空，哪怕随便找个借口都管用——比如说忽然有兼职或是身体不舒服不能来，邓茉沫都不会责怪她。

可是她没能说出口，依旧来了。

体育馆里面气氛热闹，临近比赛开始的时间，男男女女的声音混在一起，必须凑近才能听清身边人说的话。

张成把她们带去预留的座位后就走向了场上自己球队。他们球队里的人知道他的女朋友会来，围着他在说什么，都转头看着邓茉沫，脸上满是笑容。

邓茉沫十分不自在地扯着陈眠的袖口，贴着她耳朵说："救命，他们怎么一直看我啊？眠眠，你快看看我的发型乱了没，衣服怎么样？"

邓茉沫没有成为过人群中的焦点，被人注视总有一种浑身不自在的感觉，脸都红了。直到陈眠拍着她的手背，温声说："没有乱，都很好，你今天很漂亮。"

邓茉沫才稍微平复了呼吸，人也镇定了下来，看到那边的人没再看她了，才用手扇着风给自己降温。听见周围坐着的人都在讨论六十一号球员，她边在球场里找，边问陈眠："眠眠，你看见六十一号球员了吗？我怎么没瞧见啊？"

陈眠摇头："没有。"

邓茉沫深表遗憾："好吧，我也没看见，人太多了，这怎么看得清谁是谁啊，我只能看见张成。"

陈眠没有接话。

周围人的议论声全落在她的耳朵里。

"六十一号也太帅了吧，真有女朋友吗？"

"不知道，他舍友都说有，但他们也没见过。"

"我们一会儿去试试，万一他没有呢？"

几乎所有话题落点都在他身上。

陈眠说了谎。她看见了，几乎是一进球场就看见了。

一群穿着红色球服的人里最耀眼的那个男生，手腕上戴着红色腕带，神情冷淡，周围的人都在说笑，只有他在看手机。不知为何明明他站姿笔直，却总给人一种懒散的感觉，又或者说，这种感觉来自他什么都没放在心上的态度，周围人说话，他只跟着弯了下唇，哪怕观众席上这么多人议论着他，他自始至终都没有往这边看一眼。

哨声响起，球赛开始。

邓茉沫紧张地拉着陈眠的手，说好害怕张成说他们球队输了，说他们怎么连啦啦队都没有，发现大家都在喊对方球员的名字，跟陈眠商量说能不能一起给张成加个油。

邓茉沫的声音被尖叫声覆盖住了，直到有女生喊出"沈域加油"，陈眠一直沉浸的如梦境一般的不真实感才被打破。

她没再往球场上看，目光落在自己的掌心上，看着交错的掌纹，在欢呼声和尖叫声中近乎煎熬地度过了这一个半小时。

场上穿着红色球服的少年手撑在膝盖上，队友冲观众席耍宝，他只是轻笑了一声。球队的后勤人员送来了矿泉水和毛巾，他没接，扯下腕带，然后在哄闹声中拿上自己的东西往外面走。

一个半小时的球赛打得人精疲力竭。

张成输了也没难过，本来就是一场友谊赛，对方球队的球员过来和他们击掌，又聊在哪儿聚餐。有人问了句："你们队沈域不来参加啊？"

有人回："他有事先走了。"

他们找了家餐厅聚餐，两张大圆桌边上坐满了人。陈眠在门口接苏望秋打来的电话，对方在那头气若游丝地哀号，说痛经痛到人要没了，也太难受了，问陈眠跟邓茉沫什么时候回来，能不能在药店给她买一盒止痛药。

陈眠往里看了一眼，玻璃门后，邓茉沫坐在张成旁边，张成揽着她的肩膀挡住周围人的视线。

她对苏望秋说"现在"。

附近就有一家药店，陈眠进去的时候，邓茉沫给她打电话，问她是不是不回来了。

正是午后，店里只有一个收银员在看小说，问过陈眠需不需要帮助，得到否定答案后，就没起身。店里播放着王菲唱的《笑忘书》，陈眠弯腰在货柜里一排排找着苏望秋要的止痛药，将手机贴在耳边，轻声对邓茉沫解释着。

电话那头的邓茉沫撒了几句娇，最后说"好吧"，又让她一个人要注意安全。

挂断电话，音乐还在循环播放。陈眠找了半天都没看见要找的药，直起身，正准备找店员寻求帮助时，听见门口响起"欢迎光临"的声音。

总有那么一个时刻，就像电影情节——圆形喷泉前，男女主角一个往左走，一个往右走，让观众屏住呼吸，然后在背景音乐声播放至高潮的时刻，终于有一个人转过身，在璀璨阳光下发现原来对方就在那里。

这种被称为宿命的时刻，时常出现在人的错觉里，就好比此刻。

陈眠手机的通话还没结束，话筒里传来那边哄闹的声响，耳畔是王菲唱的缠绵悱恻的情歌，而她抬起头看见的不是球场上被人议论的六十一号球员，而是吃饭迟迟归来的穿着白大褂的药剂师。

药剂师见她看着自己，便问："你是在找什么药？"

她直起身子，正想说止痛药，却发现一直遍寻无果的药就在自己的左手边。

"没事，我找到了，谢谢。"

于是她终于明白，自己不是电影中的女主角，宿命一般的时刻不会出现在她的生活里。哪怕有再多的运气堆积，也不会让所有的幸运都朝她倾斜。

球场上的沈域没有往观众席看一眼，他没有看见她，他不再一眼就能看见她。所有选择都有代价，她登上了前往未来的列车，就放弃了那只朝她伸来的手。

手机响起一声提醒，沉寂了许久的微博软件里有人同她互动。

——在热门里刷到这条，不知道博主有没有得到想要的回应，但既然我看到了，那我就代替对方回答一句：没关系。

是两个月前，她在绥北前往京北的列车里发布的一条微博。

像是放进漂流瓶里流往大海的三个字，没有署名，也没有具体事件，只有三个字：对不起。

隔了这么久，她却在这个时刻得到了陌生人的回应。

陈眠垂着眸，慢吞吞地给对方回复了"谢谢"。

公交车到站，陈眠上车，刷卡，在靠窗的位子坐下。

前面的阿姨靠在车窗上昏昏欲睡，邻座的情侣在拌嘴。

她刚从包里找出耳机戴上，就有老人牵着小女孩上车，周围都坐满了人，陈眠起身把座位让给她们。

老奶奶拉着小女孩说："快谢谢姐姐。"

陈眠轻笑着说："不用客气。"

公交车启动，一辆黑色跑车径直开过，小女孩指着车对奶奶说好帅。

陈眠没有抬头。

百无聊赖地刷着热门微博的女孩子看见被回复的"谢谢"二字，又点进博主的主页，看见三分钟前，博主新发了一条。

Oracle：你是灿烂的、热烈的、耀眼的。不是我的。

陈眠回到宿舍，却没看见苏望秋，发去消息，过了十多分钟，那边才有了回音。

苏望秋："抱歉啊，眠眠，他听说我不舒服，从沪城来看我了，我这会儿跟他在酒店。"

这时候陈眠才发现，似乎周围的人都在谈恋爱，告别高中校园，荷尔蒙就不再受约束。初入大学的男男女女都是大胆又直接的，邓茉沫也时常不回宿舍。酒店这个在高中时羞于说出口的词，在大学却可以明目张胆地诉之于口。

仿佛是某种成长和自由的象征。

她将买来的药放在桌上。强撑了一整天的精神终于在她坐下后全都用尽，后脑勺钝痛，人也浑浑噩噩的，在饮水机里接了热水喝下后，她便上床休息了。

然后她陷入了一场又一场并不连贯的梦里。

她梦见自己身处阴冷潮湿的房间，行走间听到的都是水声，周围一片漆黑，直到锁链声从四面八方萦绕而来，一阵难以言喻的心慌裹挟住她。与此同时，她听见熟悉的声音响起。

——陈眠，你以为你逃得掉吗？你以为我死了，你就解脱了吗？

——我是你爸爸啊，陈眠。

——你身上流着我的血。

亮光像是从水下往上照射，闪着朦胧的光泽，带着刺骨的寒冷，而她无法动弹，只有一双眼睛能看见陈宋在光亮中被锁链束缚着，嘴里喊着她的名字，伸着手掌朝她走来。

一步、两步，距离逐渐拉近，就在那双手要抓住她的时候，画面陡然转变。

周围的一切迅速发生变化，成了监狱里的场景，穿着红色长裙的阮艳梅手里拿着一把砍刀，嘴里喊着："去死、去死、都去死——"

她拿着砍刀，疾步朝陈眠走了过来。

陈宋在笑，阮艳梅想杀了她，陈宋在梦里也没有放过她。

陈眠闭上眼睛，那刀眼看着就要落到她的身上，却被陡然乍现的光亮打断。

手机剧烈的振动像一双无形的大手，将她从噩梦的沼泽中拖拽出来。

她额发全湿，呼吸不稳，胸口剧烈起伏，许久，才神志清醒。她拿起手机，却看见屏幕上显示着陌生的号码。

她接通电话，那边的人沉默着，只有呼啸而过的风声。

陈眠坐直身子，看着窗外已经黑下来的天色。过了很久，似乎持续了一个多小时，她才无声地叹了口气，声音轻到像是随时会被风声吹散。

那边是安静的，只有风声来回穿梭，像是将时间带回了她和沈域亲密接吻的绥北。然后"啪"地一下，电话就被对方挂断了。

这通终止噩梦的电话，更像是一场虚无缥缈的梦。

陈眠在黑暗中独自坐了很久，才去厕所洗了脸。灯光下她看见镜子里自己惨白的脸色，眼睛都是红的，用毛巾擦去脸上的湿意，直到门外传来邓茉沫和余芋的对话声，她才终于终止了和自己的对视。

这晚，赵莉莉给陈眠打来电话。

陈眠在阳台，吹着冷风听着赵莉莉在电话那头分享自己的近况，对她说学校的饭菜不下饭，又说最近在沪城遇见了刘俊杰。

"真的太奇怪了，明明毕业的时候，他没多高，对吧？但是上次在街上遇见，他竟然比我高了一个头！他是吃荷尔蒙长高的吗？我真的……"

"莉莉。"陈眠打断她，然后问，"你是喜欢他吗？"

那边的人沉默了很久，才笑了起来："被你发现啦。"

对方语气开朗，被戳穿的暗恋像是一朵漂亮的小花，揭去表面的纱便立刻在阳光下摇头晃脑地展现自己的美丽。

陈眠垂下眸，看着女生宿舍楼下依依不舍的情侣，有些不解地问赵莉莉："可是喜欢，难道不是一件很多余的事情吗？"

生活中有很多要做的事情，和恋人难舍难分的时间可以用来做这个年纪应该做的正事，比如多看几篇文献、多看几本书、做个兼职。爱情一旦挤进生活里，就会侵占所有，钻进所有时间的缝隙里，逐渐成为生活的全部。

同时，爱情具有太多的未知性，走向都是未卜的，不知何时，同行一段路的那个人就会走上另一条分岔路，或许会在时间的消磨中变成和当初截然不同的人，或许是被多年感情和一张结婚证限制，平白蹉跎了这一生。不良的例子过于多，两只手都数不过来，任何一个例子都在反复对陈眠说，一旦对人产生期待，就注定会被失望伤害。

索性一开始就不要付出任何情感，行走在所有情感之外，永远保持理智，就永远不会被感情伤害，不会走上和阮艳梅、宋艾一样的道路。

"你太悲观了，眠眠，喜欢怎么会是一件多余的事情呢？喜欢与被喜欢都是很美好的事情。我喜欢刘俊杰，也没有很复杂的原因，只是在一个早自习，我困得睁不开眼，而他转身用笔敲我的桌面，然后我睁开眼的那一个瞬间，看见阳光从他的身后洒下来！

"你能想象那一幕吗？眠眠，就好像天是因为他转身才亮起来的，那一刻我觉得刘俊杰也太帅了吧！其实我很清楚他只是寻常长相，平平无奇，甚至还喜欢别人，可是喜欢就是一件没有道理可言的事情，没有逻辑。

"既然毫无道理和逻辑，不就证明这是一件可以完全随心所欲的事情吗？喜欢他，所以就走向他，不喜欢他就远离他，这不也是一种自由吗？"

陈眠轻声问："什么自由？"

电话那头的赵莉莉就笑了，回答："爱与被爱的自由。"

宿舍阳台的门被推开，邓茉沫探出半个脑袋问陈眠："要不要出去吃夜宵啊，眠眠？望秋说她的暧昧对象请客。"

赵莉莉听见这话，在电话里对陈眠说："去吧，去吧，多参加点儿活动，多认识一些朋友。你还小，眠眠，不用把自己逼得那么紧，多认识点朋友，开心一点儿，我才能放心嘛！"

这话听起来像是长辈的语气，却带着最赤诚的真心，陈眠没有拒绝。

吃饭的地点不是学校这边，而是在苏望秋和男友订的酒店附近。

陈眠跟邓茉沫打车过去，到达目的地之后，陈眠的头疼仍旧没有缓解，食欲也差，硬撑着吃了一些东西，便对苏望秋说自己去趟厕所。

临近初冬，水落在手上都是冰的。

出门前，陈眠为了让脸色好看一些，涂了口红，吃饭时被蹭掉了不少。

镜子里的人五官精致，脸色却苍白得吓人，嘴唇发白，杏眼里布满血丝。

陈眠算着饭局结束的时间，估计还要半个多小时，于是关了水龙头，径直走出了餐厅的门。

周末夜晚，人们都有闲暇时光，闹市街头的人络绎不绝，马路边上卖冰糖葫芦和卖糖炒栗子的摊贩挨在一起，推着车卖烤红薯的大爷找着属于自己的摊位。

冷风吹来，她的头痛才终于缓解了些。

她在口袋里翻找，拿出一张十元钞票，然后朝卖糖炒栗子的摊位走去，没走两步却听见一道熟悉的声音响起，有些惊讶地喊着她的名字。

"是我看错了吗，那是陈眠？"

她脚步就这么停住了。小摊后面，是站在跑车旁边的游淮和他身后穿着灰色卫衣的沈域。

他低着头，手里的手机屏幕亮着光，手指划动着，依旧是一副繁忙的样子，是最寻常不过，仿佛和往常没有任何差别的场景。

两人的相遇没有喷泉，也没有所谓的音乐，只有大爷车上的收音机唱着："台上唱尽生离死别繁华刹那……"

风在中间流淌，裹着各种食物的香气。

沈域抬眸看了一眼，就很快收回了视线，目光冷淡得仿佛不久前那通电话只是梦一般的幻觉。

路边的所有光线构成他们看清彼此的因素。而在这可以称为浪漫的场景中，他云淡风轻地撂下一句："走了。"

街边停着的一辆拉风的黑色跑车响了一声，他拉开驾驶座的车门，在夜色中绝尘而去。

"小姑娘，还买不买啊？"大爷打断了陈眠的沉默。

她垂眸，把手里的纸钞递过去："买。"

游淮对这场面始料未及，愣在那儿，直到沈域的车不见了踪影才掐灭烟，连句话都来不及跟陈眠说，急忙开车追了上去。

没有寒暄，没有持久到模糊周遭一切的对视，前前后后只不过在五秒之内。

游淮震惊了，他发现这事跟沈域说的完全不一样。

——他们没分手，只是吵架了。

沈域一直是这么对他们说的，但看这情况哪里只是吵架了。游淮在道路尽头找到停下车的沈域，他坐在驾驶座上没下来，手里拿了一根烟，也没点燃，就一下下地在方向盘上敲着，目光不知道落在哪里，模样挺落寞的。

游淮一下就心软了，拉开副驾驶座的车门，问着烂俗的问题："阿域，你没事吧？"

——没事，能有什么事，没分手，没吵架，我知道。

这些话沈域在这段时间里跟无数人说过，那些人在知道陈眠独自去了京北之后，都小心翼翼地用看失恋者的目光看他，唯恐做错了什么事惹得他不开心。他仿佛一块玻璃，大家都生怕一个不小心就会把他碰碎。

谢师宴那天，沈域看着陈眠被赵莉莉父母带走，他也说不明白为什么没有像以往那样，无论陈眠说了什么，都只当作没听见。要感情干什么，这玩意不多余吗？他不是一直觉得被人不停追究的"喜欢"与"不喜欢"愚蠢至极吗？

喜欢怎么样，不喜欢又怎么样，感情这东西是能换二两饭吃吗？反正从一开始接近时，两人就没有感情基础，只不过是好奇而已。

但人只要活在俗世就免不了落俗，会从只是想跟她暧昧变成想和她牵手、拥抱、接吻。他觉得谈恋爱是全世界最烦的事情，但他想跟她谈恋爱。

换作是别的人，沈域不会有这样的耐心，又或者说如果他和陈眠之间，换成一见钟情的开始或是日久生情的戏码，他也不会是现在这样的心情——虽然被陈眠伤透了但又没办法责怪她。

失联的那两个月，他被他爸带出国了，这趟旅程本来毫无必要，只不过是他爸发现了他的失控。他晚上失眠，在客厅坐着看手机。他爸看见后，什么话也没说，只是坐在他旁边，过了很久才问他是不是不开心。

他的父母跟别人的父母不一样，他们没什么时间陪他，但不会对他说你要好好学习、不要早恋之类的话。迟盛说这很好理解，因为早恋很好解决。他们觉得青春期的爱意不值一提，不需要任何人为干涉，就会因为时间的流逝而走散。

任何因素都可能会影响它，包括家境、交友圈、生活习惯等。

在三万英尺的高空上，他爸指着舷窗外的天空对沈域说："你们这个年纪的小孩纠结的情情爱爱还不如云有重量，掉下去连声响都听不见。当你站得越高，看见的人也就更多，可供选择的多了，就会发现执着是很愚蠢的行为。"

然而在从迪拜回来的飞机上，他爸在打盹，他忽然说了一句："我偏要。"

他爸问他："什么？"

沈域就看着窗外，玻璃窗里映出他的身影。他不再是那个读幼儿园时撒着娇要白孔雀的小朋友，而是坚定又执着，有着不顾一切的孤勇的人。

"我看不见其他选择，我偏要那一个。"

刚毕业的高中生却不会被大人当作成年人看待，被认为心智不成熟，一些想法和选择很幼稚，具有可推翻性，像小孩今天闹着吃棉花糖，明天就又看上了草莓软糖，没有人会把他的话当真。

除了他自己。

他曾经对陈眠说以后不会要小孩是真的，陈眠不信，结果他从国外回来后直接去医院做了结扎，医生问他还这么年轻，确定要做吗？他想都没想就说，要是这事都确定不了，他还有什么事是能够自己确定的。

术后他在家休息了大半个月，和谁都没说，他爸妈每天天南海北到处飞，根本不知道自己儿子做了这么一件大事。直到迟盛跟他爸妈吵架，来找沈域诉苦，才知道他的好兄弟干了什么事。

迟盛说，要是你不跟陈眠说这事，我都觉得你矫情。

沈域对迟盛说："这事跟陈眠有什么关系？"

医院是他要去的，身份证是他自己带上的，手续都是他办的，陈眠什么都不知道。

她甚至没有对他表露过任何对于以后的期待，她甚至没说过沈域，我以后想跟你一起生活。这种看似让人感动，实则挟"恩"图报，甚至带着道德绑架意味的话，沈域说不出口，他也不屑。

如果有一天陈眠走向他，不能是因为她发现他做了这些而感动、愧疚，所以走向他。只能是她想走向他了，不在乎打雷下雨，就算是下冰雹都没有走向他这件事重要。

那个雨夜，他跟在陈眠身后，看着她撑着伞慢吞吞地走进超市，就是这个简单到不能再简单甚至文科生都很难从中读出人物情绪的画面，沈域硬是看出了她的坚定。

也就是那个时候，沈域终于懂了陈眠为什么不要他。总有一些女孩子，她们不会成为任何人的附庸，她们只会是自己。

——跟沈域走得很近的那个文科班女生。

——和沈域走在一起的那个女生。

——文科班那个挺漂亮的女生，是沈域的女朋友。

陈眠不要这样的前缀或是后缀，她什么都不要。

她那么艰难才从家庭带给她的阴影中走了出来，不想成为任何人的附庸，她只想成为自己，成为"文科班成绩很好的陈眠"，或单纯只是陈眠，而不是"沈域的陈眠"。

所有人都在说他们不般配，沈域当然可以轻飘飘地对陈眠说："你不要听那些人说什么，无所谓，做人要酷一点儿，不要活在别人的眼光里。"

但他不是当事人，那些话没有落在他的身上，没有人对他说你是陈眠的某某某，你只不过是借了陈眠的光才成为众人焦点，才拥有姓名。被讨论的那个人不是他，所以他不能感同身受。

沈域烦就烦在他懂得她的全部想法，所以他发现对于陈眠丢掉他的决定，他是理解的。哪怕在车站，她对他说了那样的狠话，他也理解她，所以他能听懂她的言外之意。

她说，沈域，你就是我养的一条狗。

其实是在说，沈域，对不起，我没办法走近你，我没勇气拥有你。

游淮还在问："你真没事吧，阿域？"

沈域收回心思，想起刚才在路边看见了陈眠，而后轻笑了一声，对游淮说："我能有什么事。"

游淮这才松了口气："我还以为你在难过。"

"有什么好难过的。"沈域的语气依旧是轻飘飘的。

游淮就纳闷了："你跟陈眠到底是怎么回事？你不是说你们没什么大事吗，你跟周围人都说，有女朋友、在谈、女朋友很忙，你别是……"

都在撒谎，和自己谈了个恋爱吧。

他的话还没说完，就被沈域打断了。

"你不懂。"

游淮不懂，迟盛不懂，很多人都不懂。

他明白、理解，且无比坚定地知道，陈眠越是退却，就越是喜欢他。

这就像是种一朵玫瑰。它拥有自我保护的能力，那就不要在它没有长出利刺的时候，自作聪明地去保护它。

玫瑰不需要。它不是娇嫩得需要被人呵护的花朵，它拥有不需要攀附任何人的魄力和美丽。

但就算是这样，沈域还是觉得，这么久没见，他很想陈眠。

仅此而已。

十一月初，气温明显降低。

绥北一年只有春、夏、秋三季，缺失的冬日在京北被完整补上了。

邓茉沫看陈眠缩在围巾里，笑着对她说月底就能看见雪了，说到这儿，又对冬日进行了一些浪漫的描述，诸如在雪地里打雪仗，或是捧着热乎乎的烤红薯行走在街头，看热气和呼吸出的白雾一起弥漫开来，戴着手套、耳罩，脖子藏在羽绒服的白色毛绒领子里，身边最好还有一个喜欢的人。

"这简直是一个完美的冬天！"邓茉沫缩在被子里做出总结。

正在打视频电话的苏望秋笑着撑了句："等你半夜钻进被子里过了好半天，发现脚还是冰的，回条消息，手指冻得不像是自己的时候，这个冬天确实挺完美的。"

眼看两人又要争执起来，正在看书的余芊及时打断，问陈眠："这么早，你就要去做家教吗？"

陈眠收好东西，把包背在身上，说："嗯，下午我做家教的那家人有事情，就把上课时间提前到早上了。"

"那你注意安全哦。"余芊对她挥手告别。

从学校到兼职的地方路上要用时一个半小时，陈眠是给一个单亲家庭的读小学三年级的小女孩做家教。这份兼职是直系学姐介绍给她的，说小女孩的妈妈挺好相处的，性格爽利,不是那种磨人的家长,就是距离远了一些,但一周只需要周末去两天,按小时计费。

小女孩名叫遥遥,对比同龄女孩子而言,性格内敛,说话也少。学姐曾对陈眠说,觉得她们有点相似,这种相似跟长相无关而是给人的感觉。陈眠一开始没明白相似点在哪里,在她看来她们毫无共同之处。

直到一个下雨天,遥遥看着窗外,忽然对陈眠说:"姐姐,我为什么要出生呢?"

陈眠不知该如何回答,学校教授曾说过她少了一些共情能力。法学归根结底就是一门社会学科,是基于人而存在的,而在面对一些案例时,陈眠表现出的理智却近乎冷漠。

她无法共情弱者的处境,也不能给出专业知识之外的理解和安慰,只能冷淡地根据法律、法规给出所谓的最优解。

所以当遥遥问出这样的问题,她也没像寻常大人对待小朋友那样耐心安慰,甚至编个浪漫童话说明她的出生是被世界所期盼的,而是说:"出生就是一件没有自主选择权的事情。"

遥遥似懂非懂,最后故作成熟地叹了口气:"那真是糟透了。"

于是陈眠明白,学姐说的"相似",原来是她和遥遥都是习惯用悲观的目光看待这个世界,认为世界糟透了,不明白自己降生的意义究竟是什么。

在那之后,遥遥跟她亲近了不少,认为自己找到了一个完美的倾诉者。陈眠和别人不一样,不会嘲笑她故作成熟,也不会认为她只不过是作业少了,在胡思乱想。在陈眠面前,她是一个能够被尊重的独立灵魂。

她会在补习过程中,不时提出对世界的奇思妙想,说世界其实是有尽头的,晚上人看似是睡着了,其实是"死掉"了,只不过白天睁开眼就又"复活"了。

遥遥问:"姐姐,你觉得死亡是生命的尽头吗?"

这种谈话已经完全和课本无关,陈眠深知这不属于自己要负责的范围,没有回答遥遥的话,只是指着课本把补习内容讲完了。在结束后,她走出遥遥家的门,开始给遥遥妈妈打电话。

电话许久没有接通,只有机械的女声说"您现在拨打的电话正忙,请稍后再拨"。

陈眠从遥遥身上看见了过去的自己。在阮艳梅离开后,她背着书包去便利店做兼职,听着一声又一声的"欢迎光临",无声地观察着所有前来购物的顾客,有被撒娇的孩子拉来买糖的家长,有笑着和朋友一起来买零食的同龄人,也有对电话那头的人轻声细语地奉承,又在电话挂断后立马大声辱骂的成年人。

那个时候的陈眠也认为自己的生活糟透了,每个人都比她幸福,至少他们在便利店里买完东西有可以回去的家，而她没有。

她一边往公交车站走，一边再次给遥遥妈妈打电话。

这次电话很快接通了，遥遥妈妈低声问她有什么事。

"遥遥的情绪有些不太对，如果您有空的话，我建议您带她去看心理医生。"

那边的人低声对周围人说了句"稍等"，拿着电话走到无人的地方，才有些迫切地问："遥遥怎么了？"

提出一个又一个悲观的问题，询问着自己出生的理由，这一切陈眠都经历过，只不过没有人给她答案。

陈眠抬头，看了一眼乌云密布的天空，对电话那头的人说："她在求救。"

雨在这个时候落了下来，她挂断电话，把手机放进包里。

到最近的便利店要步行十分钟，雨势渐大，陈眠脚步没停，行在雨幕中。没走几步，她就听见有人在喊她的名字，扭头看见撑着伞从车上下来的林郁青，伞面撑在陈眠头顶上方，他气喘吁吁道："你怎么没撑伞，是在这边做兼职吗？"

他这是明知故问，因为给陈眠介绍兼职的学姐是他的朋友，他曾不止一次在附近制造过偶遇，像小学生炫耀玩具一般开着车在她的周围转，打开自己的副驾驶车门邀请她一起吃饭或是提出送她回学校，但这些无一例外全被她拒绝了。

过去制造的所有偶遇都不如现在更让他认为他和陈眠有戏，这场及时雨让他的伞成了雪中送炭，他身上红白相间的运动外套被淋湿，雨点贴着他的脖子落下，里面的衬衫领口都润湿了。

陈眠的视线落在他的外套上，片刻后又挪开了，推开伞柄，对他说："不用，我已经淋湿了。"

林郁青就笑："就是因为淋湿了，才需要撑伞啊，我送你回学校吧？去公交车站要走很久，我的车就停在那儿。"他手指着后方，一辆黑色奥迪停在那里。

有车经过，驶过路面激起一些水花，全溅在挡在陈眠面前的林郁青的裤腿上。

陈眠觉得有些烦。她礼貌拒绝所有前来示好的人，唯独林郁青油盐不进，始终认为自己会是那个例外，并认为他坚持不懈的追求会像水滴石穿一般，有一个好的结果。

"师兄，你还不明白吗？"她冷淡抬眸，看着站在雨里的林郁青，干脆把话说透，"我就是不想上你的车。"

林郁青一愣，还没反应过来，就看见陈眠径直从伞下走开。

雨落在她的身上，她头发都淋湿了，从走变成小跑，直到背影消失在拐角，林郁青才有些无奈地低笑了一声，收了伞，抬头看了一眼密密麻麻的雨幕。

"真是好难追啊，陈眠。"

她所有的好运气仿佛都在苏望秋的暧昧对象请客那晚用尽了。

她看见沈域，然后所有糟糕的事情纷至沓来。

被教授批评、课业遇见阻碍、兼职遇见的女孩子有抑郁倾向、下雨没带伞……

她一路跑到公交车站，浑身湿透，又迟迟等不来公交车，打开手机APP查询后，才发现下一班公交车在半小时后。

于是糟糕的事情又加了一件——在雨天等不来回去的车。

她坐在公交车站的椅子上，围巾都是湿的，索性摘下来，擦拭着被淋湿的头发。冷风吹过来，她冷得忍不住发抖，雨点像银链似的从候车亭上往下落。

周围没有人，只有她孤零零地坐在这里等车。

遥遥妈妈急切的声音在这个时刻回荡在她的脑海里，这让她不可避免地想起与之身份对应的阮艳梅，然后幻想自己的境遇与遥遥对换。

她在想，如果当初阮艳梅没有放弃她，而是像遥遥妈妈这样，哪怕工作再辛苦都依靠自己的力量尽力抚养她长大，那现在会是什么样？

或许她也会孤单，会在房间里写着作业，羡慕其他幸福的同龄小朋友，用自己都没有意识到的渴求的眼神望着来给她补课的大姐姐，问："死亡是不是尽头？"

所有问题都不需要答案，像是故意惹事吸引家长关注的小朋友，只不过是希望能用那样的方式获得一点儿关注，只不过在用自己细微的声音说着——能不能陪陪我？

赵莉莉说爱与被爱都是自由的，在奔赴成为更加优秀的自己的路上所获得的勋章，不过是垫高触碰勇气的台阶。

陈眠看着持续不断的大雨，思绪纷杂，一看手机，才过去了十分钟。邓茉沫给她打来电话，知道她出门时没带伞，问她现在人在哪里。

陈眠轻声说，在做兼职的人家，等雨停了再回来。

那边的人松了口气，语气夸张地笑道："吓死了，我以为你淋雨了。这种天气淋雨绝对感冒，那你注意安全哦，眠眠。回不来的话给我打电话，我去接你。"

陈眠点头说"好"，挂断电话后，听见有人朝她摁响车喇叭。

她以为是林郁青，仍然低着头，不耐烦地说："我自己回学校就可以了。"

然而她没听见对方的回话。

雨点啪嗒啪嗒地落在她的鞋面上，黑色车轮出现在她的视线里。

路灯光将在雨幕中染成昏黄色，影影绰绰的，让现实变得像是虚构的。

她抬起头，透过摇下的副驾驶旁的车窗，看见了驾驶座里的沈域。

他没有说话，只是看着她，车载音响播放着曲调暧昧的音乐，鼓点像是被风从车窗里吹了出来。

他在车里一点儿雨水都没沾到，而她在雨幕中被淋得浑身湿透。

像是从电影的结尾又切回了开始，同样是公交车站，同样是雨幕，和绥北近乎相同的场景，不同的是沈域没有推开车门朝她走来，也没有伸出手问她要不要帮忙。

沈域只是坐在车里，隔着雨幕看着她。

陈眠意识到，这场雨不会停了。

沈域目光冷淡的注视瞬间将陈眠拉回了过去，他们拥有过太多这种平静对视的时刻。

在高三那段紧张的时光里，房间里亮着灯，一张又一张的试卷写得人昏昏欲睡，笔尖划过试卷发出的沙沙声是夜晚唯一的伴奏。陈眠偶尔出神，会不由自主地看向沈域的手，看见他思考时不停在指间转动的笔，黑色签字笔像是拥有了生命力，在他的手指间灵活转动，她又忍不住从他的手看向他的脸，结果每次都被抓个现形。

男生一只手撑着头，另一只手没停下转笔的动作，什么话也没说，只是笑着看向她。

桌上时钟嘀嘀嗒嗒地走，就把场景从过去带到了现在。

驾驶座上的沈域看向她，似是认识到两人之间，如果他不主动开口打破僵局，那么她不会再说一句话，仿佛只是看向他，她就已经同理智做了最大的抗争。

"上车。"

所以他主动开口，打破了沉默，声音落在雨幕里，成了初冬时节从乌云密布中乍现的暖阳。

陈眠从来不是一个主动的姑娘，总是需要别人先向她走来，她才会伸出自己的手。在感情中，她需要对方朝自己走来九千九百九十九步，才会思考自己要不要推开门让对方走完那最后一步。

在篮球场看见沈域的时候，陈眠想过之前推开药店大门的那个人会不会是沈域，在街边看见沈域的时候陈眠也想过，如果他们遇到，会说些什么，能说些什么。

关于沈域的事情，她连赵莉莉都没有倾诉过，不知该从何说起，更不知道该怎么描述，甚至在可以匿名的网络平台，陈眠都没有提过沈域的名字，唯一透露的部分也只是在申请微博时下意识地输入的名字：Oracle。

她去掉主语，去掉所有或许会被猜出来的特征，变成一个又一个简短到不能更简短的单词。

陈眠写"对不起"，写"不是她的"，写"冬日降临，春日不会再出现"，晦涩难懂又带了些矫揉造作的伤感。

身边所有人对待感情都大方、直接，赵莉莉笑着说她就是喜欢刘俊杰，邓茉沫在宿舍里无数次提起很想自己男朋友，苏望秋会叹着气数距离放假还有几天，盘算着什么时候飞去沪城。

而陈眠却竖起高墙，在拒绝沈域的同时，也拒绝所有人的靠近，她没办法对任何人说自己对感情的悲观。她不知道该怎么对别人说感情这东西就是终究会烂掉的苹果，一开始完美无缺，散发着诱人的香气，然而不需要过多久，就会腐烂生蛆，最后把自己都赔进去。

你把它当作养料，当作精神食粮，却不知是以身饲虎，如果从一开始就知道结局是坏的，那就不要进入伊甸园去摘下那个苹果。

她心里关于情感悲观论的大道理数不胜数，甚至能写出无数篇论文。

但谁让天下起了雨，谁让她浑身湿透，谁让冷风这样吹，谁让他停在她面前，谁让他打破她所有的幻想给出最直接的邀请。

九千九百九十九步沈域走了，那扇门沈域敲了。

所有的悲观论在此刻被"沈域"这两个字轻易击溃，她是尚未上阵就缴械投降的将军。站起身的那一刻，她听见所有细胞都在对她叹气，脑子里有一根紧绷的神经终于崩断了，"啪嗒"一声，再回过神的刹那，她已经坐上了沈域的副驾驶座，安全带插进了卡扣里。

音乐在两人之间流淌。陈眠垂眸，看见自己湿透的衣服跟沈域豪华跑车的内饰十分违和，雨水从车窗上一串又一串地滑落。

沈域没再说话，仿佛刚才发出邀请的人不是他，只是启动了车，然后朝着前方开去。

与寂静相对应的，是车内不断吹来的暖风以及身下温度逐渐攀升的坐垫。

冷淡的是他，习以为常的照顾也来自他。陈眠莫名有些鼻酸，眼睛也酸涩了起来。

沈域真是个笨蛋，他明明可以更酷一点儿，装作无所谓的样子径直从她面前开过去，或者更有耐心一点儿，停下车让她看到就好，根本没必要一而再，再而三地对她主动。

雨刷器不停地来回交错刷着，陈眠轻微的呼吸声被暖气发出的声音所掩盖。

时间像是在她上车的那一刻就停止，只有思绪无法被限制，同雨刷一起来来回回，她被安全带限制在副驾驶座上，沈域身上淡淡的雪松味阻隔住她与外界的所有交流，车内狭小的空间是她所能感知到的全部。

不知道过了多久，窗外的风景换了又换，一盏盏路灯一闪而过，一栋栋高楼大厦接连后退。

她终于开口，问驾驶座上的人："沈域，你怎么会在这里？"

红灯亮了，车停下，前方倒计时器上的数字慢吞吞地走着。

他没从方向盘上挪开手，只是朝陈眠看了一眼，用和过去没有任何区别的语气，对她说："你就当我是路过。"

陈眠抿了下唇，慢吞吞地抬头，在车窗上，看见自己狼狈的模样——头发散乱着，手紧攥着膝盖上放着的围巾。

然后她很轻地"哦"了一声，看着车窗里映着的沈域的脸。

他目视前方，手握着方向盘，冷天里他却只穿了一件白色卫衣，帽子上的抽绳打着一个随意的结，领口遮得严实，只露出凸起的喉结，许是被空调吹得有些热，袖子往上卷了一些，露出手腕上黑色的手表。

视线再往上，他的脸就被蜿蜒流淌的雨水模糊了。

绿灯亮起，车启动了，没多远就要到法大的校门口了。

沈域忽然开口问她："停在这里还是校门口？"

有学生路过，视线偶尔停留在车上。

陈眠收回落在车窗上的视线，说："这里吧。"

沈域摁下车门的解锁键。

陈眠推开门的刹那，又忍不住回头看向沈域。她原以为沈域会说些什么，但他沉默着。

然而这种沉默让陈眠如鲠在喉，像是有什么本该发生，却没有发生。

放在中控台的手机响个没完，沈域拿起手机的时候看了陈眠一眼，问："还有事？"

陈眠轻叹了口气，所有想法都收起了，语气淡淡地对他说了声"谢谢"。

沈域轻扯唇角，没有对她的感谢给出回应。

雨势已经变小了。

陈眠走到校门口时还是没忍住回头看了一眼，看见黑色的车身闯入雨幕中，然后消失在道路尽头，快得像是一刹那发生的事情。

旁边拿着外卖路过的撑伞男生轻声感慨："我的天，布加迪啊，有钱人……"

陈眠收回视线，抱着怀里的包，在周围人略带惊讶的目光中，小跑着进了学校。

第二天陈眠就有了感冒的症状，起初只是咽喉肿痛，她并没有当回事，紧接着就发展成了头疼、鼻塞，然后被舍友发现脑门烫手，立马帮她跟辅导员请了假，送去了学校医务室输液。

一连三天的打针、吃药，让陈眠落下的课业堆积如山。

之后的每一天是固定的三点一线，陈眠偶尔去一趟辩论社，周末的家教因为遥遥要接受心理治疗而暂停了下来。当邓茉沫问她有多久没踏出学校大门的时候，她才发现距那次遇见沈域，时间已经过去了近半个月。

邓茉沫靠在椅子上看她，许久后作出定论："你把自己绷得太紧了，眠眠。你看，就算是余芋也偶尔有休息的时候，你才大一欸，学霸也要有娱乐时间的。"

苏望秋点头赞同。她最近沉浸在微博里无法自拔，起因是她随手发了几张自拍照，结果吸引了一大拨网友点赞、评论，每天几百几百地往上涨粉丝。之后她便经常拍一些日常生活照，配上文字发在微博。

用邓茉沫的话来说，苏望秋几乎在微博上展示了一部生活起居录。

她们都以为她只是随便玩玩，结果同城的一些理发店、奶茶店陆续联系她去探店做宣传。苏望秋问各自忙碌的舍友们："周五晚上，你们要不要去酒吧玩玩呀？"

邓茉沫大惊："你的探店业务都发展到酒吧啦？"

苏望秋眨眼："嗯哼。"

余芋有些犹豫："可我不会喝酒。"余芋说完生怕大家扫兴，立马看向陈眠，"眠眠，你去吗？"

陈眠正在看电脑上的文献，闻言有点儿迟缓地抬头。

苏望秋和邓茉沫眼睛亮晶晶地看着她。

"去吧，去吧，都读大学了，还没去过酒吧。"

"就当作宿舍团建啦，又不收费，放松一下嘛。你看你跟余芋每天还跟读高三一样，每天这么学哪儿行啊，得劳逸结合啊。"

"……"

根本没办法拒绝的陈眠只好点了下头。

于是周五晚上，上完最后一节课，苏望秋就拉着她们赶紧回了宿舍。

打开她们的衣柜挑挑选选，轮到陈眠的时候，苏望秋对着她的衣柜沉默了很久，才问她："宝贝，你的裙子呢？"

邓茉沫及时喊停："姐，现在是冬天，穿裙子是不是过分了点儿？"

苏望秋抿唇："好吧。"

她只得在陈眠的衣柜里选了一套衣服，白色毛衣、白色毛呢裤、白色毛呢外套，甚至连围巾都是白色的。

陈眠换上衣服出来后，得到了舍友的拍手赞叹，并给出了"超级纯情"的评价。

她们到酒吧的时候是晚上九点半。

余芋头一次来这种地方，紧跟在苏望秋旁边，陈眠走在后面，正在看手机里学姐发来的辩论赛要求，邓茉沫挽着她的胳膊，紧张中略带期待地说："我现在有种背着张成出来玩乐的感觉，刺激啊。"

说是酒吧，其实用清吧来定义更贴切。苏望秋算是表现最自然的一个，前来迎接的老板是她高中时的师兄，一看到她们便笑着打招呼，然后领着人往里走。明天就是周末，这家店又毗邻大学城，里面有不少年轻的男男女女，舞台上的乐队正唱着周杰伦的歌。

给她们预留的小圆桌是靠近乐队表演的位置。

邓茉沫回头打算跟舍友交流心得的时候，余光瞥见一个熟悉的身影。她眯起眼，头也往前凑，仔细辨认许久后，抬手就在桌上拍了一下。

正在说话的苏望秋和陈眠立马朝她看来。

邓茉沫指着不远处，问她们："你们看，那是不是张成？"

陈眠刚往那边看，就对上了张成望过来的迷茫目光，手中拿着的薯条停在嘴边。

在张成朝她们走来的那一刻，苏望秋就意识到这场宿舍小型聚会会变成大型团建，结果不出所料，张成对邓茉沫举双手保证自己只是跟着球队出来团建。他的手刚往那边一指，球队里正在喝酒的队友的手就挥得跟招财猫似的："老张，不介绍给我们认识认识吗？"

这要求根本无法拒绝，坐着的球员挤，空出了四个空位，邓茉沫挨着张成坐下，陈眠坐在苏望秋和余芋的中间，余芋临近走廊，一副"社恐人士"随时都要逃跑的样子。

张成的队友都很热情，大部分是计算机系的，平时见不到几个妹子，话题一个转一个，最后提议拉个群，以后经常一块出来玩。

陈眠端着杯子，看到就连余芋这种"社恐"都被迫拿出手机扫描二维码，心里产生了离开的想法。

空气沉闷，酒味和香水味混在一起，在密闭空间里冲击着人的嗅觉，黏稠得让呼吸都仿佛带上了重量。

陈眠的意识有些恍惚，在话题就要绕到她身上的时候，忽然有人喊了一声："管院也在这里团建？"

像是撞进了共时性现象中，两个本该毫无关联的事件因为一些微弱的联系而产生了交集。

只是因为无法拒绝舍友的请求，所以来了根本不会来的酒吧，结果遇见了邓茉沫的青大男友张成，大家一起拼桌，又意外遇见了跟朋友来玩的沈域。

和舍友来酒吧和遇见沈域这两件毫无关联的事件就靠着这微弱的联系，从共时性现象演变成了被称为命运的俗套情节。

喝完一杯鸡尾酒的苏望秋有些晕晕乎乎地靠在陈眠的肩上，看着不远处穿着白卫衣、黑长裤的沈域，问陈眠："那是刚出道的明星吗？"

桌上有人冲着那边挥手，吆喝着让他们过来拼桌一起玩。

酒味充斥在空气中，陈眠手里还拿着一杯龙舌兰日落鸡尾酒，"橙色的晚霞"喝了一半，杯子边缘的"黄色落日"柠檬片散发着酸涩的气味。

她歪着脑袋，盯着昏暗灯光下沈域那双桃花眼，摇摇头，对苏望秋说："不是，那是沈域。"

"啊？"

苏望秋有点儿茫然，头脑发昏，下意识地想问"沈域是谁啊"，就听见周围人说，再挤挤吧，空几个位子出来拼桌。

于是，坐着的人就跟小鸡排队似的，挤出空位来。

余芋红着脸站起身，说："我……我……我去趟厕所。"

陈眠眼神有点儿涣散，却拉住了余芋，站起身的时候用手在桌上撑了下："我陪你。"

她低着头刚往外走了一步，视野里就出现了沈域的白色球鞋和黑色长裤。

擦肩而过的瞬间，陈眠闻到对方身上有一股浓烈的龙舌兰味道。

她被余芋牵着手，在人群里挤着，往厕所的方向走去。进了厕所后，余芋也没急着进隔间，而是在洗手台不断地接冷水洗脸，等体温降下来，才轻声对陈眠说："眠眠，你等等我哦。"

陈眠靠在墙上点头。

乐队又换了一首歌，从《不该》唱到了《手写的从前》。

　　校园旁糖果店，记忆里在微甜。
　　…………

底下有人跟着一起唱，陈眠拉开女厕所的门，就看见了站在走廊里的沈域。

他靠在那里，膝盖微曲，站姿懒散，手里拿着打火机，嘴里咬着烟，火光蹿上来，低头的时候，忽然抬眸，同陈眠往外看的视线撞上。

歌声又一次重复。底下的合唱将这首歌唱成了象征着青春的小甜曲。

吉他声都被掩盖了，台上歌手的声音一直追到脚边，陈眠推开门，一点点踩着歌词的每一个字，来到少年的白色球鞋前。

火光灭了下去。沈域的烟还咬在嘴里，面前的女生正迷茫地看着他，似乎在研究一道复杂至极的题。

他没动，任由她看。这个场景让他想到了谢师宴那天的陈眠，酒量浅，又不懂拒绝，别人劝就喝，喝醉了也没有特别大的反应，看着跟正常人没什么区别，但正常时候的陈眠不会推开门朝他走来。

他垂眸，饶有兴致地看着她："陈眠——"

话音未落,他的卫衣帽子抽绳就被她伸手拽住了。

沈域顿住的刹那,女生忽然踮起脚,用另一只手圈住他的脖子,人埋进他怀里的瞬间,声音也像是藏进了他的帽子里,瓮声瓮气的。

"捉住了。"

沈域站在那里,任由她抱住,周围来来往往的人不时地投来目光,而他垂着眸,视线只落在陈眠身上。

听见她用有些含糊的声音对他说:"从我杯子里逃跑的龙舌兰日落,被我捉住了。"

陈眠身上有酒味,她在密闭的空间里嫌热,把戴着的围巾丢在座位上了。

高领毛衣包裹的脖子泛着红,像是被闷出来的燥热,身上淡淡的酒味中夹杂着一些青柠的味道。她没听到答复,还有些不太满意地问:"你怎么不说话?"随后又小声抱怨,"你总是不说话。"

这种指控让沈域觉得有些好笑,觉得这人真是倒打一耙的行家。

周遭的人全是来往厕所的,这场所怎么看都不是交谈的好地方。但喝醉的陈眠比高中毕业谢师宴那天还要难搞,手臂圈着他的脖子就是不肯松开,瞧着挺蛮横的,跟平日的样子截然不同,仿佛醉酒后出现了隐藏的第二个人格。

沈域拉了一下她胳膊,发现拉不动后就收回手,颇为无奈地问:"这是厕所门口,你想听我说什么,我们能换个地儿吗?"

陈眠浑浑噩噩,只觉得自己像是在冰天雪地里抱住了北极熊,只不过这只熊身上并不是毛茸茸的,而和商场摆放的巨型公仔一样。她像是坠入了童话世界里,周围的光模糊成一片。

她听不清这个公仔在说什么,只感知到对方有些不乐意。她难得流露出不开心的情绪,手里还攥着帽子的抽绳,皱着眉指责:"沈域,你好烦。"

话音刚落,她就感觉身体一轻,腿弯处伸过来一只胳膊,视野中的一片白变成了一盏盏晕成一团的灯。

灯光一晃一晃的,像是在坐船,又像是回到了从绥北开往京北的那趟列车上。

陈眠闻到了桂花香,混着酒味,仿佛她掉进了酒罐子里。

她刚动了下手,就听见有人问她:"怎么了?"

陈眠疑惑地问:"你的推车呢?"

"什么?"

"花生、瓜子、八宝粥、香烟、啤酒、饮料、矿泉水……这些,你卖的东西呢?"

沈域沉默片刻后,忽然就笑了,没回答她,用手肘推开酒吧后门,把人放在门外的台阶上坐着。风呼啸而来的刹那,他飞快地走下台阶,站在她面前阻挡了吹来的风。

坐在台阶上的人挺自觉地用双手抱着膝盖，抬头发现眼前的"售货员"根本没有服务意识——没有低声询问她需要什么就算了，还站在那儿不知道在看什么。

她抿唇，隔了一会儿，才催促道："你不卖东西吗？"

很难缠。

这条黑漆漆的巷子是酒吧街的后巷，再远一点儿是几个大型垃圾桶，附近的店家会在结束营业后把垃圾都丢过来，还有喝得烂醉的酒鬼扶着墙吐得稀里哗啦的。

沈域低头看了陈眠一眼，然后拿出手机打开外卖软件买了矿泉水，发现不够起送价，又随便选了一些零食。下完单后，他才对面前坐着的人说："一会儿让我同事给你送来。"

陈眠挠了挠裤腿，有点儿困惑，说："可你都没问我需要什么。"

"……"

准确来说，这是来京北后他们第一次真正心平气和的交谈。

只不过对方是一个根本不知道自己在说些什么，甚至清醒之后就会把这些都忘得一干二净的酒鬼。

但沈域依旧存着耐心，尽管语气敷衍得像是在糊弄一个缠着大人要糖吃的小孩，说："你刚才不是说你要水？"

陈眠立马"哦"了一声，然后伸出手，问："那水呢？"

沈域信口胡诌："我同事在挖。"

陈眠"啊"了一声，眼睛亮晶晶的，问："在长白山挖吗？"

即使喝醉了，也还知道长白山有好水源。

他笑了声，说："挺聪明，商业机密都被你摸透了。"

陈眠弯起眸，说："我妈也说我很聪明，少年宫里一起学跳舞的小朋友中，我最厉害。"她甚至竖起了一个大拇指，给沈域看，"老师每节课都会对我比这个。"

当初无论沈域怎么问，她都不肯回答自己是否学过跳舞，这会儿倒是毫无保留地说了。

说完，她就低下头看着自己的鞋面，轻声说："可是我不喜欢。"

沈域看着她，然后弯腰也蹲了下去。

他平视着陈眠澄澈的黑眸，温声说："既然不喜欢，那以后就不学了。"

陈眠顺着他的话点了下头，看见那两根抽绳又在她面前晃。

她吸吸鼻子，闻到对方身上散发着淡淡的薄荷香，伸手抓住抽绳往自己身前扯。

她一动，面前的人就伸出手撑在她身侧的地面上，靠近的刹那她终于看清，原来不是公仔，也不是火车上售卖东西的列车员，而是陪伴她整个高中生活，那个散漫却又总会出现在她所有需要帮助的时刻，如神明一般的沈域。

"沈……域。"她轻声喊出他的名字，风吹得眼睛酸涩，却莫名执拗地盯着他，不肯挪开视线，问，"高中结束了吗？"

冬风凛冽，灯光隐约，像是将明未明的拂晓时分。

沈域黑色的瞳孔里映着光，里面藏着她的影子。

"结束了。"

陈眠把头重新埋进膝盖里，过了很久，才闷声问："那你为什么会在这里？"她不明白，也不太理解，她没听到回答，再次疑惑地问，"高中都结束了，沈域，你为什么还在这里？"

两人距离很近，近到沈域只需要低下头就能在她头顶落下一个吻。

从后方酒吧敞开的后门里传来乐队演唱的声音，不远处有拉扯的情侣争吵着爱与不爱的问题，还伴随着一阵阵呕吐声。

在嘈杂声中，他们如此安静。

安静到不知道过了多久，沈域才对她说："因为你叫了我的名字。"

话音落下时，手机屏幕亮起。

女孩子软糯的嗓音从手机里传出来，说着"我陪你过生日"，熟悉的歌声在这句话之后立马衔接了上去。

他到现在都没有换手机铃声。

眼前似乎出现了一片海滩，烟花在天空中绽放。

"沈域。"

沈域低头拿出手机，随口回了个"嗯"，视线落在屏幕上的来电号码上，估计是外卖员打来的电话。他正准备接通的时候，却听见陈眠轻声说："生日快乐。"

五月都不知道过去多久了，这句"生日快乐"仿佛瞬间将时间拉了回去。

他从手机屏幕上收回目光，刚看向她，就被她拽住帽子抽绳，借着力抬起头，迎了上来。

两人之间的路灯光在这一刻熄灭。

铃声响到尽头，消失的春风和呼吸一起陷入带着酒精味的亲吻中。

余芋寻找了大半个酒吧，才在后门处找到陈眠。

她不知道怎么形容自己看到的那一幕，酒精让她的大脑有些混沌。高中时期身边有人陷入了青涩恋爱，经常看似无意地提起对方的名字，但余芋从来没什么感觉，甚至对那些让人心动的电影刹那，她的反应都十分平淡。

即使到了大学里，两个舍友陷入热恋，晚上闲聊时说起那些让她们怦然心动的小事情，她也只是觉得：只是这样呀。

身边人说她没开窍，余芋觉得没开窍就没开窍吧，恋爱这东西麻烦，会占用学习时间，好在宿舍里的陈眠和她一样。她看惯了陈眠对那些追求者的示好视若无睹的样子，春心萌动对她来说不存在。

然而余芋没想过，自己能看见对所有追求者说"不好意思，我不想谈恋爱"的陈眠仰着头和穿着白色卫衣的少年在敞开的后门外接吻。

她一愣，第一时间想到的是陈眠喝醉了，被人占便宜了。

然而她刚走近一步，就听见在嘈杂的音乐声中，陈眠用并不算低的声音对眼前的人说"对不起"。

乐队换了个主唱，一个嗓音空灵的女声在唱着周杰伦的《枫》。余芋没来过酒吧，不知道网上说的"嗨到让人忘记自己的名字""直接蹦瘦三斤"的酒吧，为什么会是这样的，唱着的情歌让空气都变得酸楚了。

或许是酒精作祟，让毫无浪漫细胞，只装着专业知识的大脑忽然对身体下达指令，产生了一些类似于感动的情绪。

这种感动是因为看到，陈眠紧攥着男生的卫衣帽绳，而被拉住的人听到道歉后只是勾唇轻笑，然后伸手跟泄愤似的乱揉着她的头发。

"瞎道什么歉。"他是这么说的。

动作一点儿都不温柔，换作是学校里一直追求陈眠的林郁青师兄听到这句话，大概会说"没事的，你没有任何错"，但大概因为人是视觉动物，直接让眼前这个人有了优势。

她站在那里，用一种看课堂案例的眼神专注地看着他们，直到他抬头看了过来，余芋才有些慌乱地解释，像招财猫似的摆手，就听见他对她说："陈眠喝醉了，麻烦你帮忙照顾她吧。"

余芋神情恍惚地把陈眠扶回了座位，邓茉沫和苏望秋先后问她们去哪里了，怎么去了那么久，她都只是茫然地摇头，用手搓着燥热的脸。她觉得自己刚才大概是看错了，于是又看向旁边趴在桌上睡着的陈眠。

她心想：怎么可能呢？陈眠怎么会在酒吧后门和一个男人接吻呢？

这天她看见的，是一个秘密。

第八章
「朝她走来」

后来是邓茉沫的男友叫车把她们送回了宿舍楼下,第二天是邓茉沫的手机铃声响起,才把宿舍里的人都吵醒了。

宿醉的后果就是醒来后头痛欲裂。

陈眠将脸埋在枕头里,闻着身上的酒味有些受不了,刚从床上坐起来,就看见自己枕头旁边放着一大袋零食。

陈眠困惑,这是哪里来的?

她问宿舍里的其他人,苏望秋跟邓茉沫都是一脸茫然,问她:"这不是你昨天去厕所的时候买的吗?"

陈眠沉默了一会儿,才小心翼翼地问:"酒吧厕所,会卖零食吗?"

结果换来三人的沉默。

苏望秋说:"以后我们几个还是少喝酒吧。"

邓茉沫道:"我第一次听见陈眠说傻话。"

后来还是从厕所出来的余芋解答了陈眠的问题,对她说:"是一个男生给你买的。"

关于那男生的具体情况,她说得含糊,只说长相挺帅的。

这含糊的话让邓茉沫不太满意,执着地问了半天他究竟帅到怎样的程度。

余芋说不出来,挠着头皮,好半晌才想起可以把问题甩给陈眠,结果看见陈眠抿着唇,表情复杂地看着那袋零食。

苏望秋敏锐地捕捉到陈眠的异常,问她:"那个男生是你认识的人吗,眠眠?"

袋子里有薯片、旺仔小馒头,还有果冻和溜溜梅,一看就是那人随便选的。陈眠过于了解沈域,他从来都是一个能花钱就懒得花心思的人,在超市买东西的时候从来不会对比,选东西只看心情,什么都往购物车里放。她那时候嫌沈域烦,说:"你能不能稍微选一选?"结果对方语气自然地说:"你不是往那边看了吗?"

陈眠一愣,随后才明白他话里的意思——是她看了那些零食,所以他都拿了。

陈眠喝醉了就会断片，当初谢师宴那天发生的事情她不记得，看到班级群里发的视频甚至觉得那不是自己，至于昨晚发生了什么就更是记忆模糊，隐约记得在喝醉之前……她好像看见了沈域。

隔着几张圆桌，他跟一群男生坐在一起，就连望过来的眼神都是冷淡的。

所以，后面是发生了什么，这零食又是从哪里来的？

这些疑问她暂时没时间细想，她拿上干净衣服去浴室洗完澡出来，桌上的手机就响了起来，是学校辩论社的学姐发来消息，让她去一趟。

最近辩论社在准备大学生辩论赛，陈眠当初选择这个社团是为了锻炼口才。班级里不缺乏能说会道的人，性格大多开朗外向，尽管平日看着性格内敛，不善言辞的人在谈论专业问题时也都能滔滔不绝。被成绩划分到这所大学校园里不学无术的人少之又少，名校只有"卷"和更"卷"，"躺平"这两个字并不存在于这里，就连苏望秋和邓茉沫这种总喊着劳逸结合的人每天也会跟着她们一起往自习室跑。

她到辩论社的时候，教室里头已经有不少人。

尽管是周末，但社团里的人基本都来了。

陈眠推开门，拉开椅子坐在人群的后面。

林郁青坐在她对面，手里拿着纸笔。她那天把拒绝的话说得那么直接，但对方仍然一副什么都没发生的样子，照旧冲她笑。

陈眠低下头。

旁边的人热烈讨论着分组的问题，大多是熟悉的人组队，社团内部先比一轮，选出表现优秀的社员。陈眠和他们算不上熟，平时除了正常的活动，她基本不会往辩论社跑，组织的聚餐活动都没有参加过，所以理所当然，她落单了。

林郁青在本子上写上陈眠的名字，对暂时担任评委的学姐说："她跟我一队吧。"

周围有人看过来，笑着起哄："学长有私心啊。"

林郁青笑道："正常选队员，而且陈眠是一名很优秀的辩手。"

话说到这个份上，陈眠再拒绝就显得有些刻意了。

同组的除了他俩还有一个学长和一个学姐，辩论赛题目是"爱是与生俱来的，还是后天学会的"。

陈眠组抽签选到持辩题的反对的观点——爱是后天学会的。

担任队长的林郁青让陈眠担任一辩。

学姐看陈眠神色木然，长时间的相处让学姐知道这说明她心情不太好。于是在周围人讨论的时候，学姐凑过去轻声对她说："就当作这是你锻炼自己的机会。林郁青辩论还是挺厉害的，你可以跟着他学习学习。"

陈眠松开笔，有那么一瞬间想说她不参加这个比赛了，但类似于赌气的冲动又很快被她压了回去，只是轻轻点了下头。

回到宿舍的时候，她的心情十分沉闷。

陈眠放下书，打开电脑在搜索栏输入"恋爱"这两个字，听见正坐在自己书桌前看书的余芋有些犹豫地喊了一声她的名字。

陈眠扭头看向她："嗯？"

"我好像想起一点儿关于昨晚的事情。"余芋声音很轻，眉毛也皱成了一团。

"眠眠，你还记得你拉着穿白色卫衣的男生的帽绳，和他在后门台阶上接吻吗？"

陈眠的手停在鼠标上，食指下意识地动了一下，网页自动跳转到了搜索后的界面。

第一条便是百度百科给出的释义。

恋爱，是两个人互相爱慕行动的表现。在不同的时代有不同定义，现代定义为两个人基于一定条件和共同的人生理想，在各自内心形成的对对方最真挚的仰慕，并渴望对方成为自己终身伴侣的一种最强烈、最稳定、最专一的感情。

陈眠脑子一片混乱，过了好半晌，才低声道："我喝醉了。"也不知道是在对自己说，还是对余芋说。

余芋抿了下唇，轻声"嗯"了一声。

然后陈眠就不知道该说什么了。

我喝醉了，所以那些都不作数，是大脑失去理智时作出的行为，她跟沈域只是在那里偶遇的高中同学关系，两个人都不清醒。

这些话，陈眠说不出来。

她莫名想起在辩论社对她发出邀请的林郁青。

所有人都认为那是再正常不过的爱慕，甚至没有什么逾矩行为。可是她就是感到不适，这种不适甚至能用厌烦来表示，任何人对她示好，她的第一反应都是厌烦和想要逃离。

与此同时，她的脑子里忽然冒出了一个"如果"：如果昨晚出现的人是林郁青，你会跟他接吻吗？

几乎不用思考，出于本能，陈眠立马就能给出否定的答案。

喜欢谁这类问题问到她的话，她脑中想到的只能是沈域。

其他任何人都不会成为被她接受的对象。

只有沈域。

也只能是沈域。

社团内部辩论赛筛选是在三天后，这期间除了上课，陈眠就是待在宿舍查阅资料，准备辩论论据，偶尔和队员一起在网上讨论辩论题目。流言蜚语传出去的时候她尚不知情，直到邓茉沫问她最近是不是跟林郁青"有情况"，陈眠才皱起了眉。

邓茉沫对她说："我当然知道你跟他不可能有什么，但是之前他追求得那么轰轰烈烈，所以现在你们经常坐在一起讨论问题，在别人看来就是你们在一起了。"

陈眠的笔记本上密密麻麻地记录着能用上的资料，她不是能一心二用的人，全身心投入一件事上就会忘了其他事情。她和林郁青坐在一起，也从未有过和辩论赛不相关的话题，因而在听见邓茉沫所说的话后，难免带上情绪，她甚至有些不解地问："坐在一起讨论问题就是在一起，那感情是不是太随便了？"

陈眠说服不了自己不去在意，她在苏望秋手机里看到学校表白墙里讨论她和林郁青关系的帖子后，难得主动关心自己的八卦，直接联系了负责人投稿澄清。

负责人还有点儿发蒙，问她："真要这么发吗？"

这行为是不是拒绝得有点儿太狠了，陈眠难追这事，只要是对八卦感兴趣的人都知道。

其实学校里并不缺美女，每天都被表白的人有，上表白墙被公开喊话的女孩子也数不胜数——或是偷拍对方的侧脸照片，又或是不知道在哪里找到的对方的生活照，发了图片却没勇气直白倾诉，用匿名身份把甜言蜜语当作真情实意，试图靠感动对方换来一段爱情。

大家习以为常，八卦就是牺牲自己娱乐他人，当事人没必要过度较真，反正过一段时间，舆论又会换人。

陈眠并不是第一个找来澄清的人，但她是第一个为了澄清事实，说话直接到丝毫不顾情面的人。

陈眠是在走去辩论社的路上回复的消息："是，麻烦你了，就这么发。"

过了几分钟，那边的人才发来一个"好"。

法大表白墙最新的消息在青大校园里流传是在课后。青大金融班的王辉在追法大文学系的一个女生，起源是公交车上的惊鸿一瞥，随后看见对方的学生证，于是联系了表白墙负责人，希望找到这个女生的联系方式。

之后他就每天看自己的投稿有没有被选中发布，刷到最新消息的时候，正好下课。

王辉当即就骂出了声，他身边困得直打哈欠的舍友立马捶了下他的肩："你喊什么啊？"

王辉盯着屏幕，言简意赅地讲述了整件事，从表白墙上看到的法大校园八卦说到刚才刷到的当事人澄清帖，总结下来就是："我要是那个男生，我直接用眼泪淹没北极,这跟当着所有人的面说'别瞎传了,我跟他没可能'有什么区别?"

他舍友有点儿好奇:"到底说什么了?"

王辉举着手机,大声朗读。

"大家好,我是法学一班的陈眠。最近有关于我的绯闻,在此澄清一下,我没有要谈恋爱的打算,和同学只是进行正常交流,希望流言止于智者。"

他说的每一个字都字正腔圆,甚至捏着嗓子模仿着女生的腔调。

然而话音刚落,王辉就看见自己那个向来冷淡懒散的舍友沈域停下了脚步。他的手机还拿在手里,亮着的屏幕显示着通话中,电话那头隐约传来男生夸张的感慨声。

沈域将手机举远,远离了自己的耳朵,看向王辉,问:"你在哪儿看到的?"

"法大表白墙。"说着,王辉就把手机递给了沈域。

跟他所念的内容没什么区别,是陈眠会说的话,但这不像是过去的陈眠能做出来的事情。

高中时期的陈眠被学校里的人议论,她也只是冷淡地表示与自己无关,眼不见为净,没必要为这种事浪费时间。

现在她干脆利落的回应让沈域觉得,陈眠是变了不少。

酒吧里抱着他说"对不起"的女生转眼就冷淡地拒绝他人,这种类似于"通过对比他人而显出自己特别"的心理,不得不说让沈域暗爽。

游淮在电话那头叫:"沈域,到底有几个版本啊?刚才你同学说的话是什么意思?陈眠说自己没在谈恋爱,那你是在跟鬼谈恋爱呢?你别是怕丢人,跟我们撒谎了吧。"

你还挺能抓重点呢?

那么长一段话,就听见陈眠说自己没谈恋爱的打算。

沈域对舍友抬了下下巴,示意自己不回宿舍,一边往外走,一边冷笑着对电话那头的人说:"就你会说话?"

游淮沉默了,他觉得完了——沈域真的惨。

别人在感情里好歹是备胎,沈域连备胎都不算,还到处吹牛说自己在谈恋爱,骗得身边的人团团转,尤其是迟盛。"中二病"少年一边认真学习,一边被刺激得认为不谈恋爱好像就会被他们的团体淘汰,偶尔打电话,都在问到底什么是喜欢,就跟着了魔似的。

他同情心爆发的同时,又想:陈眠好歹知道拒绝其他人,不像陈茵那个不省心的,每天挑着转发别人给她发的表白消息来气他。

"大哥也没必要嘲笑二哥",他叹了口气,对沈域说:"阿域,要不你请我吃饭,我安慰安慰你吧?"

然而他却听见他的好兄弟沈域在电话那头直接对他说了个"滚"。

陈眠这个澄清帖发出去后造成的影响不小，最直观的就是辩论社内部的人议论纷纷。周三那天是社内选拔前，陈眠组有一个成员在校外做兼职，大家约在他兼职地点附近的咖啡厅见面讨论。

这是之前就约好的一次会议，然而到现场之后，大家都很沉默。

四人里，另外两人跟林郁青的关系更亲密，也知道表白墙的事，这会儿看着陈眠跟林郁青只觉得气氛都冷冻成冰了，惯会能言善道的人此刻也不知该说些什么调节气氛。有人咳嗽一声，就听见林郁青笑了一声，然后问坐在对面翻着资料的陈眠："陈眠，你不能委婉一点儿吗？"

陈眠发出澄清帖后，就知道林郁青会问。

听到他带着愤怒意味的质问，她的语气仍旧冷静："学长，我只是实话实说。"

林郁青说："你可以私下跟我说，为什么要闹得尽人皆知呢？这下所有人都知道你拒绝了我，绝无可能跟我在一起，你让我面子往哪里放？别人又会怎么看我，你考虑过我以后要怎么在学校做人吗？"

另外两人轻声附和。

"是啊，陈眠，你可以私下说清楚的，在表白墙上发真的有点儿过分了。"

"郁青也没怎么样，他对你挺好的，就算做不成情侣也可以做朋友吧？"

"哎，这事闹的。"

……

总之就一个意思：陈眠没必要把事情做得这么绝。

都是成年人了，该给别人保有起码的体面，做人留一线，日后好相见。被表白的女孩子多了去了，表白墙上也不止你陈眠一个人的八卦，怎么不见其他人反应那么大，再怎么不喜欢，你保持沉默就行了，私底下澄清一下，大家也清楚不是这么回事，没必要这么不给面子。

这事办得过于不体面，就像她对所有人都说了一遍绝对不可能喜欢林郁青一样。然而别人所认为的体面让陈眠觉得十分好笑。

"如果公开拒绝就算过分的话，那么公开造谣就不算过分了吗？"

在别人看来，陈眠是一个温柔的女生，从不说重话，在辩论社别人要求她帮忙，她都是点头说"好"，很少拒绝，更不会表现出类似于不满的情绪，所以此刻她说出的话让大家都愣住了。

"学长，我拒绝过你无数次，但你都没有当一回事。我表达过无数次我不喜欢，但你好像觉得坚持总能获得成功。"

"无论是来蹭我们专业的课,还是当着所有人的面送我花,这些行为都让我感到困扰,不清楚别人的心意就贸然做出感动自己的行为,这不过分吗?

"别人议论的是你和我,那么作为当事人的我,对于这些让我感到不适的内容进行反驳,有任何问题吗?"

陈眠觉得可笑至极。

被喜欢不是她求来的,或许对别人来说被喜欢是一种认可,但她陈眠从来不需要这种认可。难道你喜欢我,我就一定要对你感恩戴德吗?

哪怕身边有不少人说林郁青人挺不错的,对她温柔又深情,但陈眠始终觉得烦透了。林郁青不懂得什么叫作边界感,肆意打乱她的生活,把爱意作为自己的免死金牌,无论是在公开场合对她表示好感,还是自认为浪漫地抱着鲜花来找她,都让她感到厌烦。她没让林郁青喜欢她,也不需要林郁青喜欢她。所以,他到底在卖什么惨?

隔着几桌,陈茵搅动着杯子里的咖啡,对面坐着的游淮在看见陈眠跟几个男生进来的那一刻,就给沈域打了电话。

通话已经进行了十多分钟。

塞在耳朵里的蓝牙耳机终于传来电话那头的人的声音:"你们在哪儿?"

游淮一乐,用口型对陈茵说"埋单的人来了",随即给沈域报了地址。

电话挂断前的最后一刻。

陈眠冷淡地说了最后一句:"所以,学长,我不明白,当委婉对你一点儿用都没有的时候,我这么做,究竟为什么要被指责。"

她一说完,那一桌的人就安静了下来。游淮跟看好戏似的,看着坐在陈眠对面的一个高个子男生拿上东西就走人了,旁边坐着的两个人没拉住,也跟着往外走了。唯独她坐在那里,跟没受影响似的,甚至还往杯子里丢了几块方糖。

"真牛,我之前怎么没发现陈眠说话这么直接,我还以为她是'软妹'呢。"

陈茵却笑了一声:"你眼盲吧,游淮。"

无论谁是"软妹",陈眠都不可能是"软妹"。她早就看出陈眠是一个硬骨头。

能跟沈域走到一起的人能软到哪里去?两个人都不是什么善茬。

陈眠和林郁青在咖啡厅闹得不欢而散这件事立马被其他人知道了。

师姐发来一长串文字劝她不要太在意,还说林郁青真不是什么坏人,这会儿才对她透露,给遥遥做补习的兼职其实是林郁青介绍的。

——其实他在背地里做了不少事,别人开你们的玩笑开得太过火,他也会制止,表白墙上的事他应该不知情。

陈眠不知该如何回复,刹那间甚至产生了退社团的冲动。她觉得这一切都很烦,所有人都站在她的对立面，举着自认为正义的旗帜反复指责她这么做不体面，违背成年人的社交法则。

师姐还在发消息，陈眠直接将手机调为静音模式，也没管只喝了一半的咖啡收拾好东西离开。她准备坐公交车回学校的时候，赵莉莉打来电话，她就一边往前走，一边听着赵莉莉在电话那头絮絮叨叨地说着最近她和刘俊杰之间的进展。

直到赵莉莉说要出去吃饭，挂了电话，她才发现不对劲。

刚才她漫无目的地走了一路，现在不知道到了哪里，旁边的墙壁上爬满绿色爬山虎，居民楼住户的阳台上开着的花在郁郁葱葱的绿叶里像是散布在银河里的星星。

旁边的单行道上有车驶过，陈眠站在这里迷失了方向，不知道自己该往哪里走。

背着黄色书包，穿着黄色校服的幼儿园小朋友牵着妈妈的手，看见站着没动的陈眠，有些疑惑地问："姐姐迷路了吗？"

小朋友的妈妈正在打电话处理公务，闻言随口敷衍了句："姐姐能自己找到回家的路，你好好走你自己的路就好啦。"

小朋友得到回应，又开开心心地唱着老师教的歌，从陈眠身边走过。

而陈眠仿佛暂时失去了行走功能，成了动态画面中唯一的静物。停在那儿的刹那，她想的是自己该去哪里。

她有好多事情没有忙完，准备良久的社内辩论赛因为无法与队员良好沟通而暂时搁置，还要用大量时间钻研各大法条、看法学论文、浏览社会性质事件。

她一刻都不敢停，周末还要去做兼职，钱一点点地进了银行卡，然而增加的数字并没能给她带来安全感，相反，欲望被喂养得越来越大，从"能独立自主就好了"变成"如果能自己攒下买房子的钱就好了"。

想要拿学校的奖学金，所以学习上不敢偷懒，每天早上第一个去图书馆，晚上最后一个走。她唯一一次缺课就是上周因为发烧被舍友送去医务室，平时就算是生理期肚子痛都把灌满热水的杯子贴在小腹上强撑着上课。她有种莫名其妙的执拗，像是为了向谁证明，她确实在往更优秀的方向努力。

然而现在，想要努力成为更优秀的人，推动自己不断前行的鸡汤全部被现实打翻了，内心只有茫然。她心里产生了疑问：然后呢？

拿到学校奖学金，成为优秀毕业生，买下属于自己的房，那然后呢？

未来好像成了无法触摸的虚幻，陈眠在刹那间想起了遥遥所说的那句"死亡真的是生命的终点吗"。

从出生到死去，中间所有时间仿佛是被设定好了程序。陈眠回望自己过去十八年的人生，灰暗是主色调，唯一一点彩色就是高三时搬进盛世豪庭后的那段时间，推开窗就能看见的苍翠绿植以及停留在树梢上,每天叽叽喳喳地叫个没完的生机勃勃的鸟。

还有推开卧室房门就能看见的沈域,时而坐在沙发上打游戏、时而坐在地毯上看比赛,一听见开门声就朝她看来,懒散地喊出她的名字。

手里紧攥着的手机在这个时候忽然响了起来。

电话那头的邓茉沫想问她现在在哪里,却听见陈眠问:"如果我丢掉了自认为不重要的东西,却又在这个时刻,忽然觉得不舍得,会不会很过分?是不是……不应该反复无常?"

邓茉沫被问得一愣,随即就笑了:"不会啊。"

"人是可以犯错的,眠眠,可以有写错答案的试卷,也可以有选错的岔路口,更可以有很多个不想起床的早上。我们干吗要成为别人眼中完美的人,一定要做完美的事?你可以反复无常,这些都是被允许的。

"不过分也没有不应该,只有你想和不想。"

没有过很重要的时刻,也没有经历过很重大的事件。

没有发生男主角身受重伤,女主角恍然发现自己无法失去他的情节,更没有上演男主角默默做的感天动地的事被女主角全知道的戏码,这只不过是一个再寻常不过,甚至阳光都带着初冬凉意的午后。

可就是在这个寻常到不能更寻常的午后,陈眠走错了路,莫名其妙地停在了这里,莫名其妙地想到很多东西,又莫名其妙地想起一直不敢去想的沈域。

然后所有的平平无奇都变成了意味深长,风不再是风,花不再是花,爬山虎都仿佛被辛德瑞拉施了魔法。

又有人顺势而为,对她说,陈眠,你已经长大了,进入了成年人的行列,不再是被管束的高中生,而是相对自由的大学生。很多事情都是被允许的,反复无常是可以的,人是可以犯错的,你没必要逼着自己成为完美无缺的大人,你也可以成为一个没那么完美,但是快乐的成年人。

陈眠从未有一刻像现在一样豁然开朗,前方仿佛出现无数荧光慢慢汇聚在一起,成了春日傍晚的海边燃烧着的烟火。

陈眠挂断电话,转过身,快步走向马路,伸手拦住一辆出租车,打开门准备对司机说去青大的瞬间,忽然听见身后有人喊出她的名字。

"陈眠。"

她转过身,司机还在问她走不走,可她眼里只有站在不远处看向她的沈域。

于是,此时此刻成了电视剧和漫画中的最后一幕。像是天光乍亮,黑暗一瞬间被驱散，怯懦的主角终于鼓起勇气战胜了恶龙，历经千辛万苦的骑士终于牵起了公主的手，白雪公主和白马王子在舞会跳着幸福的舞蹈。

无数星光在这一刻全部朝她倾斜，将长着野草的路边变成了一段银河。

沈域走到她的面前，帮她关上后车门，对司机说"不好意思，她不走"。他拉着她的手腕，把她带到人行道上，用和往常一样的散漫语气问她是不是傻了。

像是因为他的到来，世界都亮了起来。

陈眠伸出手，慢慢地拉住了他的衣角。

沈域垂眸看向她的手指，然后听见她说："我本来打算去找你。"

沈域看着她低垂的眼眸和阳光下被染成金色的睫毛，很轻地"嗯"了一声。

"我拒绝了很多人。"

"我知道。"

"每天都在努力学习，好好看书，该做什么事都列在我的计划清单里，我想过自己要成为怎样的人，而且不停地鞭策自己往那个方向努力。"

她拉着他的衣角，低着头，看见有雨点一滴滴地往下砸，声音也像是被雨点打断了，断断续续地对他说："可……可是，我没办法，沈域，努力好难。我不是专业第一，生活也没有一帆风顺，我以为上了大学就会拥有自由，以为凡是选择都有代价，以为想奔向未来就一定要丢掉所有和过去有关的东西。

"可是……可是沈域……我也会觉得奔往未来的路上我真的好累……"

她话音未落，就被人一把拉进了怀里。

风都被阻挡在他的身后，星光和烟花亦消失殆尽，光亮的尽头是沈域温暖的怀抱。

他不知道，更不懂她这一刻的崩溃是因为之前经历了怎样的心路历程，他没能像赵莉莉或是邓茉沫那样说出恰到好处的让她平复心情的话。

他只是站在那里，抱住她，任由她发泄所有负面情绪，然后像是毫无办法，有些无奈地轻笑了一声。他抬起手，像是在安抚闹脾气的小朋友，揉了揉她的头发。

"别哭了，陈眠，我这不是来了吗？"

他什么都不明白，可是他朝她走来了。

陈眠坐在沈域车里。

邓茉沫发来消息问她怎么了，为什么忽然问那样的问题。

陈眠随口敷衍了过去，对方就没有再追问了。

车内的气氛安静，刚才的拥抱让陈眠感觉自己身上沾染了沈域冷冽的气息。她转头看向驾驶座，看见他神色淡淡，手握着方向盘，被前方堵得水泄不通的路段烦得蹙眉。

赵莉莉总说大学时的刘俊杰跟高中时的有所不同，说告别高中校园后，似乎人也成长了。

这句话放在此刻的沈域身上似乎也适用，换作是之前，两人之间的平静一贯是由他打破的——他会问她吃什么，或是想做什么，可现在他什么都没有说，只有手指无意识地在方向盘上一下下敲着，啪嗒啪嗒的声响混在英文歌里像是背景音乐的一部分。

沈域是安静的，陈眠也没说话。

直到车开进了一座高级公寓的地下停车场，陈眠才终于问道："不回学校吗？"

沈域却笑道："都送到我嘴边了，我还能把你放回去？"

话语过于直白，一时间让陈眠拉开车门的动作都像是故意迎合。

她抬头看向他，然后被他笑着拉出了副驾驶座。

二十二厘米的身高差，影子被拉成了长长的两道。

电梯正好停在负一楼，沈域摁了上行键，门就缓缓打开了。

电梯里灯光明亮，四周都是镜面，陈眠无论往哪里看，都能看见沈域身上白色的卫衣和他抱在怀里没穿的黑色大衣。他的衣服一贯是简单的黑白灰，高中那时就是，除了在校期间要穿校服，他身上的颜色从来不超过这三种。

视线停在镜子上，却忽然被同样看向镜子的他捕捉，两人的视线在镜中交汇。

陈眠率先移开视线，若无其事地转头看向楼层显示屏。

沈域没有揭穿陈眠的故作镇静。

他带着人出了电梯，打开公寓门，在鞋柜里给她找出一双拖鞋，对她说："进来吧。"

然而陈眠没动。

这里的布局跟盛世豪庭一模一样，甚至屋内的摆件都几乎相同，时光被拉回到了过去，站在鞋柜边的沈域还笑着问她，是不是哭得连鞋怎么换都不知道了。

她慢吞吞地弯下腰，看着那双粉色的棉拖鞋，迟缓地"哦"了一声。整整一天，无论做什么都是慢半拍，到这个时刻都没有好转，她像是被另一个人操控着身体，换好拖鞋坐在沙发上，捧着沈域递给她的温开水，然后看见沈域在她旁边坐了下来。

在车里调侃她的人这会儿倒像个十足的正人君子。

宽敞的空间里只有他们两个人，于是，他顺理成章地说："我们聊聊。"

他们之间有太多可以聊的话题了。

两人过去相处时，总以为有些话说开了，反而会打破两人之间的平衡，结果掩耳盗铃地走到最后，才发现还是不行，谁也不是对方肚子里的蛔虫，哪怕是面对面交流都会出现误解。

陈眠放下杯子，直白道："沈域，其实我也不知道该跟你说些什么。我之前跟舍友去青大看篮球赛时就见到你了，在那之前我并不会经常想起你，也是在见到你之后心里才冒出了迟来的愧疚，总觉得在绥北车站的时候，如果我把话说得委婉一些就好了。那些话说得太难听了，所以我总觉得对你有所亏欠，怕伤害到你。"

她难得把心里话说给沈域听。

她断断续续地，说了又停，停顿一下又接着说，看到他专注地看着自己，又无声地叹了口气，索性把内心所有的想法都说了出来。

"我不知道别人私底下是怎么相处的，又是怎么走到一起的，其实到目前为止我对感情的态度依旧悲观，感性的我想要走向你，可理智的我觉得我们迟早都会散……"

沈域打断她，问："是对我这样，还是说无论换作是谁，你都会这么想？"

陈眠语气平淡地回答他："只会是你。"

沈域一愣，分明她是对感情失望，又对他们的关系采取了暂停的态度，却因这四个字显得像是一种另类的表白。她无法信任感情，想要走向他却又悲观地觉得就算走到一起也很难天长地久，可就算是这样，她想要走向的对象也"只会是他"。

喜欢是对他的，悲观也是对他的，陈眠确实是一道很难解的题。

她说的话，沈域都能理解，但要是回复"时间能证明一切"又显得有些轻飘飘，她无法信任的就是时间，那又怎样让她本就无法信任的时间来证明她更加不信任的爱情。

他们之间有着很大的差异，成长、社交以及生活里接触到的方方面面。

沈域生活的圈子里商业联姻不在少数，无论私底下关系怎么样，表面上都是和和美美。爱情在他们这个圈子里不过是餐桌上的一道甜品，好吃是好吃，但并非必要。

他之所以能够坚定地一次次选择陈眠，归根结底也不过是因为他拥有的一切让他对感情无比自信，就算被陈眠放弃，他仍然住着豪华的房子、开着豪华的跑车，哪怕知情朋友说他可怜，也不会认为他是值得同情的。

朋友开玩笑说他卑微，但他们认为的卑微也不过是觉得他本该高高在上，等着被人追逐、被人坚定选择，然而他却一次次走向一个把他作为最后选项的人。

但陈眠不是。高中时期的陈眠什么都没有，光明和自由都是凭借沈域对她的喜欢得来的。

她所听见、看见、感受到的大部分的爱都是扭曲的，只是上了大学之后，她从朋友的关心、老师的认可中获得了一些自信。这种自信体现在能够毫无顾忌地拒绝她不喜欢的事情、不喜欢的人，也体现在能够直白地将过去说不出口的话在此刻直接说出来。

因为她不再仰仗着他,才能喘息。他们之间一直向他倾斜的天平终于趋向平衡了。

所以她对沈域说:"情感上我选择你,可是沈域,我不知道以后我会不会因为其他事情而放弃你。"

沈域敛着眸,不知道在想些什么。房间里再度安静了下来。

路边的拥抱在此刻被冷却,放在别人身上再简单不过的"喜欢就在一起",在他们这里被延伸成无数个需要迈过去的坎。

过了许久,陈眠才听见沈域的声音响起。

"你说的这些,我全都想过,我也预想过你放弃我的场景,比如因为学业受到影响或者一些流言蜚语等,但陈眠,谁教你在说狠话的时候,把表白的话掺杂在里面的?"

他笑着看向她,眼神很温柔,像是一阵和煦的春风。

一直以来,沈域给她的印象都是没经历过人间疾苦的富家子弟,一切都在他的掌握之中,哪怕受到挫折也从不当一回事,认定没有自己摆不平的事情,也没有金钱解决不了的困难。

此时此刻,是两人之间第一次认真的交流,仿佛都重新认识了彼此。

他对她所有的否定都照单全收,但没有责怪她或是用强硬的语气对她说"这样的行为很过分"之类的话,他在踏出绥北之后仿佛变成了一个温柔成熟的男人。

陈眠望着他,又听见他用散漫到仿佛什么都没放在心上的语气说:"你说了这么多话,不就是想表达你对我也有意思,但是不信任感情能长久吗?这有什么不好解决的?

"陈眠,你想见我就给我打电话,想奔向我直接找我要位置,想跟我谈恋爱,就对我说'沈域今天天气不错,挺适合在一起'。你看,这是不是还挺简单的?"

陈眠问他:"这样,你会开心吗?"

沈域扬眉:"你在怀疑什么?你刚才那句'只会是你'让我开心到不行,我不管你对感情有多迟钝,多不信任,只要你在感情里想要选择的对象只有我,我就开心。"

女生宿舍。

苏望秋从外面回来,看到宿舍里只有邓茉沫,就问:"眠眠呢?"

邓茉沫专注地看着自己的手机,又给苏望秋看陈眠回复的内容,拿出了对待科研问题的态度,摸着下巴问:"你觉不觉得眠眠好像有情况啊?我刚打电话给她,她问了我一些关于感情的问题。"

苏望秋有点儿惊讶："她问你感情问题？"

陈眠与感情这两个字，无论怎么联系在一起，都让人感觉奇奇怪怪的。

余芋在两人聊天的时候从图书馆回来了，一拉开宿舍房门，就被两双眼睛齐齐盯住。

"余芋，快、快、快，你过来看看。"

"她是不是不对劲，是不是有情况啊？"

余芋看着手机屏幕，沉默片刻，才轻轻点了下头："应该是吧。"

苏望秋疑惑道："咦？"

邓茉沫问："什么情况？"

余芋还记得自己答应过陈眠不告诉别人，掐头去尾，只说上次在酒吧看见一个穿白卫衣的帅哥跟陈眠有些交流。

"具体的情况我也不清楚，你们自己去问她。"

邓茉沫眯起眼，说："在酒吧那晚穿着白色卫衣的，不就是老张说上热搜的那个男生吗？"

苏望秋说："我记得，我还跟眠眠说那人像明星。"

两人对视一眼，而后齐声道："所以，他是眠眠的暧昧对象？"

邓茉沫动作很快，已经给男友发消息询问沈域的情况。张成向来沉稳，很少表达出对别人的欣赏，哪怕是交好的朋友也只会说句"挺好的"，然而这次不同。

"那是我们学校管院的大神，专业第一名，才读大一就在外面做项目，听说投资金额达到了七八位数。我一开始以为他在玩玩，但人家真玩出名堂了。我们学校一些师兄师姐都在跟着他做项目，他真的是挺厉害的一个人。"

邓茉沫想问的不是这些，看男朋友半天说不到重点，只好点破："有照片吗？"

热搜上的那个视频只露出了一张侧脸，关于那晚的记忆也模糊。

那边的人安静了几秒，才发来一串省略号，最后发了一张不知道从哪里找来的证件照。

一寸证件照，蓝色底。

五官无论拆开看还是放在一起看都找不出缺点，虽说审美是"各花入各眼"，但总有公认的标准，总会存在无论走到哪儿都会让人不自觉地多看两眼的长相优异的人。显然，照片里这位就是此种类型的帅哥。

邓茉沫给陈眠发去消息的时候，陈眠还在沈域家。

电视里放着晚间新闻，沈域坐在地毯上，手肘撑在沙发上，身体往后靠着，一只腿支着，手里拿着的手机屏幕上显示着点外卖的界面，手指在上头随意划动着，偶尔问陈眠一句是吃辣的还是吃清淡的。

陈眠的手机屏幕亮了一下，点开，她就看见邓茉沫发来的沈域的证件照。

照片里的人气质干净又清爽，仿佛炎炎夏日里的青梅气泡水。

邓茉沫在那头发了无数个感叹号，最后对她说："可以，可以，可以，这个是真的帅！"

陈眠发了一个问号过去。

那边的人立马截图发来张成的夸赞："我头一次见张成对男生这么夸赞。"

陈眠并不意外，高中时期的沈域就很优秀，属于天赋和努力兼备的类型，同时还格外清楚自己要的是什么。高三那会儿两人一起学习，有时候她趴在桌上睡了一会儿醒来了，发现沈域的笔还没停下。

有过那样一起努力的经历，所以哪怕之后分离，陈眠也知道沈域的未来就该是光芒万丈的，因为他一直在往前走。

"陈眠，你吃蛋糕吗？蓝莓味还是草莓味，选一个？"

话题中心的男生把手机屏幕朝向她，屏幕上是巴掌大小精致漂亮的蛋糕，底下近三百元的价格也挺"漂亮"，都够陈眠跟舍友在外面聚一次餐了。

"不吃，我要回……"

"晚点儿我送你回去。"

沈域直接打断她，也没说晚点儿究竟是什么时候。

他没再问陈眠要吃什么，全凭自己的心意随便点了一些。

外卖员把餐送到的时候，沈域倒是想起了另一件事。门还没关，走廊传来电梯门关上的声音。他转过身，对过来接外卖袋的陈眠说："你知道他是什么人吗？"

他的手指着电梯门所在的方向。

"什么？"

陈眠听见沈域用带着笑意的声音对她说："我同事。"

陈眠："……"

她根本不记得酒吧那晚发生了什么，但隐约能从沈域的表情中看出不对劲，所以理智地没有接话，而是拿了外卖袋转身就往饭桌走。

沈域随后关上门，跟在她的身后。

"早知道就给你录下来了，也不知道是谁缠着我非让我卖矿泉水给她，还拉着我的衣服不让我走，哭着说怎么没有矿泉水。你知道外卖员送东西过来的时候，看见我们是什么表情吗？"

"……"

顺着他的话思考了一会儿，陈眠直接打断他："你记错了。"

谁记错，沈域都不可能记错。那天陈眠缠着他，不肯让他接电话，还一副如临大敌的样子扯着他的袖子对他说大事不妙，他们要被人发现了。那会儿沈域彻底没脾气了，任她扯着，还顺着她的话问要被谁发现了，结果就看见眼前的人直接扑进他的怀里，双手抓着他的衣服试图把自己藏起来，闷闷地对他说要被老师发现了。

外卖员就是在这时赶到的，手里拎着超市的袋子，气喘吁吁地正想抱怨"您怎么不接电话"，就看见高个子男生怀里的女孩子站直了身体，转身朝着他深深鞠了一躬，非常诚恳地说："老师，晚上好。"

一看她就是喝多了，外卖员沉默着不知该说些什么，就见男生一只手握着她的手腕，另一只手像控制猫咪那样直接摁住她的后颈把人扣在自己怀里，笑着说："抱歉，我女朋友喝多了。"

后来沈域想起这事都觉得好笑，问她："你怎么想的，把外卖员当老师，你是不是以为我们还在学校走廊啊？"

陈眠不认账，面不改色地道："你喝多了，产生了错觉。"

她完全没想到还有秋后算账这一茬，更没想到秋后算账会发生在两人互相坦白之后。

这进展就跟在悲情电影里穿插了一段搞笑剧情一样奇怪。

可沈域不满足，手里拆着外卖袋子，继续揭穿她："嗯，你最后抱着外卖袋哭个不停，喊着'赵莉莉'的事也是我的错觉，可惜我没录像，陈眠，这要是录下来，你不得'社死'一整年？"

"……"

她是喝多了，又不是傻了。

回学校已经是晚上八点了。沈域把车停在法大附近，陈眠下车的时候正好撞见跟朋友一起往外走的林郁青。

林郁青停在那里，有些意味深长地看向她，而后看向那辆黑色的布加迪跑车。她根本没看林郁青，然而关上车门后，沈域喊住了她。

车窗摇下来，沈域刻意地朝林郁青的方向看了一眼，眼神冷淡，却又带着一些轻蔑。

林郁青不知道他们是什么关系，被沈域看得起了火气。身边的人看他的眼神活像在看一个失恋的失败者。

林郁青忍着脾气喊了声陈眠，说："明天就要参加辩论赛了，晚点记得来学校食堂大家讨论一下。"然后他补了一句，"那是你朋友？"

沈域把手搭在方向盘上，听到林郁青的话后也没什么表情，只是扯了下唇角，也跟着看向陈眠，那双漂亮的桃花眼里只写了两个字：就他？

他跟看笑话一样，哪知道陈眠的反应更让他舒爽，她直接对林郁青回了一句："不是朋友，是我想发展恋情的人。"

沈域垂着眸，看着自己手腕，很轻地笑了一声。随后他抬眸看向两人："结束后我来接你。"

话是对陈眠说的，眼睛却瞥向了林郁青。

陈眠："……"

她太了解沈域了，虽然她知道沈域心高气傲，从来没把她身边的异性当过对手，或者说不屑于把他们当作对手。但她确实从他这句话里听到了一丝罕见的得意。

陈眠没对辩论赛抱希望，准确来说是自从表白墙事件出来之后，她就做好了落选的准备。但前期筹备了那么久，因而在得知晚上要去食堂讨论辩题，她还是去了。

出门前，邓茉沫和苏望秋都表示反对。

"下午在咖啡厅什么都不说，现在又占用别人晚上的时间，他是皇帝啊？"

"过去的人全是他的朋友，万一他们针对你怎么办？算了吧。"

最后邓茉沫直接挂断了跟男友的视频聊天，决定陪着陈眠去一趟食堂。

一路上，邓茉沫走得很有气势，预想了无数现场可能出现的争执场面，还给陈眠出主意，说要是一会儿有要吵起来的苗头，记得提前拿手机录音、录像。

她之所以这么如临大敌，还是因为这段时间不太平。

有新闻报道，某大学一男生表白未遂，恼羞成怒直接对女生动手，或是男生被拒绝后，朝女生泼硫酸等事件。

但她到了之后，发现气氛意外地和谐。作为编外成员，邓茉沫为了不显得刻意，还去便利店买了冰激凌跟热狗，假装自己只是下来觅食的，碰到陈眠就跟了过来，只可惜伪装得不太妙。她刚坐下就被一个男生邀请当评委。

邓茉沫惊讶道："啊？"

然后她一脸茫然地舔着冰激凌，坐在正中间充当着评委，听着三个男生跟她说爱究竟是什么东西，越听越头疼，倒也不是说他们准备得不好，只是站在女生的角度听到"感情"两个字被学术化，甚至用着古今中外各种真实事件进行举例证明，难免觉得枯燥又无聊。

邓茉沫都快崩溃了，甚至有些怀疑自己，后来她在视频软件里找出情感类的辩论赛节目，自己窝在角落里看完后才指出他们的问题。

"我觉得你们过于学术化了，对待感情的事不能这么理智。这么理智的叙述会让爱情变得像是无趣的论文，这谁爱听啊？那些名人的感情故事我要听的不是平淡的细节叙述，这些我在百度上搜不出来吗？我要听的是从不同角度讲述他们之间的爱究竟是什么模样,能通过这些案例得出'爱真是个好东西'的论证。"

她说了一长串话,最后深吸了一口气总结道:"你们聊爱,但缺少了个人关于爱的理解。"

这句话直接导致大家重新展开讨论,一页页地改着资料。

陈眠翻到自己总结的最后一页资料,发现不知道什么时候上面写了一句:"先天没有获得足够爱的小孩在爱里天然自卑,所谓的后天养成,不过是被他人给予的爱包围后于荒芜处生长出了嫩芽。"

她的笔尖在句尾停顿,桌上的手机就在这个时候响了起来,来电显示是Oracle。

周围都是讨论的声音,陈眠拿起手机时,邓茉沫问了一句:"是他吗?"

没有指名道姓,反而显得更加暧昧。

林郁青停下了正在写字的笔,气氛陡然安静。

陈眠点了下头,然后拿着手机朝食堂门口走去。

临近九点,校园里是安静的,只有风吹树叶发出的哗哗声。

陈眠在树下的椅子上坐下,摁下接通键时心情莫名有些忐忑,扑通扑通的,像是怀揣着一只乱蹦的小兔子。然后她就听见电话那头传来哗哗的水声,以及因为水声显得有些沉闷的沈域的声音。

"陈眠。"

隔着电流,声音都与现实里的有差别。

陈眠莫名耳热,踩着落叶,很轻地应了一声。

"在干什么?"

"刚才在食堂讨论明天辩论赛的内容。"

"那现在呢?"

"在树下坐着。"

"嗯?"

陈眠低着头,手指蜷缩着,鞋子踩在那片落叶上,不停地蹍磨着。

而那头的人还在笑着喊她的名字,像是看透了她此刻的想法,问:"陈眠,你在想什么?"

明显的逗弄,他分明什么都知道,就是故意的。

这样的沈域让陈眠有些难以招架,于是她站起身,说:"我要进去了。"

"可是怎么办,我有点想你。"

水流声停了下来,男生平时清澈的嗓音此刻显得格外低哑。

"快一个小时没见面了,陈眠,你不想我吗?"

"……"陈眠都不知道沈域怎么能理直气壮地说出这么肉麻的话,但她现在听着又觉得欣喜。

她伸手捂住一边的耳朵,感受到烫人的温度,又用手贴了下自己的脸,也是烫的。她站起身,又坐下,终究没能像从前那样狠心地说"关我什么事",而是红着脸低声问:"要怎么办?"

那边的人立马笑了:"你说想我。"

他给了她指引。

陈眠却臊得慌,低声求饶一般喊:"沈域。"

电话那头的沈域有些不依不饶,笑着对她说:"不是这个。"

"沈域,我说不出来。"

"我发现,"沈域停顿了一会儿,关门的声音传过来后,才听见他笑着继续说,"你每次喊我的名字,喊得快的话就很像在喊另一个词。"

陈眠茫然地问道:"什么?"

"你再喊一声听听。"

"沈域。"

"嗯。"

"沈域。"

陈眠没有发现任何不对劲,却乖乖地坐在椅子上喊了一声又一声,直到身边有人路过,她下意识地放轻声音,含糊地喊了一声,才发现他所说的那个词是什么。

不是沈域,是拼音字母相同但音调不同的两个字。

"神……谕。"沈域在电话那头笑,"看不出来,原来我对你这么重要。"

辩论赛的失利几乎是意料之中的。

落选的结果也没让陈眠有多受挫,只是见证她熬了几天夜的舍友有些心疼,安慰着她说"没关系的,以后还有机会",说完又骂林郁青实在烦人。

苏望秋说:"最讨厌在工作里掺杂感情的人,换作是我,我认真准备辩论赛,结果你作为我的队友想的不是赢,而是怎么通过这个机会来靠近我、追求我,我真的会生气。"

邓茉沫搭腔:"林郁青真的不行,太差劲了。昨晚在食堂,眠眠出去接电话,他的表情就难看了起来,还问我陈眠是不是有男朋友了。就算眠眠有男朋友又关他什么事啊,我当时就想说他,硬是忍住了。"

"不是吧?他还这么问了?"

"不只是这样，我说我不清楚，他还说了一句'是个开着跑车的男生'。我之前怎么没发现林郁青是这种人，好像眠眠不跟他在一起是因为他不够有钱，不开跑车似的。"

话说到这里，她们又不可避免地提到了沈域。

"什么时候让我们见见他啊？上次在酒吧我没看清楚，好想看看上热搜的帅哥。"

陈眠敷衍着"会有机会的"，然后抱着书就往图书馆的方向跑。

之后，陈眠又忙碌了起来，准备英语四级跟专业课的考试，跟沈域好一阵没有联系。还是在一个夜晚，陈眠从图书馆出来后准备回宿舍，翻着手机，看聊天记录才发现两人已经好几天没发过消息了。最近一条消息是沈域给她发了自己公寓的定位跟指纹锁密码。

她那时候在看书没有回复，错过回消息的时机后，再回应就显得奇怪。沈域也一直没有发来新消息。

回到宿舍后，邓茉沫跟苏望秋正在交流个人的感情，余芋耳中塞着耳机在看书。邓茉沫说跟男友张成刚谈恋爱时，牵手都觉得刺激得不行，但现在反而少了那感觉。

苏望秋总结："刚谈的时候有新鲜感，心动总来得轻易，现在经历得多了，心动阈值也跟着变高了，这很正常。"

邓茉沫连连点头："对、对、对！"说完又向陈眠征求意见，问，"眠眠，你跟'热帅'呢？"

热帅是舍友给沈域起的外号，热搜帅哥的简称。

每次听到这个称呼，陈眠都觉得舍友的想法挺奇怪的，结果被她们一声声地喊着，硬是听习惯了。

关于沈域的事情，她说得简洁，只说两人读同一所高中，其中的细节并没有过详述。她放下手机，拉开椅子，思考了一阵，然后回答："感觉没什么差别。"

邓茉沫跟苏望秋齐齐"咦"了一声。

"怎么就没什么差别？你们现在到底进展到什么程度了啊？我怎么没见过热帅来学校找你？"

陈眠说："他有自己的事情要忙。"

邓茉沫想起张成说的沈域在做投资，于是感慨道："这种人离我很远的时候，我觉得他很厉害，但怎么说呢，一旦成为我舍友的未来男友，我就觉得要是他以后工作太忙，没时间陪你怎么办，怎么做到恋爱跟工作取得平衡？他是要继承家产吧，会不会要商业联姻？电视剧里那种'拿着五百万元离开我儿子'的戏码，我想想都觉得压力大。"

苏望秋笑到不行："现在是21世纪了，姐姐，而且只是谈恋爱，真要分了也不亏，拿着五百万元干什么不行，但记得要求税后五百万元，还得签赠予合同，各种手续得办齐全，好歹是学法的，可不能让自己吃亏。"

对话内容瞬间信马由缰了起来。

余芋摘下耳机，恰好就听到这一句，有点儿茫然地问："你们在讨论案例吗？"

邓茉沫瞬间接道："看看，我们宿舍唯一断情绝爱的小可怜。"

话题七弯八绕，几个人又说起了全宿舍一起出去玩的事情。

到京北这么久，陈眠确实没有去哪里玩过，活动范围也仅限于学校跟做兼职的地方。

邓茉沫提议趁天气没那么冷，大家一起去爬山。

陈眠正要点头时，一直没动静的手机响了起来。

是沈域发来的微信消息，问她明天有没有时间。

陈眠发过去一个问号。

那边立马回："来看我打篮球。"

邓茉沫凑过来看，不停地说："答应他，答应他。我们明天又没课，就当是团建，去、去、去！"

陈眠只好回了个"好"。

球队里的人有点儿茫然。

他们难得看见沈域这么早来，还坐在观众席里不时看几眼手机，就忍不住问："沈哥，你等人呢？"

哪知道沈域点头，还笑着说："嗯。"

这个回答直接让其他人愣住了。

隔了七八米的距离，一帮男大学生心里产生了质疑。

"哪里来的人啊？这段时间他不是忙到飞起吗？谁见过阿域那'薛定谔的女朋友'？"

"说实在的，我一直以为他说有女朋友是为了挡桃花。"

"有的人桃花不断，有的人无人问津，那些女生能不能别追他，来追我呢？"

"你快别做梦了，看见阿域的表情没？"

说话的人往沈域那边指了一下，其他人跟着看了过去。

沈域看着手机，眼角眉梢都带着笑。

"就这表情，来的人肯定是妹子，没跑了。"

"万一是他影院的发小呢？"

"电影院上班的？"

"那叫戏剧学院……"

他们闲聊的时候，观众席里渐渐来了人。

这不是什么正式比赛，纯属球队闲暇时打着玩。但就算是这样，也从不缺观众。

篮球抓在手里，砰砰砰地不停拍着。不知道第多少声响起的时候，沈域终于看见陈眠从门外走了进来。

她的身边还有三个女孩子，几人正说说笑笑走过来。

沈域手里的动作就停了，篮球被队友抢了，对方还凑过来问他："你看什么呢？"

沈域扯了一下腕带，球衣上的号码"61"正好对着观众席的方向。

而他直起身子，笑着问队友："你知道'61'号是什么意思吗？"

队友哪里能知道，球衣号码不是随便选的吗？还能另有深意？

队友迷茫地问："什么意思？"

结果就听见一句对他造成一万点暴击的话。

"我女朋友生日。"沈域的手往观众席的方向指，"第二排那个穿着灰色毛衣，全场最漂亮的女生。"

队友："……"

在场的人谁都没想到有朝一日沈域会嘚瑟成这样，一时之间说不出话，只能竖起大拇指。

"牛啊，沈哥。"

"有女朋友了不起！"

……

这混乱的一幕被观众席上的人看得清清楚楚，苏望秋跟余芊第一次来，茫然地问陈眠："这是他们队伍神奇的仪式吗？"

陈眠疑惑："啊……可能，是吧。"

邓茉沫没注意到这些，正低着头给男友发微信消息，还给往这边赶的男友占了个空位。听到舍友的讨论，她有些奇怪地抬头，然后一眼就看见球场中央被人群围着的少年正往这边看来。

他的视线笔直地落在了她旁边的陈眠身上。

她正准备对陈眠说你的暧昧对象在看你，结果裁判在这个时候吹哨了，球员们各就各位，方才还神情懒散地和队友们有说有笑的人顿时认真了起来。

高中时，陈眠也看过沈域打篮球，无论是场上，还是场下，氛围都很热烈，观众席里总有一群对篮球没有那么了解的女生，不明白所谓的专业名词，单纯只是随着场上那人的一次次动作而欢呼雀跃。

一直以来他都是人群的中心，是所有视线的焦点。上次让全场尖叫的"61"号球员照例发挥稳定，陈眠对篮球一窍不通，但能感觉到这次和上次相比，沈域似乎更拉风了一些。

陈眠目不转睛地盯着他。

身边的苏望秋拉着余芋轻声说着场上其他球员也挺不错的，话音突然一顿，掰着手指数了下，然后问陈眠："你是六月一日生日吧，眠眠？"

陈眠把头点到一半，陡然停住，终于反应过来了。

苏望秋直接拍手叫绝："如果不是巧合的话，他还真挺懂女孩心思的。"

陈眠没接话，心里想的是沈域向来很懂女孩心思。

无论是一次次走到她的身边，还是对她说就算犹豫也没关系，他可以等她，他都是看穿了她小心翼翼背后的渴望。

世界上不会再有第二个像沈域这么懂她的人，更不会有第二个像沈域这么会撩拨她的人。邀请她来看篮球赛，看他在场上被簇拥着光芒万丈的模样，然后于人群中央看向她，笑着冲她仰头，像是邀功一般将上下起伏的胸膛上的数字展现给她看，所有她能看到的都作为声音代替沈域对她说："陈眠小朋友的生日就是最好的数字。"

沈域朝她走来时，她仍有些恍神。绕过人群匆匆赶来的邓茉沫男友张成以为沈域是来找他的，准备站起身跟人打招呼，被邓茉沫拉着坐了下来。

张成以为邓茉沫有事要跟她说，于是开口道："你等会儿，他找我有事呢。"

邓茉沫脸都快丢光了，声音几乎是从牙缝里挤出来的："你的眼睛是长着当摆设的吗？"

张成说："说话就说话，人身攻击就是你的……"他的话还没说完，就看见沈域擦肩而过，径直往邓茉沫旁边走去，然后停在了邓茉沫的舍友面前。

他保持着一些距离，额头上还滚着汗，丝毫不在意遭人看来的目光，仿佛已经拿到了她的男友身份牌，对她身边坐着的舍友笑得温和，做了自我介绍，又像之前张成做过的那样，对她们平时对陈眠的照顾表达了感谢，最后发出了请她们吃饭的邀请。

一套流程下来，陈眠的目光只来得及停留在他的球衣号码上，等反应过来时，舍友已经开开心心地不停点头说"好"了。

沈域重新看向她，说："我去换身衣服。"

陈眠点了下头，分明也没说什么，但两人之间就是有种其他人融不进去的默契。

张成这才反应过来，原来沈域传言中的女朋友是自己女朋友的舍友。

但紧接着，他就疑惑地轻声问邓茉沫："上次你们来，他们怎么跟不熟一样，一点儿交流都没有啊？"

别说是交流，就连眼神对视都没有，用"不熟"形容都保守了，那完全就是不认识的状态。

邓茉沫嫌他烦："'直男'闭嘴，感情的事你不懂，知道什么叫情趣吗？"

张成：……这种情趣也算是让他开了眼。

吃饭的队伍莫名其妙地壮大到了十几人。

沈域球队里的男生平时没脸没皮，开玩笑习惯了，日常全靠打趣彼此获得乐趣，终于见到沈域传闻中的女朋友，他们怎么可能打完球就走，一个个都喊着"请客啊，沈域""喝喜酒啦，沈域"，还有人拿出手机说要把游淮也喊来，吵得像是菜市场。

"社恐"余芋拉着苏望秋，直喊救命："好多人，我好想回宿舍。"

苏望秋摁住她，说："不许，你就当作是在模拟法庭，那些人全是旁听人员。"

余芋深呼吸，看着走在前面的陈眠的背影，忍不住感慨："眠眠是怎么做到屏蔽别人目光的啊？她也太厉害了吧。"

在篮球馆里，沈域跟她说话的时候周围人的视线几乎将陈眠射穿，但她就是能淡然处之，这会儿走在去校门口的校道上，不时撞上一些男男女女审视的目光，甚至有人拿出手机拍照，换作是她余芋，手脚都不知道该往哪里放。

但陈眠没有多看那些人一眼。她身边高大的男孩子穿着和她同色系的卫衣，两人垂在腿侧的手在行走中不时轻轻触碰，而后男生似乎笑着说了些什么，把她逗得就要加快脚步往前走，男生懒散地喊了一声她的名字，没被她搭理，于是闷笑了一声，伸手拉住了她的手腕，然后顺势变成了十指相扣。

周围正在复盘球赛情况的一群男生哇哇哇叫个没完。

"救命啊，小动物保护协会呢？这里有人杀狗了！"

"张成，这恩爱你不秀回去，下次在篮球场上我摁着你打！"

莫名受到牵连的张成直接拉起邓茉沫的手："我牵了！"

邓茉沫红着脸打张成的胳膊："你干吗呀！"

一帮子人吵吵闹闹的，轻易吸引了其他人的视线。

余芋一直沉浸在书海中，对爱情并没有什么瑰丽的幻想，甚至受父母影响，总觉得细水长流、平平淡淡才是爱情最好的模样，但在这个时刻还是忍不住感慨："真好啊。"

像是青春电影里当仁不让的主角，所有的镜头都聚焦在他们的身上。

聚餐的地点是附近一家有着最大包间的火锅店。

直到坐下，沈域才松开拉着陈眠的手，手心都是潮湿的。

邓茉沫跟男友张成坐在一起，余芊一边是苏望秋，另一边是沈域同球队的一个性格最开朗，见不得人沉默的队友，拉着余芊一会儿问她们学校怎么样，一会儿又问起她高中的学校，话题信手拈来。余芊的脸变成通红，拉着苏望秋求救。苏望秋没空救场，正抱着手机跟男友聊得火热。

这一幕并不存在于陈眠所构想的大学生活中，她原本想的是平平淡淡地在书海里度过大学四年，这种热闹的场景似是她误入了平行时空撞见另一个陈眠的生活，有着近乎不真实的热闹。

火锅的热气蒸腾在空气里，点单纸传来传去，两面全是密密麻麻的钩，最后传回了沈域的手里。他拿着笔，扫了一眼正反面，又把纸递到陈眠面前，问她有没有什么想吃的。

从没有关紧的包间房门外飘进来一阵阵香辣味的风，有人说着"走一个"，于是玻璃杯碰撞的清脆声也随之响起。

所有的声音传到陈眠的耳中，耳垂变得温热起来，在她耳畔跟她说话的人没好气地抬手捏了她一下，另一只手拿着筷子在她的水杯上敲了一下。

"回神了，你想什么想得那么出神？"

陈眠突然发现了不真实感源于哪里。因为她像是误入了陈茵或是乔之晚的生活，变成一个会跟朋友出去玩，和别人讨论着自己喜欢的人的普通女生，跟外面所有开心的人没什么两样，大学生活的烦恼仅限于需要熬夜才能完成的课业和怎么都解不出的高数题目。

仿佛跟之前的生活彻底决裂，她的身上不再有从前的陈眠的影子。

"没什么想吃的。"她把点单纸递回给沈域。

沈域也没什么要加的菜，他向来对火锅没什么兴趣，直接把纸给了服务员。他们两个人的互动自然，旁边看着的队友挺不是滋味的——谁见过沈域又是秀恩爱又是当面献殷勤的样子，立马引起"单身狗"们的不满。

有人感慨："谁能想到阿域真的有女朋友，我敢说当时他说自己有女朋友的时候全场没几个人当真，谁知道今天就给我们来了个'甜蜜暴击'，谁扛得住啊？"

"真别说，我一直以为沈域是就算谈恋爱，都要女孩子主动追的那种人，谁能想到他热情似火啊？"

"我算是发现了，无论是谁，真碰到喜欢的人，都会原地变狗，尾巴都要摇断咯。"

包间里的灯光明亮，三个大锅被服务员挨个端上来放好，又开上火，锅里头的汤发出咕噜噜的声响，红色的火锅底料化在汤里，辣味瞬间充满整个包间，一道道涮菜摆满了圆桌，冒着冷气的啤酒都没地方摆，只能放在地上。

有人拿着开瓶器撬开啤酒瓶，发出一声轻微的"啪"，白色泡沫咕噜噜地往外冒。

而陈眠低下头，看着别人口中尾巴要摇断的"小狗"正在像玩似的捏着她的食指。

察觉到她看来的目光，他冲她笑，拿腔拿调地问她："主动追我吗，陈眠？"

陈眠："……"

她一阵沉默，之后忍不住轻声纠正他："沈域，我们没谈。"

沈域点了下头，挺无所谓的态度。

"马上要开的花不是花，即将出现的月亮不算月亮吗？所以，你总要跟我谈恋爱，我们怎么不算是在谈恋爱了？"

陈眠有些愣神儿。

旁边听完全程的苏望秋忍不住给远在沪城的男友发了一条消息。

苏望秋："我舍友的男朋友真的……"

那边问"怎么了"。

苏望秋："好会撩啊。"

火锅没吃几口，喝下两杯酒的邓茉沫有点儿微醺，张成拦都拦不住，就看着她跟其他人混成了兄弟，旁边没人拦着的苏望秋跟余芋更是在你一杯我一杯的气氛中喝下好几杯酒。

全场唯一一个滴酒不沾的人是陈眠，沈域把她面前的酒换成了椰汁，还找服务员要了吸管。服务员拿来半包颜色各异的吸管，沈域在里头挑挑选选，选了一根粉色的给陈眠，看她往舍友的方向看，以为她馋酒，敲了下杯子，无情地对她说："别想了，除了椰汁还有苹果醋，酒你是别想碰了。"

陈眠想从杯子里把粉色吸管拿出来。

沈域看了她一眼，问："干什么？"

陈眠皱着眉毛，说："换个颜色。"

周围的人全拿着酒杯互相敬酒，只有她一个人喝椰汁就算了，还用粉色的吸管，多少有些奇怪。

沈域直接把那半包吸管收了起来，理直气壮地说："没别的颜色了，喝你的。"

要是沈域说什么，陈眠就服什么，也不至于两人到现在还是暧昧期。她听沈域这么说，直接把杯子放到一边，重新端起茶杯——是不再喝椰汁的意思。

还是沈域妥协了，把半包吸管放到她的手边，有些无奈地投降："选吧，姑奶奶。"

这顿饭吃了两个多小时，一群人吃吃喝喝唠闲嗑，后来还是因为快到宿舍关门的时间，才恋恋不舍地散了场。

沈域同队的球员临走前反复拜托邓茉沫留意一下单身女生，帮忙介绍对象。邓茉沫直接干脆地点头说"没问题"，然后她被张成给扶着上了出租车。苏望秋跟余芋也跟着钻了进去，后排的门没关上，余芋探出脑袋问陈眠："眠眠，你不上……"

话没说完，被苏望秋捂住嘴巴，拽着她往里坐。苏望秋啪地关了门，摇下车窗向陈眠道别："晚点回来也没关系，今天阿姨不查寝。"

冬天夜晚的街上行人并不多，临近圣诞节，许多商户在玻璃橱窗上提前贴着圣诞老人的贴纸。沈域埋完单出门没看到陈眠，以为她跟着舍友走了，这时兜里的手机响了起来，是晚一步得知消息的游淮打来的。

他刚一接通电话，就听见游淮冷笑着问："还是不是朋友了？吃火锅不叫我，你的队友都跟我说了本来打算叫我，是你说别叫。沈域，你是什么意思？我不配跟你的女朋友一起吃饭，是吧？"

沈域被游淮的语气给逗笑了："坐不下，下次。"

"下次？我在学校啃泡面，你在外面吃火锅，你考虑过我的感受吗？"

"别扯，迟盛在绥中喝麦片，你怎么不说？"

已经忘了还有个在复读的好兄弟的游淮："……"

"行吧，但你跟陈眠真的在谈恋爱？"

"算是吧。"

游淮多聪明，一下就听出"算是吧"三个字的深层含义。他也算是服了沈域，没见过哪个人还没谈恋爱就弄出了热恋的阵仗。他钻进被子给他的好兄弟出主意，说："你这样不行，你得会玩浪漫。她喜欢什么，你得投其所好，就像陈茵喜欢珠宝、首饰、漂亮衣服，我就把生活费全进贡给她了。虽然我没了钱，但有了女朋友，你说这买卖值不值？"

扯，游淮在沈域心里就是恋爱脑的典范，他跟陈茵那叫谈恋爱吗？那叫公主和她的仆人。

沈域有点儿不耐烦，在卫衣口袋里摸出车钥匙，又想起自己喝酒了，不能开车，只好放弃回公寓的念头，打算回学校宿舍，结果没走两步就看见从便利店里走出来的陈眠。

他有些意外，问她："你怎么没回宿舍？"

游淮以为沈域在跟他说话，停下传授恋爱经验的话，有点儿不满地说："你大哥我不就在……"

"宿舍"两个字没说完，游淮听见嘟嘟嘟的声音响起，再一看手机，沈域直接把电话挂了。

游淮：这狗脾气到底是跟谁学的？

陈眠拎着沉甸甸的一袋零食，从里面拿出一盒酸奶，把吸管插了进去，递给沈域，淡淡道："车里不够坐，她们先回去了。"

沈域下意识地接过酸奶，他今晚喝了七八杯酒，思维不像平时那么敏捷，甚至还笑了声："四个人都没坐下，摩托车啊？"

陈眠："……"

她盯着沈域，发现他是真的醉了。火锅店里的热气一直朝着他吹，之前在绥北的饮食较为清淡，他吃不了辣，被辣风吹得一直揉眼睛，现在眼尾仍然泛着红，显得那颗泪痣格外明显。

他们站在便利店门口，右边是一家理发店，门口的三色柱里红白蓝的光闪烁着，路灯就在三五步开外的距离，仿佛哪里都发着光。面前的人没等到她的回复，以为是自己没听清，弯下腰凑近她，灰色卫衣的抽绳也跟着往下垂。

陈眠盯着那两根抽绳，沈域身上的酒味也缠绕了上来，于是，一些本不该记得的记忆慢吞吞地回到了脑海里——似乎也是这样的夜晚，只不过是在更黑暗的巷子，她确实是拽着这样的抽绳缠着面前的人接了个吻。

而面前的沈域还在朝她靠近，贴近的动作让两人之间的距离一点点缩短，他拿在手里的酸奶盒子被挤压，以致酸奶从插吸管的孔里流出了一些，白色的液体流在沈域的手背上，他没理。

陈眠不知道沈域究竟醉到什么程度，明明之前他的酒量还不错。她拎着袋子的手随着两人之间一点点消失的距离而收紧。她清楚地看见沈域黑色的瞳孔里映着的自己的脸，有些泛红，唇也紧抿着，无论怎么看都像是遇见喜欢的人而有些手足无措的模样。

这样的自己让陈眠觉得陌生，于是在两人贴紧时喊出了他的名字。

"沈……"

才落下一个字，面前的人忽然换了动作。他错开她的头低下了头——这个时候还记得不能弄脏她的衣服，握着酸奶盒子的手贴着她的腰往后移。

他把头靠在了她的肩上，似是从嗓子眼里挤出了一声嗯，说："陈眠，我喝醉了，让我抱一下。"

一声"陈眠"让她的后背都僵硬了，而他呼出的热气又让她心跳如擂鼓。

醉了的人明明是沈域，她今晚明明只喝了一杯椰汁，但陈眠觉得自己好像也醉了。

她垂下眸，看见路灯下两人被拉得长长的影子。

隔了几秒，才伸出手，慢慢地回抱住了他。

第九章
「造个梦」

陈眠记得沈域公寓的地址，在路边拦了一辆出租车扶着人上去后，对司机报出地址。沈域全程没有说话，甚至没有做出什么很亲密的行为，反而显得刚才那个拥抱是清醒时的动作。他靠在椅背上，手里一直握着那盒酸奶。

陈眠怕他头晕，让司机降下了车窗。冷风灌进来，手背上那点儿黏糊糊的酸奶变得更恶心了，至少在沈域看来，它像粘在身上的呕吐物，他洁癖发作，又找不到东西去擦，只好"眼不见为净"，像那不是自己的手一样放在一边没再去看。

胃里确实有点儿酒，但他没有醉到意识模糊的程度，想看看陈眠能为自己做到哪一步，她会不会干脆撒手不管直接回学校。沈域知道陈眠向来不喜欢醉酒的人，这么一想，沈域又觉得陈眠很聪明——因为不喜欢喝醉酒的人，所以从来不记得自己喝醉的样子，这样的话就压根不会讨厌自己。

他思绪是乱的，胡思乱想个没完，脑子里难得不用装那么多东西——平日除了应对学业还要跟家里人周旋，来京北读青大是他爸妈的意思，专业也是他爸妈选的，当初大摆筵席跟所有亲朋好友炫耀他是这一届的理科状元，然后他爸一边听着秘书汇报工作，一边拍着他的肩膀说以后这一切都是他的。

他那会儿觉得他爸多少是醉了，就跟他现在一样，清醒的醉，知道自己在做什么，也知道自己在想什么，但思绪拉不住，信马由缰，想到哪里是哪里。他又想起他妈在宾客散尽后，坐在他旁边问他最近是不是失恋了，他没说话，他妈估计是那晚被人捧着说教子有方而产生了自己是慈母的错觉，温声说"阿域，你长大就会发现，所有爱情都是基于金钱之上的，站得越高看见得就越多"。

他妈跟他爸在飞机上说的是同一套说辞，沈域那会儿没说话。

沈域被人扶着下了车，视线朦胧，看东西有点儿重影。他闻到一股很浓的掺杂着酒味的火锅香味，不知道是他身上的还是陈眠身上的，在密闭的电梯空间里那味道越来越重，于是对陈眠说"捂住鼻子"，结果他没听到回应。

陈眠不喜欢说话，总是冷淡的。有段时间游淮总喜欢用花来比喻陈茵，跟他说陈茵像是红玫瑰开在了他的心上，那时候他听着只觉得游淮俗气，在路边随便拦个人问"你的女朋友对你而言像什么花"，百分之八十的回答是玫瑰。

对花的品种缺乏认知的"直男"给不出别的回答。

但沈域不想让陈眠被定义为那百分之八十之内，他在百度搜索"什么花比较清冷"，挨个品种翻看下去都觉得不太贴切，因为每一种花的花语都只是百分之一的陈眠，都不够完整，也不够贴切。

但此时此刻，在弥漫着火锅味和酒味的空间里，他忽然想起了一种。

于是他伸出手，半空中确认这只手上没有黏糊糊的东西，才放心地放在三个陈眠影子中的一个的脑袋上。他的手没有落空，精准抚摸到了她柔软的发丝。

"向日葵。"

从由腐叶土、田园土、淤泥所组成的土壤中生长出来，却坚定地向着阳光绽放。

被抚摸的人有些茫然，不知道他忽然说一句向日葵是什么意思，只以为他醉到意识模糊，没当一回事，恰巧此刻电梯"叮"的一声门开了，于是她伸手拉着他往电梯外走。

在陈眠看来这只不过是最寻常的一幕，但在此刻的沈域看来，却仿佛跌进了一个个梦境里，所有记忆来回切换，时间都混乱了，他以为自己现在刚刚高中毕业，甚至有些不解——为什么跟着赵莉莉父母回家的陈眠会出现在这里？

他这么想，也就这么问了——你怎么回来了？

陈眠正拉着他的手腕，想用他的大拇指指纹解锁房门密码锁，听见这个问题后愣了一下。她抬起头，看到他低着头专注的眼神，手上撑在房门上，走廊的感应灯亮了又灭，陷入黑暗的刹那，陈眠莫名产生了一种奇异的感觉。

像是自毕业后沈域就一直等在这里，可直到今天才等到她。

高一上美术课的时候，老师给他们放电影《忠犬八公》，用一节四十五分钟的课看了一半电影，但就算是这样，班里也有不少人看得泪眼模糊，导致下节课的音乐课老师被他们强烈要求继续播放这部电影。结局陈眠记得很清楚，小八日复一日地等在车站，看向候车厅的那双眼睛和此刻沈域看向她的眼睛逐渐重合，仿佛他也等了她很久。

"沈域。"

灯亮了。面前高大的男生靠在门上，视线模糊，帅气的面容在灯光下显得格外蛊惑人心，卫衣领子正好停在喉结下方，喉结动的时候领口也跟着动了下，那两根抽绳无风也轻晃。他偏了下头，声音低哑："嗯？"

最无法让女生抗拒的，一个是随时都能得到回应的喊话，另一个是无论说什么都会望向你的眼睛。

恰巧这两点，沈域身上都有。

陈眠抬起拉着他的手，回答："因为你拉住我了。"

——你怎么回来了？

——因为你拉住我了。

于是沈域就笑："这样啊，那我挺聪明。"

进了公寓，陈眠拿着在药店买的解酒药和在超市买的蜂蜜水进了厨房，烧了壶热水。等水烧开的时候她有些愣神，手伸开又合拢，最后再次摊开，盯着自己的掌纹研究，外套口袋里的手机忽然响了一声。

她以为是舍友发来了消息，结果发现是许久没有联络的宋艾发来的微信消息。

内容挺简单的，是一张结婚证的图片，宋艾穿着白色衬衫跟旁边一个秃顶的胖男人挨在一起，对着镜头笑得甜蜜。

宋艾："忘了通知你，我结婚了。"

陈眠盯了照片一会儿，才回了个"恭喜"。

那边很快回了消息："恭喜啥，又不是因为相爱才结婚的。"

Deep Sleep："相爱就要结婚吗？"

宋艾："婚姻就是一座牢笼，但跟不反感的人一起进牢笼会感觉稍微幸福一点儿。"

非常具有宋艾特色的回复，一贯看不起爱情又丝毫不掩饰自己对爱情的需要。

陈眠不知该回复什么了，想了半天，只能干巴巴地对宋艾说："我给你转钱。"

宋艾："现在不用，等我人老珠黄，没有价值了，再靠你。这会儿有个临时饭票还要你干吗？我的账上多了钱反倒会引来他的怀疑，以为我在外面有男人。"

宋艾："找你就是跟你说一声，没事别回绥北，我男人见不得我跟陈宋那边的人扯上关系，他不自在。"

Deep Sleep："嗯。"

聊到这里，水也烧开了，沈域不爱吃甜的，陈眠只倒了一半蜂蜜水在水杯里，又兑了一些热水，端出去的时候在客厅里却没看到人。

卧室的灯亮着，里面传来水声。

陈眠进去后，发现洗手间的门虚掩着，里面亮着灯，却没开排风扇，正对着门的洗手台上方的镜子里映着旁边黑色瓷砖上往下滚落的水珠。

陈眠的视线在水珠上停留了片刻，然后鬼使神差地使劲推开了门，就看见玻璃隔间里站在花洒下的沈域。

玻璃上蒙着雾气，暖色灯光下冷白皮的人显得更白了。他的头上还有泡沫，被水冲得往下流到眼睛上，刺激得他睁不开眼，撑在开关上的手用着力，手臂上的肌肉格外明显。

他没有听到脚步声，索性拿下花洒对着脸冲了一下，睫毛上的水珠被他用力地直接抹开了，睁开眼的刹那，就看见了站在门口正看着他的陈眠。

他看到了她，而门口站着的人神情自若，握着杯子的手稳稳的，没有洒出一滴水。

"喝了酒，不能洗澡。"

她关上门，进了一室雾气中，隔着水珠不停滚落的玻璃，看着他的眼睛。

"你很可能会窒息。"

在这一刻，沈域想的是，他现在就有点儿窒息了。

沈域的眼神透露了他此刻的想法。可眼前的陈眠没有逃，只是站在那里看着他。

没有走就是最大的默许，半醉的沈域浑浑噩噩的大脑终于接收到正确的指令，身体也紧跟着做出反应。他刻意放慢动作，在心里想着如果在玻璃门拉开的三秒时间里，她没有转身，接下来的事情就当作被她默许了。

一秒，陈眠看着他，手里握着的透明玻璃杯的水面平静无澜。

两秒，她低下头，别在耳后的头发随之垂落，暖色灯光下黑色发丝呈现出一种温暖的棕色。

三秒，她握着杯子的手指收紧，水面泛起涟漪。

她没有逃。

"嘎吱"一声，玻璃门完全打开了。

隔间里仍在下着滂沱大雨，那扇阻隔的门打开，让外面的世界也彻底进入了雨季。

陈眠低下头看见自己被水打湿的白色袜子，然后刹那间就被人拥进了怀里，一直握在手里没有洒出半点儿的蜂蜜水在这个时刻被打翻了。

那三秒里，陈眠想过可能会发生的事情——沈域的眼神实在是过于滚烫，丝毫没有遮掩欲望。

可是在这一刻，所有想过的情节都变成一个紧密的拥抱，反而让陈眠有些无所适从。沈域贴上来的动作让她的衣服被浸湿了，抱着她的人呼吸滚烫，身上散发出沐浴露的青柠香，干净又清爽。

陈眠手中的杯子在此刻却成了她溺水时的浮木，她紧攥着杯身，用力到骨节都泛了白，而另一只手仿佛脱离了身体的掌控，无论放在哪里都得多余。

发现自己紧张的陈眠不自在地打破了平静，说："沈域，你把我衣服弄湿了。"

"那脱了。"

沈域的手从陈眠的腰上挪开，他头发上的水珠顺着额头滚落下来，又落进她的衣服里。

他的眼睛跟着消失不见的水珠，看向她领口处露出的白皙肌肤，声音沙哑，他在这个时候还不忘征求她的意见："可以吗？"

这个时候的礼貌就是一种调情。陈眠站在这里，没有走，也没有推开他，就是一种默许。

但沈域非要把话说透，酒精在脑子里作祟，一半浑噩、一半清醒。他问完没听到回答，又亲她的脖子，问："好不好，行不行，陈眠？"

问题没完没了，没听到答复的他就用牙齿如同警告一般轻轻咬住她颈肉，本来是示威的行为却带上了另一种意味。

陈眠本来没打算回答，但在看见他胸口的文身贴后，开始心软。

陈眠不明白为什么喝醉酒后的沈域反倒比平时更让她无法招架。

倘若换作是平时的沈域，她或许都不会踏进洗手间，更不会一动不动地任由他靠近。可是喝醉酒后的沈域有些过往里沈域不曾有过的温柔，少了那些刻意为之的恶劣，像一只冲她摇尾乞怜的小狗，眼睛都是湿漉漉的。

"陈眠，我好想你啊。"

心脏在此刻剧烈跳动，像是摇滚音乐中的鼓点。

陈眠没有回答沈域的话，只是踮起脚自然地去寻找他的唇。

沈域所有温柔的伪装彻底撕裂，强势地压着人贴到墙壁上，不许她逃离。陈眠还紧握着玻璃杯，这个动作让她不舒服，躲着他的亲吻，轻喘着下达指令："去外面，不要在这里。"

她一边应付他的亲吻，一边还要拿着水杯，根本没有精力同时顾及两件事。

沈域都依她，将人打横抱起。

从走出来的这几步路里，陈眠想的是——终于……

然而下一秒，她才明白用"终于"形容并不准确，一切都只是刚刚开始。

醉酒的人开始享用自己的蜂蜜水，呼吸间全是香甜的。

…………

厨房的灯亮着，陈眠身上套着沈域的一件白色卫衣，过于宽大以至于衣摆直接遮住了膝盖，袖子卷到了手肘的位置。她光着脚踩在地上，在等水壶里的水烧开。

门外传来一阵阵声音，她侧过身往客厅看了一眼，穿着一条黑色睡裤、赤裸着上半身的沈域大咧咧地坐在客厅沙发上,整个人后仰着,腿屈着,拿着手机的手搭在旁边,随手摁下语音电话键,扩音器里就传出了男生大着舌头说话的声音。

"我都吐好几轮了,好难受,这到底是什么酒啊,不是普通啤酒吗?服了,你没事吧,阿域?"

那边,刚从厕所出来的人骂骂咧咧地接话:"啤什么啤,你们看不到吗,是三种颜色的酒呀。"

"三种颜色,红黄蓝?"

"什么!白的、黄的、红的,是白酒、啤酒跟红酒,哪个人点的呀?全场没一个人发现我们喝混了,我的命都要搭进去了。"

"沈域人呢,阿域?"

哪个浑蛋点的三种酒啊?他压根没留意,被他们不停灌酒时脑子里根本没想东西,只觉得味道不对,哪里知道这帮人把三种酒混在一起了。

他直接气笑了:"佩服,差点儿把我玩死了,我谢谢你们了。"

说完,他就挂了语音电话,根本不给那边的人反应的时间。

人难受,胃里翻江倒海的,想吐又吐不出来,头也晕,全身都是疼的,他觉得自己怕是要废了,手捂着眼睛,半晌没说话。

直到身边的沙发塌陷了一小块,有人贴着他坐了下来。脸上感受到温暖,沈域睁开眼,看见了拿着水杯的陈眠。

墙上挂着的时钟显示已到凌晨两点半。

窗外的夜空漆黑,星星和月亮一起躲着没出来。

沈域没接水杯,人继续靠着,没动,湿润的眼睛看着陈眠,身上的委屈劲儿还没散。他平时的冷淡人设在此刻全部崩塌,还在追问:"我喝醉的时候不是很难缠吧?"

陈眠将水杯和桌上的解酒药递到他的面前,说:"你先把药吃了。"

"你先回答。"

"……"

陈眠不自在地垂眸,敷衍地摇摇头,动作过于轻微。

沈域不满意地问:"到底难不难缠啊?"

"沈域,你真的好烦。"

沈域也觉得很烦。他很少有这么狼狈的时候,总觉得在陈眠心里,自己的形象崩塌了,又得不到陈眠的安抚,便破罐子破摔,有些没脸没皮地指着胸口的文身贴对抿着唇的陈眠说:"嗯,对,我超级烦,这么烦的一个人把你放在了心上,你却连回答我一个问题都不耐烦。以后要是老了,你不得直接把我丢进养老院,看着我被人虐待?"

完全不能跟喝醉的人讲道理，陈眠有些无奈，说："现在的养老院都很负责任，不会存在虐待的行为。"

　　"那谁知道，万一就有一个跟你一样铁石心肠的无良护工呢？"

　　"……沈域，你能不能讲点儿道理？"

　　沈域一脸无赖样，说："醉酒的人哪有道理可讲？你喝醉酒，强吻我的时候我也没让你讲道理啊。"

　　陈眠彻底没脾气了，只好回答他最开始的问题："……你挺乖的。"

　　沈域看向她："嗯？"

　　"你不难缠，非常乖，所以你能赶紧把热水喝了吗？我白天还要早起回学校。"

　　说完，陈眠就要起身回房间，手却被他拉住了，直接被拽着坐到了他的腿上。

　　"陈眠。"他的脸贴着她的颈窝，用有些委屈的语气说，"我挺难受的，你就不能哄哄我吗？"

　　陈眠不明白还要她怎么哄。以前她也没发现沈域撒起娇来是这种让她毫无招架能力的类型，他像是彻底打通了如何拿捏陈眠的任督二脉。

　　陈眠只能伸手摸了摸他的头发，学着她以前看到的小区里哄孙子的老奶奶的语气说话："别难过，你很棒的。"

　　哄着人吃下解酒药，又喝了半杯热水，凌晨三点的时候，两人才各自进房间睡下。

　　陈眠睡得迷迷糊糊时，忽然听见开门的声音。

　　沈域站在门口，抱着枕头，朝她走来，说："我喝醉了，陈眠，把一个喝醉的人单独放在房间里有多危险，你知道吗？"他说着，自觉地把枕头放在她的旁边，顺理成章地贴着她躺了下来，然后侧过身环住她的腰，不等陈眠说话就"啪嗒"一声关了房间里的灯。陷入黑暗的瞬间，他轻声对她说"晚安"。

　　陈眠闭上眼，以为会和往日一样十分艰难才能入睡，以为会坠入一个又一个诡诞的梦境，结果没有。

　　晨光从窗外照射进来，传来几声叽叽喳喳的鸟叫，紧接着鸟又被小朋友不想上幼儿园的哭闹声惊扰得拍翅纷飞。

　　清醒过来的沈域，拿起桌上响个没完的手机。

　　一直跳出新消息的是名叫"青大最强男模篮球队"的群。

　　大虎再也不喝酒："我胃都吐空了。"

　　因少一根毛避免流浪命运的二毛："我差点儿看见我去世的二爷了。"

　　完美无缺的男模队长："难受得想去医院打点滴了，什么酒啊？后劲大成这样。"

　　大虎再也不喝酒："阿域呢，阿域怎么不说话？我的域还好吗？域啊！"

一队之草大成:"这个点,他估计没睡醒吧?"

完美无缺的男模队长:"昨晚是他女朋友照顾他的吧?啧啧啧——"

…………

底下全是调侃的话。

沈域坐在沙发上,看了一眼仍然睡着的陈眠,然后拿着手机在群里回消息。

沈域:"一边去。"

沈域:"浑蛋才折腾女朋友。"

下午两点。

街上雾蒙蒙的,路边的行人没几个,车倒是始终不见少。

陈眠坐在副驾驶上,不时低下头看手机,驾驶座的沈域看见她一副坐不住的模样,调侃道:"不舒服?"

陈眠正在用导航软件查距离最近的药店,听见沈域的话只觉得这人真是无耻,干脆没搭理他。

手机里显示最近一家的店就在前方,她抬头看见药店开着门,便让沈域在路边停一下。

沈域也没问她要干吗,将车停在路边,要跟她一起下车的时候被她制止了。

"我自己去就行。"

这拒绝落在沈域的耳朵里成了一道阅读理解题。他没立刻回话,品味了一会儿,看着陈眠推门进店的身影,余光瞥见药店门口贴着好几张小广告。

沈域透过玻璃窗看见站在收银台前跟店员说话的陈眠,明白陈眠让他停车,自己下车是去买什么东西了。他心里有数——不会有问题,但陈眠不知道。

陈眠虽不知道却也没制止他,甚至在事后都没有提起,还气定神闲地跟他一起吃了午饭。

沈域将手撑在方向盘上,有点儿烦躁地皱了下眉。对于陈眠的行为,他实在是太熟悉了,高考后她答应和他去海边,那时他以为两个人是心意相通,后来才意识到那只不过是陈眠做好了要离开他的准备,因愧疚作出的弥补罢了。

这次又是因为什么?他没想出结果。

恰好这时候,迟盛给他打来电话,问他还有没有高三复习资料,最好是笔记完整的那种。沈域在想事情,没有立刻回答他,那边躲在厕所打电话的复读生有点儿急了,说:"干什么呢,半天不说话?"

沈域回过神,直勾勾地盯着药店玻璃门里陈眠的身影,问电话那头的迟盛:"虽然这话问你有点儿超纲,但迟盛,你说如果你对一个人好,那个人表面看上去接受了,但总会在其他地方想办法还给你,这是什么意思?"

迟盛:"……"

迟盛说:"我问你高三的复习资料,你问我情感问题,你跟游淮两个'恋爱脑'能不能离我远一点儿?"

他烦得要死,自己都火烧眉毛了,他的好兄弟还在那儿儿女情长。他还想继续骂几句,又被那边的沉默弄得焦躁,最后还是心软。

"服了,这么给你打个比方吧,我家的狗,它整天从外面给我叼肉骨头回来孝敬我,还在我放学的路上等我回家,但我学业繁忙,能给它的只有微不足道的陪伴。它对我越好,我越愧疚,那我能做什么,不就是多买点狗玩具、狗零食给它吗?"

迟盛说着还挺伤感,觉得高三真不是谁都能读的,他被他爸强制要求住读,每周只能回去两天,也很久没遛他家狗了,那狗一看见他,尾巴都快摇到天上去了。

狗就是人类最好的朋友,游淮跟沈域都得往后靠,要是他家狗能说话、能写字,他估计连高考都不用自己去,直接在家躺着了。

陈眠拉开车门的时候,就听见狗玩具、狗零食这种话,有点儿狐疑地看了沈域一眼。

沈域掐断电话,又把迟盛丢进了黑名单里。

等车里安静下来,陈眠才问他:"你要养狗?"

沈域:"……"

陈眠对装傻充愣向来内行,换作之前沈域不会把话说明白,但现在两人之间只剩下一层窗户纸了,在不在一起只是时间问题,沈域不想再玩那套所谓的心照不宣——根本宣不了,男女之间本身存在思维差异,更何况陈眠是一个人做决定、压根不会想要跟他商量的类型。

他直接把话说明白了,问她:"去买药了?"

两人之间的对话,南辕北辙。

陈眠揣在兜里的药被拆了盒,店员要给她拿袋子的时候,她拒绝了,那时候想的是不希望被沈域看见。羞涩的原因也有,但更多的是不想让他多想,锡箔板在口袋里硌着她的掌心。她沉默片刻,才对沈域说:"我只是杜绝潜在的危险。"

她声音不大,垂着眸,视线落在自己的膝盖上。

明明她也没什么特别的反应,但沈域就是觉得她好像在委屈,这让他有些无奈地揉了下头发,不知该从何说起。

她本来就那么敏感,所有收到的善意似乎一刻也不能等,就想着偿还,就怕亏欠,心里的天平必须永远保持平衡才是她最舒服的状态。

他有些无奈，只好妥协，握着她手腕说："陈眠，我不是一个不负责任的人，不会让你承担任何风险。"

他洗过澡才出门，身上有着和她一样的沐浴露的味道。

他那从未做过家务的手格外漂亮，手指纤长白皙，握着她手腕的力度也并不大，黑色的表盘上秒针嘀嗒嘀嗒地走着。

陈眠抬头看向他，问："什么意思？"

沈域没直接回答她的问题，而是问："你喜欢小孩吗？"

陈眠几乎没有犹豫，就给出了答案："不喜欢。"

闹闹腾腾的小朋友有着蓬勃旺盛的生命力，是别人口中生命的延续，也是由自己创造出的生命，一部分的性格养成会被自己影响。

她的原生家庭糟糕，不知道正常的家庭环境该是什么样的，自己得到的来自父母的爱意几乎为零，也不会像其他人那样想着将自己所没有的弥补给孩子。凭什么自己的不幸要靠下一代的幸福来填补，她完全做不到。

沈域笑了。

"巧了，我也不喜欢，虽然身为男性的我完全是生儿育女的既得利益者，顶多只是给予财力支撑，偶尔下班回家后，给孩子换块尿布，参与三分之一不到的成长历程，更直接一点儿也可以像我爸妈那样，拿钱砸，找最专业的保姆和学校让孩子从幼年时期就接受最优质的教育，但我不想。

"我之前跟你讨论过关于孩子的话题，估计你没当回事，但不要紧。陈眠，我希望你知道的是，我无比确定哪怕真的有孩子，我对他的耐心完全不如对你的十分之一，他一声哭闹都能烦得我想把他丢出去，更何况他的存在将占据我二分之一的人生。

"我要的是自由，而唯一能参与的人只有你。我完全明白自己的自私，所以我在暑假期间就去医院做了结扎。

"我说了这么多，只是想让你知道……"

他的语速慢了下来，看着她的眼睛，一字一顿地说道："陈眠，没有风险，那种东西我不会让你承担。"

陈眠不知道该怎么回答沈域，好在沈域也没有强求她给回应，说完就随手打开了音乐，还跟着歌一起哼了几句，心情挺好的模样。只是把车开到她学校门口后，他从她口袋里把药拿出来，丢在了中控台，然后下巴一抬，示意她可以走了。

还是那副散漫的少爷模样，跟平常没有任何不同。

回去后，两人又是一段时间没有联络，邓茉沫跟苏望秋一开始还会问几句你跟那位热帅现在是什么情况，而随着考试周逐渐临近，她们也被学业缠得再没精力去关心陈眠的情感问题。

这期间，遥遥妈妈倒是联系过陈眠几次，问她什么时候有空，说遥遥挺想她的。陈眠那会儿正在做复习题，笔都没停下就对那边的人说考完试之后才有空。那边的人沉默片刻，最后叹了口气说"好"，祝她考试顺利，之后就没再打来。

挑灯夜战到天明的日子里，陈眠不是没想过沈域，只是一想到他就想起在车上两人的对话。手里握着的笔都仿佛变成了那粒薄薄的药片，然后沉沉地往下坠，无论怎么说，沈域去做结扎这件事对陈眠的冲击都不小。

她甚至有些不知该如何面对，下意识地选择了逃避。沈域大概也明白，所以既没有追问，也没有选择避而不谈，让这件事看似轻飘飘地过去了。

怎么让它过去？压根过不去。

她之所以去买药，是因为沈域的那身六十一号球衣。沈域身上写着她的生日，她就用完全纵容的方式让他开心，她心里自始至终都有一架天平，生怕自己对沈域有所亏欠。在两人失联的时间里，他对所有人说他有女朋友，拒绝了其他可能性，穿着写着她生日的球衣在球场上光芒万丈。

换作是别的女生，或许会用拥抱、亲吻表达感动，然后二人再说些互诉衷肠的话，让关系从朋友变成男女朋友。

可陈眠不是。很多时候，沈域对她越好，她就越是无所适从，不知道该如何回应，更不知道该如何坦然接受。

没有人教过她该怎么办，幼年时期想要心仪的玩具，得用优异的成绩和妈妈交换，那时候她心里隐约形成的观点是：得到之前必须先付出。

后来阮艳梅选择丢下她，对她说"妈妈也没有办法"的时候，陈眠去拿书包里一张张被老师表扬过的满分试卷试图证明自己有用：妈妈你不要走，你看看我，我拿到了很多满分，我不要玩具了，我想要你陪在我身边。

可是没有用，阮艳梅的离开教会陈眠——得拿出能让对方满意的东西才会得到自己想要的，就像她拿给陈宋钱，换来陈宋不回家的平静。

一段关系全靠感情维持就是摇摇欲坠的危楼，不知道什么时候就会轰然倒塌，她又会被对方毫不犹豫地抛下。

所以陈眠下意识觉得，得给沈域一些什么，沈域才会一直在她身边。她小心翼翼地维持着两人之间的平衡，然后忽然发现一开始就不存在天平。

她不知道该怎么办了。这些话对任何人都无法启齿。

她手里的笔写写停停，往后翻了一页，准备往后写的时候才发现沈域的名字被她写满了整张纸。她撕下纸张揉成团准备丢进垃圾桶，却又展开，认认真真地折叠好锁进了抽屉里，然后慢吞吞地趴在了桌上。

所有的心事陈眠无从吐露，在心里不停堆积，压得她近乎喘不过气。眼睛闭上又睁开，最后她还是拿起手机，打开了沈域的朋友圈。

这是陈眠第一次看他的朋友圈。

一直以来，她给沈域的备注都是他的名字，直到现在，点进他的个人信息页面才发现他的微信名是 insomnia。

失眠症。

头像和朋友圈背景图都是黑色的，像是一场醒不过来的噩梦。

他唯一一条朋友圈是九月初发的。

内容只有三个字："造个梦。"

她跟沈域之间唯一的共同好友就是高中班里那个跟他关系不错的男同学，他评论："沈哥终于学会怎么发朋友圈了吗？"

沈域没有回复他。

陈眠退出他的朋友圈，停在两人的对话框里，写写删删，最后还是什么都没有发。

正在背单词的邓茱沫敏感地看了她一眼，眼神飘忽，对她说："实在不行，你打个电话吧。"

陈眠摇摇头："算了。"

她还是没想好该怎么对沈域说。

期末考的最后一天，宋艾给她打来电话。宋艾说自己结婚的时候让她别回来，又忽然说让她有空回来看看。陈眠这时候正抱着书走在回寝室的路上，踩着一片又一片没来得及清扫的枯叶，问宋艾——绥北有什么值得她回去的。

那边有吐气的声音，宋艾抽着烟，嗓音慵懒："就回来一两天吧，在绥北走走看看，或许有你认为值得的东西。"

时机就是如此奇妙。换作是之前，宋艾这么对她说，她根本不会回去，只会回一句"不会有的"。

但这个时候，她却鬼使神差地萌生了一种"要不回去看看"的想法，甚至没来得及细想，就买了三天后出发的车票，当天去隔日回。

在回绥北之前，陈眠去了一趟遥遥家，去之前给遥遥妈妈打了电话，那边的人接得很快，让陈眠直接来就行，她在家。

到遥遥家后，陈眠才知道为什么遥遥妈妈一直问她什么时候能来看看遥遥。遥遥反应迟钝，沉浸在自己的世界里，看向别人的目光十分呆滞，得喊她的名字或是晃她的胳膊，她的视线才会聚焦在对方身上。

遥遥妈妈给陈眠看遥遥画的画，一张张从后往前翻着，是从黑色线团到两个人的影子。

　　"你建议我带遥遥去看医生，一开始医生给遥遥做测试后，说她有些孤僻症的症状，我不相信，认为她不过是和以前一样希望我多陪陪她，所以故意在医生面前耍小聪明。她从小就知道怎么让我心疼，也因为她太过聪明，所以我根本没把这事放在心上，只是比以前陪她陪得更多一些，直到我发现遥遥不说话了，才知道不对劲了。"

　　之前总是妆容精致的女人坐在沙发上，黑色发丝里掺杂了一些白发，像是雪花掉进炭火里，一点点浇灭火光。

　　"她从希望我多陪她，到不愿意跟我说话了……我一直以为努力工作赚钱给她最好的物质条件，让她衣食无忧、能够做自己想做的事情才是对她好的方式，但我发现我错了，遥遥不想要那些，她只是想要我陪陪她，她只是想要妈妈。"

　　陈眠坐在她旁边，看见坐在不远处的遥遥正固执地抠着小矮凳上色彩不协调的一个小色块。她动作执拗，指甲抠在上面，发出一声又一声刺耳的声响。

　　遥遥似乎意识到陈眠的注视，抬起头，朝她看了过来，眼神空洞。

　　遥遥妈妈就是在这个时候哭了起来，崩溃大哭，整个人都在颤抖，仿佛凭空发生了一场地震把这栋豪华别墅震塌，全压在她的背上，让她动弹不得。

　　在从京北回绥北的高铁上，陈眠脑子里全是遥遥的那个眼神。

　　介绍她去补习的学姐也听说了遥遥的事情，给她发来微信消息。自从林郁青表白墙那件事后，两人就很少联系，陡然收到学姐的微信，陈眠还有些意外。

　　——遥遥的事情我听说了，还记得我之前跟你说你和她很像吗？之前我难以形容这种感觉，但现在我大概明白了，这种像是因为你给我一种只要你的人生轨迹稍微有所偏差，你就会成为另一个遥遥的感觉。

　　——陈眠，你让我感觉你很容易陷入思维陷阱，走极端。

　　——遥遥的事情我很遗憾，所以我希望如果可以，你最好也去接受一下心理治疗。没有别的意思，这只是作为朋友的意见，不考虑的话当我没说过，我只是有些担心你。

　　直到列车到站，陈眠才回复了"谢谢"，然后删了聊天框里的内容，仿佛对话都没有发生过。

　　时隔半年，绥北没有任何变化。

　　陈眠还是住在离开绥北前住的那家酒店，办完入住刚放下东西，宋艾就给她打来电话，约她一起吃顿饭，地点就在之前她们住的房子附近，说完没等陈眠回应就直接挂了电话。

冬日,她在京北已经换上了羽绒服,绥北的天气却照旧不冷不热,跟春季没什么区别。

宋艾穿着一身黑色毛衣裙,拿着手机低头玩斗地主游戏,声音外放,丝毫不在意周围的其他人,电子声喊着"叫地主""抢地主"。她旁边坐着一对夫妻,不时皱着眉朝她瞪来几眼,她只当作看不见,潇洒得不行。

陈眠在她的对面落座,她才收起手机,上下扫视陈眠一眼,随后"哟"了一声:"变漂亮了啊,陈眠。"

陈眠长得很漂亮,读高中时千篇一律的校服她都能穿得比别人好看,鹅蛋脸、杏仁眼,是标准的清纯无害长相。时隔半年没见,已经步入大学的陈眠换下了那身校服,穿着一身黑色的卫衣长裤,气质干净冷淡,眉眼褪去青涩后更添几分精致。

宋艾托腮笑道:"大学生活挺滋润的吧?"

她在观察陈眠的同时,陈眠也在看她——宋艾变丰腴了,脸都饱满了起来,涂着亮色的指甲油,耳朵上戴着金色的大圆环耳环,口红很淡,只有浅浅的红色,像是刚才用纸巾擦过。

"还行。"

她们之间照旧没有那么多话聊,两人都知道吃饭不过是见面的一个流程,只不过是为了消除"久别重逢"之后的尴尬。

两人随便点了几道菜,吃完饭,宋艾拿着手机问陈眠有没有回之前住的地方看看。

陈眠一愣:"已经卖掉了,有什么好看的?"

宋艾笑得意味不明:"回都回来了,去看看也用不了多少时间。"

这句话说得像是电影里负责指路的NPC,每一句台词都是为了指引女主角走向男主角。

这个时候,其实陈眠心里有点数了。当初房子卖得那么轻松,连陪同她去签合同的张婶都感慨她很幸运,说买家虽然没露面但真是个好人。

那时候陈眠隐约有些感觉,向前来委托购买的律师询问能否给买家打一通电话,可是电话打过去,那边是一个中年男人。

现在,这种感觉再次袭来。

从饭店出来,绕过几条巷子,在一片脏乱差里抵达熟悉到不能更熟悉的小区入口。陈眠走进小区,绕过一排横七竖八的自行车,停在楼道前。

下午的阳光温暖地洒落下来,黑黢黢的楼道里都有了光,离她几步远的台阶旁边的墙面上写着已经褪色的数字"1"。

一切都和记忆里没有区别。

她站在沈域等她时总习惯靠着的那棵树下，抬起头，看见自己抱怨过无数次的窗户。

那扇窗户正对着垃圾桶，无数次推开窗她闻到的都是臭味，和房间里陈宋令人作呕的气息一同构成了她所有暗无天日、不愿回想的记忆。

可是此刻，那里却开满了花。

好多花盆挤在一起，甚至有一些花攀爬上了铁栅栏。

从楼道里下来的大爷看见陈眠有些意外，凑上来跟她寒暄，问她的大学生活怎么样，又问她什么时候回来的。

陈眠什么都听不见，怔怔地望着那扇开满花的窗，答案已经呼之欲出，她还是问了大爷那间房子现在是谁在住。

大爷眯着眼睛盯着窗户想了一会儿，才一拍脑门对陈眠说："没有人住啊，都知道你卖了房子，但一直没看到有人来住。好像是八月底还是九月，家政公司的人过来做清洁，然后不停地往里搬花，放了满满一屋子，我们还觉得奇怪呢。隔了几天有个小伙子过来了，我还问他是不是在这里住。"

陈眠眼眶有些酸涩，声音不自觉地发颤："他……他怎么说？"

"他说不是，后面说了一些什么，我记不清了，老糊涂了，记不得了。那小伙子挺帅气的，年纪看着跟你差不多……"

后面的话陈眠已经没有听了。

谁买的房子在这一刻清晰到不能再清晰，除了沈域不会是别人，只会是他也只能是他，买了房却不住，收拾干净在房子里面种了无数的花。

她拿出手机，要打电话给他的时候，手忽然一停，转而点开了微信。

她鬼使神差地再次打开了沈域的朋友圈。

时间是九月初。

——造个梦。

很久之前的一个午后，在盛世豪庭的客厅里，她推开窗看见外面淅淅沥沥的小雨，沈域停下游戏，走到她身边，问她看什么。

她随口对沈域说："看雨。"

沈域有些莫名其妙："雨有什么好看的？"

她语气淡淡的，道："比我家的好看，我家在下雨天不能打开窗，因为正对着垃圾桶。"

男生沉默了几秒，才轻扯了一下她的头发。

"陈眠——"懒洋洋的声音里带着一些笑意，用近乎开玩笑的语气说，"沮丧什么，大不了以后我让你的窗台开满花。"

那时候的陈眠没有在意，"以后"两个字过于遥远，连带着这件事都成为一个微不足道的根本没被重视的饼。

直到现在，过去和现在联系起来，又体现在男生仅此一条的朋友圈里。

——造个梦。

垃圾桶依旧存在，但他让她的窗台开满了花。

陈眠从来没想过，会有一个人为她做到这个地步。

她一直认为自己从来不是谁的首选，也不是被坚定爱着的那个人。

一直以来，被放弃、被丢下让她不断告诉自己爱也没有那么重要。

可是现在，那扇开满花的窗让她情绪崩溃了。

紧攥在手里的手机忽然响了一声。

赵莉莉给她发来微信消息："眠眠，刘俊杰跟我表白啦！他说他喜欢我，问我怎么想的。哈哈哈，我能怎么想？我简直开心得要死！但我怎么可能那么快答应他？！"

莉莉哩里莉："我就跟他说让我想想！"

莉莉哩里莉："啊啊啊，我现在好开心，救命啊，感觉跟中了彩票头奖一样！"

莉莉哩里莉："我给你看我和他的聊天记录！"

除此之外，消息栏里还有别人发来的消息。

邓茉沫问她到家了没有，现在在哪里。

苏望秋给她发了几条搞笑视频。

余芋发了学习资料过来。

班级群、宿舍群消息全都不间断地跳动着。

每个聊天框都很热闹，唯独被她备注成Oracle的那个人安安静静，一条消息都没有发过来。

明明有很多消息等着她回复，但她始终看着和沈域的聊天框。

她的手指停在加号上，看着视频通话的图标，许久，才鼓足勇气摁了下去。

通话界面立刻显示了出来。

扩音器却传来女声，唱着"书里总爱写到喜出望外的傍晚"，屏幕上显示歌名为《慢慢喜欢你》。

陈眠一愣。

电话没人接。她挂了电话后，手指打战地翻找着联系人，找到她跟沈域之间唯一的共同好友——几乎没聊过天的那个高中男同学。

Deep Sleep:"在吗?"

那边的人似乎有点儿意外。

罗威:"啊,怎么了,有什么事吗?"

Deep Sleep:"可以麻烦你打一通微信电话给沈域吗?"

罗威:"啊?"

这又是在玩什么小情侣之间的情趣?

罗威有些茫然,但还是打了一通电话过去。

罗威:"沈哥没接啊,你找他有什么事吗?我有他的手机号,发给你?"

她有他的手机号,想问的是——

Deep Sleep:"他的通话界面显示歌曲吗?"

罗威:"没啊,什么歌?"

这几乎是毫无必要的确认,不知为何她还是做了验证,得到的结果只是再次告诉她,沈域所有的特殊待遇就是仅对她。

她靠在树上,紧咬着下唇,努力平复着呼吸,胸口却还是剧烈起伏。她打开手机通讯录,找到几乎没拨过的那个号码。

他说想见他就给他打电话。她现在非常想见他。

然而电话拨过去却是长久的占线,直到电子女声对她说"请稍后再拨"。

沈域从飞机上下来时是晚上十点。

他一出机场,司机就在门口等着,接过行李,对他说绥北的天气比京北要暖和。

沈域有些疲惫地坐进车里,从口袋拿出因没电关机的手机,找司机要了充电线充电,过了十几秒,屏幕才亮起。

刚打开数据流量,消息就跟轰炸似的弹个没完。

——嘀嘀嘀。

——嘀嘀嘀。

——嘀嘀嘀。

提示音持续不断,司机笑着开玩笑:"你父亲也这么忙。"

沈域只是闷笑了一声,长途飞行让他有些疲惫,将响个没完的手机开了静音键,靠在椅背上闭目休息了会儿。司机识趣地没再打扰他。

隔了十几分钟,沈域才终于睁开眼拿起手机查看信息。

刚打开微信,他就愣住了。

置顶对话框显示有多条未读消息,来自那从未主动过发消息的人。

Deep Sleep:"沈域,你是一个骗子,你说想见你了就给你打电话,但我打不通你的电话,没有人接。我想了很久该和你说些什么,写写删删,还是不知道该从何说起,莉莉对我说要试着坦诚一些,但我不会,我不知道该如何坦诚,有些话我总觉得说出口就像是彻底打开保护自己的外壳。我总是害怕会被伤害,反反复复、怅然若失,大概换成别人都不会像我这么矛盾又别扭。你以前对我说,想要什么就对你说,只要态度软一些、撒个娇,你都会答应的。但沈域,我不知道该怎么撒娇,我不知道该怎么对别人说我想要,没有人教过我,你也没有。你的微信电话、手机电话我都打了,你给我设置的歌我听见了,你在我以前房子窗台上种的花我看见了,除此之外还有吗?为什么你总是这样,总是做了很多,却什么都不说,等着我自己去发现;为什么你总是这样,总让我觉得自己彻底变成了一个坏人。"

Deep Sleep:"你那时候将主动权交给我,说要站在我的身后,无论我干什么都支持我,可是沈域,我根本不知道你想要什么,不知道我有什么吸引你的,所以我一直想取得更好的成就,站在行业的金字塔尖上,成为女强人,到时哪怕和你分开也不会彻底失去对生活的信心。"

Deep Sleep:"你问过我喜不喜欢你,对我说让我喜欢你,可是沈域,你没有说过,你没有对我说过喜欢、说过爱,我就以为你和别人也没什么差别,喜欢和心动都很普遍,我不会是你的特例,也没什么特别。"

Deep Sleep:"高中毕业在海边放烟花的时候,我说希望你天天开心,是认真的,但好像,你所有的不开心、不如意都因为我。如果不是我,如果没有我,你该一直耀眼、一直遥不可及,甚至不会知道世界上还有陈眠这样的人。"

Deep Sleep:"高中的时候就有很多人对我说,我们并不合适,我们不是一路人,我那时候觉得无所谓,我不在乎,我比谁都清楚我们当然不是一路人,所以我没有产生过幻想。我本该一直理智、一直清醒、一直冷淡、一直不相信偏爱和情有独钟会发生在我的身上。"

Deep Sleep:"辩论赛的时候,我是反方,论证爱是后天养成的,理所当然地输了,因为我骨子里就觉得先天没有获得爱的人,后天很难拥有获得爱的能力。我看不见爱的形状,勾勒不出它的样子,又要怎么去学习它、获得它。"

Deep Sleep:"长久以来,我都是爱情悲观主义。但是不太妙,你似乎成为我悲观主义中唯一的特例。"

Deep Sleep:"所以我现在告诉你,我想见你。"

盛世豪庭还是老样子,当初陈眠走的时候抱着绝不可能再回来的心态,把自己的东西全放进纸箱里,甚至为了避免沈域追问,在最上面铺了一层书做掩饰。所有的事情她都预想好了，只是没想到两人断掉联系是在谢师宴后，东西都没来得及拿，还以为沈域会丢掉那些纸箱。

她总是把沈域想得薄情寡义，就像当初在学校厕所，陈茵跟林琳在外面提及沈域，而他们被困在工具间，沈域顺着她们的话问她自己是什么人，她给出了不好的评价。

陈眠打开卧室的门，看见纸箱里她原本收拾好的东西都回到了之前的位置。衣柜里放着她的校服和睡衣，书桌上摆着高三复习题，抽屉里是用过的草稿纸。

浴室里她的红色牙刷放在白色牙刷杯里，旁边放着沈域的蓝色牙刷和黑色牙刷杯，当初买来的时候沈域就开玩笑一般说这是情侣款，陈眠没有搭腔。后来无数个清晨、傍晚，沈域挤在她旁边一起刷牙，镜子里他总是站在她的身后，两人拿着牙刷的右手动作频率一致得像是车上的雨刷器。

在宿舍的时候，邓茉沫曾经放过一部纪录片，名字叫作《亲爱的，不要跨过那条江》，近乎一个半小时的时长，讲述了一对韩国老夫妻相濡以沫，最后生死两别的故事。

她们都在哭，陈眠抱着抽纸盒一个个安慰。

苏望秋抽泣着问她："你不觉得很感人吗，眠眠？"

陈眠说："我觉得他们很幸福。"

里面老奶奶说的一句话让陈眠印象深刻，大概意思是说自从嫁给爷爷后，从未受过气、吃过苦，回首这一生始终是开心幸福的。

人至晚年，回首从前，发现的全是爱意，这是陈眠认为最好的爱情。

陈眠坐到沙发上，房间里亮着的灯被她一盏盏关掉，只有窗外的霓虹灯五彩斑斓地闪着光。

这时候，门外传来声响。

——指纹解锁成功。

然后"啪嗒"一声，门被人从外打开了。

陈眠抬头，看见走廊的灯光映在他的身后。他喘着粗气，视线定在她身上："说想见我，但是不给我发地址，陈眠，你挺会考验我。"

他关上房门，没有解释自己为什么会这么快出现，也没有对她的"小作文"发表什么感言，而是打开鞋柜，就像从前一样，他每天都晚陈眠一步回到家，在下一个朝阳初升时，他们会一起去学校。

陈眠怔怔地看着他，似是没想到他怎么来得这么快。

"沈……域。"

她的声音有些哽咽，光是喊出他的名字都很艰难。

两个月没见，沈域剪短了头发，贴着头皮，显得气质更冷，像不好说话的酷哥。

然而酷哥却笑着朝她走来，温柔地应了她的呼喊："嗯，在。"

和以前没有区别的语气，他低下头，直视着她的眼睛："你说的想见我，是什么意思？"

陈眠倏尔站起身，腿上放着的手机掉在了地上。

她伸出手，抱住了他的腰。

"想见你的意思就是……"

时间在这个时候静止。

所有夹杂在玩笑中的试探，所有你来我往的暧昧，所有欲言又止的真心在这一刻全部被戳穿。

她紧攥着他背后的衣服，声音和墙上挂着的钟表行走的声响慢慢重叠，直接给了他正确答案。

"想和你在一起的意思。"

沈域激动的心情如潮水般几乎将他淹没。他唇张开又闭上，半晌后声音艰涩地对她说："陈眠，我不要你的感动。"

"不是感动。"陈眠把脸埋在他的怀里，摇了摇头，"是害怕。"

"沈域，在看见那些花的时候，在听见你去做了结扎的时候，甚至时间再往前，在篮球馆遇见你的时候，在绥北车站离开你的时候，一直没有被我正视、反复冒出又被我忽视的念头，都是……害怕失去你。"

"我是个胆小鬼，我因为害怕失去你所以不敢拥有你。"

沈域浑身僵硬，仿佛身体不是自己的，甚至说不出话来，手抬起又放下。

心脏疯狂跳动，似乎要彻底挣脱他的掌控从喉咙里跳出来落在她面前。

对她说，看，这么炙热的一颗心，它只喜欢你。

像是否极泰来，又像是枯木逢春。

许久，陈眠才听见沈域有些不确定的声音响起："你能更直接一点儿吗？陈眠，我怕自己会错意。"

陈眠听见他怦怦怦的心跳声。

窗外广告牌上男明星手拿钻戒，旁边广告语写着：一生仅此一次的爱。

她语调缓慢，每个字都在颤抖，又十分坚定。

"沈域，我喜欢你，我想和你在一起。"她从他怀里抬头，泛红的眼看向他，呼吸急促，道，"这样，你还会会错……"

面前的俊脸在顷刻间放大。

沈域根本听不见任何声音了，仿佛有人往屋里丢了把火，理智全被欣喜燃烧殆尽。

就算明天打雷、刮风、下冰雹都没有关系，世界就在这一刻崩塌也无所谓。他脑子里只剩下陈眠说喜欢他的声音。

他低头用吻打断她，然后给了她答案："好，那就在一起。"

晚上十点。

百无聊赖地刷着朋友圈的游淮一个鲤鱼打挺。

他刷到一条最新的朋友圈。

阿域："怎么办，朋友们，她说我很烦。"

底下配的不是照片，而是一个视频。

视频里，穿着浅灰色卫衣的陈眠靠在红黑相间的机车上，躲闪着镜头，身后是蜿蜒的盘山公路。

举着手机的沈域调侃她："看我啊。"

陈眠用怀里抱着的头盔挡住脸，拒绝道："不要。"

山风的声音顺着扩音器呼啸而来。

镜头推近，镜头后的沈域伸出一只手在陈眠戴着的头盔上轻叩了一下，"啪"的一声后，用温柔的语气笑着说："女朋友，别挡着不让人看啊。"

陈眠仍旧没松开手，只是轻声抱怨："沈域，你好烦。"

拿着手机的人闷笑出声。

视频也在这里结束。

游淮的第一反应是：请问你有什么必要这么嘚瑟？谁还没有女朋友吗？

随即他就评论了一句："还是过于温柔，陈妹妹应该直接把你推下山，一了百了。"

有人凑热闹直接复制评论，还有表示困惑的，大部分是绥中的人，两人共同的大学同学评论的都是省略号，有点儿"好了，好了，知道你有女朋友，别秀了"的意思。

每天只能玩半小时手机的迟盛在群里发了一长串省略号。

迟盛："我宁愿今天没有这半小时。"

迟盛："有的人做题做到发疯，有的人骑车带妹吹风。"

迟盛："双押，我就应该成为一个 rapper 而不是一个高三学生。"

游淮："……你确定是在绥中读的高三，不是在精神病院吗？"

游淮："正常一点儿，朋友，不然你会让我觉得单身会让男人变成精神病。"

游淮："毕竟，群里就剩你一只单身狗了。"

游淮："哦，抱歉，疏漏了，沈域不算人，只是一条终于上了户口的狗。"

…………

群里吵翻天，手机振动个不停。

沈域压根没搭理，直接将手机丢进了陈眠的包里。

一小时之前，在盛世豪庭的客厅，转正后拥有了名分的沈域做的第一件事，是找出换洗衣服去浴室洗了个澡。出来后，他把上衣拿在手里，头发湿漉漉的，盯着客厅里正在看电视的陈眠，过了好一会儿，才靠在门边笑道："哦，不是做梦。"

电视里播报着晚间新闻，说着绥北未来一周都会是好天气。

陈眠看向他："很不真实吗？"

沈域说："有点儿，主要是挺突然的。"

"两个月没联系，突然发那么多文字说想见我，又说喜欢我。"

说着，他都忍不住笑了，觉得陈眠真厉害，一套组合拳直接让他原地投降，完全摸不清她究竟是什么招数。这种水准，她还说着自己不懂爱、不会爱，明明没人比她更懂。

节奏全被她掌控了，完全不给人反应的机会，这样下去，他迟早得心脏病。

"陈眠，你还挺厉害的。"

陈眠有些疑惑："什么厉害？"

"改天我把你发给我的那些文字打印出来，裱好挂在家里墙上，你没事多看看就知道我是什么意思了。都洗完澡了，我还是有点儿冲动，你要不要出去兜风？"

他的话题转得过快，陈眠愣住了："什……什么？"

而面前的人朝她走了过来，离着一步的距离用小腿顶着她的膝盖，然后弯下腰。顷刻间，拉近的距离让他的动作变成了即将亲吻的动作。

沈域就是故意的，鼻梁擦着她的侧脸，嘴唇贴在她耳边。

"我说，要不要出去兜兜风，女朋友。"

陈眠听过邓茉沫和苏望秋给男朋友打电话，称呼千变万化，宝贝、宝宝、笨蛋、傻子等，对别人提起的时候也是以"我男朋友"作为称呼，那会儿陈眠只觉得情侣之间实在有些腻歪。

但"女朋友"三个字被沈域说出来给人的感觉不一样，会让人觉得"原来这就是谈恋爱"，然后根本没办法拒绝他的要求。

"好啊。"

只是没想到沈域这么有仪式感，他专门开车跑到别墅区的专属车库，然后把那辆红黑相间的机车开了过来，丢给她一个头盔让她戴上。

"走啊，兜风。"

陈眠坐在他的身后，紧紧地抱着他的腰，所能感受到的热度被呼啸而过的风不停吹散，路灯像是四处飞舞的流萤在视野中出现又消失。

晚风都变成了一场台风，而他们身处台风风眼，在狂劲的风中投入无边无际的黑夜。

场景与上次去兜风时类似，却又无法重叠。

沈域把车停在路边，摘下她的头盔，似是想起什么，笑着问她："太阳什么时候出来啊，女朋友？"

陈眠呼吸还有些急促，不明白沈域怎么突然问这么一句，但还是回答道："再过几个小时吧，冬天的话，要到六七点的时候太阳才会出来。"

沈域点了下头，问："那月亮什么时候走？"

"夜晚过去……"

话说到一半，陈眠忽然想起了什么。

上次来这里，她问过沈域一模一样的问题。

问他什么时候回去，他说太阳出来就回去，她又问太阳什么时候出来，他有问必答。

最后，她没有像从前那样问可不可以抱一下，而是说："你想接吻吗，沈域？"

"想接吻吗，女朋友？"

哪知道两人的声音重合了。

陈眠抬眸看向他，笑着点了下头："好啊。"

所有的问题都能得到肯定答复，所有的心意兜兜转转之后，最终都得到了回应。

一切都在变，唯有山风一如既往。

他们在夜幕下接吻，唯有机车亮着灯。

两人从半山腰回来，时间已经临近凌晨两点，陈眠拿上衣服去洗澡，关门前听见客厅里的沈域在用音响放歌，欢快甜蜜的恋爱曲目十分符合两人此刻的心情，像是怀揣了一只跳个不停的小兔子。打开淋浴喷头，水冲下来，她仍然觉得仿佛一整天都在梦里。

瞬间理解了沈域说的不太真实。

陈眠刚抹上洗发水，就听见浴室的门被人从外敲响了。

——咚咚咚。

那人拖腔带调地在门外喊："女朋友，五分钟过去了，这个澡你要洗多久？"

"女朋友"这个词今晚被他挂在了嘴边，直接代替了她的名字。

陈眠没搭理他，只是默默加快了洗澡的速度。

"啧，还不理我，距离我们确认恋爱关系才过去四个小时。新鲜出炉的恋爱，女朋友就实施冷暴力,这可以判刑吗,陈律师?"

陈眠:"……"

她关上水,对外面喊个没完的人说:"判不了,你别催。"

沈域听见陈眠的声音,就跟真听进去了似的应了声,结果应完手还是没停,在门上敲得当当响,像是在给音乐打节奏,将一心二用的本领发挥到极致,另一只手还拿着手机回复朋友圈里的一堆"红眼病"。

回复游淮:"别酸,那是你的女朋友,我女朋友学法的做不出这种事。"

又在群聊里回复迟盛:"好好学习吧,朋友,脑子好才能找到女朋友。"

结果换来一堆省略号。

游淮:"沈域,你不是狗,谁是狗?"

游淮:"(代替已经被收手机的迟盛说一句)沈域你真的'骚'到不行。"

沈域心情颇好,没有计较,目光从手机上挪开,又看向这扇紧闭的浴室门。

他一边懒散地敲着门,一边想着今晚发生的一切,觉得十分不真实,又打开和陈眠的聊天页面,从第一句看到最后一句,不知道看了多少遍,高三时背重点知识点都没有这么认真,反反复复地做着阅读理解。

他再次看到最后一句时,门从里面打开了。

热气扑面而来,陈眠头发还是湿的,脸也泛着红,身上穿着一件粉色睡衣,身上散发着沐浴露的香味,像一只从罐子里逃出来的桂花精。洗澡时一直被催促,好脾气的陈眠都烦了,尤其是跟催命一样响个没完没了的敲门声。

感动都被烦躁冲淡了,从"以后谈恋爱还是要对他好一点儿"转变为"但是沈域真的很烦人",只需要洗一个澡的时间。

她用手抓在门把手上,拉开门的动作让沈域惯性敲门的手指落了空。

她没好气地问:"都让你别催了,你怎么还催呀?"

而面前的人没有一点儿做错事的愧疚,认真看了一眼她的表情,发现她确实生气了,也没辩解,拿着手机,用标准的播音腔对她念:"可是不太妙,你似乎成为我悲观主义中唯一的特例。"

他垂眸,不太满意地问她:"你对你家特例就是这种态度啊?"

邓茉沫说过,男朋友这种生物都是"三天不打,上房揭瓦",给三分颜色就能开染坊的典型。

当时陈眠没太懂邓茉沫话里的意思,此刻却是心领神会,甚至产生了一种"挺有道理"的深刻认同感。

谁能想到,恋爱后的沈域会变成现在这副模样。

满脸都写着"千万别大声和我说话,我现在可是你男朋友""你怎么能这么对我,我现在可是你男朋友""你竟然烦我,我可是你男朋友""不是吧,不会真的有人刚谈恋爱就开始烦男朋友吧",跟滚动的弹幕似的。

沈域还怕陈眠看不懂,故意叹气装可怜、扮委屈。

"说喜欢我的人是你,嫌我烦的人也是你,陈眠,你是'渣女'吧?"

陈眠:"……"

她直接把手里的毛巾朝沈域丢了过去:"你少说点儿吧,沈域。"

沈域眼明手快地接过毛巾,自己都觉得太烦人了,忍不住笑了。

笑到肩膀都跟着抖动了起来,距离她十分近,被嫌话多也觉得开心到不行。他用两根手指顶着太阳穴,又很快挪开,对她说:"行,遵命。"

完全是吊儿郎当、无法无天的纨绔模样,像一个恶作剧得逞的小朋友,又对着自己的嘴唇做拉拉链的动作,向陈眠表示自己是真的闭嘴了。

夜晚,陈眠的房间里。

两人的体温一点点升高,仿佛进了蒸笼里。

歌词唱着"夜色多美别浪费,邀请你去夜色里沉醉",沈域完全响应歌词,丝毫没有浪费美好的夜色。

仿佛冬日都变成了滚烫的夏天。燥热是她的,羞涩也是她的。

黑暗中,她看不太清沈域的脸,他侧头亲着她仰起的脖子,唇落在她的颈部。

陈眠有些不满:"你怎……怎么不……不说话?"

沈域回复:"你不让我说话。"

他一整晚都在笑,甚至明知故问,道:"所以我现在能说话吗?"

陈眠咬着唇去推他肩膀,被他轻而易举地控制住。

他凑近,用手指揉她的脸:"陈眠,告诉你一件事。"

"什……什么?"

恰好此时,音响里放着:谁料你,谁料我,能合作到爱死对方。

应景到不行,时间往回拨到最初,无论是陈眠还是沈域,都没想到他们能有现在这样的亲密时刻。

沈域这时候想的是:就算是梦,也没关系了。

"我们在谈恋爱,就这个事,怕你忘了,提醒你一下。"说完,他又亲了下来,贴着她的唇,"就算忘了也没关系,我每天都会提醒你。"

沈域回绥北主要是为了给他爷爷过生日，一整天都有饭局，他知道陈眠不喜欢这样的场合，便没对她提起。陈眠订了下午的高铁票，沈域看了车次信息后，没发表任何意见。不干涉彼此，给足对方个人空间的恋爱关系让陈眠感到轻松。

清晨，陈眠醒来的时候，沈域已经走了。

桌上贴着一张便利贴，上面的字迹龙飞凤舞的：今天我爷爷过生日，桌上的饭菜记得吃。

落款：你男朋友。

陈眠："……"

男朋友、女朋友这样的词也不知道沈域要用到什么时候。

陈眠穿上拖鞋走过去，打开房门，客厅里果然有食物的香味，餐桌上放着很多盘子，是标准的沈域风格。即使是外卖也要装出一副亲手做出来的样子来欺骗眼睛。

沈域留下司机送她去高铁站，下午两点的车，临走前陈眠去了一趟监狱。

接近半年时间没见，阮艳梅变了不少，不复当初的愤怒和声嘶力竭，似乎已经彻底习惯了这样的生活。隔着玻璃，话筒拿在手里，两人沉默了许久，还是陈眠先打破了安静。

陈眠没有对阮艳梅提起自己的生活，只是对她说了一些乔成和乔之晚的情况。这些都是沈域说给她听的，迟盛跟乔之晚是亲戚，乔之晚家里的事情他再清楚不过。

"乔成跟有夫之妇在一起，被对方的老公开车撞成植物人，现在在医院躺着。乔之晚没去外地读大学，就在绥北读书，方便照顾她爸。"

一直平静的阮艳梅听到这里，呼吸有些急促，手"啪"地一下打在桌面上。

陈眠看了她一眼，又接着说："上次忘记跟你说，陈宋的遗体已经火化了，至于他的骨灰……"后面的话她没有说完，而是看着阮艳梅，目光晦暗。

阮艳梅声音有些哽咽："好，好，好。"

接连的三个"好"，让陈眠垂下了眸。

时间一点点过去，眼看着半小时就过去了。

狱警推开了门："时间要到了。"

阮艳梅松开手，要挂电话的时候，却听见话筒那头传来很低的一声"抱歉"。

轻得像是一个错觉。

通话时间结束，阮艳梅回到自己的监舍。

小小一间，陈眠送来的东西被检查后放在了旁边，她抬头看向那扇唯一的窗，阳光从外面洒进来，成了小小的正方形。在阳光下，她沉默许久，然后才拿起陈眠给她送来的东西。贴身的内衣内裤最上面放着一个信封，已经拆开检查过了。

阮艳梅拿起来那张薄薄的信纸，对着阳光展开。

看见第一行时，她的眼泪就掉了下来。

其实我一直无法理解，为什么人不需要考试就能够当父母，为什么你们不深思熟虑后再做出把我带到世界上的决定，为什么不再多思考一下自己能不能成为父母。

我做补习兼职的家庭，是一个单亲妈妈带着女儿，她努力工作只为给孩子更好的生活。我就想，如果当初你没有放弃我，选择带走我，那会是什么样子。在十二岁到十六岁之间，我反反复复去设想这个如果，想过在街边摆水果摊，甚至想过自己去打零工减轻你的负担。

我吃得不多，成绩不错，不要漂亮衣服，也不要好看的文具，我可以不过生日，也可以不吃蛋糕，不吃肯德基、麦当劳，那时候的我想的是我只想要妈妈。

但是你没有一次看向我，没有一次想过我，哪怕在重逢之后，你对我的态度也始终是防备。

你看，我们本该是这个世界上最亲密的人，却成了最亲密的陌生人。

我做梦都希望自己不是出生在这个家庭，你大概也做梦都希望自己当初没有嫁给陈宋，没有生下过我。

你说我们像，或许在这点上，我们天生就该是母女。

我们都自私，都只想为自己而活，陈宋的事情至今我也不想跟你道歉，我不认为自己有什么错，错的是陈宋，但陈宋死了，如果恨谁能让你对未来有所期待，那就恨吧。

电视剧里说父母也都是第一次做父母，要多给他们一点儿机会，但儿女也不是自己想要来到这个世界的，谁给我一个机会。

你不会懂每天在担惊受怕里渴望着白天来临是什么感觉，你更不会明白哪怕房门上锁，听见脚步声都害怕得喘不上气是什么感受。

但这些都算了，都已经过去了。

我不会再来看你，这是最后一次。

卖房子的钱有一半在卡里，你出来后，会有人给你。

这个世界，已经没有陈宋了。

谢谢你，让我自由。

门口的狱警听见哭声，问："你怎么了？"

阮艳梅笑着抬头，指着阳光说："今天天气真好。"

陈眠到绥北高铁站时意外撞见了一个熟人——林琳。

她背着包，旁边坐了一个陈眠没见过的男生，两人正亲密地说着什么。

陈眠本来没打算打招呼，但林琳正好在这个时候抬头，两人视线撞上的刹那，林琳就笑了，她的男朋友问她是看见谁了吗。

"我高中同学。"

林琳站了起来，冲陈眠挥了挥手，仿佛忘了当初两人之间的纠葛。

林琳坐在她的旁边，从男友旁边拿了一瓶没开的饮料递给陈眠。

"喏，给你。"

陈眠没接，只说了声"谢谢"。

"你果然还跟高中的时候一个模样，读大学了还这么冷淡。班里的人不是说你在京北读大学吗，我以为你不会再回来了呢，没想到能在这里看见你。你是去哪里？"

"回京北。"陈眠纠正了她的措辞。

林琳一脸"果然如此"的表情，她男友这时候去了厕所，林琳才笑着对陈眠说："你是不是奇怪我怎么换男朋友了？我跟陈柯早分手了，他复读高三，周末出来见我的时候被他爸妈看见，他爸妈怪我，认为是我的原因让他们儿子在高考时失利，可拉倒吧。按照这逻辑，他们家的天塌了都是我害的。"

林琳表现得挺热情，仿佛和朋友倾诉一般的语气，陈眠随口应了声。

林琳已经很久没跟人提起陈柯了，虽然绥大有挺多来自绥北中学的同学，同班同学也有不少，都知道她跟陈柯分手了，但没有人问原因，她满肚子的气一直没找到地方发泄。她知道陈眠跟陈柯不对付，她深信"敌人的敌人就是朋友"这个道理。

她有些厌烦地笑了声，接着说："所以我跟他分就分了呗，大学里好男生简直不要太多。他又穷又自卑，还是个妈宝男，谁要？分手之后，他还怪我……"

陈眠在她叙述的时候不停看手机，距离发车的时间还有半小时。

列车提前十五分钟检票。

她有些分神，手机一直安静着，她谈恋爱的对象不知道在忙些什么，没有发来一条消息。

许是看出她的敷衍，林琳换了个话题："你跟沈域是在谈恋爱吧？班级群里有人说沈域发朋友圈了，沈域也算是得偿所愿了。

"我也喜欢过他呢，说起来那时候绥中哪个女生不喜欢沈域。他拒绝得很果断，围观的人挺多的，但他分寸把握得挺好，我那时候还跟陈茵说沈域是一个顶级玩家，边界感拿捏得特别好，以为他能一直谁也不爱，百花丛中过，片叶不沾身。"

"直到他跟你扯上关系。不过，"林琳凑上来，认真看了陈眠几眼，才笑了，"我还挺好奇的，你们这恋爱是怎么谈起来的啊？沈域不会是'舔狗'吧？"

陈眠一直没怎么说话，任她在耳边唠叨个没完，在这个时候才冷声打断她："关你什么事？"

林琳一愣，随即皱眉，正想说些什么，她男友从厕所出来，见她们之间气氛并不愉快，问了句："怎么了？"

林琳扯着男友的胳膊往后面几排走去，冷哼道："没怎么，她有事，没空跟我聊而已。"

直到人走开，陈眠还不是很愉快。

她不喜欢"舔狗"这个词被用在沈域身上，也并不认为她跟沈域之间的感情存在"舔"的关系。

她打开手机，给一直安静的那个人发了一条消息："你在干什么？"

隔了五分钟，那边才回复。

Oracle："你男朋友快死了。"

他发了张照片过来，照片里一群小孩正围着他。

Oracle："看见没？这帮小孩缠着我快有半小时了。"

Oracle："别生，真的别生，这谁受得了？"

陈眠慢吞吞地打字："哦，那你忙吧。"

Oracle："快上车了吧？"

Oracle："这么一小会儿我没找你，你是不是想我了啊？"

纯粹在调侃。

周围亲戚的小孩还在一口一个"哥哥"喊个没完，都是读幼儿园的年纪，年纪再大一点儿的不敢缠着他，只有这帮屁大点儿的孩子一直要他陪着他们玩游戏。

他爷爷生日，他爸妈在那儿跟看戏似的，还让小孩的爸妈都别管。

"难得看见阿域这么招小孩子喜欢呢。"

他妈是这么说的。沈域只觉得自己是在历劫。他找跑腿外送员买了游戏机跟一堆玩具，每个小朋友都送了，才彻底脱身。

沈域拉开花园的玻璃门，坐在秋千上，这时，手机响了一声。

陈眠回复："现在不怎么想。"

Oracle："是吗？"

他盯着手机，确认没看错，直接气笑了："你就不能说点儿好听的？"

然后他就看见陈眠回复:"可能因为刚分开,明天应该会想。"

Deep Sleep:"所以,你明天再来问吧。"

Oracle:"服了。"

陈眠真的是读大学吗,不是去情感学校专门进修了吗?

隔了一会儿,玩手机的游淮刷到沈域新发的朋友圈。

阿域:女朋友说想我了怎么办?

游淮心想:你这人……有病吧?

他刚跟陈茵吵完架,整个人都不舒爽,打开沈域的微信聊天框,刚要骂几句,发现沈域的微信名变了。

从当初那个让他牙酸的非主流英文名变成了"Deep Sleep"。

游淮:……

从失眠到沉眠。

他给沈域发了一条微信:"这恩爱一天不秀,你会死,是吧?"

那边回得挺快:"你这么生气,该不会是你女朋友没说想你?"

游淮:"……"

游淮:"拉黑了。"

第十章
「像是岛」

Oracle

宿舍里只有陈眠和余芋在,她们提前跟学校申请了寒假留宿。苏望秋和邓茉沫是京北本地人,寒假刚一开始就回家了,还对陈眠和余芋发出过邀请,让她们来自己家玩,但陈眠跟余芋都拒绝了。她们有自己的事情要做,经过导师的介绍去律所打杂。

她们才读大一,掌握的知识都不算牢固,做的都是一些整理资料之类的琐碎事情。

余芋一开始并不知道陈眠谈恋爱了,还以为她和酒吧那个帅哥闹掰了,然而连续几天看到陈眠手机不离手,晚上还经常打电话也品出了一些异常。

"眠眠,你是不是谈恋爱了呀?"

京北的天彻底冷了下来。十一月的第一场雪下过后,时不时就会下场雪,外面的世界银装素裹,夜晚女生宿舍前几盏路灯下隐藏在黑夜里的雪花便像是电视故障时屏幕上出现的白点,没关紧的玻璃门外冷风呼啸而来,吹得开着暖气的室内都变冷了几分。

陈眠披散着头发,桌上放着的手机屏幕还没完全黑掉,微信里唯一置顶的那个人说着自己什么时候回京北,白绿相间的一条条消息框占满整个屏幕,全是琐碎的日常。

她几乎没有犹豫,就对余芋点了点头:"是啊,我在谈恋爱。"

余芋彻底愣住,嘴张大,几乎能塞一个鸡蛋,直到陈眠进了浴室,她都没反应过来。

很久之后,她才趴在书桌上,发出一声哀号:"全宿舍,就剩我是单身了……"

陈眠谈恋爱的消息不胫而走,毕竟青大跟法大相隔不远,交友圈也有重合的部分。两人又是引人注目的帅哥美女组合,很快,所有人都知道了上过热搜的青大帅哥跟一位法大美女谈恋爱了。

版本都有好几个。

靠谱一点儿的:据说两人之前是高中同学,那会儿的关系就不错,只不过是学霸,没时间谈情说爱,高考完又在大学里重逢,可不就顺理成章了。

不靠谱的:这两人是青梅竹马,都是绥北的,恋爱都谈好几年了,冲着结婚去的神仙眷侣啊！

甚至还有"狗血"版本的：他们之前好像是一家人，异父异母的重组家庭，哎呀，帅哥美女在同一个屋檐下肯定就培养出感情了。后来他们爸妈发现不对劲，立马离婚了，两人被迫分离，现在才重逢，又虐又甜的。

这几个版本传到沈域耳朵里的时候，他刚下飞机，回到自己的公寓，还没来得及收拾东西。当传话筒的游淮坐在他家的沙发上，跷着二郎腿念着手机里的消息，顺带拔高嗓门冲着卧室里面的沈域喊："有情人终成兄妹。"

沈域懒得搭理他。他洗完澡出来，在冰箱里拿了一听可乐，也没赶游淮走，在抽屉里翻出游戏机，一人拿一个手柄，用游戏机连着电视打着游戏。

游淮百无聊赖地问他明天去不去打篮球。

沈域瞥了一眼自己手机，陈眠这几天在律所忙得团团转，只有晚上有时间跟他吃饭，还要赶在学校门禁之前回去。刚谈恋爱不久，沈域也不想贸然打乱陈眠的生活节奏，这几天十分清闲，对游淮的提议点了头，问："几点？"

"晚上呗，下午我朋友组建的乐队有表演，跟我去看看？"

沈域一阵无语，看游淮的眼神像在看一个傻子："不找你女朋友看表演，找我干什么？"

"哦。"游淮轻描淡写道，"分手了啊。"

他跟着沈域一起坐在地上，背靠着靠枕，表情平淡地说道："前几天分手了，没女朋友陪我去看，所以我才来找你。"

游淮跟陈茵吵吵闹闹是常事，身边的朋友早就看习惯了，两人吵得最厉害的时候，陈茵发十几条朋友圈说游淮是个大傻子，又在午夜分享单曲说单身才是最好的，等等。周围的人早就麻木了，劝了好几回架，最后发现这两人完全是把吵架当情趣，就没有再搭理他们。

换作平时，沈域根本不会当回事，甚至身上有种"关我什么事"的冷酷无情，但现在不一样，他现在是有女朋友的人，听不得"分手"两个字，觉得挺晦气，当即就朝游淮丢了个抱枕。

"不能说点儿吉利的吗？"

游淮本来心情挺糟糕的，硬是被沈域整笑了："你改个名吧，朋友。你别叫沈域，你叫文字域（狱）。"

陈眠跟余芋从律所出来的时候是下午五点半。

两人在附近找了一家兰州面馆点了两碗面，余芋揉着肩膀打哈欠，说："明天是周末，眠眠你有什么安排呀？"

工作时间里，陈眠的手机一直是免打扰模式。她一边打开手机上的数据流量，一边对余芋说："还不知道。"

这话的意思大概就是可能会有安排。

身边有邓茉沫跟苏望秋两个处于热恋之中的人士，余芋已经很懂这些暗号，意味深长地"哦"了一声，有些感慨道："我还以为你的男朋友是黏人的类型，你还记得我们的带班师姐吗？军训那会儿喊我们小土豆的那个。"

陈眠记得她，可以说是印象深刻，那位学姐性格幽默开朗，军训那会儿帮着辅导员跟教官协助他们尽快适应大学生活，见到他们一口一个"小土豆"地叫着，每天都是热情洋溢，经常还没见到人就听见她的声音。

——早上好啊，我的小土豆们！

以至于军训都过去这么久，学姐已经去忙自己的学业，不再负责他们，他们班的人听见"土豆"这两个字仍然会下意识地打一个激灵。

余芋说："我前段时间去图书馆见到学姐，刚跟她聊了不到五分钟，她男朋友就来了，坐在她的旁边，也没看几页书，就开始跟学姐聊天，手也不老实，要么搂学姐的肩膀，要么摸学姐的手，周围都是人，一点儿都不注意影响，太黏人了。

"还好你男朋友不是那样的。"

陈眠也跟着点头："他挺独立的。"

虽然在一起的时候沈域确实黏人，她洗澡时他都要在外面拍门，但知道她有事情要做，沈域通常不会打扰她，也不会像别人那样时不时发消息问她在干什么。

只有在她下班后，他才会问她有没有顺利回到宿舍，要不要一起吃晚饭。

但沈域的行程安排也不是完全跟着她走，在回京北之前，沈域就对陈眠说了自己后面的安排。下个月跟着他一起做项目的学长、学姐回京北，他就要开始忙了，他爸妈对他不是完全的放养，一迈过大学的门槛，继承家业的重担就慢慢地落到了他的肩膀上。

那会儿沈域还开玩笑："我们这恋爱谈得还挺励志的。"

各自忙着自己的事情，完全不会因为对方而打乱自己的步调。

看到带班师姐和她男友，陈眠难免开始想沈域。

恰好这个时候，沈域发了消息过来："记得戴上耳机，再打开。"

下面是一个视频。

陈眠立马从包里拿出耳机戴上。视频里的画面是一个小型舞台，周围黑漆漆的，只有一束光线对着正中央的椅子上，沈域坐在上面。

伴奏在耳机里响起时，陈眠的心跳都跟着漏了一拍。

她上次听沈域唱歌是自己的生日，那会儿沈域弹钢琴，给她唱了首英文歌。

然而这次不太一样，或许是隔着手机屏幕的缘故，陈眠看见坐在椅子的沈域手握着话筒，帮忙录制的人笑着喊了声他的名字，提醒他已经开始录了，镜头里的沈域便笑着抬手比了个OK。温暖的光束照耀得他的发丝都变成了金色，整个人像是镀了一层金色的光，英俊得让人挪不开眼。

伴奏慢慢流淌出来，沈域温柔地唱着。

　　我们也会成为人群中最好的一对。
　　……

耳机里，有人低声轻啧："显眼包根本不会错过任何机会对女朋友表白，大情种。"

视频一共只有一分半钟，歌没唱完整。温柔的声音撞击着耳膜，直到进度条走到最后，陈眠默默拉回最初，又听了一遍。

"我们也会成为人群中最好的一对。"

不知道是不是她的错觉，唱这一句时，沈域声音带着笑意。有些晃的镜头没拍清他的表情。

Oracle："跟游淮来听他朋友的乐队演出，还没正式开始，随便唱首玩玩。"

Oracle："怎么样啊，女朋友？歌好不好听？"

陈眠点的面在这个时候被端了上来，冒着热气的面放在面前，老板对她们说"小心烫"。

陈眠没立刻去拿筷子，而是低头专注地打字："好听。"

Oracle："你眼光挺好的。"

Oracle："找了一个这么会唱歌的男朋友。"

隔了一会儿，他又给她发了消息。

Oracle："打球去了，晚点找你。"

陈眠回复："好。"

陈眠没有取下耳机，一边吃着面一边循环播放着沈域发来的视频，一分半钟的视频循环播放到吃完面，才收起耳机。

店外面雪花纷飞，余芋裹紧了围巾和羽绒服，拉着陈眠的手朝公交车站走去。

呼吸间都是白色的水汽，街上不同店面循环播放着圣诞歌曲，她们一路走到公交车站，才听见中文歌《超级恋爱狂》。

踩在脚下的雪咯吱作响,两三对情侣手拉着手从她们身边经过,女孩子对男生撒娇说想要一起过圣诞节。

余芋歪着脑袋,跟着歌哼了几句,忍不住感慨道:"冬天真的好适合谈恋爱啊。"

陈眠也被气氛感染,变得雀跃起来。她松开余芋的手,脚步停了下来:"余芋。"

余芋困惑抬眸:"嗯?"

"我不回宿舍了。"陈眠攥紧手里的手机,"我要去找……我男朋友。"

她第一次说出这个词,但也没有想象中那么难以启齿。

她忍不住笑了起来,对面前有些呆滞的余芋说:"他说要给我唱歌,我得去找他。"

篮球馆里,沈域坐在观众席,有些无语地靠着椅背缓神。

周围围了一堆人,都看着他。

"没事吧,阿域,要不去医院吧?"

"不会骨折吧?"

游淮蹲在沈域面前,盯着伤口多看了几眼,发现没什么大事,才站起来,调侃道:"这叫情场得意,球场失意。谁让他给女朋友发微信消息'荡漾'成那个样子的,球都看不惯他。行了,他能有多大事,大家都散了吧,大不了等会儿我送他回家的时候去附近诊所上个药。"

一块打球的老刘有些过意不去,要不是他刚才不小心撞了过去,沈域也不会摔,挠了挠头,道:"要不我跟你一块送他去诊所?"

旁边还有人跟着操心。

"这天气这么冷,受伤换衣服都不方便,真不疼呀?怎么半天都不出个声呀?"

"旁边也没姑娘啊,阿域,要是疼就跟兄弟们吱一声啊。"

直到这时,沈域才有些好笑地说:"就这点儿……"

他话说到一半,停了下来。

坐在旁边的游淮看到他跟变脸似的,忽然换上了一副痛苦的表情,甚至还装模作样地皱起了眉,弯下了腰。

游淮刚想问——朋友,请问你在装什么?

就听见不远处传来女生慌张地喊着"沈域"的声音,他抬头明白了沈域做作的原因——陈眠来了。

陈眠正从门口处着急地往这边跑,穿着一件白色羽绒服,看着跟个雪团似的。他也是头一回看到陈眠这种可以直接去演冰雪女王、表情万年没有变化的人一脸担心地停在沈域面前。

然后她的目光停在沈域的膝盖上，表情是做不了假的担心和心疼。

"这是怎么弄的，你疼不疼？"

"疼。"沈域丝毫没有犹豫，一点儿都不在乎周围朋友的目光，完全没有心理负担地对着女朋友撒娇，一副疼得快死掉的样子，还倒吸了口凉气，对眼前担心到紧皱眉头的女生说，"特别疼。"

周围的朋友："……"

老刘真是大开眼界，他跟游淮读同一个学校，和沈域也是因为游淮组局才认识的，之前只听说沈域有女朋友了，但从没见过真人。他一直以为沈域性格高冷，就算是谈恋爱也要靠女生主动，但完全没想到沈域居然还会撒娇。

陈眠没想到沈域打了个球都能受伤。

她鲜少见到沈域受伤的模样，他这会儿坐在那里，额头上还滚着汗，膝盖红了一片，估计是场地没收拾干净，跌倒时被什么东西划破了，伤口还往外渗着血，地上扔着几团满是血迹的纸巾。

"去医院吧。"她当机立断地对沈域说，随即问旁边唯一熟悉的游淮有没有开车。

游淮还保持着"沈域你真会装"的犯恶心状态，在兜里摸出车钥匙，模仿着陈眠的语气问沈域："去医院吧？"

沈域根本没搭理他，只看着急得一直盯着他的陈眠："公寓有医药箱，这个点去医院也是清创包扎，你回去帮我处理是一样的。"

陈眠不太赞同："万一骨折了呢？而且我不会……"

"没骨折。"沈域打断她，依旧是一副恹恹的样子，虚弱地朝她伸出手，"你不会是不想照顾我吧，女朋友？"

陈眠就没话说了。

游淮在一旁直呼"精彩"。

他学到了，怪不得沈域能搞定陈眠，这招数搁谁身上谁不傻眼。

他主动当起了车夫送沈域跟陈眠回公寓，一路上忍受着后排自己的好兄弟不间断的撒娇行为。

"我不会废了吧？"

听听，但凡有点常识的人都说不出这种话。

偏偏还有人温柔回应："不会的。"

隔了一会儿，他又听见沈域不太放心地叮嘱旁边的女生："要记得照顾我啊，女朋友，别把我一个人丢在公寓，自己跑了。"

陈眠这会儿完全是有求必应，沈域这么说，她就温柔地点头，说了声"好"。

游淮一脸麻木地调高了音乐的音量，无情地选了一首《分手快乐》开始单曲循环。

沈域难得没跟他计较，游淮看见后视镜里沈域靠在他女朋友的肩上，垂着眸，偶尔勾唇暗笑，哪里像是疼得不行的样子，根本就是因为女朋友来找他、心疼他，他开心得不得了。

到了小区外，游淮连车都没下，只冲沈域拱手："服了，朋友。"又竖起大拇指，"你是这个。"

沈域其实没多疼，只有摔跤那会儿疼得皱眉，但忍过那会儿也就没什么事了。谁打篮球还没个磕磕碰碰，摔跤算是常事，只是摔得动静大了一点儿，吓得队友都以为他怎么样了。

但他看见陈眠后觉得伤口疼得有些受不了也是真的，尤其是陈眠蹲在他面前，眼里满是毫不掩饰的心疼时，他觉得这次摔得太疼了。

一路被人搀扶到公寓沙发上，陈眠解开围巾放在沙发扶手上，跑去柜子里拿出医药箱，翻出棉签、碘酒，蹲在他的面前，温柔地将他的裤腿卷上去，看见伤口后，心疼地皱起了眉。她轻声对他说："疼的话，就跟我说。"

沈域别过视线，藏起眼里的笑意："好，那你轻点儿，我怕疼。"

陈眠点点头："好。"

她的动作很轻，生怕弄疼沈域，拿在手里的棉签像是没用力。

等上完药，陈眠发现了一个很大的问题，那就是——

沈域要怎么洗澡？打篮球出了汗，沈域这么爱干净的人不可能不洗澡，所以，她还要帮沈域洗澡？

直到这会儿，陈眠才真正意识到沈域所说的"照顾"是什么意思。

一路把人骗到家的沈域早就脱了外套，屋里的中央空调吹着暖风，他身上的球衣还没来得及换下，打球时流的汗早就干了。这会儿他抓着衣摆直接脱下球衣，丢在茶几边。

沈域丝毫不给陈眠躲避的机会，垂下眸，盯着她，用明显示弱的语气说："说好的照顾我，你不会看着我瘸着腿，一个人洗澡吧，女朋友？"

陈眠有些为难，她确实不知道该怎么办，以往两人之间的亲密多半发生在沈域主动的情况下，但目前的情况是沈域坐在浴缸里，受伤的那只腿弯着，胸膛上沾着泡沫。

"又不是没看过，害羞什么？"对于坐在浴缸边不知如何下手的陈眠，沈域是这么说的。

事实上，陈眠扶着沈域小心翼翼地坐进浴缸里时，脸都红透了，目光落在哪里都不对，最后她只好努力抬着头盯着他锁骨以上。明明裸露的人是沈域，可因为对方的过度坦荡，结果羞赧的人成了她。

陈眠手里拿着毛巾，打湿后在沈域的头上擦拭着，轻声制止他："能别说话吗？"

沈域压根没听，颇有点儿肆无忌惮的意思："不太能。"说完，他又怕对方觉得自己态度过于坚决，找了一个让陈眠没办法拒绝的理由，"不说话转移注意力，我腿疼怎么办？"

"沈域，你有没有发现你越来越会撒娇了？"

他的头发湿了，水滴顺着发梢往下淌，从额头滑到眼睛、鼻子，让原本抬眸看她的人被迫闭上了眼，湿润的睫毛显得格外浓密纤长。许是逐渐上升的浴室温度和他闭眼的动作给人一种他此刻乖到不行的错觉，就连声音都比平时更柔软一些。他没有反驳，只是顺着她的话点了下头。

"发现了，但是跟女朋友撒娇又不犯法。"

陈眠用干毛巾擦拭过他的眼睛，他这才睁开眼，笑吟吟地望向她，还要反问一句："犯法吗？"

这么说话的时候，沈域原本放在浴缸边沿的手开始不老实，明目张胆地放在陈眠腿上。京北的冬天天寒地冻，给陈眠带来的最大影响之一就是怕冷，刚入冬她就围上了围巾，保暖秋衣在下第一场雪后就穿上了，现在里里外外穿了好几件。因而沈域摸到的全是衣服，甚至能明显感觉到有好几层衣物。

他难免有些好奇，用手指估摸了一下，问："三条裤子？"

"……"

确实是三条，因为衣服穿得多，所以陈眠行动并不灵敏，在浴室里待了一会儿已经出汗了，被他这么一动，毛巾都险些掉下去。她立马警告了他一声："你能乖乖地坐着不要乱动吗？"

她还没有伺候过谁，甚至都没有给小动物洗过澡。给沈域洗头挺艰难的，两人之间的身高差很明显，哪怕这会儿他在浴缸里坐着，可坐在和浴缸边沿齐高椅子上的陈眠也要抬着手才能摸到他的头发，两只手抬久了逐渐产生的酸累感。

她往沈域支着的伤腿上看了眼，又打量了一下浴缸的高度和沈域的坐姿，随即建议道："你往我这边靠近一点儿。"

"行。"

沈域答应得挺干脆的，手撑着浴缸，腿没碰着水，朝陈眠倾斜，用后脑勺对着她。

"这样呢？"

"嗯。"方便很多。

陈眠挤出洗发水，给沈域洗头发。

沈域忽然轻咳了一声。

身后的女生立马停了手，有些紧张地问："是我用力太重了吗？"

"没有。"谈恋爱的沈域八百个心眼几乎全用在了女朋友身上，有些懊恼地对身后的陈眠说，"不是头发的问题，就是觉得有些丢人。"

陈眠双手上满是泡沫，疑惑地问了句："什么？"

沈域说："你看见我打篮球受伤，会不会觉得我很弱？"

陈眠完全不知道沈域一天到晚都在想些什么。她问："你怎么会这么想？"

陈眠还是过于单纯，还在安慰沈域，想着平日里舍友对男友说的甜言蜜语，随即对沈域说："我不会嫌弃你的，放心吧。"

说完，她像是怕他不相信，还摸摸他的头发以示安慰，就跟在哄生气的小狗似的。沈域没忍住笑了起来，他女朋友真是可爱到不行。

陈眠以为沈域不太满意，迟疑地对他说："……不然，我碰碰你的伤口？"

"碰我伤口干吗？"沈域没弄明白陈眠话里的意思。

陈眠："疼一下，应该能长点记性吧？"

沈域："……"

他险些被气笑："要是不能，怎么办？"

"啊？"陈眠被问得愣了一下，过了一会儿，迟疑地对他说，"那你就当作我看见你受伤，觉得你很弱，这样的话，会不会长点记性？"

"女朋友。"沈域指着自己的膝盖，完全忘记这个话题是他自己非要提起来的，转头谴责地看着陈眠，"是什么让你说出这么冷酷无情的话？我们才谈恋爱五天零十个小时，一个星期都不到，应该是比热恋更热情似火的阶段，你就因为我打篮球受伤而嫌弃我了。"

沈域跟陈眠谈恋爱，在外人看来就是两座冰山凑在一块，毕竟两个人看起来都不是话多、会玩浪漫、黏人的类型，但正是因为陈眠不会说情话、不会撒娇、不黏人，这些事情都被沈域包揽了。平时里他对陈眠是真的宠，为了让她在冬天的早上多睡一会儿，甚至专门买早餐送到她的宿舍楼下，典型的"十佳好男友"。

可是在两个人独处的时候，他简直做作到让人瞠目结舌的程度。他刚刚被这么指责了一通，伸手去拉陈眠的手："宝宝。"

平时听周围人说叠音词直接飞冷眼的人这时毫无心理负担，一口一个"宝宝"叫得可甜了。

"我都受伤了，你能不能多陪陪我？反正你还没开学，过来陪我住，好不好，宝宝？"

这个样子的沈域，陈眠毫无招架之力。准确地说，是谈恋爱后的沈域，陈眠完全不知道该怎么应付。

脑子里一个声音在对她说："他的要求也不是很过分，正常男女朋友都是这样相处的，没什么不好意思的。"

而另一个声音也跟着跳了出来："刚开始谈恋爱，就住在一起，进展也太快了吧。"

两个声音正在打架，沈域还在不断地瓦解她的防线。他脸上湿漉漉的，往下滴着水珠，那张极其英俊的脸在暖色灯光下显得更加白皙，一双澄澈的桃花眼直勾勾地盯着她，眼神柔软。他顶着这张脸，又摆出一副深情款款的模样，让人根本无力招架。

"宝贝，可以吗？"

声音是最后一个钩子，彻底让陈眠的自制力分崩瓦解。

"只是开学之前，过来陪你住吗？"陈眠脸上滚烫，不好意思看向他，低着头轻声问道。

沈域立马笑了起来："是。"

第二天，陈眠醒来的时候，沈域不在房间里。

客厅里传来他打电话的声音，像是在跟那边的人沟通工作上的事情。

陈眠掀开被子，从床上坐起来就看见拖鞋摆在床边，她穿上拖鞋走过去拉开房门，来到客厅。

沈域站在客厅窗前，正在打电话，陈眠走过去伸手抱住他。她没完全睡醒，脸埋在他的胸前还下意识地蹭了蹭，像一只小猫。

电话那头的人注意到这边的停顿，有些疑惑地喊了声他的名字："阿域，这个方案没问题吧？"

"大体上没有，一会儿再开线上会议，讨论细节。"他说完，便结束了通话。

沈域揉了揉陈眠头发，问她："今天要去律所吗？"

陈眠摇摇头："周末休息。"

她说着打了个哈欠，眼睛都没彻底睁开，靠着人又要睡过去。

沈域也没动，就这么让她靠着。

屋里安静到能听见暖气从送风口往外吹的声音，玻璃窗外的世界陷入白茫茫的冰天雪地之中，楼下有小孩在打雪仗。

这种天气待在有暖风的房间里，哪怕什么都不做，只是靠在一起就很舒服。

沈域本来打算带陈眠出去约会，但陈眠一副"不想动弹，就想在家吹空调"的样子，让他放弃了所有的计划，就这么抱着人在客厅站了一会儿。直到怀里的人拽着他衣服的手慢慢松开，他才将人打横抱起，也没进卧室，而是抱着她在沙发上坐了下来。

陈眠窝在他的怀里睡得很香。

电视机遥控器就放在沙发上，沈域调了静音后，随便打开了一部电影，是一部小众科幻片。他看了一会儿就失去了兴趣，忍不住低头去看睡着的陈眠。

她呼吸平缓，不知做着什么梦，唇紧抿。陈眠的睡觉习惯沈域再熟悉不过，她总喜欢怀里抱着东西，要么是枕头、被子，要么就是他，典型的缺乏安全感的表现。而且，她还喜欢睡在床上靠里边的位置，总喜欢用被子遮住嘴唇，睡着后整个人会往里缩，跟埋进被子里似的。

这会儿没有枕头、被子，唯一可依赖的是他，她不自觉地往他怀里钻，温暖让她忍不住贴紧他，用柔软的脸轻蹭着。

沈域昨晚受伤的那条腿逐渐发麻，他没当回事，重新拿起遥控器，换了一部电影。

陈眠是被饿醒的，醒来后，先是看了一会儿沈域，才坐起来，发现他正在看电影，估计影片快播放完了，女主在雨夜中提着小洋裙飞奔向车站跟男主互诉衷肠。屏幕上音量键一格格增加，淅淅沥沥的雨声传遍整个客厅。

"想吃什么？"沈域问她。

陈眠抱着膝盖，看着电影里拥吻的男女主，想了一会儿后才对沈域说："想吃辣的。"

"挺能想。"沈域毫不犹豫地揭短道，"上回吃火锅，微辣口味的东西你涮过茶水都嫌辣，一碗粥给你加上一滴辣椒油，对你来说都算是中辣，想点儿你能吃的。"

"那我没什么特别想吃的。"陈眠的视线自始至终没有离开过屏幕，看见屏幕里拥吻结束的男女主角上了一辆马车，镜头一转就是天亮，他们在亲朋好友的祝福下走向婚礼的殿堂，不时有小孩往他们身上撒着花瓣。

她唏嘘着问沈域："所有幸福故事的结局是否都是一个样子，举办婚礼、被所有人祝福，然后镜头再一换，就是有儿有女的琐碎日常？"

沈域正在点外卖，听陈眠这么说，头也没抬，回答她说："也有拍到男女主角变成老头、老太太，还手牵着手在摇椅上晒太阳的。要我说，如果生活是一部电影，那我们现在就挺圆满的，也挺像你所说的故事结局。"

"现在？"

"嗯哼。"

沈域付完款，把手机丢一边，把人重新捞进怀里，屏幕里的电影正播放着片尾曲，演员名单一行行出现。

"俗气一点儿说，跟你一起入睡、一起醒来、一起看电影、一起看下雪天就挺圆满的。更深刻一点儿说,你最喜欢我的时候,就是我最圆满的时候。"

陈眠认真听完,说:"那我可能跟你有不同意见。"

沈域看向她:"嗯?"

陈眠说:"我要俗一点儿,想要成为优秀毕业生,进最好的律所,成为最优秀的律师……"

"陈律师,光是说工作,那你男朋友呢?"沈域打断她。

陈眠慢吞吞道:"然后,成为最好的自己,到那个时候你仍然最喜欢我,这就是最圆满的。"

"行。"沈域忍不住笑,"但是女朋友,饿着肚子说这些是不是远了一点儿?"他弯腰,在茶几下的柜子里拿出一包没拆开的饼干撕开,递给陈眠,"先填填肚子吧,外卖半小时后才能到。"

他拿出的是海盐味小饼干,除此之外,还有奥利奥、薯片、巧克力等一些零食,都塞在柜子里。沈域并不是一个爱吃零食的人,对零食感兴趣的人其实是陈眠,两人在一起之后,沈域的公寓里才开始出现一些完全不符合他风格的东西。

换成之前,陈眠没想过有朝一日自己能和沈域走到这一步。

她也没想过两个人在房间里可以没有争吵和暴力,可以一起看一部或许彼此都不是很感兴趣,只是为了打发时间的电影,在冬日关着窗开着暖气,在暖洋洋的室内偶尔交谈几句,对上眼神就会忍不住笑,慢慢靠近就会忍不住接吻、拥抱。

这些平淡的琐碎日常像是终于掉进她世界里的流星。

神明说"许个愿吧"。她闭上眼再睁开,所有的幸运都汇聚成了此时此刻。

门铃响起的时候,沈域正在厨房烧开水,陈眠穿上拖鞋走过去打开门,又拎着外卖袋回来,放在桌子上。

沈域端着两杯热水走出来,看到陈眠站在桌边没动,递给她一杯:"怎么了?"

陈眠接过水杯,拉开椅子坐下,一边打开外卖袋,一边说:"好像每一次我们在一起,都是点外卖。"

"你要是不想吃外卖,我可以叫个阿姨来做饭。"

本想说"我们两个人,要不谁去学做饭吧"的陈眠及时闭嘴。她就该想到,能用钱解决的事情,沈域这种少爷是不会自己动手解决的。

吃完饭,他们将桌上的东西收拾好,把垃圾装袋。

周末没有另外的安排,丝毫没有出门打算的陈眠跟沈域重新回到沙发上,找了一部两个人都想看的电影从头看到尾。窗外的天色慢慢暗了下来,风声大作,陈眠靠在沈域怀里,目不转睛地看着电影里的剧情。沈域就捏着她的手指一下下地玩着,一旦发现她过于专注以致忘记自己的存在，就会不满地用些力，等她看过来，就在她唇上"盖个章"。

慢慢地，警告似的啄吻就变成了深吻，最后抱着膝盖的人完全躺倒在沙发上，一只手搂着他的腰，张开嫣红的唇喊他的名字。

冬天，实在是太适合谈恋爱了，在开着暖气的房间里看着窗外白茫茫的雪色，而两个人相拥取暖。

陈眠在电影里女主角不停追问的声音里看见沈域胸口处，然后伸出手勾着他的脖颈。

"沈……沈域。"

"嗯。"

"你……像是岛。"

正沉沦的沈域并没有听清："什么？"

怀里的人紧紧依附着他。

她努力捉住散乱的意识，尽管她是个文科生但很久都没有如此感性了，大脑里出现了很久之前看过的鲁米的诗集《火》。那些未曾让她产生感动和共鸣的字句在此刻一起汹涌而来。

——如果你还没疯狂，那就让自己疯狂吧。

——哪怕输一百次，也再赌一局。

她浑浑噩噩地想，沈域就像是爱里的赌徒，抱着输一百次也要再赌一局的心态始终留在她身边，在没有人选择她的时候坚定地站在她的身后，从一开始就对她说自己陷入了沉眠。他像是一座静静屹立在海面上，无论何时都不会消失、默默承受惊涛骇浪的岛。

她别过头，咬住下唇，没再回应。

沈域察觉到她刚才说的话很重要，不依不饶地缠着她。

电影已经播完，自动开始播放下一部推荐电影。

屏幕上春光明媚，斑驳树影映在他们身上。风吹树梢的沙沙声和单车铃声一同响起。到最后，沈域已经忘了自己要问她什么。

屏幕里，骑着单车的男生停在女生的身边，问她："你叫什么名字？"

他们还处在相识的阶段，而屏幕外的沈域和陈眠已经从相识走到了相爱。

这个时刻，他低下了头，轻吻她湿润的眼睑。

"我知道你说的是什么了。"

陈眠咬唇轻哼："嗯？"

沈域知道陈眠说的是什么意思了。

她是居无定所，不知该在何处落脚的鸟，而沈域是能让她休憩的岛屿。

无论鸟往哪里飞，它的岛始终就在那里。

沈域低下头，亲吻她的额头，对她说："陈眠，我也爱你。"

一整个周末，陈眠都待在沈域的公寓里打发时间，两人一日的三餐都靠点外卖，一天里只有晚上会一起出门丢垃圾，然后从小区走到附近公园散个步。夜里的京北更冷，沈域给陈眠裹上自己的大衣，陈眠穿他的衣服并不合身，袖子长到手都被藏了进去。沈域看她一副小孩偷穿大人衣服的样子，笑着逗她："我说陈眠，你跟别的小朋友有什么区别？"

陈眠没看自己的手，而是抬着头看沈域的脸，竟然认真回答了他的问题："区别在于，带我出来的是男朋友。"

沈域总能被陈眠哄得满意，牵着她的手放进自己的口袋里。

公园里人不多，两人也没什么固定的话题，想到什么说什么，逛到胃里的食物消化得差不多时，就一起回了公寓。

陈眠在浴室洗澡，沈域抱起换下来的床单丢进洗衣机后，听见陈眠的手机响了一声。他拿着手机打算给她看，结果就看见屏幕上显示微博收到一条新评论。

陈眠玩微博，这完全超出了沈域对她的认知，她的娱乐活动基本为零，手机里连个"消消乐"都没有，唯一的游戏还是微信小程序里自带的。

她在微博发了什么内容，收到了评论？

陈眠跟沈域都属于边界感比较强、不太喜欢"查岗"的类型，从未看过对方手机，因而这会儿对陈眠的微博内容感到好奇的沈域还有点儿罪恶感，拿着手机思索再三，最后还是去了浴室门口，也没推开门，而是敲响了门。

上回沈域喝醉后狂敲浴室门的情景还历历在目，陈眠一听见这声音，立马冲外面的人说："沈域你好烦，能不能别催？"

靠在门边上的沈域笑了声："没想催你，就问一下你，你的手机响了，我能看一眼吗？"

以为只是有人打电话或是发微信消息的陈眠随口说："可以啊。"

得到允许，沈域才打开她的手机。

他输了陈眠的生日0601解锁密码，显示不对，他的手在屏幕上停了一会儿，抱着"我就试一下，就算不对也没什么关系"的心态输入了0520，结果解锁成功。

把他的生日当手机密码，要不是他今天忽然好奇她怎么在玩微博，估计一辈子都不会知道。

他点进去就跳进了微博界面，看到收到的评论："哇！恭喜恭喜！"

恭喜什么？

沈域顺着这条评论，点进被评论的微博。

——你是灿烂的、热烈的、耀眼的。我的。

除此之外，这条微博还显示着"已编辑"。

向来不会花冤枉钱的陈眠还开了微博会员，稀奇。

沈域的好奇心上升到顶点，点开编辑记录，就看见第一版微博和这条只有两个字的区别，"我的"多了个"不是"，两条微博相隔时间足有六个月。

她发的微博不多，粉丝数量也寥寥无几，沈域看了很久，每一条微博他都会看十多分钟。

八月末。

——对不起。

十月初。

——你是灿烂的、热烈的、耀眼的。不是我的。

十一月初。

——公交车站的阵雨，在看见你的那一刻，变成了不会停歇的缠绵宿雨。

十一月中旬。

——他说，只会是我。

十二月初。

——我看见了幸福的终点。

最后一条是在绥北时发的。

每一条微博，沈域都能找出对应的具体的时间。

每一件事都印象深刻，沈域没想到陈眠会用这种方式来记录他们的事，过于感性的方式让陈眠变得不再像他印象中的陈眠。他的手指在屏幕上滑动，最后停在她微博名"Oracle"上。

神谕。

沈域没再看她的手机，直接打开门，走了进去。

浴室里，陈眠刚穿上睡衣，正用吹风机吹头发，呼啦啦的吹风声掩盖住了沈域推开房门的声响，她的腰被沈域从后方圈住。

陈眠将吹风机拿远，看见蒙着雾气的镜面上出现了沈域模糊的身影。他的心情似乎并不愉快，贴在她的后背上，隔在两人中间的湿发打湿了她刚换上的睡衣。

陈眠关上手里的吹风机，不舒服的姿势让她想从他的怀里挣脱："怎么了？"

他困着她的腰，没让她跑，又嫌这样的姿势看不清她的脸，直接把人转个身，抱起放在了洗手台上。

沈域目光沉沉地看着她："我看见了你的微博。"

陈眠神色一僵，十分不自然地垂下眼，躲避着他的目光："随便写的，你不用在意。"

沈域怎么可能不在意，那一条条微博在他看来跟表白没有丝毫差别。

他根本不认"随便写的"这话，放在她腰间的手不自觉地用力，引得坐在洗手台上的人一阵瑟缩。他不满意陈眠躲闪的视线，态度强硬地抬起她的下巴，让她直视着自己。

他声音有点儿哑，问她："你怎么不跟我说？"

陈眠发现力量悬殊，也就放弃了挣扎。虽然她坐在洗手台上，但半个身子都被他拥着，双脚忽然的悬空让她下意识地圈住他的脖子。

她沉默片刻，才老实道："不知道该怎么说。"

心里的话，她当面说不出口，所以变成一长段微信文字和很多条微博。表达情感对她来说是一件很困难的事情，这一点到现在都没有改变过，对于别人来说很简单的甜言蜜语，在她这相当于剖开内心把所有依赖全摊开给对方看，而承认自己的依赖对陈眠来说，跟自我凌迟没什么区别。

她没想到微博内容会被沈域发现，被看见后心情也是难堪居多。

沈域察觉到她身体的颤抖，松开禁锢她下巴的手，摸到冰凉的台面，皱了下眉，直接把她从洗手台上抱了下来，推开浴室房门，把人放在床上。

她的头发还在滴水，沈域又去浴室拿来干毛巾给她擦头发，动作相当自然。他笑着说："你藏在微博里的秘密把我感动得够呛，我连我们下辈子怎么遇见都想好了。我算是发现了，你这性格就是专门降我的，一声不吭放大招说的不就是你？既然你这么喜欢我，要不要从学校里搬出来和我住，嗯？"

这几天，沈域已经不止一次对她说过这话了。

陈眠一直都是拒绝，这次她也是异常坚定地摇头，道："不要，我要住宿舍。"

沈域没再强求，只是有点儿泄愤似的拧了下她的耳朵。

这天晚上，陈眠迷迷糊糊睁开眼，看见他站在窗边，不知道在想什么。

她哑着嗓子，问："怎么不睡觉？"

他朝她走来，掀开被子重新躺了进去，把她抱在怀里："想了点儿事情。"

"什么事情？"

"关于我们的以后。"

陈眠脑子没转过来："什么？"

沈域像哄小孩似的拍着她的背，温柔道："跟你结婚，一起生活，一起睡觉，一起醒来，偶尔旅游。"他说完，看她困得睁不开眼，笑着揉了揉她的脸，"行了，快睡吧，黏人精。"

陈眠"嗯"了一声，在他的肩膀上蹭了蹭，再次睡了过去。

陈眠一周里有五天都是住在沈域的公寓的，一直到开学，才改成了只有周末过来。

开学后，林郁青又找过陈眠一次，问她是不是真的在谈恋爱，得到肯定答复后，他只是重复了几遍"可以"，就再也没出现在陈眠面前。之后隐约有一些传闻，大概是林郁青身边的朋友说陈眠"骑驴找马"，把林郁青当备胎。在沈域闲暇时间来法大找陈眠一起吃饭后，谣言不攻而破。

毕竟，不会有谁在有这么帅的正牌男友的情况下，还在外面找备胎。

在宿舍其他人眼中，陈眠这段恋爱谈得非常健康，既没有耽误学习，也没有影响和她们的相处，她只是偶尔在课少的时候跟对方见面吃个饭，周末约会。

其间发生了一些事情，比如有女生不知道从哪里要到陈眠的联系方式，居然让她把沈域让出来。陈眠没有理会，拉黑女生的时候邓茉沫就在旁边，犹豫了好一会儿，然后拉着苏望秋一起给她上感情课。

邓茉沫说："眠眠，你男朋友这么招蜂引蝶，你还是要多注意一点儿。现在总有些道德水平低下的人把抢别人碗里的菜当乐趣。"

苏望秋点了下头，说："直接找到你的只有这个女生，没找到你的私底下还不知道有多少。"

陈眠正在看案例，闻言皱了下眉，不太苟同："如果需要时刻盯着他，那也太累了。"她放下了笔，"从高中开始，他就不缺人喜欢，我那时候都没有当回事，现在也不觉得有威胁，如果跟他谈恋爱需要处处防备，总害怕有人来偷、来抢，完全失去自己的生活，注意力全放在他身上，那么这恋爱谈得也太累了。"

邓茉沫一愣，本想说你太理想主义了，结果听见陈眠说："要是别人随便就能抢走，说明这段感情本身也不牢固，就算现在不散，以后迟早也会散。"

陈眠这边毫不在意，但沈域没能做到。

大二刚开学不久，沈域来陈眠的学校陪她上课。两人走在路上，沈域只是因为回消息落后了陈眠两步，就看见刚军训完的大一新生拦住了他的女朋友，结结巴巴地问她能不能加个联系方式。

沈域当时就笑了，直接上前揽着陈眠的腰，问："学弟，你学姐被男朋友管得挺严的，要不你换个人再问问？"

那学弟一下子就愣住了，反应过来面前这个人是陈眠的男朋友后，有些尴尬地跑开了。

沈域看着陈眠的表情，显然这种事发生过不止一次两次了。他拧着她的脸，心气不顺地道："挺习惯的啊，你被拦过几次啊？"

陈眠拍开他的手，拉着他上楼梯，一边找上课教室，一边敷衍着对他说"没几次"。

沈域压根不信，后来但凡有空闲时间就跑来陪陈眠上课。帅哥本来就引人注目，帅哥美女的组合更是让人难忘，沈域的存在感直接强到让大家都知道法学专业的陈眠有一个占有欲超级强的男友。

大四那年，他们恋爱时间接近四年，沈域家人都知道陈眠，只是迟迟没有见过面。这一年沈域他爸妈由于工作原因来了京北，停留了半个多月。沈域带着陈眠跟他们见了一面，去之前沈域对她说了无数次"不用紧张"，结果发现最紧张的人是他。

他手心都出汗了，甚至设想过一旦他爸妈让陈眠难堪的情况出现时，他该说些什么、该怎么表态，最坏的结果是吵一架然后直接带着陈眠走人，反正户口本都被他带出来了，随时可以领证，谁也管不着。

结果没想到，他爸妈没给他发挥的余地，十分和蔼地对陈眠说自己儿子脾气不太好，让她多担待。

沈域和陈眠都愣住了，陈眠纯属是被沈域影响了，再加上在宿舍无聊的时候她跟舍友们一起看了肥皂剧，还以为沈域的爸妈会说"给你五百万元，离开我儿子"之类的话，没想到沈域的爸妈这么和蔼。

直到从餐厅回公寓的路上，沈域妈妈给他打了一个电话，沈域怕他妈私底下会说劝分手的话，戴上耳机才接通的，结果也没有。

他妈妈在电话那头说："阿域，我看着那小姑娘挺好的，你要是谈恋爱就好好谈，对人家姑娘好一点儿。过年带着小姑娘回来一起吃饭，知道了吗？"

挂断电话后，沈域把车停在路边，盯着陈眠看了挺久。

看得陈眠忐忑了起来，问："你爸妈让我们分手吗？"

沈域故意逗她："嗯，怎么办？我要净身出户了。"

陈眠"啊"了一声，从包里拿出手机，看了下自己的存款，才松了口气："当初卖房子的钱我没怎么花，一部分存了定期理财，另外一部分买了基金跟股票，还有做兼职的钱加起来……嗯……应该够我们花一阵子。但是我还打算读研，你可能要……"

"辛苦点儿"四个字没说出口,她就被人拽进了怀里。

沈域闷笑了一声:"没想到,我还能吃我女朋友的软饭。"

陈眠皱着眉:"你严肃一点儿呀。"

"骗你的。"沈域没再逗她,"我爸妈让我们赶紧结婚。"

结果最早结婚的不是陈眠跟沈域,而是赵莉莉跟刘俊杰,他们几乎是毕业证跟结婚证一起拿,先领证,才回绥北办酒席。

陈眠作为伴娘,提前一周回去帮赵莉莉筹备婚礼上的事情,沈域那阵子有事情要忙,只能抽出当天的时间回去参加婚礼。

按照绥北的习俗,婚礼前需要祭祖。赵莉莉妈妈拿给陈眠一把红伞,说:"妹妹啊,一会儿撑着这把伞主要遮住莉莉的脸,不能让她被太阳照到,一直撑到祠堂门口就可以了。"

伞看上去像是影楼的拍摄道具,但上面镶嵌的金、玉是实打实的。陈眠举着伞从赵莉莉家楼道一直撑到车门前,祠堂和她家之间只隔几条巷子,下车后又一路撑到祠堂门口。赵莉莉穿着红色旗袍,脚上是一双洞洞鞋,颇为疲惫地对陈眠挥挥手:"宝贝,你在外面等我哦,我很快出来。"

陈眠笑着点头,收起伞后百无聊赖地四处张望,祠堂牌匾上写的赵氏祠堂,据赵莉莉所说附近住着的人家都姓赵,大家都是土生土长的绥北人,算起来都是沾亲带故的。祠堂门口两个石狮子上的红绸都是住这条街的赵姓人帮忙挂上的。

她等在门口的时候,隔壁出来晒衣服的阿姨看到她手里的伞,凑过来问她是不是赵莉莉的朋友。

陈眠刚点头,沈域的电话就打过来了。他这会儿还在京北,明天下午的飞机飞绥北,利用休息时间来参加婚礼。赵莉莉曾开玩笑地对陈眠说,估计沈域是认为穿伴娘服的你太漂亮,担心会被别人勾搭走。

赵莉莉发来这条语音的时候,陈眠正跟沈域在公寓里看电影。沈域听见后,整个晚上都学着赵莉莉的语气对陈眠说,万一别人勾搭你怎么办?

余音绕梁,直接导致陈眠好一阵一闭上眼,耳边就是沈域问她怎么办的声音。

然而这会儿她接起电话,那头的人却异常正经,问她吃饭了没。

陈眠最近都是住在赵莉莉家,陪她在婚礼现场彩排、吹气球、装点房间,几天下来已经被赵莉莉父母当作自己人了,不再像刚来时不停地问她饿不饿、累不累。现在她都是按照他们家的时间吃饭,得等赵莉莉从祠堂出来后才能回家一起吃饭。

早上五点化妆师就过来化妆了,陈眠是跟着赵莉莉一起起床的,这会儿抱着伞等待的陈眠困得直揉眼睛:"还没,我觉得结婚好麻烦。"

沈域在电话那头笑:"规矩多才比较麻烦,要是他们当初选择在沪城办婚礼,就简单很多。"

这倒也是,赵莉莉跟刘俊杰当初跟家里提议过在沪城办婚礼,结果被全票否决,理由是离开绥北就忘了根,两边家长都在绥北,怎么可能跑去沪城办婚礼,就回绥北办。

"没办法,今天莉莉因为流程太多跟她妈吵了好几次架了。你明天直接来婚礼现场吗?"

"嗯,你到门口接我?"

"可能会没空。"正说着话,隔壁屋里出来几个拿着鞭炮的叔叔,拿着打火机正准备点燃,看见陈眠后,他们冲她挥手,示意她站远一点儿。

陈眠只顾得上捂住耳朵,忘记提醒电话那边的沈域,鞭炮炸开的噼里啪啦声就震耳欲聋地响了起来。

沈域戴着耳机给陈眠打电话,因为平时陈眠说话的声音不大,他音量开得挺大的。他被突然响起的鞭炮声吓得一激灵,耳膜都疼了。

"……陈眠。"

陈眠没听清沈域的声音,整个人躲在石狮子后头,鞭炮的红纸炸得四处乱飞。不少出来看热闹的小孩在地上捡起红色纸屑往同伴身上丢,说:"天女散花咯!"

赵莉莉在鞭炮声渐歇的时候出来了,将迈过门槛时,陈眠急忙对沈域说再见,没忘记自己的使命,急忙撑起红伞跑过去遮住赵莉莉的脸。赵莉莉父母还在祠堂里面,赵莉莉累得只剩下气音:"走吧,眠眠,我爸妈让我们先回去吃东西,他们晚点再回来。"

陈眠难得好奇地问她:"为什么不能晒到太阳啊?"

赵莉莉同样疑惑,说:"谁知道呢,我妈还说回去我要缠上放满百元钞票的红腰带,我上学的时候都不见她这么大方。"

陈眠"嗯"了一声:"好多规矩。"

"我是没办法,需要爸妈赞助买房的人没什么话语权,婚礼现场都不能选自己喜欢的桌布,我只能寄希望于你的婚礼了。除了你,应该没人能左右沈域那种大佬吧?"

"还早着呢。"

话题就这样扯开了,回到赵莉莉家,陈眠也没能闲下来,吃完饭就陪着她给来宾打电话挨个确认到场时间。

房间里四处都贴着大红色的"喜"字,哪里都是喜气洋洋的。

赵莉莉家的亲戚抱着小孩不停穿梭在客厅和赵莉莉房间之间,小朋友拍着手说"新娘子好漂亮"。

陈眠没什么亲戚,爷爷、奶奶、外公、外婆都去得早,自从陈宋破落后,那些亲戚根本不和他来往，看见他恨不得绕道走，阮艳梅跟娘家人来往也不多，没离婚的时候都没带过陈眠回自己娘家走亲戚，更何况是离婚后。

这种热闹在陈眠看来既陌生又有趣。

其他三个做伴娘的女生是赵莉莉的大学同学，被赵莉莉叮嘱过要多照顾陈眠。喜庆的场合里女孩们交朋友的速度也快，她们见陈眠一个人站在那里，就拉着她一起拍照、聊天，一直到接亲的车停在赵莉莉家的楼下才停下聊天。接亲的队伍一来，赵莉莉家就变成了炸爆米花现场，拍门声跟喷彩带、礼炮的声音直接让整个空间都陷入4D环绕声效里。

陈眠根本没怎么动弹，手里都被塞了很多红包。

陈眠看着刘俊杰在衣柜里找到被藏起来的婚鞋，蹲在赵莉莉面前给她穿上，在周围的吵闹声中笑着看向她，憋红了脸才顺着周围起哄众人的意喊了一声老婆："老婆，我发誓以后一定会对你好的！"

曾经嘴欠的前桌男生和开朗爱笑的好友终成眷侣，陈眠却在刹那间红了眼眶。

来参加婚礼之前，沈域刷到过参加好友婚礼哭到说不出话的短视频，还像预言一般对陈眠说她也会哭。

那会儿陈眠完全无法理解，问沈域："这是她最幸福的时候，有什么好哭的？"

直到这个时刻，她才明白正是因为这是她最好的朋友最幸福的时刻才感动。

曾经站在教室讲台上举着话筒说着希望能一直跟她做朋友的女生，此刻穿着最漂亮的旗袍、化着最漂亮的妆、成为最漂亮的新娘嫁给最心爱的人。时间像是被切割成了很多块，每一块都是五彩斑斓的回忆的片段，这些片段里都有着赵莉莉的身影。

在陈眠从高一到高三这段最灰暗无助的时光里，是她让陈眠所感受到了为数不多的温暖。

凌晨时分，陈眠去了酒店。赵莉莉怕她尴尬，专门为她开的单人间。

她辗转反侧怎么都睡不着，于是给沈域打了一个视频电话。

那边的人接得很快。他正在处理工作，注意到屏幕里女朋友满脸的不开心，就放下鼠标，拿着手机正对着自己的脸，问："怎么不开心了？"

陈眠靠在床头，忙了一整天，嗓子都是哑的："就是有些恍惚，觉得时间过得好快，好像昨天还是高中生，今天莉莉就要结婚了。"

沈域立马说："我们也可以立马结婚。"

陈眠想起赵莉莉白天说没人能左右沈域，于是顺着沈域的话问他："那我们的婚礼在哪里办？"

沈域把问题抛了回去，问："你想在哪儿？"

"嗯……除了绥北,哪里都好。"

"行,那就来一场除了绥北之外的全国巡回婚礼,每个城市办一场,怎么样?"

陈眠被沈域逗笑,又聊了一会儿,即使手机快没电了,也没舍得挂断视频。

陈眠给手机连上充电线,放在床头对着自己的脸,昏暗的光线中迷迷糊糊地对沈域说"晚安"。

沈域还没忙完,摘下眼镜,对已经闭上眼的陈眠轻轻"嗯"了一声。

第二天依旧很忙,在婚礼上陈眠负责给新郎、新娘送戒指,而且还要作为新娘的好友发言。

这时,伴郎、伴娘都要在外面迎宾。陈眠穿着高跟鞋在外面站了半小时,脚都麻了,请来的婚礼主持人找不到赵莉莉父母,陈眠又踩着高跟鞋在整个场子里打电话。

她俨然成了最忙的那个人。

姗姗来迟的沈域没能找到女朋友,电话打过去也没人接,还是刘俊杰的朋友往里指了下:"她在里面忙呢,你进去就能看见人。"

沈域的座位被安排在陈眠旁边,那一桌都是绥中的同学,沈域基本上很熟,大家聊着近况又谈起高中时期的事情,他懒散地靠在椅背上扯了下唇角,权当作陪。也不知道是赵莉莉还是刘俊杰的亲戚凑过来问他有没有女朋友,桌上的人笑着指向忙得团团转、穿着伴娘服的陈眠,说:"他女朋友在那儿呢。"

临开场,陈眠终于有空在沈域身边坐下,喝了口水。

沈域看了一眼她的高跟鞋,下意识地弯腰要帮她揉脚踝,陈眠及时往后缩回腿,握着他的手腕阻止他的行动,说:"你别。"

粉色纱裙是吊带的,腰部装饰了一圈白色的立体小花,裙摆长度到脚踝的位置。造型师将她的头发盘了起来,两边各夹了粉色的小花发夹,妆容精致却不浓艳,沈域看得有些挪不开眼。

他很少看见陈眠穿裙子,尤其是粉色裙子,更是罕见。

沈域盯着她看了好一会儿,才直白地夸道:"今天的你很漂亮。"

他秀恩爱从来不避着别人,周围人起哄,他也无所谓,在京北的时候陈眠就已经习惯了,但这会儿在赵莉莉婚宴上,周围都是老同学,她有些不好意思:"沈域,你……"

她话还没说完,就看见门口处赵莉莉的朋友对自己招手让她赶紧出去。

陈眠只好把自己的包塞到沈域的怀里,说:"那边叫我,我先过去了,一会儿再来找你,看好我的包。"

新人进场的环节,彩排过无数次,然而站在门口听着舞台上的主持人说贺词,与此同时灯光暗了下来，屏幕上放起了提前拍摄的婚礼纪录片，婚礼必备曲目《慢慢喜欢你》跟着响起来，在气氛的烘托下，陈眠没忍住掉了眼泪。

陈眠看着那扇门慢慢打开，穿着白色婚纱的赵莉莉被她父亲牵着一步步往通往舞台的台阶走去。接下来的动作完全是机械化的，陈眠基本是下意识地跟着其他伴娘、伴郎走在赵莉莉的身后。

然后被浑浑噩噩地拉着退场，直到陈眠再次坐到沈域身边，被他握住手，用柔软的纸巾轻轻擦掉脸上的眼泪，她才勉强平静下来。

音乐已经换成了相较欢快的纯音乐，主持人幽默地讲述着新郎和新娘认识的过程，说着他们鸡飞狗跳的高中生活和互相陪伴的大学时光。

所有人都在看着新郎和新娘，沈域却只看着陈眠，不时地给她擦着眼泪。

陈眠上台讲话的时候，声音也在发抖。

台下坐着的新郎、新娘的亲朋好友好像都成了高三教室里共同奋斗的同学。

而她手里的话筒是当初她没能拿起对赵莉莉说心里话的话筒。她深呼吸了一次，然后看着站在旁边，眼眶同样湿润的赵莉莉，慢吞吞地开了口。

"高一我们就认识了，在三年的高中时光里是最亲近的朋友，我沉默寡言、性格冷淡，她就如同一个小太阳一般照耀着我，我一直相信她一定能够获得幸福。莉莉，新婚快乐，你是最漂亮的新娘，也会是最幸福的新娘。

"高中的时候你对我说，想跟我做一辈子的朋友，那时候我没有对你说，你一直都会是我最重要的朋友，希望所有的幸运都会青睐你，也希望哪怕到八十岁，莉莉也始终是最快乐、最幸福的莉莉。

"新婚快乐，我最好的朋友。"

赵莉莉的婚礼结束后，越来越多的身边人打趣陈眠，问沈域有没有什么行动，他们打算什么时候结婚。

其实结婚这个话题，陈眠跟沈域聊过不止一次。

有时候前一秒两人还在说晚上吃什么，下一秒就绕到结婚上了。

沈域相当直白，说："我对结婚的所有期待都源于对象是你。"

在跟沈域恋爱期里，陈眠不止一次想过有朝一日两人一同迈入民政局大门的画面。一直以来，婚姻对陈眠而言，负面印象更多。

成长中的所见所闻让陈眠对婚姻产生不了美好的向往，甚至一度认为婚姻跟自己没什么关系。

直到和沈域恋爱后，陈眠才明白向往婚姻的真正原因在于渴望和对方携手到老，合法合理地参与进对方的未来里。

在跟沈域的恋爱中，陈眠最大的改变是学会如何表达内心的想法和情绪，对于喜欢和不喜欢、想要和不想要，不再闭口不提，这些都不再是难以启齿的事情。

对于沈域所说的话，陈眠给出的回应直接且简洁："我也是。"

于是，陈眠就认为沈域的生日就是两人领证的日子。

在那段时间里，床头柜里放着他们两人的户口本，随时拿上就可以直奔民政局，无须征求任何人的意见。

沈域生日前，五月十九号，陈眠提前忙完所有事情，带着行李上了沈域的车。

这是沈域提前说好的，他不要什么生日礼物，只要到了生日那天，陈眠完全听从他的安排，而第一件事就是带上行李跟他逃跑。

陈眠真的什么都没问，默默系上了安全带。

沈域看着陈眠拿手机拍摄像咸蛋黄一样的落日，就故意吓唬她："你就不怕我直接把你拉去卖了？"

陈眠收起手机，打了个哈欠："卖吧。"

"听你这语气像是吃准了我舍不得。"

"没。"她上了一整天的课，困得睁不开眼，懒懒地道，"这是出于对你的信任。就算是卖，也应该会卖个好点的人家，就卖给能帮我写论文的家庭吧。"

开车的沈域没忍住笑，在红灯亮起时，缓缓停下车，顺手戳了一下她的脸："还没到晚上，怎么就开始做梦了？"

他们聊天的内容大部分是漫无边际的。

起初陈眠还能强撑着精神陪他聊几句，但随着车里音乐越来越抒情，天色越来越暗沉，她就忍不住跌进了梦乡。

她做了一个奇奇怪怪的梦，梦见自己跟沈域都变成了小狗，被养在宠物店的笼子里，每天面对着面。沈域是一只威风漂亮的萨摩耶，她不知道自己是什么品种，但沈域在她的视角里格外威武，她便猜测自己可能是一只小型犬。

梦里的沈域冲她叫唤个没完，好心的店员打开笼子，他就往自己身边凑，吐出舌头舔自己的脸。有一天，店里来了两个顾客，分别买走了他们，沈域叫得撕心裂肺，就跟电视剧里活生生被拆散的情侣一样。

这么荒诞的梦，陈眠却难受到心脏都抽痛了。不知过了多久，他们终于在宠物医院相逢，她被抱着来打疫苗，看见沈域来做绝育。

醒来的时候，她满头大汗，下意识地摊开手，紧接着松了口气。

旁边的沈域看到她的反应，好奇道："你梦见什么了？"

陈眠呼吸尚未平复，盯着他的脸说："梦见你变成狗，被主人拉着去做绝育。"

沈域觉得匪夷所思，看向自己女朋友："你就不能盼我好吗？我过生日，你跟我说这些，你自己觉得像话吗？"

陈眠自知理亏，默默闭上嘴，这时候才听见起伏的潮声。

天色已经完全暗下去了，手机显示时间是晚上八点。陈眠往窗外看了一眼，才发现他们在海边。

沈域颇为绅士地替陈眠打开车门，扶着她下了车。他们牵着手沿着海岸线漫无目的地往前走。

潮声里，沈域仍在计较："你是对狗有什么特殊情结吗？"

陈眠辩解："那只是个梦。"

沈域冷笑一声："梦是现实的真实投射，听说过吗？"

"梦跟现实是相反的，我梦见你变成狗，说明你现实里确实是人。"话说完，陈眠发现对面的人唇抿得更紧了。正是夏日，沈域穿着黑色短袖、短裤，从车上拿来的鸭舌帽被他随手扣在头上，帽檐都是偏的，脖子上挂着他去年生日时陈眠送他的项链，是她做的一个莫比乌斯环，上面刻着两人名字的缩写。

圆环随着他伸手的动作晃来晃去，他没多说什么，直接搂着陈眠的脖子把人揽进怀里，只用一只手就轻巧地禁锢住她的双手，另一只手直接朝她腰上伸去，痒得陈眠笑着求饶。

沈域根本不听，相当嚣张地问陈眠："确实是人，你就这么跟你要过生日的男朋友说话？你要是不做这个梦，还发现不了我是个人？陈眠，你不老实啊。"

陈眠左右闪躲，又被沈域牵制住。两人在沙滩上打打闹闹，浪潮拍打着陈眠的脚踝又很快退去，陈眠穿着凉鞋的脚背被弄得很痒，像是被人用羽毛扫过。

她力量不如沈域，却熟练掌握制服沈域的方式——钻进他的怀里笑着撒娇，嘴里甜甜地喊着"沈域""阿域"。

沈域不依不饶，甚至继续控诉："阿域听着像狗名。"

陈眠说："我要告诉叔叔、阿姨。"

沈域说："告诉他们，你梦见我是狗？"

陈眠摇头："告诉他们，你说他们给你取的是狗名。"

"你去告状，我妈只会对你说一句话。"

"什么？"

"抬举他了——我妈会这么跟你说。在他们的认知里，说我的名字是狗名，都算是留情面了。你知道我爸叫什么吗？"

她还真不知道，问："什么？"

"沈正义，我爷爷取的，我爸当初用离家出走威胁我爷爷都没能争取到改名权。"

不过，既然沈域的爸爸叫沈正义，那陈眠就好奇了，问："你怎么没叫沈和平？"

沈域瞥了她一眼，说："你跟我爷爷认识吧？当初我妈怀我时，我爷爷真说男孩叫和平，女孩叫芳芳，我妈死活不答应，说这名字会让肚子里的孩子一辈子抬不起头。我爸为了我，翻了很久的字典，跟我爷爷商量男孩叫沈域、女孩叫沈玉，我爷爷才作罢。"

沈域说起来轻描淡写的，但陈眠听着想笑，但看他一副"你给我认真点，不然我要生气了"的模样，便轻咳了一声，又伸手揉了揉他的头发，学着他平时安慰自己的语气安慰他："比起沈和平，沈域已经很好听了。"

沈域："……"

并没有被安慰到，谢谢。

这么一路打打闹闹，陈眠也就忘了问他他们来海边到底是要干什么。

她的脚上沾满了沙，走几步脚底磨得慌，拎在手里的凉鞋还被沈域接了过去。

"想不想喝椰子水？"沈域问。

陈眠摇摇头，莫名其妙地接了句："水秀山明。"

沈域："……明知故犯。"

"犯……犯上作乱？"

"乱七八糟。"

陈眠接得飞快："糟糠不厌。"

这成语接龙根本不知道从何而起，身为理科生的沈域沉默了半天，也没想起以厌字开头的成语。陈眠晃着他的胳膊催他："厌，厌打头的成语你不知道吗？"

"嗯……你可以说，厌难折冲。"

沈域偏不："你怎么不说糟糠之妻？"

陈眠挺好说话："糟糠之妻，你就接得下去吗？那我说糟糠之妻。"

"妻荣夫贵。"沈域手里拿着鸭舌帽，额发被风吹乱。他牵着陈眠的手，这个突然开始的成语接龙游戏都能被他说出花来，"这个词就是我现在的状态、我的真实写照，麻烦打印出来贴在我的脸上。"

陈眠笑弯了腰，沈域却忽然伸手捂住她的眼睛。

她的笑容立马停了，仿佛意识到了什么。

沈域从裤子口袋里拿出嗡鸣不止的手机，陈眠没有老实地闭上眼睛，她的睫毛扫得他的手心都痒了起来。沈域只好收回自己的手，用鸭舌帽挡住她的视线，又把人搂进怀里，确定她什么都看不见后，才接通电话，懒洋洋地冲着那边的人说了声"嗯"。

咸腥的海风吹了过来，陈眠的心跳声大得几乎掩盖过浪潮声。

身边有很多人问她，最近沈域有没有什么不一样的地方，甚至无比笃定地对她说，沈域这种非常注重仪式感的人绝对会求婚。

陈眠当然也这么认为，只是沈域一直没动静。刚到海边时陈眠估计就是现在，但沈域跟她打闹，开玩笑，没有表现出任何异常。

于是她又想，看来不是求婚。但现在，她的眼睛被遮住，又被拉进他的怀里，隔着帽子听见他强劲有力的心跳声，计时器倒数终于到达了终点。

不是丁零零的声音，而是火线被点燃发出的刺啦声，持续了一秒不到，变成了震耳欲聋的砰砰砰。

沈域在这个时候松开她。

无数烟花绽放在海平面上，点燃了漆黑的天空，像是在变魔法。

此刻的场景和高考后去海边玩的场景慢慢重合。只不过那时，除了他们两人，还有游淮、陈茵他们。

而现在，除了看不到尽头的海岸线、无数燃放的烟花、翻滚的浪潮，她能看见的人只有沈域。

陈眠猜想，沈域扣着她手腕的手绝对能感受到她剧烈的心跳。

她呼吸都急促了起来，烟花的斑斓色彩映在沈域的脸上，那双漂亮的桃花眼里仿佛有彩虹乍现。

"陈眠。"他喊了声她的名字。

陈眠"嗯"了一声，然后就听见沈域笑着对她说："距离我生日还有两个半小时。这两个半小时里，开始是放烟花，再往前走有乐队演出，欣赏完乐队的演奏是十点半，然后我会带你回酒店，酒店房间正对着海边，其间我会跟你聊天或者做些其他事，但到十一点半我会停下来。因为这个时候，我预约的无人机表演开始了，我会用它向你求婚，问你要不要嫁给我。

"所有的安排我都告诉你，因为我发现浪漫有点儿多余，我要你不是因为感动，纯粹只是因为想答应我而答应我。

"所以我提前两个半小时问你，给你两个半小时时间去思考，是要对我说'生日快乐'，还是'好'。"

他话音落下的时候，烟花熄灭，所有的光亮都消失了，一切回到黑暗之中。

陈眠悄悄勾唇，问他："你求婚的时候，只会问我要不要答应吗？"

沈域没听明白陈眠的意思，他其实紧张得不行，看似从容不迫的冷静模样全是强装出来的，有些疑惑地问："还要问什么？"

陈眠拉住他的手，摸到他手心的潮湿："你不先问我，今天开不开心吗？"

陈眠像是在教他。

沈域是最听话的学生，她说什么他就跟着问什么："今天你开不开心？"

"那我会回答你，和你在一起的每一天都很开心。"她的声音温柔却坚定，"然后你该问，你爱我吗？"

沈域这个时候已经意识到陈眠要说什么了。

他嗓音都有些哑："你……爱我吗？"

陈眠拉着他的手，贴住自己的胸口："那我会跟着我的心跳声一起对你说，爱的，只爱你。紧接着，在这个时刻，你才应该问我你想问的那句话。"

怦怦怦，不是烟花，是她的心跳声。

所有他安排的浪漫都比不过陈眠简单的几句话。

沈域觉得心里像是有把火在烧，烧得他喉咙干渴。

"陈眠，你要不要嫁给我？"

"好，那就在一起。"

一模一样的答复。

当初她问沈域要不要在一起时，沈域对她说的话，她在这个时候还了回去。

陈眠觉得自己还是不够勇敢，不够坦诚，不够完美。未来的路很长，她远远没有到达她当初所想的顶点。

但她选择了慢慢来，未来还有很久，他们还有那么多的时间去成为自己想要成为的人。

"现在，像是你所想象中的幸福故事的结局吗？"

"不像。"

"你能给点面子吗，陈眠？"

"故事里的幸福结局不会这么黑，沈域。"

"那不是烟花放完了吗？要不等会儿回了酒店，无人机表演开始了，我再问一遍。"

"遍地开花。"

"……这个时候你还玩成语接龙？"沈域简直服了，但还是下意识地接了一句，"花团锦簇。"

"簇锦团花。"

"这是成语？虽然我是理科生，但你别骗我。"

"你上网查一下就知道了。"

"行，那我们就用'花团锦簇''簇锦团花'一直循环到你说的故事结局。"

话音刚落，老天爷像是故意跟他作对似的，忽然下起了雨。

滂沱大雨让沈域直接傻眼了。

陈眠笑得整个人都在抖，雨点打湿了她的头发和衣服。

"沈域，你的无人机飞不了了，乐队也没办法表演了。"

"明天再飞也一样，反正你今天已经答应我了。比起考虑这个，站在大雨里跟我说这些，你傻不傻啊，跑啊——"

他拉着她的手腕，带着她在大雨中往酒店跑去。

陈眠在奔跑中抬起头，仿佛重回了高一时，公交车站台的那个雨夜。

他朝她伸出的手，跨越了这么长时间，终于变成了一起坚定往前的十指相扣。

番外一
「沈域生日」

1. 记忆倒带

沈域出生那天天气不错，他爷爷说这是个好兆头，代表他会一生顺遂。五岁之前，他是一个调皮捣蛋的小屁孩，每次闯祸，他妈都从千里之外打电话回来教训他，他会扯着嗓子重复他爷爷的话，说："妈妈，你不能这么说我，爷爷说我出生那天是好兆头，我是家里的小福星呢。"

六岁上幼儿园，沈域发现好兆头几乎人手一份，他就没再把不再独特的东西挂在嘴边。那会儿游淮没和他读一个幼儿园，只有迟盛每天跟他一起玩，迟盛被老师单拎出来教育的时候，沈域被小朋友们围着喊老大；迟盛被他爸妈在幼儿园门口教训的时候，来接沈域回家的司机帮他拿起书包。

迟盛对他的羡慕从幼儿园开始，等上了小学，迟盛也不再说羡慕了，因为看似拥有所有老师喜爱、被同学簇拥的沈域，其实很孤单。这种孤单在小学生看起来格外可怜，儿童节的时候，他和游淮分别被各自爸妈带去游乐园玩，而沈域却在上培训班——没人带他去游乐园玩，也没人给他买玩具。

但沈域表现得对这一切都不感兴趣，他很少对朋友提起自己的父母，等到了小学毕业，他没再和爷爷住在一起，而是给他爸爸打电话说要自由。他说："我不要什么第一名的奖励，我只想要自由，我想一个人住。"

他家里人都是奇人，换作是别的父母绝不会放心尚未成年的初中生一个人生活，但他爸妈一口答应了下来。于是，沈域开始了独居生活，他住在别墅里，只有节假日才会去找爷爷，偶尔他爸妈会过来看他一眼，可当他们发现他一个人确实能过得挺好的，就逐渐减少了过来的频率。

游淮和迟盛每次跟家里人吵架后，都会来沈域的别墅避难，到这种时候，他们又会对沈域说羡慕，在他们看来，沈域不被家里人束缚和念叨，自己想做什么就做什么，只要不影响成绩、不做错事，就算他请假一周，不去学校都没人管他。没人管可太酷了。

沈域对此不置一词，他一直挺酷的，跟谁的话都不多，他的表达欲是在日复一日的独处中降低的。他偶尔会在夜晚醒来，看着窗外从一片漆黑慢慢到晨光初现。

他在吃饭的时候会开着电视，看书、写作业的时候就开着音乐。

他不是讨厌寂寞，只是不喜欢这么安静。

沈域有时候觉得一直这样生活下去也不错。放着当背景音乐的电视里时常放一些情情爱爱的肥皂剧——以"你爱我，但我感受不到你对我的爱，所以在我看来，你不爱我"这种看似复杂、实则简单的逻辑演七八十集电视剧，沈域觉得爱能让这么多逻辑有问题的人吃饱饭也挺伟大的。

但爱跟他沾不上边。他读初中的时候，他爸得了肠胃炎住院，他爸给他派来的司机跟他说了这事，那时候沈域说的是"我学的是初中知识，不是医学知识"。

他的言外之意就是"即使我去，又有什么用"。

负责沈域出行的司机一度认为沈域是一个冷血动物，直到陈眠的出现才让他对沈域的印象有所改观。

那是高一开学一个月后的某个雨夜，司机开车送沈域回家，行至半路，游淮忽然给沈域打电话求他去学校旁边的咖啡厅帮忙埋单。那会儿雨下得没完没了，沈域本来没打算去，但架不住游淮在那头不依不饶，他只好让司机掉头，到咖啡厅时看见电话里伏低做小的游淮正和他的青梅陈茵一起吃饭。据游淮所说，自己是点完单才发现钱包落在学校了，游淮邀沈域一起吃饭，沈域拒绝得很干脆。他撑着伞从咖啡厅走出来，准备上车时，看见了狼狈的陈眠。

在此之前，沈域在学校也见过陈眠，他之所以对她印象深刻，抛开长相漂亮这一点，更多的是因为陈眠的性格。他觉得陈眠很有意思，他见过她三次，每一次都比上一次印象更为深刻。

第一次是开学后的"国旗下的讲话"，学校找来电视台记录给贫困生捐款的感人时刻。在一群低着头的人里，只有陈眠站得笔直，从校长手里接过东西时嗓音清亮地说"谢谢"。他从周围人细碎的议论声中听见了她的名字——陈眠，一个很有意思的名字。他那时想，这姑娘是睡不醒吗？不然怎么取这个名字。

第二次是在便利店门口，他身边人来人往，而她站在门口阴凉处，低着头在等人，校服裙遮住了她的膝盖，裙摆被风吹得来回轻荡，在沉闷的夏日午后，她像是掉进气泡水中的冰块。沈域不由自主地多看了她一眼，视线在她白皙的侧脸停留了一瞬，才进了开着空调的便利店。

第三次是体育课，沈域身边有朋友说着想跟喜欢的人表白，一帮人七嘴八舌地出着主意，坐在人群里的他兴致不高地听着，另一只手还拿着一听冰可乐，借着凉意消除燥热，汽水在他手里轻晃。坐在他身边的朋友指着不远处让他看，他抬眸就看见扎着丸子头的陈眠被拦在篮球架下面，对面站着的就是他那位计划表白的朋友，也不知道陈眠说了一些什么，周围围着的那一群看热闹不嫌事大的人一个个面面相觑，远远看着都能感受到尴尬气氛，而当事人陈眠则若无其事地拉着她身边的朋友径直走开了，非常洒脱，也非常有个性。

陈眠是一个很有意思的人，也是很难得让沈域产生兴趣的女生。

而在公交车站，陈眠换了一个方式出现在他的面前，她淋了一身的雨，校服紧贴着身体，外套的拉链都往下滴着水，手肘和膝盖都有擦伤，看起来狼狈至极。沈域站在车站避雨亭下连鞋面都是干净的，远远看着陈眠朝自己跑来。

步伐越慌乱越容易出错，她在距离公交车站几步之遥时忽然摔了一跤，暴雨劈头盖脸地砸下来，她低着头，似乎摔疼了，久久没有起身。

沈域也说不清自己是怎么想的，身体似乎不受大脑控制，朝她走去成了身体发出的唯一指令。他在暴雨中走到她的面前，将伞面朝她倾斜，然后朝她伸出了手。

2. 陷入

沈域无比确定，两人相处的初始，喜欢跟爱都是不存在的，只不过是枯燥无味的生活里多了一个有意思的存在。陈眠跟别人都不一样，她需要他，但又根本不在乎他，可即便如此，她也没办法离开他。这种关系让沈域愉悦至极，在他看来，人和人之间的关系越复杂才能越长久，像只有解不开的死结才会紧紧缠绕。

作为优等生的沈域当然明白，这种关系不正常也不健康，但那又怎么样，他算不上是道德感强的人，既没有在路边扶老人过马路的经历，也没有喂草丛里的流浪猫、流浪狗吃东西的兴趣，他对身边的人或是事物的关心仅限于自己在意的范围之内，而这个范围一直小得很。

比如朋友，他看似朋友无数，但真正在意的只有游淮跟迟盛这两个从小玩到大的朋友。

至于其他人，他无所谓。

从高一到高三，他在接近三年的时间里对陈眠有求必应，这已经是不可思议了。

他们在学校保持着陌生人般的关系，又在踏出校门后成了两只抱团取暖、排解寂寞的小兽。

沈域想，就这样也不错，人和人之间的关系本就脆弱得不堪一击，用钱就能换来的陪伴让他感到自己也不是那么寂寞，起码，他也是有人陪伴的。

可他那时并不明白，一段感情的开始，便是对一个人产生需求。他开始在陈眠不在身边的时候感到寂寞、孤单，会在吵闹的聚会中丧失玩闹的兴趣，看着吵吵闹闹的朋友们忽然想起陈眠。他会想，如果陈眠在这里，她会不会刚坐下就对他说，沈域你真的很烦。

他开始更频繁地联系陈眠，用着各种借口骗自己又骗她，说是一起写作业，用自己的强项辅导对方的弱项。开着灯的书桌前，他总是会分神，会在陈眠困得趴在桌上睡着时，忍不住伸出手碰她的脸，看她因抗拒而下意识皱起的眉，会忍不住笑。那时游淮给他发来消息问他要不要出来玩，他一口拒绝。

游淮好奇："你一个人在家，不无聊吗？"

很多过往相处的积累在这一刻完成质变。

沈域也就是在这个时刻彻底认识到，他并不是成长到了害怕孤单的年纪，只不过是习惯身边有人陪伴之后，才发现一个人生活确实寂寞。

高二那年的圣诞节，学校组织活动，每个教室里都张灯结彩，同学们拿着罐装的喷雪泡沫互相攻击，沈域从喧闹不止的教室里走出来，看见围栏外和跟朋友走在一起的陈眠。她手里拿了一个苹果，楼上有男生喊着她的名字。

"陈眠，圣诞节快乐！"

楼下的人抬起头，一双亮晶晶的眼睛就这么撞进了沈域的眼里。

从自己班级过来的游淮搂着他的肩膀，顺着他的视线看见楼下的陈眠，问："你是不是喜欢她啊，朋友？"

沈域原本想直接说"不是"，这两个字却在喉咙里停了几秒才说出来。

让几秒的犹豫彻底变成笃定的是在高三时。

在很多个瞬间，理科班教室播放鬼片卡顿的黑暗里、体育馆里篮球停在她的面前时，还有无数个明明被她气到不行，最后还是忍不住朝她走去的时刻，沈域彻底认栽。

于是他明白了，电视剧里分明几句话就能说明白的感情，为什么能拉扯成几十集。

因为一个人是没办法彻底读懂另一个人的，所以根本不知道自己的表白在对方看来是不是象征关系破裂的决绝词，是不是一种负担。

陈眠是所有人里让他最难懂，又最懂的存在。

正因如此，沈域才不受控制地越陷越深。

3. 唯有她

陈眠不知道的事情还有很多。

她不知道自己的草稿本最后一页上曾经有人用签字笔认真地写下祝福。

他写：希望所有好运都陪着陈眠，高考顺利，万事顺遂，从今往后陈眠的人生中全是好兆头。

沈域将爷爷对儿时的他施下的魔法，在十八岁时对眼前的女生施下。

这行字要是被游淮或是迟盛看见，又会嘲笑他是"舔狗"。

——沈域你真的太逊了。

——不是吧，被人追惯了的小沈开始追别人了？

这种话迟盛跟游淮说过无数次，一大半的群聊消息是此类调侃，沈域要么回复"滚"，要么是直接当作没看见。

然而在谢师宴之后，陈眠离开他的那段时间里，再也没人对他说过这样的话，甚至没有人提起陈眠的名字，仿佛"陈眠"两个字成了他世界里的禁忌。

迟盛说天涯何处无芳草，何必单恋一枝花。

这么俗的话只有迟盛那种没文化的人能说出口。

游淮斟酌再三，最后只是对他说，沈域，你才十八岁，十八岁就是哪怕经历痛苦，依旧能重新走出来，站起来的年纪。

这些话沈域全都不认同，但他什么都懒得说。

他仿佛回到了丧失表达欲的阶段，没有对迟盛和游淮说"不是你们所说的那样"，十八岁、天涯何处无芳草……他统统不认同。

对于他和陈眠，感情不是简单地分为喜欢和不喜欢，它更复杂一点儿，复杂到只有他们能理解彼此，也复杂到他的感情世界里只能装下陈眠一个人。

不会出现别人，也不会再有别人了。

只会是陈眠，也只有陈眠。

这是沈域在十八岁时就彻底明白的事情。

4. 登岛

"吹蜡烛呀,你在想什么?"

女孩子在烛光中朝他挥了挥手。

沈域吹灭了蜡烛。房间归于黑暗的刹那,蛋糕上插着的数字蜡烛"19"也跟着消失在视野里。

"就是想到了一些以前的事。"

"嗯?"陈眠有些疑惑,"什么事?"

"遇见、喜欢、失去、拥有,就这四件关于你的事情。"

"……"

陈眠瞬间沉默,在黑暗中从对面走到他的身边,伸出手抱住他的腰。她放低了声音,听起来像是在哄小朋友,说:"不会了哦,我不会再离开你了。"

空气中充满着蛋糕的香甜味。

近在咫尺的陈眠坐在他的怀里,搂着他的脖子从下颌亲吻到他的唇角,然后双手捧着他的脸,无比真诚地说:"生日快乐,沈域。"

第一次,也是唯一一次给出承诺。

"以后每一年生日,我都会陪着你的。"

沈域轻笑了一声,从口袋里拿出打火机。火光亮起的瞬间,他看着陈眠亮晶晶的眼睛说:"行,从今天开始算,再过三年,三年后记得履行你的承诺。"

三年后,十九岁的沈域满了二十二岁,到了法定结婚年龄。

陈眠蜷起手指,丝毫没有犹豫地点了下头:"好啊。"她忍不住问,"那你刚才许了什么愿?"

沈域说:"就是刚才那个呀。"

十八岁的沈域希望陈眠天天开心。

十九岁的沈域存了私心,想跟陈眠一直在一起。

然后两个别扭的小孩成为一对仍旧别扭可是彼此相爱的夫妻,又从夫妻变成一对携手看夕阳的老人。

这才是沈域所希望的一生顺遂的终点。

番外二
「陈眠生日」

二〇二三年六月一日。

陈眠和沈域领证已经一年了。

婚后,陈眠的生活没有太大变化,她和沈域都很忙碌,尽管如此,两人还是会在一周里空出一天的时间来约会。

今天周四,陈眠一大早就接到朋友的电话,祝她生日快乐。

和刘俊杰都在沪城工作的赵莉莉十分八卦地问:"沈域今天给你准备了什么惊喜?"

陈眠直言:"不知道。"

赵莉莉咦了一声:"你老公怎么可能没动作,之前你过生日,那可都是轰轰烈烈的,你老公那种浪漫达人怎么可能没有表示?"

十九岁那年生日,沈域给她做了一个 VR 动画,融合了各种童话故事的内容,但里面的主角无一例外全是陈眠——小兔子拉住她的手对她说生日快乐,乌龟在她面前跳着舞,粉色鲸鱼在海里跳跃着引路,从荆棘森林一路到海底世界,再从海底世界到达悬崖城堡。

陈眠站在城堡下面,看见高处的塔楼里,窗子里坐着一个长相跟沈域极为相似的王子。悬崖旁边是波澜壮阔的大海,阳光映在海面上,波光粼粼,王子迎着光坐在窗边,语气懒散:"好心人,能救我一命吗?"

陈眠思考了一会儿,才回:"我可以说不吗?"

王子殿下十分不满,说:"你难道没有助人为乐的优良品质吗?"

"助人为乐应该是基于自己有能力的基础之上,你这城堡太高了,既没有门,你也没有长辫子,我实在是爱莫能助。"说完,陈眠扭头就要走。

哪料到王子直接骑着恶龙飞了下来,停在她面前,不满地道:"你这个公主,心眼不太好。"

周围的小动物都反驳他，七嘴八舌地说着她是心地最善良的人。

陈眠被围在中间，感觉自己像是来到了异次元空间。

然而下一秒，面前的人忽然捂住了她的眼睛。

陈眠眼前一黑，周围所有场景都消失时，她听见了沈域的声音响起。

"但是没关系，我就是喜欢心眼不好的公主。生日快乐，陈眠。"

话音落下后，陈眠感觉有什么冰凉的东西被戴在了自己脖子上。

十分真实的触感。陈眠拿下蒙住自己眼睛的手，看见了脖子上的蓝色钻石项链。

沈域财大气粗，也十分有创意，就是项链太招摇，陈眠不敢戴出去，斥巨资买了一个保险箱专门用来保管它。

陈眠的二十岁生日，沈域对照着网上的教程做了一个手账本。陈眠是在宿舍里打开它的，看过蓝钻石项链的舍友们奇怪道："你男朋友今年走朴实路线？"

但陈眠非常喜欢这份礼物，一页页往后翻，每一页都是两人的回忆。唯一美中不足的是，平时话挺多的沈域一旦用起文字表达就变得寡言了，上面只记录了时间、地点，有些照片她都不太记得是在哪里拍的。

最后一页异常鼓起，她即将翻开时，旁边的苏望秋跟其他舍友打赌："戒指，绝对是戒指。"

邓沫茉估摸了一下大小，说："项链送过了，要么是手链，要么是戒指。"

余芋沉思了会儿，说："房产证？"

其余三人齐齐看向她。余芋挠头，说："瞎猜的，瞎猜的。"

结果项链、戒指全是错误答案，沈域直接夹了一把兰博基尼跑车的车钥匙。

旁边他龙飞凤舞地写着：仙女的坐骑，不喜欢就找我换。

邓沫茉倒吸一口凉气："我现在投胎去他们家，还来得及吗？"

苏望秋立马鼓掌："这很'硬核'。"

余芋提出了一个关键问题："眠眠考了驾驶证吗？"

二十一岁那年的生日，沈域稍微收敛了点儿。

他带着陈眠去了迪士尼乐园，本想走浪漫路线，没想到出现了意外——六月一号的迪士尼乐园里全是小朋友。晚上看烟花表演时，周围吵吵闹闹、啼哭不止，两人烟花都没能看完就直接回了酒店。

沈域订的是迪士尼特色酒店，非常有童话风格，但这也让有些事情做起来显得格格不入。陈眠很有心理负担，洗澡时都锁好了浴室门，结果出来后，发现沈域坐在沙发上，拿着手机不知道在干什么。

沈域瞥了她一眼，如同正人君子一般拿起床上的睡衣就朝浴室走去。

陈眠以为这一晚会很平静地度过。两人躺在床上，沈域有些抱歉地问她："今天会不会不太完美？"

陈眠摇头："很好了。"只要和沈域在一起，她怎么过生日都是好的。

躺在旁边的人听见这三个字顿时笑了起来，抱着她，像一只狗狗一样在她的脖子上蹭来蹭去，放在旁边的手机显示时间是晚上十一点五十分。

陈眠对时间没什么概念，只记得沈域拉着她聊了一些有的没的，直到倒计时响起，她才扭头看了一眼手机屏幕。

十二点，六月一号已经过去了。

旁边睡得规规矩矩的人突然转身凑了过来："儿童节过去了，是不是该过成年人的节日了？"

陈眠一愣，下一秒就被人吻得七荤八素的。

第二天陈眠醒来，发现手上多了一样东西，在阳光下一看，发现是戒指。

她的这枚戒指外侧刻着 oracle 这个英文单词。

睡在旁边的人环着她的腰，陈眠拉起他的手，果然看见他也戴着同款戒指，刻着和胸膛上的文身贴一模一样的英文。

——I fell into a deep sleep.

还没完全睡醒的沈域往她怀里蹭了蹭，声音里带着困倦，说："早上好啊，我二十一岁的女朋友。"

二十二岁那年的六月一日，沈域给她办了一场隆重的生日宴会，甚至请了远在沪城的赵莉莉和刘俊杰过来。

沈域是这么说的："明年我满二十三岁，你就要成为已婚人士了，未婚的生活过一天少一天，不得好好纪念一下？"

那一天非常闹腾，大家都喝得烂醉，赵莉莉抱着啤酒杯问刘俊杰，"你怎么变得这么矮小了"，刘俊杰一个鲤鱼打挺从沙发上掉到地上，捂着屁股号得惊天动地，说"赵莉莉，你怎么越来越暴力了"。苏望秋迷迷糊糊地喊着男朋友的名字，邓沫茉抱着张成在他耳边大声唱《舞娘》。

陈眠也是醉鬼中的一员，她没有闹，只是坐在那里不停地问"我男朋友在哪里"，只可惜没人回答她。她等了好久，才看见包厢的门打开，一个和沈域长相相似的人走了进来。她站起身，跟跟跄跄地朝他的怀里扑，结果被人抱了满怀。她闻着他身上的味道，非常不满："你是学人精吗？为什么和我男朋友是一个味道？"

沈域抱着人往沙发上挪，有些好笑地问："是吗，你男朋友是什么味道的？"

陈眠思考了一会儿，才认真答道："我男朋友是我喜欢的味道。"

这个答案还真是无懈可击，沈域被哄得挺开心的，揉了揉她的头发，说："你也只有喝醉的时候比较会说话了。"

陈眠吸吸鼻子，又问他："那你看到了我男朋友吗？"

沈域故意逗她："没啊，估计他走了吧。"

陈眠"哦"了一声，声音立马小了，有些防备地看向他："那你是打算做备胎吗？"

沈域直接笑了，干脆承认："对，能给我个机会吗？你男朋友看着不太行，不如让我上位。"

陈眠头摇得如同拨浪鼓："不行，只能是沈域。"

沈域"得了便宜还卖乖"，问："别人不行？"

陈眠说："不行。"

场上唯一清醒的张成：真能忽悠啊。

二十三岁那年的六月一日，陈眠已经和沈域成了合法夫妻。

沈域依旧十分有仪式感，他带着陈眠去看电影，又在外面吃了饭。回家的路上他问陈眠会不会对今天很失望，陈眠牵着他的手，摇头说"不会"。

结果回到家，刚打开房门就有一只萨摩耶撒着欢朝她扑过来。

陈眠睁大了眼睛，有些没反应过来，看看狗狗，又看看沈域。

自从她梦见沈域变成萨摩耶之后，她就对萨摩耶有着无限的喜爱，跟沈域说了好几次想养狗，但沈域没答应。

他一招制敌，说："你连我都没空搭理，你还想养狗？"

结果冷酷拒绝过她的人现在靠在门边上冲她笑："满意吗，陈律师？"

蹲着不停抚摸萨摩耶的陈眠没忍住笑，说："嗯，谢谢沈总。"

沈总叹了口气："只要陈律师以后能多抽点时间陪我，沈总就很知足了。"

他们给这只狗取名叫椰椰，非常没有创意的名字，喊快了甚至像是在喊爷爷，但陈眠和沈域不在意。

自从养了椰椰，周末的两人出行就变成了两人一狗。

椰椰坐在汽车后排冲着窗外吐舌头，而他们靠在车门上，在落日余晖中接吻。

又一年。

陈眠在硕士研究生毕业后，经过导师的推荐，进了非常出名的律师事务所，每天忙得不可开交。

沈域要比陈眠更忙碌一点儿，他每天都想着怎么降低出差的频率好多陪陪陈眠，结果发现就算自己空出时间，陈眠也没时间陪他。

头一天，沈域就提前跟陈眠说了要给她过生日。

晚上八点半，沈域从公司出来，他开着拉风的超跑停在律师事务所楼下，在接受了无数注目礼之后，终于等来了陈眠。

陈眠朝着他小跑过来，上车后立马开始解释："临时有点事，你没久等吧？"

沈域嘴里的糖都吃完了，有点儿好笑道，"沈太太，你过生日，今天即使给你当牛做马，我也愿意。"

他照旧偶尔"嘴里跑火车"，照旧喜欢搞些小浪漫，车一直往前开，目的地只有他们知道。

这是他们婚后第一年，两人照旧对小孩无感，养了一只名叫椰椰、漂亮懂事的萨摩耶，偶尔会抽出时间出去旅行，也会在醒来后亲吻对方，道声"早上好"。

这一年的六月一号和两人在一起后过的每一个六月一号都差不多。

沈域照旧对陈眠说："宝贝，生日快乐，以及天天快乐。"

番外三
「梦：into you」

"我就想，如果当初你没有放弃我，选择带走我，那会是什么样子。"

  阮艳梅是在陈眠十二岁那年正式跟陈宋提的离婚。
  陈宋眼都没眨，只说"离婚可以，把钱留下来"。
  阮艳梅对陈宋的人品没有任何期待，把包里早就准备好的钱丢在桌上。她和陈宋领完离婚证再度回到这个家，收拾完自己的东西拉着行李箱准备走的时候，陈眠从自己房间走了出来。
  她又小又瘦，看着比同龄小孩要更小一些，穿着一条白色棉裙，慢吞吞地走到她的面前，用一双黑黝黝的眼睛看向她，然后伸手揪着她裙角，声音细弱地说："妈妈，老师说试卷要家长签字，你能帮我签字吗？"
  很乖巧的语气。
  阮艳梅立马听出了她的言外之意，无非就是在说，妈妈你能不能看看我。
  这些天，陈眠缩在自己房间里，一声都没吭，只有吃饭时才出来，吃完饭就溜回房间关上门，甚至没有问"妈妈，你可以留下吗"。
  阮艳梅本想狠心说"妈妈也没有办法"，但不知道为什么，也许是鬼迷心窍吧，在这个瞬间，阮艳梅竟然蹲了下来，面对着陈眠，问："眠眠，你要不要跟妈妈一起生活？"
  小姑娘眼睛瞬间亮了起来。

  后来，阮艳梅带着陈眠改嫁给了林拓。
  陈眠搬进了绥北别墅区，住进了一间装扮成粉色公主房的卧室。阮艳梅让陈眠叫林拓爸爸，陈眠咬着唇怎么都说不出口，林拓笑着摆摆手说"没有关系，慢慢来"。
  林拓是一个很好的继父，或许有钱人从小接受的教育比较好，因而涵养格外良好。这个家里没有争吵声，也没有凌晨时分醉醺醺的骂声。陈眠在这份美好里感到忐忑，她总忍不住想这是不是一个随时都会醒来的美梦。

阮艳梅却已经适应了阔太太的生活，她给陈眠报了很多课外班补习，包括但不限于跳舞、钢琴、小提琴。

她对陈眠说："你林叔叔亲戚家的孩子都会一些才艺，你什么都不会，到时候见面多没面子啊。"

陈眠抓着裙摆，呆呆地点头。

陈眠见到林拓的亲戚们是在林拓和阮艳梅举行婚礼的那天。

陈眠穿着白色纱裙坐在靠近舞台的那一桌，手里攥着戒指盒正认真等着主持人说新娘、新郎交换戒指，忽然肩膀被人撞了一下，旁边的空椅子被拉开了，转头的刹那间头顶璀璨夺目的水晶灯晃花了她的眼，眼睛无论看什么都是一团黑影。

只听见那团黑影冷淡地问她："喂，你叫什么名字？"

陈眠皱了下眉，基于阮艳梅再三提醒她在婚礼现场要有礼貌，所以她低头看向裙子上的白色玫瑰刺绣，回答说"陈眠"。

那人得到答案，"哦"了一声，就没再说话。

"现在，新娘、新郎可以交换戒指了。"

陈眠从侧边上舞台，将手里拿着的戒指盒交给林拓。

从后方的桌子一路往前找，终于找到自己朋友的游淮好奇地问："你怎么坐在这里了？"

沈域收起手机，往舞台上站在正中间那个满脸局促的女生身上又看了一眼："嫌你跟迟盛话多，很烦。"

"什么玩意？！沈域你别血口喷人，你是不是玩游戏挂机了？你跟我说清楚……"

少年们拉拉扯扯着走出了婚礼现场。

那天留给陈眠的印象是林叔叔的亲戚朋友真的很多，以及有钱挺好的。

又过了四年，陈眠吹灭生日蛋糕上的蜡烛，林拓扶着阮艳梅的腰，问陈眠许了什么生日愿望。

陈眠还没来得及回答，林拓的手机就响了，他满脸惊喜地应着"好、好、好""一定会好好照顾"，随即挂断电话，旁边的阮艳梅问是谁来的电话，林拓说是他姐姐。

"我姐夫在这附近给我侄子买了一套房，离这里不远，我姐让我有空帮忙照顾他。"说完，他就拉着阮艳梅拿着东西跟他去找他的侄子。

一路上，林拓对他这个侄子给予了高度评价，说读书好，哪里都好，阮艳梅笑着吹捧了几句，陈眠踩着月光跟在后头，有点儿昏昏欲睡。不知道路过了多少盏路灯，几人才停在一栋比林拓家大了不少的别墅门口，摁响门铃，又等了会儿，才听见开门声。

阮艳梅立马把陈眠拉到自己身边，拉着她的手说："别冷着脸，热情一点儿。"她的话音刚落，门就"啪嗒"一声打开了。

林拓热情地喊了声"阿域"，少年声音懒散地回了声"舅舅"。

陈眠在这个时候抬头，撞进少年那双似笑非笑的桃花眼里，她愣住了。

阮艳梅热情地笑着，同时在背后拧了陈眠一把。

林拓在边上介绍，指着陈眠说："这是我女儿，比你小点儿，来，陈眠，喊哥哥。"

陈眠内心有些抗拒，十六岁算不上小孩子了，但在阮艳梅和林拓的要求下，她根本没办法拒绝，只能乖乖地喊："哥哥好。"

女生声音细软，落在耳朵里像是奶猫被逗弄着发出一声"喵呜"。

沈域靠在门上，忽然笑了起来。稀奇了，他活了十六年，头一次听见有人用这么乖巧，却又这么不情不愿的语气喊"哥哥"。

他长相好看，刚跟朋友打完篮球，身上的运动装还没换下，穿着红白相间的球服显得整个人阳光又有朝气。旁边是一盏亮着的路灯，亮光里他左眼下的泪痣极为明显。

他的外表格外优越，让人挪不开眼。

他在三人的注视下自顾自地笑了一会儿，哪怕在长辈面前也没什么正形，对着正看着他的女生点了下头。

他笑着回了句："嗯，妹妹也好。"

如果说平静的生活中出现发生波澜一定要有征兆的话，那么一定是从沈域那声"妹妹也好"开始的。

自那时起，陈眠发现，她的林叔叔和妈妈对于照顾侄子这件事的理解似乎有所偏差——

不知为何这件事变成了陈眠的责任，她每天都要从自己家走到沈域家，敲响他的房门。

——哥哥，吃饭了。

——哥哥，林叔叔问你要不要一起去游泳？

——哥哥，我妈让我送来蛋挞。

……

陈眠语气平淡，亲昵的称呼在她嘴里就跟直白地喊沈域没什么区别。

有一回游淮和迟盛也在沈域家，听见一个小姑娘在门口喊哥哥，两个人满脸惊讶地出来，结果就看见他们的好兄弟靠在门上，没回答人家的话，而是盯着小姑娘。

小姑娘问他吃不吃蛋挞，他反问是不是她亲手做的。

游淮直接一巴掌打了上去，问沈域："你疯了？"

沈域呆住了。

提着蛋挞站在门口的陈眠也呆住了。

游淮指着陈眠，一脸谴责地对沈域说："你对一个喊你哥哥的人笑得花枝乱颤的，干吗？"

陈眠扭头就走，身后传来男生冷淡的声音："游淮，你要是不想活了可以直接跳楼，没必要用这种方式婉转表达。"

回到家，陈眠把蛋挞放在桌上。

阮艳梅从厨房出来，看见后问她："阿域不喜欢吗？"

陈眠点头，沉默了好一会儿，才问阮艳梅："妈妈，以后可不可以不要总是让我去找他？"

她低头看着自己白色的拖鞋，一副受了委屈的样子。

阮艳梅还是了解陈眠的性格，听见这话顿时皱起了眉，问："你们吵架了？"

陈眠摇头："没有。"

阮艳梅轻声叹气，弯下腰，看着她的眼睛，说："眠眠，当初妈妈带着你出来有多难，你知道吧？现在我们好不容易过上了好日子，你林叔叔对你多好啊，他那边的亲戚对妈妈意见有多大，你也知道呀，你就不能帮帮妈妈吗？"

陈眠说不出话了。

阮艳梅满脸失望："你就不能懂事一点儿吗，眠眠？"

陈眠心里像是堵了一块石头，过了很久，才点头说："我知道了，妈妈。"

但是陈眠没想到，就在这个周末，一起上舞蹈课的同学下课后结伴走了，她没立刻走而是坐在舞蹈教室里休息了一会儿。就在她准备去换衣服回家时，忽然听见门传来"嘎吱"一声响。

陈眠往外迈的脚就停了下来。

少年站在门边正盯着她。他穿着白卫衣、黑裤子，将卫衣帽子扣在头上，帽子旁边两条抽绳打着结。

"你……怎么在这里？"

陈眠很惊讶，沈域在这里出现，就跟狮子王忽然出现在白雪公主的宫殿里一样稀奇。

她甚至忘记了自己此刻还穿着紧身的舞裙。浅粉色的贴身裙子面料柔软，衬得她腰细腿长，平时披散的长发盘了起来，脖颈便显得格外修长，像是一只小天鹅。

沈域嘴里含着一块柠檬糖。他听到她用这种类似于质问的语气问他，心里第一个想法就是不爽，非常不爽。

那时的沈域还是一个叛逆少年。他顿时朝小姑娘走去。

陈眠明显想后退，却又忍住了，就站在那里睁着一双澄澈的杏仁眼看着他，直到两人面对面站着。

沈域抬手钩住她头上系着蝴蝶结的粉色发带，看见女生紧抿着唇，言语里带上了笑意："你怕我啊，妹妹？"

始终不肯抬头看他的陈眠终于抬起了头，忍不住怒瞪了他一眼，圆溜溜的眼睛里面映着舞蹈室明亮的灯光。

她穿着一身粉色的裙子，那张漂亮又清纯的脸正对着沈域。

"瞪我干吗？你妈让我来的，说让我带你一起玩，说你整天待在家里都没有一起玩的朋友。"

男生的声音就在耳边响起，陈眠忍不住皱眉，说："我妈又不是不知道我跳……"没说完的话就这么卡在嗓子眼里，她看见男生似笑非笑的表情，明白了。

阮艳梅就是因为知道她在跳舞，所以才找着让沈域带她玩的借口让他过来，性质就和过年让自家小孩为亲戚表演才艺一样，炫耀自己家的小孩非常优秀，还会跳舞，以此来博取好感。

一股难堪的感觉将陈眠紧紧包裹住，然而下一秒，视线里忽然出现一只摊开的手，手心里躺着一颗黄色的糖。

"吃糖吗？"男生忽然问道。

柠檬香味从他的手心一路游走到她的鼻尖。

那只手修长白皙，掌纹干净，是传说中一生顺遂的类型。

一阵风顺着窗缝吹进来，窗帘被吹得飘起，轻轻扫过陈眠的腰，一阵痒意从腰部蹿到了她的掌心。

第一次，陈眠主动近距离接触沈域。她从他的掌心拿过那颗糖，剥开糖纸将糖放在了嘴里。

酸涩的味道泛开，她跟在男生身后，轻声说了一声"谢谢"。

"叮"的一声响起。

是阮艳梅发来的短信："眠眠，阿域去找你了吧？你要跟他搞好关系，热情一点儿知道吗？妈妈跟你林叔叔出去参加朋友婚礼了，过两天回来。"

阮艳梅发来信息的时候，陈眠已经换好衣服了，将练舞服提在手里。她正胡思乱想着，忽然一只手伸过来扯住了她外套的帽子。

她闷头往前行走的动作被强行打断了，只得茫然地抬起头。

沈域一脸无奈："妹妹，我只是要带你去吃饭，你紧张什么？"

陈眠回道："我没有。"

还嘴硬。沈域有些敷衍地点了下头："行，你没有。"

他的语气就跟哄小孩似的。

陈眠顿时不知道该说什么了。她并不擅长和人搭话，平时在家里说话都少，沉默寡言似乎成了她的常态，在学校里别人提起她也总是用"那个话很少的漂亮女生"形容。

跟同龄人走在一起拌嘴，对她来讲是一种很新奇的体验。

沈域领着陈眠进了朋友家里的私人KTV，里面坐着的人一个个眼睛瞪得像铜铃，有人说出调笑的话："阿……阿域，这……这是……"

游淮一口盐汽水喷了出来，旁边坐着的陈茵打了他一巴掌："游淮，你有病！"

吵吵闹闹的场景，她像是误入了另一个世界。大家聊天的时候，话题总是离不开这人，要么问"阿域，你写完数学试卷了吗"，要么问"你一会儿有什么安排，要不要去打球"。他活在话题中心，偶尔语气懒散地回应几句，大部分注意力放在陈眠身上，包括但不限于把别人递给她的茶水换成罐装可乐、点了一份小布丁塞在她的手里、让抱着话筒撕心裂肺吼着《死了都要爱》的人把话筒送过来给陈眠，让她选自己想唱的。

跟照顾妹妹没什么区别，看客们无限感慨。

"想不到，我有生之年还能看见沈域怜香惜玉。"

此刻的陈眠并没有想那么多，只是对男生有些霸道的照顾有些不满。

在昏暗灯光中，她朝沈域看了过去，把可乐拿在手里像是拿了一个可以壮胆的武器，平生第一次喊了他的名字："沈域。"

沈域正在回消息的手一顿，转头看向她，不知道哪位大神正在飙高音，她的声音正好被那人撕心裂肺的"这是一条神奇的天路呀"给盖住了，周围的人都捂着耳朵，喊着"别唱了"。

"什么？"沈域收起手机，凑近问道。

距离瞬间拉近，卫衣帽子的抽绳扫到陈眠的手背上。

她后背紧贴着沙发上，本想说出口的话瞬间卡壳了，过了好几秒，才在对方略带疑惑的目光里，对他说自己想回家了。

家里果然没人，陈眠把练舞服放进洗衣机后，自己去洗个了澡，又写了张试卷才去晾衣服。

月光很亮，正对着窗户的树丛里不时传出几声青蛙的叫声，过了一会儿又响起了猫的喵呜声。空气清新湿润，呼吸里都是雨后青草的香气。

陈眠在阳台站了一会儿后，转身去卧室里拿出一本还没来得及看的诗集，坐在阮艳梅平时最喜欢窝在上面看剧的藤椅上，伴着灯光和夜色开始看书。

她还没翻几页，旁边的手机就响了。阮艳梅发来信息问她锁门了没有，她老老实实地说锁了。

那边的人又问，今天和阿域相处得怎么样。

陈眠斟酌着回复了一句"还可以"。

阮艳梅相当满意，让她照顾好自己，她跟林拓过两天就回来。

对话到这里结束了。

她收起手机准备继续看书，然而手机又响了一声。

林叔叔这边的亲戚沈域："睡了没？"

林叔叔这边的亲戚沈域："我看见你阳台的灯是亮的，能对带你玩了一下午的哥哥礼貌一点儿吗，妹妹？"

陈眠删掉"没睡"两个字，回了一串省略号。

Deep Sleep："在看书。"

林叔叔这边的亲戚沈域："什么书？"

陈眠拍了照片发过去。

林叔叔这边的亲戚沈域："看不出来，你还看诗集。"

这么闲聊下去，就会没完没了了。

陈眠直接回了个终止话题的表情包。

表情是一只毛绒小熊的正脸照，黑黝黝的眼珠子，嘴角向下，脸蛋上涂着红色腮红，额头上写着三个字——嘟嘟脸。

陈眠的意思是：不知道该说什么，就发一个表情敷衍一下，免得显得没礼貌。

沈域忽然笑了起来，一边点击保存表情，一边截图在购物软件搜索同类商品，下单时他还没觉得有什么。

搜出陈眠正在看的那本书，一同下单后，沈域才发现不对劲。

这十分不对劲。他一开始对陈眠产生兴趣只是觉得她太好玩了——看起来冷淡的小姑娘被逗几下就急眼，却强撑着维持礼貌，虽然十分不耐烦却咬着牙喊哥哥。

今天他带着她去朋友的局，微信群聊里的人都在调侃。

游淮说："去你的妹妹，你家里一堆喊你哥哥的表妹，你搭理过几个，算不上亲戚的亲戚，你倒是喊妹妹喊上头了。看不出来原来你不讨厌这样的。"

这样的。

——冷淡又漂亮。

她在练舞室里孤零零地坐着，活像一只掉队的小天鹅。在他推开门的刹那间，她一脸茫然地看向他，那双略显稚气的杏仁眼黑白分明，从白色窗帘缝隙里照射进来的阳光让她的头发都变成了栗色。

俗气地说，那个瞬间，她真的漂亮到让人挪不开眼。

微信里，发完表情的女生似乎意识到不太好，又亡羊补牢一般发来一句。

Deep Sleep："你不看书吗？"

沈域眯眼。

消息栏里，显示对方正在输入。

又一条消息发来。

Deep Sleep："哥哥。"

你不看书吗？哥哥。

林叔叔这边的亲戚沈域："看。"

沈域发了一张截图。

陈眠打开图片就看见对方已经支付的商品——鲁米的《火》，是她正在看的这一本。

林叔叔这边的亲戚沈域："有个事情问一下。"

林叔叔这边的亲戚沈域："上面写的抒情诗集是什么意思？"

林叔叔这边的亲戚沈域："情诗？"

他还发了两个问号。

陈眠彻底明白了，沈域属于给点颜色能直接开染坊的代表人物。

她就该让聊天直接结束在那个表情包，不该心怀不安，觉得自己的态度不好，多余发了这两句。

她冷着脸打字。

Deep Sleep："不是情诗。"

正好翻到诗集中的一页，她抽出笔圈出了"死狗"两个字，拍照发了过去。

照片里显示着诗集内容：

"你是狐狸，不是狮子。"

就算是一条死狗吧。

气急败坏的女生意有所指，然而收到回复的男生心情颇好地保存了图片，飞快地回复了。

林叔叔这边的亲戚沈域:"不好意思。"
林叔叔这边的亲戚沈域:"理科生没什么文化,看不懂。"
林叔叔这边的亲戚沈域:"你能发语音消息,读给我听吗?"
三秒后,他收到了一条十分冷酷的回复。
Deep Sleep:"沈域,你好烦。"
这次沈域彻底笑了出来。
被圈起来的"死狗"也没什么不好的,至少是抒情诗里的死狗。

沈域。这两个字以迅雷不及掩耳之势闯入陈眠的生活之中,连陈眠自己都没明白究竟是怎么一回事。在阮艳梅和林拓外出的那两天,和清晨阳光一同到来的是楼下男生喊她名字的声音。

有时喊她陈眠,有时喊她妹妹。

在沈域这里,陈眠所有的冷淡都没有作用,他似乎自带屏蔽系统,并且能够将她的冷漠精准转换成自己想听到的话。

陈眠说:"你难道没有自己的事情要做吗?"

沈域吊儿郎当地说:"你林叔叔把你郑重托付给我,照顾你现在就是我最重要的事情,不要太感动。"

不要太感动、不要太紧张……

说话总是拿腔拿调的,一点儿正经都没有,像游戏人间的花花公子,也像误入黑白世界的烟花,噼里啪啦地燃烧,让整个天空都绚烂起来。

好几次在梦里,陈眠都看见了男生的脸。梦里的她困于沼泽地,但是他忽然出现在岸边,朝她伸出手,问她要不要帮忙。随着他的话音落下,不知从哪里飞来了一只只萤火虫,像是奇幻魔堡的场景。她握住那双手后,所有萤火虫都围着她打转,将肮脏的裙摆变成了仙女的纱裙。

恰好这时,那人给她发来了微信消息。

黑色床单上,一只白皙纤长的手指捏着一只黄色小熊,黑亮的熊眼睛像是荔枝核一般,明明是死物,却莫名能从脸上看出无辜。

林叔叔这边的亲戚沈域:"介绍一下。"
林叔叔这边的亲戚沈域:"它的名字叫嘟嘟脸。"

随即他又发来一个表情,就是陈眠当初发的那个小熊表情。

沈域不是做好事不留名的类型,与之相反,自认识以来,他无论做什么都会明确告诉陈眠。比如在她练舞室门口等她,会说"这是你妈要求我带你认识新朋友";再比如,在她妈妈和林拓外出的这两天,他时不时来看她两眼,电话打得她心烦,接通后第一句话却是"哦,我只是不放心,万一有人拐带未成年,估摸着你是头号受害者"。

陈眠没有能够诉说心事的同龄朋友。满腹心事都不敢写在日记本里,因为阮艳梅偶尔会检查她的抽屉。虽然她有自己的房间,但是没有隐私,用阮艳梅的话来说就是,妈妈为你做了这么多,你怎么能有事瞒着妈妈呢。

你所有的一切都是妈妈带给你的,如果不是妈妈,你只能在那个对着垃圾桶的房间和你爸爸过一辈子,你应该要更懂事一点儿。

一直以来,陈眠也是这样告诉自己的,以此感恩戴德,时刻谨记阮艳梅对她的恩情。

对于她的这种心态,男生抬手轻拍她的脑门。

"想这么多干吗?你今年才读高一,都没满十八岁。想报母恩,好歹等你满了十八岁再说。"

陈眠把自己的帽子从沈域的手里抽出来,说:"你什么都不懂。"

愤愤不平的语气,听着不是令人愉快的话,但女生因为不满而下意识抿起的唇导致两侧脸颊微微鼓起,落在沈域眼睛里,跟自己鬼迷心窍买的那只熊十分神似。就像那只熊忽然活过来,双手叉腰站在他的面前,气鼓鼓地说"你什么都不懂,你是大坏蛋"一样可爱。

想像是多么可怕的东西,硬是让沈域无端地想笑,手握成拳,遮在唇上。在陈眠一脸疑惑地看过来时,他及时轻咳了一下,又换上了冷酷无情的哥哥面具,开始教育人。

"你林叔叔知道你这么跟我说话吗?我什么都不懂,要是我什么都跟你说,不得把你吓傻?这么跟你说吧,妹妹,你以为你妈为什么总让你来找我,你真以为是单纯想搞好关系那么简单吗?你妈跟你林叔去参加婚礼,为什么没带上你,你想过没有?"

陈眠右眼皮忽然跳动了一下,想说什么却没能说出口。

满脸无所谓的男生还有闲心纠正她的错误,扯着她的袖子,臂弯挂着的袋子里放着她的练舞服和鞋子,银色手机从他黑色的卫衣口袋里冒出个头,在两人接近后,偶尔撞一下陈眠的胳膊。

他懒散地说:"我看你就知道,你没想过,被卖了还帮忙数钱的人就是你吧,陈眠?我家是什么背景,你知道吗?估计你妈最大的愿望就是我把你当亲妹妹,你林叔对此乐见其成,退路都找好了。他是不是跟你说毕业后让你出国,只管做自己想做的事情?"

"他没跟你说的那些话是什么,还要我说得那么明白吗?"

他的脚步停了下来,眼前就是陈眠平时学跳舞的培训学校。

陈眠又不傻,怎么可能不知道阮艳梅的意思。

别墅里经常会来客人，阮艳梅也会跟林拓身边的那些朋友提起陈眠，客厅里摆着的钢琴就是陈眠时常展示特长的工具，那些衣着精致的人会笑着对阮艳梅说"你女儿真漂亮又听话，跟我家的浑小子完全不一样，下次让我家那小子来看看别人家的孩子"。

　　玩笑的口吻，惹得大家的一阵哄笑。

　　这个时刻，阮艳梅看向她的眼神里都是满意之色。阮艳梅站在一个母亲的角度，希望她能嫁进富裕的家庭，获得更好的生活。

　　这无可厚非，陈眠从未表现出反抗，更从没有说过"妈妈，我不喜欢在大家面前表演"，她说不出这样的话。

　　然而或许是她憋久了，在阮艳梅和林拓面前说不出的话，全在沈域面前说了出来。

　　"我也不是什么都不明白，可是我有什么办法。你什么都不知道，你没看过我之前的生活，如果不是我妈妈带着我从那里出来，我根本不可能有机会上舞蹈课、钢琴课，住在这么漂亮的房子里。"

　　她盯着沈域，像一只竖起所有尖刺的刺猬："就算是我妈妈让我跟你处好关系，那又怎么样，你有必要用这样的语气来说这样的话吗？你觉得很可笑吗？"

　　陈眠从未如此凶地对谁说过话。她说完就后悔了，面红耳赤，瞬间想逃离这里，垂下眸，不敢抬头，扭头就想走，她的外套帽子却被人直接扯住了。

　　"跑什么，你脾气还挺大的。"

　　沈域没松手，跟拎兔子一样拎着女生往更衣室走去。

　　这个时间，来上课的学生陆陆续续来了，和陈眠能点头打招呼的女生一个个都睁大眼睛看向他们。

　　陈眠试图捂脸，又觉得太傻了，于是压低声音对沈域说："你先放手。"

　　"不放。"男生回得飞快，"我没觉得你可笑，但你这人是怎么回事，凶完人就想跑，我又不会骂你。你这么小的胆子，平时怎么跟别的小朋友玩？你妈说你没朋友，不是在学校被人欺负了吧？"

　　"……没有，不是，哎，你先松开，很多人……"

　　"现在觉得丢人了，刚才跟我争执的时候，也没见你多羞愧。"

　　"沈域！"

　　"我在这里，没聋，别这么大声。周杰伦都知道给一首歌的时间，你给我把话说完的时间，行吗？我不是嘲笑你，也没有指责你的意思，只是想跟你说，想干什么就去干什么，没心没肺比较好，别有那么大的心理负担。你才多高，心里装这么多事，珠穆朗玛峰要你站岗啊？没心没肺点儿不好吗？以后你想怎样就怎样，既然你喊我一声哥哥，那哥哥替你撑腰。"

陈眠张着唇，满脸错愕，过了十几秒，又变成了满脸通红。

"你……你说什么呢……"

平时冷淡的女孩子此刻像一只被踩到了尾巴的兔子。

估计他再说下去，对方会直接把自己拉黑。沈域见好就收，把手里提着的粉色袋子往女生怀里一塞，在门把手上点了下，微抬下巴。

"行了，进去吧，我等你下课来接你。"

陈眠落荒而逃。

练舞室里。

正在拉伸的女孩子侧过脸，问压腿的陈眠："眠眠，刚才那个人是你哥哥吗？"

陈眠抬头，回应得模棱两可："不算。"

"你哥哥好冷淡。"女生丝毫没听进去陈眠的回答，只是把对方当树洞，轻声抱怨，"我朋友在那边上钢琴课，在门口看见你的哥哥去跟他打招呼，你哥哥根本不理人，好高冷哦。"

高冷吗？

陈眠想起男生总带着笑意的脸，觉得他跟"高冷"这两个字沾不上边。

她敛了眸，随口说了声"嗯"，放下右腿，换成左腿放在栏杆上。

那就继续高冷吧。她甚至在心里恶劣地想，希望沈域对所有人都高冷，唯独对她特殊。

她长这么大，没能成为谁的特例，被特殊对待过。

如果那个人是沈域，她好像也没那么可怜了。

高三。

理科实验班的同学都知道沈域经常打电话，但一直不知道对象是谁，偶尔课间休息会听到这位大佬在电话中一口一个"妹妹"。

对此，理科实验班微信群里的人展开了热烈讨论。

——阿域那个薛定谔的女朋友是不是掀开盖子就会消失啊，怎么这么久了，连个人影都没看见，总不能是网恋吧？

——没听游淮说吗？是沈域未来女朋友，只是单相思呢。听说对方是他亲戚的女儿，好刺激。

——天啦，天啦，天啦！文科实验班转来一个妹子，你们知道吗？

——这又关我们理科实验班什么事呢？

——我们理科实验班著名的"风景线"沈域前去迎接，并且全程陪同，算不算有关系？

作为被八卦的对象，沈域连丁点儿身为话题人物的自觉都没有，文科实验班班主任的脸都快黑了，就差直接说"沈同学。你赶紧回你自己教室吧，招惹我们班的新同学干吗呀"，但沈域心理素质优良，屏蔽外界信息的能力一流，他拎着女生的书包，偶尔在女生扭头跟老师说话时，伸手戳一下她的胳膊。

陈眠没搭理沈域，这是他们认识的第三个年头，她早就不是当初沈域逗几下就脸红的小姑娘了。用林拓在饭桌上开玩笑的话表述，就是"阿域终于找到了一个能治他的人"。

陈眠跟着班主任进了教室。正是课间休息，教室里没什么人，偶尔有几个趴在桌上昏昏欲睡的，听见动静抬头看见沈域，以为他从理科班转来文科班了，吓得直接骂出一句脏话。

紧随其后的班主任无情地拍了下桌子："说什么脏话！"

同学紧紧闭住嘴巴，一会儿看看从没见过的漂亮妹子，一会儿看看漂亮妹子旁边的校草。

在老师走出教室后，这位同学第一时间摸出手机对班级群里的同学们及时播报。

——惊！一直平静如水的高三文科实验班在课间休息时迎来校园八卦常客究竟是为何？让我们跟着文科实验班班草大壮的报道持续关注。

——说人话。

——有病？我在厕所掏出手机，就是为了看你说这些废话？

——简报：好消息，我们班转来一个可以当校花的漂亮妹子。坏消息，理科班沈域全程跟在妹子旁边。

——什么？

这个上午，文科实验班和理科实验班一同陷入了迷惘。

文科实验班的人纷纷从小卖部、厕所、篮球场赶回自己班，然后就看见——

新转学过来的妹子坐在椅子上收拾着自己的东西，而穿着校服的高个子男生就站在旁边想帮忙，却被女生伸手推开。女孩子满脸不耐烦地赶人："你回自己班呀。"

校草靠在她的桌子旁边，理直气壮地捣乱。

她往桌子上放上一本书，他就直接拿在手里，摞成了厚厚的一摞。他对周遭的视线视若无睹，还在指责她："过河拆桥是你发明的吧。陈眠，你对一个没吃早饭就接你的人就是这种态度?"

文科实验班众人:请问,这语气是在撒娇吧?

而坐在那儿的女孩子收拾完东西,直接把他拿在手里的书抢过来放在了桌上。她正恼怒着,却被男生笑着拉住袖子朝外走。

"沈域!"

"在呢,别吵,陪我吃个饭。"

"要上课了!"

"现在是大课间,还有十分钟休息时间,上什么课。"

"……"

很不真实,没人见过这个样子的沈域。

唯一知情人士游淮在接受采访时,说:"别慌,小场面。"

陈茵伸出头:"咦,那边的人是不是他们?"

游淮搭住陈茵的肩膀,点了点她的头,故作凶狠:"不长记性,是吧!到处乱看什么?"

文科实验班的"小记者"冷漠地收回话筒,对着在风中晃动的树枝坚强地结束"报道":"放过记者好不好?"

好是不可能好的。

文科实验班享受了"买一送一"的超值体验——转来一个漂亮妹子,附赠每天来打卡的校草学霸,增值服务就是教室成了学校的亮丽风景线,宛若偶像剧的拍摄现场。一下课,围观群众若干,打水的、去厕所的,路过文科实验班的脚步就会放慢,一个个眼睛放光地往里看。

对于他在学校里引起轩然大波十分不满的陈眠揪着沈域的外套拉链,稍微用力,他就一副被你控制住了的模样,十分顺从地朝她倒去,额头顶在她的肩膀上,敷衍地举起两只手做投降状。

"我错了。"

陈眠正准备说"你烦不烦,每次都给我下套,我跟你说了在学校里装不熟,让彼此都有个安静的学习环境,你是没答应,但你立马绕到了另一个话题,让我误以为你已经答应了",结果这人飞快地道了歉,并且态度非常诚恳。

"我真错了,我不该扰乱你安静祥和的高三学习氛围,不该让其他人发现我们其实认识,就该让大家继续以为我身边只有同性朋友,根本没有一直宠着长大的妹妹。"

我来教室门口接你只是我在单方面献殷勤，我不该虚荣心泛滥，到处炫耀你漂亮、聪明又温柔，都是我的错，我应该假装不认识你，跟你不熟，完全不知道你是谁才对。"

陈眠："……"

她还有什么好说的，只能道："好吧，也不全是你的错。"

这是妥协的语气。

沈域悄悄勾起了唇，声音依旧委屈："怎么会是你的错呢，都是我的错，是我不好。"

"我……我也不是那个意思，也不是不想在学校和你假装不熟的意思。"

"我知道，我都明白。你只是喜欢低调，不喜欢被关注，我懂的，是我没做好，哥哥错了。"他还在演。

陈眠原本的责怪像是一个个还没升空的泡泡，噼里啪啦地全破碎了。

"是我没有安全感，总担心你会有别的哥哥，毕竟你总是说我脾气差。"

"我也没……"

"还说我总对你耍心眼。"

"不是的……"

"还嫌我黏人，连陪我剪头发都不愿意。"

"那是我妈让我陪她去美容院，时间刚好撞上了。"

"算了，别找借口了，你要是真不是这么想的，怎么会对我说这些呢。"

陈眠："啊？"话题怎么绕回去了？

沈域抬起头，用那双漂亮的桃花眼盯着她，语气冷冷的："我都这么直接了，你还说'啊'？你是不是……"

结果他的嘴巴就被女孩子用书挡上了。

沈域眼里闪过诧异——没想到陈眠能勇敢到直接挡他的嘴。

陈眠皱着眉，轻声警告他："你可以了哦，再说就有些烦了哦。"

而沈域的手机屏幕还在弹出新消息。

游淮："兄弟，问一句，你前几天教的，应该怎么对女孩子撒娇来着？"

游淮："人呢，人呢，人呢？陈茵要杀了我，十万火急，你人呢？"

游淮："算了，你也不用管我的死活，记得七天后是我的头七。"

隔了半小时，已经送完陈眠回家的沈域抽空回了消息。

沈域："我以为对异性示好是人类与生俱来的能力。"

沈域："撒娇也是。"

沈域："是我高估你了，不是所有人都叫沈域。"

沈域:"也不是所有人每天都在被喜欢的女生心疼。"

沈域:"唉,你说,都是人,怎么就不一样呢?"

游淮:……

游淮:"滚!"

高三上学期,学校举办了校园歌手大赛。

第一名的名头并不太好听,分别叫作"月光男神"和"月光女神"。

这个俗到让人无法开口的名字引来众人吐槽,连负责这次活动的学生会成员都有些抬不起头。

"不是,真不是我们取的,都说了是校长取的!我们怎么可能那么俗气!"

"行了,这真的很难解释,你们不报名就走开,把机会让给想当男神、女神的人。"

每天在吐槽和解释的反复循环下,报名表竟然填满了,其中百分之八十是一边骂,一边飞快地写下自己名字的高三生,其中最让人惊讶的人是沈域。

负责报名的高二学妹再三确认:"学长,你真要唱歌?"

沈域已经写下了自己的名字,旁边一起报了名的游淮笑着替他说:"其实他是报名跳芭蕾的,还是我再三阻挠才避免引起校园轰动,免得到时候校长从看台上跳下来,当场表演一个就地擒拿。"

他向来是信口胡诌,玩笑话张口就来。

学妹笑得眯起了眼,立马被转移了注意力,没再追问沈域报名的事。

陈眠是在比赛当晚才知道沈域报名了歌手大赛的事情。

已经跟她混熟的同桌赵莉莉拉着她的手,在同班同学刘俊杰提前占好的黄金宝座前坐下,说:"他绝对是准备给你一个惊喜,真浪漫。我还没听过沈域唱歌呢,无论怎么想都觉得魅力值满满的。"

刘俊杰咬着赵莉莉随手塞给他的棒棒糖,口齿不清地道:"魅……目值这么满了?早知道这么简单,我也去报个名了。"

赵莉莉非常嫌弃:"你先把舌头抟直了,再做唱歌的梦啊,乖。"

这边吵吵闹闹,陈眠拿出了手机给沈域发消息。

Deep Sleep:"第几个上?"

林叔叔这边的亲戚沈域:"第二个。"

这么靠前?

陈眠有点儿惊讶地问:"你怎么想到要唱歌呀?"

那边的人估计在忙,过了好几分钟才回消息:"不是你想看吗?"

有吗，自己什么时候说过这样的话？

陈眠险些以为自己失忆了。

沈域转发了一段聊天记录给她。

陈眠点开，发现时间是一个月以前。

她无聊刷微博时，看到一个男生参加高中校园歌手大赛的视频，随手转发给了沈域。

沈域发来一个问号，问她是怎么想的，才会给他发别的男生唱歌的视频。

她正在去练舞的路上，司机对她说"到了"，她提着东西下车，随口敷衍了一句"那你也唱"。

这件事她都忘了，在学校大肆宣传校园歌手大赛这个活动时，她都没想起来，甚至还在赵莉莉吐槽名字真的很土的时候，点头附和了。

哪知道沈域报了名。

陈眠顿时说不出话来，沉默半晌才真情实意地发了一句祝福："就算你不是比赛的第一名，也一定是我心里的第一名。"

还附带了一个小猫鼓掌的表情。

林叔叔这边的亲戚沈域："谢谢你的鼓励，但你的哥哥我必定会是第一名。"

非常有自信。

陈眠收起手机，正襟危坐，开始认认真真看比赛。

原本定的主持人是高三传媒班的女生，但据说彩排的时候她和学生会的人闹不愉快，然后就换成高二的学生了。这些小八卦都是赵莉莉分享给陈眠的，她一边听着主持人笑着介绍参赛人员和比赛规则，一边听赵莉莉说着校园八卦。

陈眠分神留意了一下舞台边有没有沈域的身影，偶尔对赵莉莉点头，偶尔给一个"怎么会这样"的反应。

赵莉莉非常满意地抱住她的胳膊："跟你聊天太有成就感了，眠眠。刘俊杰那个傻子就只会说他早八百年前就知道了，他是小灵通吗，什么都知道？"

无辜"躺枪"的刘俊杰不满地拖长了嗓音，说了声"喂"。

于是两人又吵了起来。

这个时候，第一个唱歌的人已经上了舞台。

学校篮球场上搭着一个露天舞台，为了迎合主题，背景台都做成了墨蓝色，一轮凸起揉皱了的月亮悬挂在上面。据说舞台背景是高二美术班的人一起做的，空中的月亮映照着底部用海绵板做成的海浪，取的是"海上生明月，天涯共此时"的意境。

第一个唱歌的是高二年级的学弟，正儿八经地冲着比赛来的，唱的是李克勤的《月半小夜曲》。

有人犯迷糊，问："这歌词是啥意思？"

"你管歌词是什么意思，好听就可以了，就当听英文歌。来，鼓掌！"

于是，在男生拿着话筒唱到高潮部分时，舞台下响起了劈里啪啦的鼓掌声。

可见，高三年级的学长、学姐对于比赛本身并不热衷，只要是能脱离学习的娱乐活动，他们就都是积极的气氛组成员。

陈眠没观看的心情，更没能听进去什么小夜曲。她心里有一个时钟嘀嘀嗒嗒地进行着倒计时，视线四处搜寻，终于在舞台边看见了候场的沈域。

隔着一个篮球场的距离，陈眠看不太清他脸上的表情。晚上八点，灯光全打在舞台中央，她只能勉强看清沈域修长的身影。他低着头似乎在看些什么。

陈眠的手机恰好响起"嘀"的一声。

林叔叔这边的亲戚沈域："提醒你一声。"

林叔叔这边的亲戚沈域："我要上场了。"

林叔叔这边的亲戚沈域："认真点儿听，下一次听我唱歌估计得等到高中毕业了。"

陈眠忍不住笑，此刻她紧攥着发烫的手机，听见主持人念到沈域的名字。

"接下来，有请高三理科实验班的沈域为我们带来歌曲《黑暗的尽头》。"

耳边，赵莉莉疑惑地问："这是什么歌？"

陈眠的心却像是被一只大手攥住了。

直到前奏响起，她才找回自己的声音，紧紧盯着舞台上穿着规矩的蓝白校服的男生，眼眶有些酸胀，心像是被挤进了一颗青柠，酸涩感一直涌到咽喉口。

"是我很喜欢的一首歌。"

像是在完成接力赛，陈眠的声音落下，歌曲前奏结束了。

拿着话筒的男生目光笔直地朝着看台下的她而来，时间像是一下被拉回了一年前的某个夜晚。

别墅区的绿道里，陈眠耳朵里塞着一只耳机，另外一只塞在旁边男生的耳朵里，二人之间垂着白色的耳机线，随机播放着网易云的每日推荐歌曲，他们都没有说话。

那根耳机线像是拴住两人的绳子。

两人一直这么安静着，直到耳机里的男声响起。

别害怕低下头，我会在你身后。

为你打破所有的枷锁。

直到你真的了解自由。

在男声反复循环着"一起走"三个字时，她的胳膊被人轻轻拽了一下。

她抬头，看见男生审视的目光。

"行了。"他没事找事一般拉起她的卫衣帽子给她戴上。

陈眠莫名其妙道："什么？"

歌声还在继续，沈域的声音像是念白，对她说："就觉得你好像要听哭了，毕竟这歌词挺适合你的，像是专门为你这种小孩量身定做的一样。如果每个人的人生都有背景音乐的话，那么这首歌一定会是你的专属背景音乐。"

陈眠微微傻眼。

说了一大通的男生笑着拉起她的手腕，继续说完自己的话："而我呢，也一定会是那个拉着你往前走的人，无论在什么时候。"

莫名其妙的煽情，像是上一秒还"合家欢"，下一秒强行伤感的电视剧那样突兀。

但陈眠心里一动，回到家后把这首歌添加进了喜欢的歌单中，又在晚上分享到了朋友圈里，没有设置任何分组，所有人可见。

配文：嗯，好。

年末的时候，网易云给出每个用户的年度爱听歌单，《黑暗的尽头》在陈眠的歌单里是第一名。

此时此刻，她再度听见这首歌，看见男生站在万众瞩目的舞台上，在有些嘈杂的背景音里，唱着她最喜欢的歌。

像是漂泊的灵魂忽然找到了一个容纳它的容器，又像是B612星球上那朵孤单的玫瑰终于等到了飞奔而来的小王子。

月光曾被灯光拉低了存在感，此时此刻却像是炙热的日光般全落在了他的身上。

"别害怕低下头，我会在你身后，为你打破所有的枷锁。"

她找不到形容词可以描述此刻的心情。

即使宇宙就在这个时刻崩塌，陈眠都觉得自己不会有任何遗憾。

从来不认为自己幸运的女生在此刻觉得自己好像是中了头彩，明明沈域只是唱了一首歌而已。

赵莉莉莫名其妙："眠眠，你怎么哭了？"

两人之间好像存在仅对方可见的莫尔斯电码，只有他能够感知到她的灵魂共鸣。歌声好像是越过了所有人，只唱给她听的。

比赛到最后，由于校领导的投票起决定性作用，唱了《水调歌头》的高三音乐班女生获得了"月光女神"的称号，"月光男神"就是唱了《月半小夜曲》的那位。

然而这都不是今晚大家议论的重点。

——我只能送上一句祝福。

——有的人只知道嘲笑"月光男神"和"月光女神"名字取得土，有的人却知道怎么在一个很土的比赛里如何表现。

——服。

话题中心的人物却在除了他们以外空无一人的艺术楼里。

"沈域。"

"嗯？"

"你为什么对我这么好？"

"你怎么现在问这个？"

"就是，"陈眠吸了吸鼻子，对上那双漂亮的眼睛后，哽咽了一会儿，最后低下头，看着自己的鞋面，"就是觉得你很好，非常好。"

沈域笑着"哦"了一声："才知道？"

"没，一直都知道。"

"说话这么好听，嘴上抹蜜了？"

"在你唱歌的时候，我忽然想，如果世界上真的有平行时空，那么每个平行时空的陈眠都能遇到沈域一定是最幸运的事情。"

"这算哪门子的幸运？"

"嗯？"

沈域伸手，摸摸女孩子的头发，一改懒散的语调，无比认真地说："靠上天垂怜的那叫幸运，但无论哪个平行时空的沈域，如果能遇见陈眠，一定喜欢上她。

"这是必然发生的事件，跟幸运扯不上关系。

"沈域喜欢陈眠，跟太阳落下、月亮升起一样，是正常到不能再正常的自然规律。"

无论哪个时空的沈域，都会喜欢陈眠，然后拉着她，从黑暗里挣脱出来。

一起奔向光的方向。

番外四
「记忆碎片」

1. 某次生日

四月刚过完,陈眠就在思考该送沈域什么生日礼物。

这是两人交往后,沈域过的第一个生日,沈域倒是一副无所谓的样子,不仅没有提起,更没有对陈眠表现出自己对什么生日礼物有所偏好,这让陈眠有些发愁了。

她向身边的朋友咨询了意见。远在沪城的赵莉莉提议说,可以给沈域做一个手工蛋糕,沈域绝对会非常感动。

陈眠认真想了想,最后问赵莉莉:"会不会有些敷衍?"

赵莉莉沉默许久,才试探性地问陈眠:"眠眠,你是不是有点儿太宠着沈域了?"

这句话,陈眠的舍友们也经常讲。

源于前段时间沈域打着蹭女朋友课的旗号来陪她上课,上课时沈域就像是纯粹为了上课而来,听得很认真,倒是陈眠时不时出神,听着听着就忍不住去看沈域。

坐在旁边的邓茉沫都看不下去了,摇着头对陈眠说:"眠眠,你还是看看教授吧,虽然我们教授没你男朋友好看,但好歹给他一点儿面子。"

陈眠都来不及反驳,正好听见这话的沈域就笑着用笔碰了碰她的胳膊,懒懒地逗她:"怎么回事啊,课都不听只顾着看我?"

邓茉沫她们都以为按照陈眠的性格,她会反驳。

哪知道陈眠轻轻"嗯"了一声,对沈域说:"你长得太好看了。"

原本笑着望向她的沈域被她一句话弄得措手不及,愣住了。

陈眠认认真真地点了下头,避开讲台上教授的视线,凑过去,轻声对沈域提要求:"你以后别这么张扬了,不然,我都没办法上课了。"

陈眠那次是故意逗沈域的,哪知道却让舍友开了眼。

自那之后，大家都对陈眠和沈域的恋爱关系有了新的认知。

也因此，当陈眠问她们的意见时，大家给出的答案相当统一。
——把你自己送给他吧，去他们学校陪他上一个月的课，相信热帅一定会开心到不行。
"……"
陈眠最终还是选择"自力更生"。

从五月一号起，沈域就很难见到陈眠。
那段时间沈域忙得不可开交，游淮还打趣说，你生日那天该不会准备两个人各忙各的，在电话里面许愿吧，沈域难得没反驳他，想着按照现在两人的繁忙程度，说不定游淮的乌鸦嘴会成真。
直到五月十九号晚上，沈域才接到了陈眠打来的电话。
陈眠在电话那头温温柔柔地问他是不是在忙。
听见她的声音，沈域一整天的疲惫神奇地烟消云散，揉了揉酸胀的脖颈，他从椅子上起身，一边往外走，一边对陈眠说"没有"。
阳台的门"嘎吱"一下被打开，凉爽的晚风迎面吹来。
陈眠又问他："你现在在做什么？"
沈域说："在跟我女朋友打电话。"
"那——"陈眠放缓声音，跟哄小朋友一样耐心地问他，"你是在哪里给你女朋友打电话？"
"宿舍阳台。"
沈域戴着蓝牙耳机和陈眠通话，其间，手机的消息界面弹出游淮和迟盛发来的消息，问他明天生日怎么过，要不要出来玩。
沈域这才发现明天就是他的生日，于是陈眠这通电话便显得格外可疑。
他没再主动找话题，而是听着陈眠在那边对他说，今晚月色真的很不错，又问他有没有看见月亮。
沈域抬起头，一轮圆月挂在天空，但他偏偏说："没看见。"
"那你低下头看看呢？"
沈域低下头，看见宿舍楼下的树旁站着一个穿着连衣裙的姑娘，她踮着脚冲他晃了晃手里亮着屏幕的手机。
"沈——域——"陈眠的声音在话筒中和现实里逐渐重合，笑着问，"要不要去看月亮？"

　　之前他每一次过生日都是他主动去找陈眠，或强势或渴求地把自己送到她面前，对她说："陈眠，今天是我生日，你祝我生日快乐吧。"

　　他没想过有朝一日陈眠会主动出现在他的身边，在他生日的前夕站在他楼下笑着问他要不要去看月亮。

　　沈域没有要求过陈眠一定要多爱他，更没有比较过两人之间谁的爱更多。

　　即使别人说"陈眠的爱没有你的那么热烈"，他也不在乎，这都没关系，他想，无论陈眠的爱有多少，只要能够被定义为爱就可以了。

　　沈域站在阳台上，看着楼下的陈眠。

　　两人遥遥对视，一时之间谁都没有动。

　　陈眠仰着头，看似平静，其实心里七上八下的。

　　她有些忐忑，第一次准备惊喜，第一次满心欢喜地为一个人筹备生日，压根不知道他会如何反应。

　　电话倏尔被挂断，在"嘟嘟嘟"的声音里，陈眠低着头，难得孩子气地踢着地上的小石子。石子往前滚动着，她听见了奔跑而来的脚步声。

　　飞奔下楼的少年身体是热的，像是一团火焰一般将陈眠抱进了怀里。

　　像是偶像剧里男女主角见面的场景，引来周围同学们的惊呼。

　　"沈域——"

　　沈域声音带着喘，笑着问她："想我没？"

　　陈眠不习惯在大庭广众之下秀恩爱，现在却任由他抱着，老老实实地点了下头："想了。"

　　沈域一颗心都像是被泡在了蜜罐里，人也有些晕晕乎乎的，光是听到这两个字就已经让他觉得这是最好的礼物了，但陈眠准备的不只是甜言蜜语。

　　陈眠带着沈域回了他的公寓。电梯上行时，陈眠还在给沈域"打预防针"："我是第一次给人准备礼物，如果你不喜欢的话，要告诉我，明年我再努努力。"

　　沈域轻而易举地被陈眠所取悦。他收敛笑意，故作为难地对陈眠说："告诉你的话，你要是生气了，怎么办？"

　　"怎么会？"电梯门打开，陈眠摁住开门键，贴心地让沈域先出去，"我哪有那么小气。"

　　玄关处没发现什么像是礼物的东西，客厅里也没有，投影仪还保持着两人上次看过的样子，哪里都不像是藏了礼物的样子。

　　沈域坐在沙发上，看到陈眠进厨房，想着或许礼物是一个蛋糕。

但陈眠只拿了一杯水出来，贴心地把杯子放在他的面前，然后转身进了卧室。

沈域视线始终追着陈眠，见到卧室门被关上了，过了一会儿，陈眠才从里面走出来，双手背在身后，明显是拿着什么东西。

陈眠不知道应该先让沈域闭上眼睛，就这么在他直勾勾的目光下走到他的身侧。

"沈域。"

"嗯？"

"你也知道的，对不对，我今天来找你就是想陪你过生日。"

沈域眼中带笑："是，我知道。"

见他笑着，陈眠也忍不住笑了。

沈域直白的注视让她有些面红耳赤，越发对自己准备的惊喜感到忐忑，轻声对他说："沈域，你自己捂住眼睛，好不好？"

沈域顺从地伸出手捂住了自己的眼睛。

陷入黑暗的瞬间，他听见陈眠的脚步声变远，隔了一会儿，就听见关灯的"啪嗒"声，紧接着，音乐声就在房间里流淌了起来。

是他在陈眠生日时为她弹奏的那首 *Window*。

在音乐声中，沈域听见陈眠说"沈域，你睁开眼睛"。

他挪开手，看见黑暗里，烛光点点，抱着生日蛋糕的女孩子站在他面前，她口袋里放着的手机屏幕亮着，歌声传出来，甜美的女声哼唱着"I wish you well"。

而站在他面前的陈眠护着蛋糕上的烛光，笑着对他说："沈域，你先许个愿望。"

现在还没到十二点，不过是十点出头，距离他的生日还有不到两个小时。

沈域闭上眼睛，在音乐声中对着烛火双手合十，许完愿望又吹灭了蜡烛。

"陈眠，你……"

他有很多话想说，但陈眠没给他说话的机会，她像是在赶着走流程，在烛光灭掉后将手里捧着的蛋糕放在了桌上。

她打断了沈域，有些结结巴巴地对他说："你……你先不要说话，让我先说。

"生日快乐，沈域。我很少过生日，更没有帮别人过过生日，你又是那么注重仪式感的人，所以我想了很久要送你什么礼物，可你好像什么都不缺。莉莉建议送手工蛋糕，我做了，她们说两人的独处时光，嗯——现在似乎就是了，别人的建议我都听了，最后，是我自己想送给你的东西。"

陈眠伸出手，两枚银色的戒指躺在她的手心里。

做工并不算特别精致，乍一看和外面卖的没什么两样，但从上面刻着的英文可以看出，这是陈眠亲手制作的。

她将其中一枚戒指放在沈域手里："先存放在你这里。"

沈域垂眸看着这枚银色的小东西，声音不自觉地沙哑起来："什么意思？"

"就是……"陈眠手指蜷缩，指尖抵着银色戒环，"作为凭证，等到我们到了可以去民政局的年纪，再……"

没说完的话，被人以吻封缄。狂热的吻里藏着沈域怦然跳动的心脏。

直到被人打横抱起，陈眠都是恍惚的，她攥着沈域的领口，被放下时还想着没说完的祝福，刚想张开嘴，就又被沈域的动作打断了。

午夜十二点时，陈眠挣扎着想要从沈域怀里起身，又被人拦腰抱了回去。

"怎么了？"沈域手上戴着的戒指贴着她的腰，被空调吹得有些冰凉，存在感异常明显。

陈眠艰难地翻过身，和他面对着面。她伸出手，用戴在左手中指上的银色戒指贴着他的眼睛，捂住又放开，黑暗和瞬间到来的光亮仿佛是一场稍纵即逝的人造烟花。

"我刚才对你施了魔法。"

沈域挑眉："什么魔法？"

陈眠想了想，对他说："希望沈域生日快乐，一直快乐，以及，希望沈域能一直陷入沉眠的魔法。"

"这种事以后不用麻烦魔法师了。"

"嗯？"

"只要你在我身边，你的愿望就都能够被实现。"

未来还很长，他们还会在一起过很多个生日。

但毋庸置疑的是，无论过去多久，哪怕两人成了老头、老太太，只要陈眠站在那里，沈域便能一眼陷入沉眠。

2. 为你而来

客厅一片狼藉，桌上放着没吃完的下酒菜，桌边倒着空的啤酒瓶。

十三岁的陈眠推开房间的门，放轻脚步避开地上的东西，走到鞋柜边换鞋出门。

今天是周末，不用上课，但她也不想待在家里，主卧里陈宋如同打雷一般的鼾声在此刻听来让她异常有安全感。她希望陈宋能一直睡着，不要醒来，不然他总会找她的麻烦。

她目的地明确——去公交车站坐车到市图书馆，不需要花费一分钱，就可以看一整天的书，到了晚上，她就可以去家附近的便利店帮忙。

天色尚早，只有她坐在车站里的椅子上等着早班车的到来，从身后飘来早餐铺的食物香味。她低下头正想着老师教过的知识，忽然听见有人在喊她名字。

"陈眠。"

陈眠转过身，看见一个陌生人站在不远处看着她。

那人个子很高，宽肩窄腰，穿着黑衣黑裤，逆光站在晨曦里，哪怕看不清脸，陈眠也笃定自己绝对不认识他。

但——他怎么知道自己的名字？

十三岁的陈眠没有说话，抱着书包警惕地看着他一步步走到自己面前。

距离近了，她才看清那人的脸。

他的长相很好看，容貌胜过广告上的当红男星，是陈眠见过的最好看的异性。

沈域盯着她看了许久，倏尔笑了起来："原来，你小时候这么可爱呢。"

陈眠有些纳闷，皱着眉问他："我认识你吗？"

"现在不认识，以后未必。"沈域坐在她身侧，说着让人听不懂的话。

好奇怪的人。陈眠不再搭理他。

陈眠不再说话，沈域却一直在看她。

他睁开眼就发现自己回到了十年前，走出一片雾气就见到了十三岁的陈眠。

此时距离他和陈眠相识还有三年。

十三岁的她还没长开，满脸稚气，却和十六岁一样，即使在周末也穿着校服，身形看着比十六七岁时更瘦弱一些。

沈域坐在她的身侧，没有刻意拉近距离，也没有再找话题。

直到公交车到站，陈眠站起身往车上走去，他才跟在她后面上了车。

十三岁的陈眠小朋友没有长大后那么冷淡，也还没有学会如何隐藏自己的情绪。她对他的身份感到困惑，总忍不住看向他，每一次都会被沈域捉个正着，她就立马低下头，像是打地鼠游戏里总被敲到的小地鼠，懊恼全都写在了脸上。

虽然有些别扭，但非常可爱。

沈域忍住笑意，没再看向她，视线转向窗外。十年前的绥北还没有发展起来，公交车行驶过的地方都显得老旧，直到进入市中心，他才见到繁华景象。

他们在半小时后到了市图书馆。

陈眠几乎迫不及待地下了车，抱着书包飞快地往图书馆跑。

沈域没有急着跟上她，转身去了门口的甜品店，买了一个草莓蛋糕。他在儿童读物区域找到了坐在那里看书的陈眠，她旁边的座位空着。沈域走过去坐在她身侧，将蛋糕放在她的面前。

"陈眠小朋友。"他的手指在桌上轻敲着，引来陈眠的注视后，又指指他带来的蛋糕，信口胡诌，"恭喜你啊，作为今天第五万两千名进图书馆的幸运小孩，图书馆让我把这个蛋糕作为礼物送给你。"

"你是这里的工作人员吗？"陈眠问他。

沈域扬眉："当然，我不像吗？"

陈眠皱起眉："那你为什么会和我在同一个车站上车，你又怎么知道我的名字？"

挺不好糊弄的。沈域想了想，才对她说："我家住在那附近，不和你同一个车站上车，在哪儿上车呀？知道你名字很奇怪吗，我认识这里的大多数小朋友。"

他抬起下巴，指着不远处坐在地上正在看奥特曼漫画的小胖子："那个男孩叫王敦敦，那边那个女孩叫林艳艳。"

十三岁的陈眠还是社会阅历太浅，轻而易举就被沈域唬住了，真信了他是这里的工作人员，但没信她是第五万两千名幸运小孩这句话。

她没有碰那个草莓蛋糕，只是低低地"哦"了一声。

"不吃吗？"沈域问她。

陈眠摇头："不能在外面吃陌生人给的东西。"

沈域没法跟她说"这不对"。

心存警惕是好的，他还没想到怎么让十三岁的陈眠接受自己送的蛋糕，就又听她说："而且，今天也不是我的生日，我过生日都没有蛋糕吃，现在吃了，过生日那天会很难过的。"

十三岁的陈眠坦诚又直率，不会像十七岁的她那样冷淡地说"不喜欢"，直接拒绝，她会认认真真地看向他，用轻描淡写的语气说着自己生活的窘迫。

沈域垂下眸，柔声问她："听过预言吗，小朋友？"

陈眠本不想再理会这个奇怪的哥哥，但还是忍不住问："什么预言？"

沈域说："对你未来的预言，作为第五万两千名进馆的幸运小朋友，哥哥免费送给你的。"

理智告诉她，她已经是初中生了，不该被这种哄幼儿园小朋友的话欺骗，但她还是忍不住被"未来"两个字吸引。

她望向他，眼里满是期待。

沈域像是透过她，看到了慢慢成长着，坚定地走向他的陈眠。

他笑着，温柔又认真地对她说："陈眠小朋友长大后会有吃不完的草莓蛋糕，会有自己安静的房间和用不完的钱，还会有一个很爱你的人一直陪着你。"

…………

沈域一直陪着陈眠待到图书馆闭馆。

离开时，那个草莓蛋糕被沈域提在手里，他问："真的不想吃吗？"

陈眠摇摇头："你说过的，我以后会有吃不完的草莓蛋糕。"

她眼睛亮晶晶的，笑着看着他："那我就等以后再吃吧。"

沈域站在那里，看着陈眠背着款式老旧的书包走向公交车站台。

他正准备走过去，却听见浓厚的雾气里有人在喊他的名字。

"沈域？你醒醒。"

沈域睁开眼睛，看到穿着黑色职业裙的陈眠坐在床边。

她刚下班，回到家在客厅没看见沈域，只有椰椰正趴在沙发上打盹。

她走进卧室，发现沈域似乎正在做噩梦，额头上全是汗珠。

沈域有些没回过神，过了好一会儿，才对陈眠说："我刚才看见了十三岁的你。"

陈眠一愣，随即笑着问他："十三岁的我，是什么样的？"

"很懂事，也很可爱。"沈域语速很慢，然后想起什么似的，拿起桌上的手机打开外卖软件，下单了草莓蛋糕。

陈眠坐在床边看着他的动作，还有些疑惑："你买蛋糕干什么？有谁过生日吗？"

"没有，就是我在梦里对十三岁的你许诺了一些事。"

"啊？"陈眠反复听他提起十三岁的自己，有了一些兴致，顺着他的话问，"你答应十三岁的我什么了？"

"我对你说，你以后会有吃不完的草莓蛋糕。"

陈眠有些哭笑不得："梦里的话，你这么当真干什么呀？"

"就是有些后悔。"沈域把手机丢在一边，认真地看向她。

"如果我在你十三岁时，就认识你好了，或者更早一些，那样的话，无论什么时候的陈眠就都有人陪了。"

这天的沈域格外反常，说完格外好听的话之后，又跟陈眠分着吃了草莓蛋糕，最后实在是吃不完，剩下的蛋糕进了椰椰的肚子里。

陈眠原以为这只不过是一个梦，过几天沈域就会忘掉。

结果沈域开始频繁地给她送礼物，全是一些小姑娘喜欢的东西——裙子、书包、八音盒，还有各式各样的甜品。

　　他每送一份礼物都会带上年龄，对她说，这是送给十岁的你、九岁的你、七岁的你……日期逐渐往前，最后送了婴儿用的奶瓶。

　　陈眠沉默了许久，然后将奶瓶送到抱着她的腿撒娇的椰椰嘴边。

　　她对沈域说："过去的事情我都不在意了，那些都不重要，现在和未来的我很好。如果十三岁的陈眠知道自己现在过得这么幸福，也一定会觉得所有的苦难都只是通往幸福的阶梯。"

　　现在的陈眠有沈域，有椰椰，有干净漂亮的房间，有随时可以约出来玩的朋友，还有非常喜欢的工作。

　　她还有很长很长的未来。

　　在未来里，沈域一直都会在她的身边。

　　她的未来光明璀璨，黑暗早就不见踪影了。

　　伤痛或许难以被治愈，但终将有一个人只为你而来，带着你从黑暗的尽头挣脱而出。

　　从此之后，你人生中所有的阴天都将变成晴天。

情侣
一百问
DAOYUCHENMIAN

Deep Sleep

今天

情侣一百问。

11 11月　怎么办,朋友们?她说我很烦。

20 5月　她说:"生日快乐。"

❓ 情侣一百问

1. 谁睡觉更容易打呼噜，另一方听到后会怎么"应对"？

陈眠：啊……这个问题……

沈域：你在犹豫什么？我打过呼噜？

陈眠：不是，我想问就是，狗包含其中吗？椰椰打呼噜挺响的。

沈域：所以我现在晚上都不让它进我们房间。

陈眠：你是聪明的沈域。

沈域：之前是谁说我心狠的？

陈眠（眼神坚定）：是椰椰。

沈域：行，是椰椰。

2. 你们一起做家务时有没有遇到过特别搞笑的事情，比如用错清洁工具之类的？

陈眠：没有诶，沈域是那种懒得动手的人，能花钱解决就花钱，我又比较忙……嗯……硬要说一件的话，给椰椰洗澡吧，椰椰小时候不喜欢去宠物店，到门口就会咬着绳子誓死抵抗，怎么都不进去，叫得特别惨，所以我们之后都是在家里给椰椰洗澡，它甩毛的时候泡沫满天飞，还挺好玩的。

沈域：因为站在最前面的人是我，你觉得好玩是因为看我脸上都是泡沫觉得有趣。

陈眠：也对。

3. 会一起看电视或者电影吗？看的话，一般是看些什么？

沈域：看动画片，《虹猫蓝兔七侠传》《熊出没》《喜羊羊和灰太狼》那些。

陈眠：也看纪录片和电影，最近刚看完《寻梦环游记》。

沈域：然后连续三个晚上问我要不要去学个音乐，不然在"那边"没有才艺。

陈眠：……你是真的很烦。

4. 在家中，谁是那个经常找不到自己东西的"小迷糊"？

陈眠(陷入沉思):……

沈域:嗯。

陈眠:你也发现了不对劲是不是,不问不觉得,我现在一回想,发现家里确实经常有东西不见。

沈域起身,推开沙发,看见了电视遥控器、零食还有拖鞋。

阳台上晒太阳的椰椰一跃而起,躲进厕所。

陈眠:……破案了。

沈域:小迷糊没有,藏东西的狗倒是有一只。

5. 有没有因为偷懒，尝试两人一起发明一些生活小技巧？

陈眠:他关了我的闹钟。

沈域:然后她学我。

6. 谁洗澡的时候唱歌最难听，但还自我感觉良好？

陈眠(困惑):洗澡的时候为什么要唱歌?

沈域:可能是因为无聊。

陈眠:洗澡为什么会无聊?

沈域:因为没人陪吧。

陈眠:……哦。

7. 你们有给对方取一些有趣的外号吗？是什么？

陈眠:这个倒是没有,沈域就是沈域。

沈域:陈眠就是陈眠。

陈眠:你不要总是学我。

沈域:我偏要。

8. 睡觉时，谁更爱说一些无厘头的梦话？

沈域:沈域,我喘不上气了,沈域,你烦死了,你干吗把我从海里捞上来啊?

陈眠:……

沈域:答案已经很明显了。

陈眠:你真的,很让人讨厌。

9. 对于家里的布置，有没有因为审美不同而产生过有趣的争论？

沈域：嗯，现在我们家床单还是粉的。

陈眠：你为什么要秋后算账？

沈域：我有吗？

陈眠：有啊，你一般说"嗯。"的时候就是在阴阳怪气。

沈域：气喘吁吁。

陈眠：……你不要学我，再说，"吁"字让我怎么接?!

10. 谁更爱吃零食？有没有因为最后一包零食发生过"争抢"事件？

陈眠：为什么要抢？

沈域：多买一点很难吗？

11. 有没有一起做过黑暗料理？味道如何？

陈眠：嗯……

沈域：你说过好吃的。

陈眠：嗯……好吃的。

沈域：陈律太忙了，没有一起做过，都是我做完送去给她。

陈眠：谢谢沈总，味道很好。

12. 谁更爱赖床？会用什么办法才能把他／她叫起来？

陈眠：这是第二个让我感到困惑的问题了，为什么要叫起来，不能一起继续睡吗？

沈域：可能是因为没有能一起睡的对象吧。

陈眠：啊，抱歉。

13. 在家中，谁是负责关灯的 "小卫士"？有没有忘记关的时候？

沈域：家里的灯是语音控制的。

陈眠：一般是我说关灯，因为沈域总喜欢熬夜，他要跟游淮他们一起玩游戏。

沈域：行，下次不玩了。

陈眠：你还是玩吧。

沈域：什么？

陈眠：不然，我熬夜就没有理由怪到你头上了。

沈域：……

14. 你们有没有试过模仿对方的口头禅？效果怎么样？

沈域：没有,为什么要模仿?要我闲着没事说我自己烦吗?

沈域：你这是什么表情?

陈眠：我只是在思考。

陈眠：你竟然是一个没有口头禅的人?

沈域：用肯定句。

陈眠：你是个没有口头禅的人。

15. 谁更怕看恐怖电影？看的时候会有什么搞笑的反应？

陈眠：会觉得有点恶心。

沈域：上周一起看过,鬼出来的时候她问我如果人死了,要是不能洗澡该怎么解决个人卫生。

陈眠：然后接下来的时间,我们都在讨论这个问题。

沈域：感谢陈律,让鬼片变成益智节目。

陈眠：……不客气吧。

16. 对于洗衣服，谁更粗心大意？有没有把衣服洗坏过？

陈眠：衣服都能洗坏的话,只能是洗衣机的问题了。

沈域：洗衣机最粗心大意。

17. 在家中谁更爱照镜子？每次照镜子会花多长时间？

陈眠：说到这个,你到底为什么这么喜欢看我照镜子?

沈域：因为你为了跟我约会而认真打扮自己的样子很可爱。

陈眠：……好,好吧。

18. 有没有一起养过植物？最后是养得枝繁叶茂还是"惨不忍睹"？

陈眠：圣诞树算植物吗?

沈域：它都是树了,怎么不算植物。

陈眠(指着电视旁边的圣诞树)：它还在那里。

沈域：算"维持原貌"吧。

19. 谁更爱收集一些没用但觉得有趣的小物件？都有些什么？

沈域：能让她开心的都是有用的东西。

陈眠：那,谢谢沈总？

沈域：陈律,多分我点时间抵过一万句感谢。

陈眠：好哦。

20. 晚上睡觉的时候，谁更容易踢被子？另一方会怎么做？

陈眠：我跟他都不踢被子。

沈域：被子在我们家活得很安全。

21. 如果可以拥有一项超能力，你们会选择什么？

沈域：时光倒流吧。

陈眠：我也准备说这个,那沈总,你是想用来干什么呢？

沈域：去某个小朋友的童年,问她要不要跟我走,去我们家当混世魔王。

陈眠：叔叔阿姨会不会很为难？

沈域：不会,他们会觉得欣慰,能管住我的人出现得这么早,你回到过去要干什么？

陈眠：回到高中,在高考后问你,要不要跟我读一个大学。

22. 有没有一起玩过角色扮演游戏？

沈域：可以考虑。

陈眠：椰椰？

沈域：嗯？

陈眠：嗯？

沈域：不考虑了,这什么乱七八糟的游戏。

23. 你们都喜欢看哪种类型的小说？

沈域：《5年模拟3年高考》。

陈眠：关于高考的所有著作。

24. 谁更擅长玩电子游戏？

陈眠：沈域,他什么都玩,最近玩得最频繁是《刺激战场》,是叫这个吗？

沈域：是这个。她不玩游戏。

25. 平时约会喜欢去哪里？

陈眠：因为平时都很忙，约会多数在家里，看电影、吃东西这样，但是每年会一次出去旅行几次。

沈域：一次。

陈眠：什么？

沈域：今年只旅行了一次，因为某人很忙。

陈眠：明年绝对不放你鸽子还不行吗？

26. 有没有共同喜欢的动漫？会一起模仿里面的角色动作或台词吗？

陈眠：《千与千寻》。

沈域：我很寂寞，你陪陪我。

陈眠：……嗯。

27. 喜欢唱歌吗？对方是听众还是参与者？

陈眠：不喜欢唱歌，但是喜欢听他唱，唱的是《慢慢等》。

沈域：嗯，每唱一句，她都会反驳，说我没有慢慢等。

陈眠：我加班的时候，你确实会催我。

沈域：十点后不叫加班，叫消耗生命，陈律。

陈眠：好吧。

28. 生活中谁更有创意？

陈眠：他。

沈域：那叫，浪漫。

29. 那做过的最有创意的事情是什么呢？

陈眠：我生日的时候，他给我做了一个视频。

沈域：她送了我一枚戒指。

陈眠：……这个没有创意吧？

沈域：别那么独裁行吗，陈眠？题目是问我的，我觉得有。

30. 你们有没有一起去看过午夜场电影？看完后的感觉如何？

陈眠：很困。

沈域：她迷迷糊糊地喊我名字。

陈眠：有吗？

沈域：嗯，你说沈域，我好困。

陈眠：好像是有这回事。

31. 谁更爱逛博物馆或艺术展览？

沈域：没人。

陈眠：……沈总，我们只是没去过。

32. 喜欢跳舞吗？

陈眠：小时候不喜欢，现在喜欢但是没跳过了。

沈域：我想好我今年的生日愿望了。

33. 手机里存了对方的照片吗？有的话，最近一张是什么？

陈眠：最近存的一张，是他给椰椰洗澡的照片。

沈域：她起床的时候冲我伸手要拥抱。就这张。

34. 有没有一起游泳过？

陈眠：嗯……

沈域：不方便透露，下一题。

35. 喜欢听什么类型的歌？

陈眠：我都行，什么都能听，看沈域放什么歌。

沈域：顺耳的，旋律和节奏吸引人的。

36. 对于绘画，你们有没有试过一起画一幅画？最后的成品是什么样的？

陈眠：可以试一下，后天吧？后天我有空。

沈域：录音了，别临时又有事啊，陈眠。

陈眠：知道啦。

37. 喜欢钓鱼吗？

陈眠：不太喜欢。

沈域：跟她一样。

38. 有没有一起参加过一些特色活动，比如庙会、赶集？

陈眠：出去旅游的时候，会参加当地的特色活动，有一次一起放孔明灯，很漂亮，感觉星星从手里飞了上去，你那时候写了什么？

沈域：陈眠身体健康，你呢？

陈眠：沈域天天开心。

39. 谁更爱去游乐场玩刺激项目？对方敢不敢陪玩？

陈眠：没有谁更喜欢这种说法，我们两个都不算很喜欢游乐场，之前他带我去过一次，我们两个都不怕过山车这种刺激的项目，没什么感觉，所以也算不上谁是谁的陪玩？只是为了弥补童年遗憾，但玩过之后感觉也算不上遗憾，可能是现在玩，没有小时候的心情了吧。

沈域：比起去游乐场，更喜欢和她一起旅行。

40. 关于宠物，你们有没有一起给宠物弄过一些搞笑的装扮？

陈眠：我刚给椰椰买了猪八戒的头套。

沈域：我出差回来以为看见了鬼。

陈眠：不可爱吗？

沈域：很诡异。

陈眠：那下次试一下小熊头套。

41. 你们之间有没有一个只有对方知道的秘密手势或眼神交流方式？

陈眠：没有。

沈域：你问沈域现在几点，就是你困了的意思。你拿着筷子一直看着我，就是你不想吃这道菜想让我帮你解决的意思。要洗澡的时候你一直看着时钟，就是现在懒得去，想让我先去的意思，还要说下去吗？

陈眠（恍然大悟）：这种算吗？那你冲我歪头沉默的时候，就是有些无奈妥协的意思。

沈域：去掉无奈。

陈眠：妥协的意思。

42. 谁更容易感动落泪？一般是因为什么事情？对方会怎么安慰？

沈域：以前想过，如果陈眠能被我感动到哭就好了，后面觉得这想法挺幼稚，如果单纯做了什么只是因为想让她哭，那就太烂了。之后真的见她在我面前哭过，是因为一些很寻常的事情，虽然心疼但仔细想想对她来说也算件好事，有情绪就表露，比什么都闷着不说好。这种时候比起言语安慰，更想抱她。

陈眠：现在就很感动。

沈域：是吗？那过来，我安慰一下我们感动的陈律。

43. 有没有给对方写过情书？是什么样的内容？现在还留着吗？

沈域：沈域，你是个骗子，你说想见你了就给你打电话……

陈眠：他将信息截图设为了聊天背景和手机壁纸。

陈眠：真的很烦……你不能换成别的吗？

沈域：不能。

44. 当对方心情不好的时候，你会用什么独特的方式逗他/她开心？

陈眠：陪在他旁边，他好像就会开心了。

沈域：拥抱或者接吻。

45. 你们有没有偷偷为对方准备过惊喜？是什么样的惊喜？对方的反应如何？

陈眠：我不太擅长准备惊喜，总会被他猜到。去年圣诞节的时候，我送了他自己做的项链，他很喜欢，发了朋友圈。

沈域：圣诞节准备了圣诞树和给她的礼物，她全都喜欢。

46. 谁更爱撒娇？撒娇的时候是什么样子的？

陈眠："你能不能看我一眼？"在我忙工作的时候，他走到我面前，一直看着我，然后委屈地说这句话的时候，很可爱，我认为是在撒娇。

沈域：这只是一种询问，不是撒娇。

陈眠：娇生惯养。

沈域：养精蓄锐。下一题。

47. 有没有在对方的包里或衣服口袋里放过一些小字条之类的？写了什么内容？

沈域：提醒她按时吃饭，结果她回家才发现。

陈眠：……是这样。

48. 对对方过去的感情经历，你们有没有好奇过一些特别的细节？

陈眠：没什么值得好奇的，我都知道。

沈域：她朋友都跟我说了。

陈眠：谁？

沈域：你还真有秘密？

陈眠：……不是这个意思。

49. 当你们一起走在路上，突然看到一个帅哥/美女，会做出什么样的反应？

陈眠：偷偷……

沈域：没遇到比她更好看的。

陈眠：……我也是。

沈域：你刚才说偷偷什么？

陈眠：嗯……偷偷对你说，没人比你更好看。

50. 有没有一起幻想过中彩票后的生活？会怎么规划这笔钱？

沈域：下一题。

陈眠：小时候幻想过，但长大之后就没有了。

51. 你们之间有没有特别的纪念日，是怎么来的？一般会怎么庆祝？

沈域：生日、交往纪念日、结婚纪念日、她入职纪念日。送礼物、约会。

陈眠：陪他做所有他想做的事情。

52. 谁更爱吃醋？在什么情况下会吃醋？对方会怎么哄？

陈眠(忽然小声)：他更爱吃醋，上次来我们律所看见我同事送我蛋糕，就很不开心，一直问我蛋糕好不好吃，一整晚全在说蛋糕，我只能订个蛋糕送给他，然后保证再也不会收异性的蛋糕，他才满意。

沈域：有什么问题吗？

陈眠(坚定摇头):没有。

53. 有没有试过在对方睡着的时候在对方脸上画画,然后拍照留念?

陈眠:没有,这很无聊。

沈域:我看见你记笔记了。

54. 当你们有矛盾的时候,会用什么方式打破僵局?

陈眠:他会道歉。

沈域:我会道歉。

55. 怎么道歉的?

陈眠:买花和蛋糕,然后一直喊我名字,看着我,对我说对不起,都是他的问题。

56. 谁更爱说甜言蜜语,一般会说些什么,对方听了是什么感觉?

陈眠:他胸口处的文身贴,我最喜欢。

沈域:嗯?

陈眠:I fell into a deep sleep,是每天都能看到的表白。

沈域:那你什么感觉?

陈眠:潸然泪下。

沈域(笑):你少来。

57. 有没有一起做过一些冒险的事情?

陈眠:没有。

沈域:没有,惜命,还想跟她一起把白发染黑。

58. 当对方在工作中取得成就时,你会用什么特别的方式为他/她庆祝?

沈域:给她买东西。

陈眠:答应他的要求吧,嗯。

59. 你们有没有互相分享过自己小时候的一些尴尬趣事?对方听了后的反应是什么?

沈域:没有,现在说给我听?

陈眠:小时候不喜欢吃青菜,偷偷藏在米饭下面,趁大人不注意倒掉。这个算吗?

沈域:算啊,多可爱。

陈眠:那你呢?

沈域:因为不想上学,所以锁了卧室房门,被爸妈用备用钥匙打开强行送去了学校。

陈眠:你竟然会厌学?

60. 彼此有没有一些有趣的小约定?

陈眠:约定的话没有,但是想他的时候会给他打电话,这个算吗?

沈域:你今天还没给我打电话。

陈眠:我们不是一天都在一起吗?

沈域:你不想我。

陈眠:我见犹怜。

沈域:……服了,你真是要赖第一名。

61. 如果可以邀请一位明星来家里做客,你们会选择谁?为什么?

沈域:霍金或者爱因斯坦。

陈眠:霍姆斯。

62. 在聚会中,你们谁更擅长活跃气氛?会做些什么?

陈眠:我不擅长,他好像也没活跃过气氛?

沈域:不开心就走,为什么要活跃气氛?

63. 有没有和对方的家人一起做过一些特别有趣的事情?

陈眠:跟他父母一起吃过饭,他妈妈会说他小时候的事情,很可爱。

沈域:上个月赵莉莉跟她老公来我们家,一起玩了桌游,那是我第一次见玩游戏那么菜却又那么自信的人。

陈眠:啊……我也很菜。

沈域:你只是第一次接触,不是菜。

陈眠:谢谢你哦。

64. 对于对方的朋友,有没有觉得哪个特别有趣的?为什么?

陈眠:嗯……

沈域:没印象?

陈眠:想不起来。

沈域:我也是。

65. 去参加朋友婚礼时，你们有没有幻想过自己的婚礼会是什么样的?

陈眠:没有。

沈域:没有在别人婚礼上幻想过,为什么要参考别人的?

66. 谁更爱组织家庭活动？一般会组织什么活动?

陈眠:沈域更喜欢组织出行活动,一般会带着椰椰出去兜风。

沈域:带着狗去接她下班,去邻市看海,或者看露天电影。

67. 在家庭中，谁是那个更爱管闲事的"管家"？会管些什么?

陈眠:没有很明确的分工,也没有谁更爱管一些闲事吧,很琐碎的事情一般会一起做,比如给狗洗澡,圣诞节装扮圣诞树这样。

沈域:能一起做的事情都不叫闲事,都很有意义。

68. 有没有和对方的朋友一起出去旅游过？途中有没有发生什么有趣的故事?

陈眠:高中毕业的时候,在海边一起放烟花。

沈域:没有,她不带我。

陈眠:因为我也没有跟我朋友出去旅行呀。

沈域:是吗?那你现在约。

沈域:然后,带上我。

69. 对于亲戚们的一些八卦，你们会一起讨论吗？会觉得很无聊吗?

陈眠:上次参加沈域家的家庭聚会,听见他某个亲戚的八卦,好像是自己的女儿喜欢一个老头?

沈域:你觉得这种很有意思?

陈眠:一般,因为工作原因接触到的'刺激'太多了,所以这种就还好了。

70. 当朋友来家里借宿，你们会怎么安排？会不会一起玩到很晚？

陈眠:有朋友想来借宿吗？

沈域:游淮和迟盛算人吗？

陈眠:不算吗？

沈域:不算。

71. 谁的性格更外向？

陈眠:……怎么定义外向呢？他性格明明也不活泼，但是身边总是有很多朋友。

沈域:因为我比较包容吧，理解物种的多样性这样。

陈眠:你的朋友真是辛苦了。

72. 在家庭决策中，比如装修房子、购买大件物品等，你们一般是怎么商量的？

沈域:为什么要商量，她喜欢什么就买什么。

陈眠:他买的我都觉得挺好用的。

73. 有没有出现过很大的分歧？

沈域:晚上的时候。

陈眠:下一题。

74. 对于对方的社交圈子，你最想融入的是哪一部分？

陈眠:没有想融入的部分。

沈域:没有，她的社交圈属于她就好。

75. 有没有和对方一起参加过公益活动？感受如何？

陈眠:今年本来想收养一只流浪狗，但是莉莉和我视频看到很喜欢，所以我跟沈域把狗送去了莉莉那里。

沈域:椰椰开心到学会了握手。

76. 当家庭中出现一些小矛盾，你们会怎么处理，会互相支持还是各有想法？

沈域:她没生气，就逗逗她，她生气就道歉。

陈眠:嗯。

77. 你们有测过 MBTI 吗，都是什么类型？

陈眠：没有测过，太多题目了，之前试着做过，但没做完。

沈域：为什么要测这个？

78. 有没有从对方口中听到关于她/他的同事的趣事？

陈眠：我好像是别人口中有趣的同事，他来我们律所找我的时候，我同事都会在群里讨论。

沈域：讨论什么？

陈眠：说陈律老公真黏人。

沈域：我不信，你给我看。

79. 在家庭中，谁负责照顾宠物的日常生活多一些？有没有和宠物发生过一些有趣的互动？

陈眠：一起照顾，有趣的互动的话，我给椰椰买的火腿肠，被他以为是给他的零食，然后就发生了一些不愉快，狗跟他之间。

沈域：你还好意思说？

陈眠：我也不知道你想吃火腿肠，那，我下次买给你？

沈域：谢谢，但大可不必。

80. 有给对方设置特别的微信来电提醒吗？

陈眠：给他设置的是他唱的《距离》。

沈域：《慢慢喜欢你》。

81. 有没有和对方一起参加过同学聚会，感觉怎么样？有没有发生一些让你们印象深刻的事情？

陈眠：啊，想起来了，他们是不是灌你酒但是你拒绝，结果酒洒到了你身上，接着你们莫名其妙开始互相抹蛋糕上的奶油？

沈域：对，然后，你袖手旁观，甚至拿手机拍我，也不帮我。

陈眠：下一题。

82. 如果可以拥有一个私人岛屿，你们会在上面建造什么样的房子？

陈眠：还没想过这个问题。

沈域:命名为她的名字的岛屿,无论从哪里都能看见花的房子,用她喜欢的颜色做墙壁,涂鸦墙上画着她和椰椰,她喜欢的歌是指示牌。

陈眠:你怎么说得这么详细?

沈域:因为这是你今年的生日礼物。

83. 想象一下十年后你们的样子，会在做什么？感情会有什么变化？

陈眠:十年后的我应该比现在要更从容更专业,还会从事法律行业,那时候我们应该一起做了很多事情,会更了解彼此,也更欣赏彼此吧?

沈域:十年后,想和她环游世界。

84. 你们有没有想过一起做一些有趣的尝试？

沈域:确定能说?

陈眠:不能,下一题。

85. 如果可以穿越时空，你们会选择去未来还是回到过去？为什么？会在那里做些什么？

沈域:回到过去,带她来我家,让她和我一起长大。

陈眠:未来吧,我想看看老年的沈域是不是一个很帅的老爷爷。

86. 对于未来的退休生活，你们有什么计划？

陈眠:暂时还没有计划,希望沈域能有计划。

沈域:环游世界或者每天一起散步。

87. 如果，遇到小时候的对方，想对对方说些什么？

陈眠:会说谢谢吧,谢谢他成长为一个很好的人。

沈域:如果你现在认为没人坚定地选择你,不要灰心,以后会出现一个人,他比你自己更在乎你。

88. 如果现在许愿的话，你们会许什么愿望？

沈域:陈眠健康快乐。

陈眠:万事顺意,然后,沈域天天开心。

89. 用一种动物形容对方的话，是什么动物呢？

陈眠：嗯……狼吧，看着很冷很凶，但其实很坚定。

沈域：猫。

90. 认识对方以来，印象最深刻的事情是什么？

陈眠：那就是最开始认识的时候,在公交车站,他问我要不要帮我。

沈域：她给我发的那条表白信息。

91. 如果可以在世界上任何一个地方定居，你们会选择哪里？为什么？

陈眠：哪里都可以,没有特别想去的地方。

沈域：她想去哪里,就去哪里。

92. 对于未来的夫妻关系，你们有什么期望？

陈眠：不要吵架,一直融洽。

沈域：希望陈律一直爱我。

93. 想象一下未来你们会一起度过哪些重要的节日和纪念日？怎么庆祝会更有意义？

陈眠：其实节日纪念日这些,如果不是沈域很在乎,我觉得只是寻常日子,在一起的时候开心快乐就已经胜过过很多纪念日了,所以不会额外庆祝,也不需要去赋予什么意义。我是这样想的。

沈域：她的生日、交往纪念日、结婚纪念日。两个人过,无论怎么过都有意义。

94. 想象一下，如果你们没有相遇，现在可能会过着什么样的生活？

陈眠：可能会很辛苦,但是也应该会成为现在的自己,只是感情上,除了友情,应该不会考虑其他。

沈域：不想想象,这什么问题？！

95. 对于未来的健康生活，你们有什么计划？

陈眠：那就减少熬夜吧。

沈域：熬夜运动算健康吗？

陈眠：嗯？

96. 打开微信，最后给对方发的一条消息是什么？

沈域：我到楼下了。

陈眠：马上下来。

97. 给彼此的备注是什么？

沈域：Deep Sleep。

陈眠：Oracle。

98. 如果能换一种认识的方式，你们希望是什么样的？

沈域：那就希望她出生在一个幸福的家庭，我们青梅竹马，两情相悦。

陈眠：好啊，青梅竹马，两情相悦。

99. 如果明天就是世界末日，今天你们会做什么？

陈眠：如果明天就是世界末日，今天会一直跟沈域在一起，然后一起，从容地面对死亡。

沈域：带她去找挪亚方舟，找不到的话，就在末日降临的前一秒，捂住她的眼睛。

100. 最后一个问题，最想说的话是什么？

陈眠：以前我觉得时间好慢，未来好远，现在我觉得每一天都是最好的一天。

沈域：走吧，陈律，我们回家。

陈眠，不要害怕，我接住你了。

图书在版编目（CIP）数据

岛屿沉眠 / 白日飞鸦著. -- 武汉：长江出版社，
2025.3. -- ISBN 978-7-5804-0041-3

Ⅰ.I247.5

中国国家版本馆 CIP 数据核字第 2025XM5384 号

岛屿沉眠　白日飞鸦　著
DAOYU CHENMIAN

出　　版	长江出版社	
	（武汉解放大道 1863 号）	
选题策划	欣欣向爱	
市场发行	长江出版社发行部	
网　　址	http://www.cjpress.cn	
责任编辑	李剑月	
特约编辑	赵　迎	
封面设计	张文靓	
印　　刷	长沙鸿发印务实业有限公司	
版　　次	2025 年 3 月第 1 版	
印　　次	2025 年 3 月第 1 次印刷	
开　　本	710mm×1000mm　1/16	
印　　张	23	
字　　数	490 千字	
书　　号	ISBN 978-7-5804-0041-3	
定　　价	49.80 元	

版权所有，翻版必究。如有质量问题，请联系本社退换。
电话：027-82926557（总编室）　027-82926806（市场营销部）